從國語看臺語的發音

鄭良偉著

臺灣 學生書局 印行

鄭良偉博士

著者簡介

鄭良偉　臺南人。臺灣師範大學英語系文學士、英語研究所文學碩士，印地安那大學語言學博士。曾任教臺灣中、小學，約克大學語言系，現任夏威夷大學東亞語言系教授。兼任新加坡教育部華文顧問。發表過語言學論文五十多篇，以及下列專書：《臺灣福建話的語音結構及標音法》（與鄭謝淑娟合著，學生書局）、《從國語看臺語的發音》（學生書局）、《臺語與國語字音對應規律的研究》（學生書局）、《國語常用虛詞及其語對應詞釋例》（文鶴）、《路加福音傳漢羅試寫(主編，人光)、《臺.美雙語課第二冊》（與黃淑芬合著，自立）、《臺灣話研究論文集》（與黃宣範合編，文鶴）、《臺灣話文書寫法研究》（自立）等。

「現代語言學論叢」緣起

　　語言與文字是人類歷史上最偉大的發明。有了語言，人類才能超越一切禽獸成為萬物之靈。有了文字，祖先的文化遺產才能 綿延不絕，相傳到現在。尤有進者，人的思維或推理都以語言為 媒介，因此如能揭開語言之謎，對於人心之探求至少就可以獲得 一半的解答。

　　中國對於語文的研究有一段悠久而輝煌的歷史，成為漢學中 最受人重視的一環。為了繼承這光榮的傳統並且繼續予以發揚光大起見，我們準備刊行「現代語言學論叢」。在這論叢裡，我們有系統地介紹並討論現代語言學的理論與方法，同時運用這些理論與方法，從事國語語音、語法、語意各方面的分析與研究。論叢將分爲兩大類：甲類用國文撰寫，乙類用英文撰寫。我們希望將來還能開闢第三類，以容納國內研究所學生的論文。

在人文科學普遍遭受歧視的今天，「現代語言學論叢」的出版可以說是一個相當勇敢的嘗試。我們除了感謝臺北學生書局提供這難得的機會以外，還虔誠地呼籲國內外從事漢語語言學研究的學者不斷給予支持與鼓勵。

湯　廷　池

民國六十五年九月二十九日於臺北

自　序

　　夏威夷大學有位敎日語的同事曾向我問起臺灣當前的學校敎育是否忽略臺灣這塊地
的語言史和文化史。因爲他班上的學生中常有從臺灣來的學生，提到日語的"漢語"發
音跟臺語很接近時，大多數的臺灣學生缺少最起碼的常識，講不出自己母語的來歷。甚
至還有人一口咬定說凡是這些相似點都是因爲日本統治臺灣五十年期間，臺灣話受日本
話的影響的結果。例如下列數目字的日語跟臺灣發音極爲類似。有個學生認爲

	一	二	三	四	五	六	七	八	九
臺　語（白）	tsi̍t	nn̄g	saⁿ	sì	gō·	la̍k	tshit	peh	káu
（文）	it	jī	sam	sù	ngó·	lio̍k	tshit	pat	kiú
日　語（漢語）	iti	ni	san	si	go·	loku	siti	hati	ku
（和語）	hitotu	hutatu	mittu	yottu	itutu	muttu	nanatu	yattu	koknotu

兩語之間的發音所以這麼接近是因爲臺灣人學了日語之後，把這些語詞也用於臺語，終
於變成臺語的一部分。這個學生錯了。要證明這些發音上的類似並非臺語受日語的影響，
而是日語古時曾向漢語借用的歷史經過並不困難，語音學界所用的方法是通盤地把古代
的韵書和現在的漢語各方言和日語比較。對這段歷史的解釋不論是中日或其他各地的學
者都有相當一致的看法。

　　其實一般人沒有音韵學的知識，也可以很容易地瞭解其中的道理：

一、很少受過日本語言敎育影響的福建各方言裏這些字的發音跟臺語更接近。甚至
　　完全一致。

二、日語又有另一套稱數法，是屬於日語原來的語層，叫做「和語」。這些詞的發音，
　　因爲跟漢語沒有關係所以在發音上沒有任何對應關係。

三、臺語也有兩個主要語層，通常稱爲白話音和文言音，兩者之間有一定的關係，
　　證明這兩種發音是來自同一個語系。不像日語中的漢語跟和語，來自不同的語
　　族。

四、如把臺語的發音跟國語或客語相比較，也可看出一定的規律，特別是聲調方面
　　日本漢語在移借的過程中完全遺落，在這些漢語各方言之間，卻有很明確的聲
　　調系統，互相有嚴格的對應規律顯然來自同源。

　　臺灣過去相當注重祖國文化敎育。可是如果所敎育出來的學生對自己的文化史卻是
這樣的無知，不能不令人懷疑臺灣三十多年來的文化敎育所收到的眞正效果。

　　上述的例子相信是很特殊的情形，可是公家的文化敎育一向不太能夠就地取材，藉
以培養對實際的文化和語言隨時的觀察的習慣和能力。一味以學生少能看到聽到的古漢

語和他地的文化和語文教材來進行塡鴨式灌輸，確是衆人皆知的事實。而有效的敎育應該由近而遠，由淺而深，由簡而繁，這些原則並不需要筆者在此多費筆墨。

臺語社會裏國語和臺語的雙語能力很普遍，但是國語與臺語之間，過去有什麼關係？如何演變到今天？今日兩者間究竟有什麼關係？這些答案只有極少數的語言學者知道。至於如何利用這些關係來增進語言學習的效果，來滿足尋根慾望，來建立應有的群體認同和文化共識，雖然有極大的需要性和可行性，專家們却很少去思考如何運用專門知識，更少去介紹給大衆。

筆者曾寫了一本「臺語與國語字音對應規律的研究」是從介紹如何從臺語的字音去推測國語字音的。僥倖得了行政院新聞局優良著作金鼎獎，也得了一些語言學界同行的鼓勵。本書再從另外一個角度來看國語與臺語間的關係，也就是從大家較熟悉、較有把握的國語發音看臺語的語詞和字音。希望讀者從這兩個不同的角度看，可以更清楚的瞭解國語和臺語之間的各種對應規律，也可更進一步的探索兩語之間的歷史關係。更希望讀者能對國語本身的發音和臺語語詞的發音有更正確、更鞏固的掌握。

本書編著曾得到很多人協助：黃淑芬、賴水信、謝淑娟幫助收集、整理各章的習題。李孟珍、董文賢、蔡清源協助抄寫和校對的工作，特此銘謝。

筆者從事語言的研究工作自從五年前，有林宗毅博士，熱心鼓勵，並慷慨樂捐夏威夷大學基金，本人也因而每年獲得該基金研究補助費，在此衷心表示謝意。

鄭良偉 於美國夏威夷大學

從國語看臺語的發音

目　　錄

Analysis and Study of Taiwanese Readings for Mandarin Speakers

Robert L. Cheng

第二章　聲調的對應

第三章　聲母的對應

第四章　韵母的對應

第一章　導　論

1.1　目　的

　　本書介紹國語與臺語字音之間的主要對應規律，藉以幫助讀者增加對臺語各種詞語字音的掌握，並且幫助讀者對臺語文讀音白話音的分別以及臺語漢字書面語中的本字非本字的辨別，增加應有的認識。

1.2　對　象

　　本書專爲有意提高國語臺語的語音能力的人而寫。目前臺灣由於教育的普及、國語教育的推行，一般人都熟悉國語又能使用國語注音符號。至於臺語的掌握程度參差不齊，可分幾類：一、完全聽不懂也不會說的。二、只能聽懂較簡單的會話，說話只能說幾個單詞的。三、一般會話能聽能說，可是遇到日常生活常用的詞語，就不知如何發音，特別是人名、地名、機關名、學術用語等，大多需以國語發音的。四、臺語流利自如，可以用臺語做推銷、當廣播員、上臺演講，可是不知怎樣寫臺語稿，也不能很正確地念出各種臺語的漢字書面記錄（如俗語、諺語、詩歌、劇本、對聯、族譜）的。

　　目前的臺灣，這幾種人不分祖籍，都有人在。其中以第二、三種人最多。本書的編寫即以這兩種人爲主要對象。第四種人如想了解國臺語之間的關係，或想知道臺語口語與書面語之間的關係，也是本書主要對象之一。本書中有關文白異音和本字的辨別的討論和習題，乃是特別爲這群人而寫的。

　　至於第一種人，除非有人從旁指導，恐難自己有效的利用本書。唯一的例外，便是有聲韻學或語言學基礎的人士，雖然臺語一句不通也可參考本書了解過去漢語的音變對今日國、臺語間對應的影響的實際情形。也可藉本書了解閩南語系特有的文白異音現象，以及臺語裡一般文字學原則的運用。

　　總之，本書的對象是懂得國語想增加臺語能力的人，國臺語都精通，想了解國臺語之間的關係，藉此掌握臺語字音的人，想學習以漢字書寫臺語、靠國臺字音的對應規律來判斷文白異音、本字非本字之別的人。

　　由於本書採用的臺語標音系統是敎會羅馬字，筆者建議讀者先看筆者與鄭謝淑娟合著的「臺灣福建話語音結構和標音法」。

1.3 學習臺語的困難點

　　臺語是自然語言之一，說不上特別難學；或是特別容易學。凡是在臺語的環境長大的正常小孩，都會很自然地學好臺語。這是有目共睹的事實。至於臺語有那些特點比較難學，要經過較長的時間才能掌握，掌握了以後也會偶爾失錯，這倒是一個有趣的問題。但是因為凡是把臺語當做母語學習在正常的環境中繼續使用的人，都遲早會把所有的特點全學好，所以並不覺得這個問題很重要，除了語言學和心理學專家以外，也很少有人追究這個問題。

　　對於一個習慣於使用其他語言的人，臺語是否比其他語言特別難學？有那些特點特別困難學習？這類問題就比較有人注意到。如果觀察過以客家話、國語、日本話或英語等語言為母語的人如何學習使用臺語，常常有一些經驗之談。

　　對一個美國人而言，國語難學還是臺灣話難學？這個問題恐怕沒有肯定的答案。主要的決定因素可能是接觸的機會、教材的好壞、學習者的動機和能力，而不在於語言本身。至於日本人學臺語難或是學國語難？和其他的因素都相同，確有些理由可以判斷在詞彙方面或許臺語比國語要容易些。因為臺語和日本漢語裡語詞存古的地方多。雖然國語、臺語過去都從日語借了不少詞，可是兩語之間的日語借詞，臺語比國語多些。因此臺語比國語接近於日語的詞彙。（詳細情形請參考蔡茂豐著"國語化的日語及臺語化的日語研究"）

國、臺、日語詞彙的異同

國　語	臺　語	日　語	起　源
經濟	經濟	經濟	日語音讀譯語
絕對	絕對	絕對	日語音讀譯語
立場	立場	立場	日語訓讀
取締	取締	取締り	日語訓讀
取消	取消	取消し	日語訓讀
消極	消極	消極	日語音讀譯語
哲學	哲學	哲學	日語音讀譯語
自來水	自來水／水道水	水道水	
引擎	ɪân-jín	エンジン	engine
番茄	tho-má-toh	トマト	tomato
公車	bá-suh	バス	bus
收音機	收音機／la-jih-o•h	ラジオ	radio

飯盒（便當）	便當	便當
介紹	介紹／紹介	紹介
菜	菜／料理	料理

　　就字音的對應（ etymophonological correspondance ）而言，中古漢語的入聲字發音臺、日語大多保留下來。這個現象閩、粵、客語都如此。也就是說會這些方言的人要學臺語的入聲字或是日本的入聲字，都比只會說國語的人容易學。

　　中古端知兩系聲母（ 即 t, th, dh, 與 t́, t́h, d́h 兩種聲母）同音而有別於精、莊、章各系齒音聲母（ 即 ts, tsh, dzh, s, z ； tṣ, tṣh, dẓh ṣ 和 t́ś, t́śh, d́ź, ś, ź 三種不同的聲母），臺、日語都如此。國語有些字音變得相當多，跟臺、日語都相去很遠，例如把知、章、莊混合，又別於精系聲母。

國、臺、日語的字音異同

中古音		國　語	臺　語	日　語	
端系	東	ㄉㄨㄥ	tong	tou	トウ
	冬	ㄉㄨㄥ	tong	tou	トウ
知系	中	ㄓㄨㄥ	tiong	tyuu	チヨウ
	竹	ㄓㄨˊ	tek	tyuku	チヨウ
	抽	ㄔㄡ	thiu	tyuu	チユウ
莊系	壯	ㄓㄨㄤˋ	tsŏng	sou	ソウ
	初	ㄔㄨ	tsho˙	syo	シヨ
章系	終	ㄓㄨㄥ	tsiong	syuu	シユウ
	障	ㄓㄤˋ	tsióng	syou	シヨウ
精系	宗	ㄗㄨㄥ	tsong	sou	ソウ
	總	ㄗㄨㄥˇ	tsóng	sou	ソウ

　　至於語音系統就很難分上下，國語的捲舌音聲母（ㄓㄔㄕㄖ）和ㄓㄔㄕㄖㄗㄘㄙ等零韵（母）音節（如“知、思、日等字），對一般人都很難掌握。臺語的 p：b，k：g 的分別和聲調的分別以及連調變化應比北京話要難學。

　　對只會說國語的人士，臺灣話難呢？還是英、日語難呢？回答應該很簡單；臺語要比英、日語容易得多。臺語是漢語，除了繼承古漢語的語言、語彙、語法以外還不斷地和其他的現代漢語特別是官語、客家話有接觸。屢次大量的吸收北方漢語的詞彙和字音。雖因地理關係，自從福建時代就有了獨立的演變，可是今日的國、臺語之間的語音結構、詞和句的結構都很相似，詞彙有百分之七十以上是相同的，字音可以根據對應規律推測到百分之七、八十。日語無論如何比較也沒有這種關係，英語更是沒有什麼關係可言。

認爲臺語難學的人，主要的原因是動機、態度和教材教法，而不是語言本身的問題。尤其是在臺灣學習臺語的語言環境，遠優於英、日語，要建立良好的人際關係，臺語也比英語重要得多，問題是主觀上沒有正確地認識客觀上的需要。相反的情形也是一樣，對臺語人士來說英、日語比國語難學得多。

　　對說其他漢語的人來說，臺語容易學呢？還是國語容易學呢？說北方話的人國語應該比臺語容易學。說廣東話、客家話等南方話的人，臺語應該比國語容易學。國語的捲舌音，南方話都沒有。古入聲字在今日的國語都毫無規律地派到平上去聲裡。這對保留入聲的廣東人和客家人和閩北人是很不容易適應的，到目前爲止，很多入聲字在國語的聲調還有不同的唸法。

髮	ㄈㄚˊ	ㄈㄚˋ	
不	ㄅㄨˋ	ㄅㄨˊ	
一	ㄧ	ㄧˊ	ㄧˋ
法	ㄈㄚˊ	ㄈㄚˋ	ㄈㄚˇ
得	ㄉㄜˊ	ㄉㄟˇ	ㄉㄜ˙
寂	ㄐㄧˊ	ㄐㄧˋ	
淑	ㄕㄨˊ	ㄕㄨˋ	
叔	ㄕㄨˊ	ㄕㄨˋ	

　　對只會說國語的人，臺語有那些語言特點，不容易學好？這個問題可以分語音、語法、字音、詞彙和文字來討論。其中語法通常被認爲最沒有問題，但是連在這方面也不是沒有困難。讀者不妨翻看鄭謝淑娟所著臺灣福建話形容詞研究（ 學生書局 1981 ）。光是形容詞就列了六項國、臺語之間語法上主要的不同。其他各方面的困難點簡單舉例於下：

(a)　語音方面

　　(1) b，g：b 常被發音爲〔 m 〕（ 如帽 bō 或被發音爲〔 mō〕）或〔 pō 〕（ 如查某 tsa-bó 被發音爲查補〔 tsa-pó〕）g 常被發音爲零聲母（ 如研究 gián-kiù 發音爲 iań-kiù）。或〔 k 〕（ 如 gâu {高明} 發音爲〔 kâu 〕，與猴同音）。b 念成 m 或零聲母，g 念成零，是因爲國語字音的影響。b 念成 p，g 念成 k 是因爲國語的語言系統上沒有 b，g。而最靠近的發音各爲 p，k。

　　(2)連調變化（ tone sandhi ）臺語的連調變化，因爲幾乎一開口就要運用，所以很重要。規律並不多，可是如果不按適當的方法學習很可能學不好。如風吹 {風箏} hong ┐tshoe「說成風吹「「{風在吹}。錯在風「應該變調爲┤而不變。狗尾 kàu ↑bóe ↑如說成↑↑就被聽成到尾 kàu ↘ bóe。狗↑應變成┐，才會被了解是狗尾，不變調就會被理解爲到尾。

　　(3)輕聲：臺語的輕聲規律因為跟變調規律有密切關係（即一個詞組之內的最後一個音節，或是輕聲之前的聲節不變調，其他都變調），因此是個很重要的特點。北京話的輕聲也很重要。因它在句調、詞彙上有辨別意義的功能。北京話和臺灣話的輕重音的出現有極類似的地方，這是很多人不了解的一個事實。大家不了解的原因有二：第一個原因是很多人沒有研究過臺語的語音構造。第二個原因是臺灣的“標準”國語跟北京話有一大段距離，百分之九十九以上的臺灣居民的國語都不按照北京話的輕聲規律去發音。由於對輕聲沒有適當的語感，學習臺語很容易忽略臺語的輕聲規律。食幾碗啊｛吃了幾碗了？｝和食幾碗仔｛吃幾碗罷｝不能分清楚。前者的碗念本音，食、幾都要變調。後者的食念本音，幾碗係念輕聲。

(b)　字音方面

　　字音：指字在詞裡的發音。同一個字在詞裡可能有不同的發音，所以與其說字音，不如說詞音來得恰當。字音的掌握不同於語音的掌握，語音的掌握只要能掌握整個語音系統的基本音和它們結合時的各種規律，就算掌握了。通常能把幾百詞的發音能聽好能說好也能聽辨，就大約能掌握一個語音系統的基本音和它們的結合規律。要掌握一個語言的全部字音，便需要掌握整個詞彙裡的各個詞各個字的發音。一個語言就算常用的重要詞彙也有三、四萬個詞，所以學習量很大。前者主要是發音和聽辨的能力，後者主要是各詞發音的記憶。

　　現在以農村曲的第一首為例來說明一個精通國語的人已經學好臺語的語音系統之後，要學好這些字音，所需要克服的困難。

農　村　曲　　陳達儒作詞　蘇　桐作曲

農村曲

ㄋㄨㄥˊ ㄘㄨㄣ ㄑㄩˇ
Lông - tshun-khek

透　早　就　出　門
ㄊㄡˋ ㄗㄠˋ ㄐㄧㄡˋ ㄔㄨˋ ㄇㄣˊ
Thàu-tsá　tsiū tshut mn̂g

天　色　漸　漸　光
ㄊㄢ ㄙㄜˋ ㄐㄧㄢˋ ㄐㄧㄢˋ ㄍㄨㄤ
Thiⁿ-sek　tsiām-tsiām kng

受　苦　無　人　問
ㄕㄡˋ ㄎㄨˋ ㄨˊ ㄖㄣˊ ㄨㄣˋ
siū khó bô lâng mn̂g

行　到　田　中　央
ㄒㄧㄥˊ ㄉㄠˋ ㄊㄧㄢˊ ㄓㄨㄥ ㄧㄤ
Kiâⁿ kàu tshân tiong -ng

行　到　田　中　央
ㄒㄧㄥˊ ㄉㄠˋ ㄊㄧㄢˊ ㄓㄨㄥ ㄧㄤ
Kiâⁿ kàu tshân tiong- ng

為　着　顧　三　頓　顧　三　頓
ㄨㄟˋ ㄓㄜˊ ㄍㄨˋ ㄙㄢ ㄉㄨㄣˋ ㄍㄨˋ ㄙㄢ ㄉㄨㄣˋ
Ūi- tioh kò•saⁿ tǹg kò• saⁿ tǹg

不　驚　田　水　冷　酸　酸
(ㄅㄨˋ)ㄐㄧㄥ ㄊㄧㄢˊ ㄕㄨㄟˋ ㄌㄥˋ ㄙㄨㄢ ㄙㄨㄢ
M̄ - kiaⁿ tshân-tsúi léng- sng- sng

炎　天　赤　日　頭
ㄧㄢˊ ㄊㄧㄢ ㄔˋ ㄖˋ ㄊㄡˊ
Iām-thiⁿ tshiah ji̍t-thâu

悽　慘　日　中　午
ㄑㄧ ㄘㄢˋ ㄖˋ ㄓㄨㄥ (ㄨˇ)
Tshi-tshám ji̍t-tiong-tàu

有　時　踏　水　車
ㄧㄡˋ ㄕˊ ㄊㄚˋ ㄕㄨㄟˋ ㄔㄜ
Ū- sî ta̍h tsúi-tshia

有　時　就　嚜　草
ㄧㄡˋ ㄕˊ ㄐㄧㄡˋ (ㄙㄨ)ㄘㄠˋ
Ū- sî tsiū so tsháu

希　望　好　日　後
ㄒㄧ ㄨㄤˋ ㄏㄠˋ ㄖˋ ㄏㄡˋ
Hi - bāng hó ji̍t-āu

每　日　巡　田　頭　巡　田　頭
ㄇㄟˊ ㄖˋ ㄒㄩㄣˊ ㄊㄧㄢˊ ㄊㄡˊ ㄒㄩㄣˊ ㄊㄧㄢˊ ㄊㄡˊ
Múi-ji̍t sûn tshân- thâu, sûn tshân- thâu

不　驚　嘴　乾　汗　哪　流
(ㄅㄨˋ) ㄐㄧㄥ (ㄗㄨㄟˋ) (ㄍㄢ) ㄏㄢˋ (ㄋㄚˋ)ㄌㄧㄡˊ
M̄ - kiaⁿ tshúi- ta koaⁿ ná lâu

日　頭　那　落　山
ㄖˋ ㄊㄡˊ (ㄋㄚˋ) ㄌㄨㄛˋ ㄕㄢ
ji̍t-thâu nā lo̍h - soaⁿ

工　作　即　有　息
ㄍㄨㄥ ㄗㄨㄛˋ (ㄐㄧˊ) ㄧㄡˋ (ㄒㄧˊ)
Kang - tsok tshiah ū soah

有　時　歸　身　汗
ㄧㄡˋ ㄕˊ ㄍㄨㄟ ㄕㄣ ㄏㄢˋ
Ū - sî kui-sin koaⁿ

忍　着　寒　甲　熱
ㄖㄣˊ ㄓㄜˊ ㄏㄢˊ (ㄐㄧㄚˇ) ㄖㄜˋ
Jím-tioh koaⁿ kah joa̍h

希　望　好　年　冬
ㄒㄧ ㄨㄤˋ ㄏㄠˋ ㄋㄧㄢˊ ㄉㄨㄥ
Hi - bāng hó nî - tang

稻　仔　快　快　大　快　快　大
ㄉㄠˋ ㄗㄞˋ ㄎㄨㄞˋ ㄎㄨㄞˋ ㄉㄚˋ ㄎㄨㄞˋ ㄎㄨㄞˋ ㄉㄚˋ
Tiū - á　khoài-khoài toā, khoài -khoài toā

阮　的　生　活　就　快　活
ㄩㄢˋ (ㄉㄜˋ) ㄕㄥ ㄏㄨㄛˊ ㄐㄧㄡˋ ㄎㄨㄞˋ ㄏㄨㄛˊ
Goán ê seng- oa̍h tsiū khoàiⁿ-oa̍h
（註 khoàiⁿ-oa̍h 又音 khùiⁿ-oa̍h）

　　這首農村曲歌詞取自黃春明的鄉土組曲，在選用漢字上算是相當謹慎，所謂的"非本字"是比較少見的。現在我們暫時不討論那些"非本字"也就是臺語詞中那些沒有本字的或雖有本字一般人不甚了解，而不爲作者使用的借音字或是借義字。這些字在語源上和國語字音沒有什麼關係，不能適用國臺字音對應規律。上文中凡是使用非本字的詞的國語標音都以括號標示。因此爲要了解臺語的字音的學習難易，最好先查看歌詞各字中跟國語字音有規律可循的本字。國臺語間的對應規律，本書分聲調、聲母、韻母，將於各章分別討論。這裏只說凡是本字的字音無論在聲調、聲母、韻母任何一部分，都有一些關係，有時是最常見的對音，有時是較少見的對音。最常見的對音一般都佔百分之七十，甚至百分之九十的可能率。現在從較容易學的排到較難的。

　　1. 調聲韻三者都是最常見對音的

　　　㈠農，村，就，苦，中，爲，顧，冷　㈡悽，時；草，希，望，每，巡，那

　　　㈢歸，身，快，生

　　2. 調聲韻三者中有兩個是最常見對音的（通常是調和聲）

　　　㈠透，早，門，天，漸，光，問，央，三，驚，酸，田，頭，慘

　　　㈡炎，流　㈢山，工，忍，年，冬，稻，大，阮

　　3. 調聲韻三者之中只有一個是屬於最常見對音的

　　　a. 入聲字的韻母和聲調都不是屬於最常見對音的

　　　　㈠曲，出，色，著　㈡赤，日，踏　㈢落，作，卽，熱，活

　　　b. 只有聲調是最常見對音的

　　　　㈠行，到，無　㈡后，汗　㈢寒，仔

　　　c. 只有聲母是最常見對音的

　　　　㈡有

(c)　**文白之間的選擇**

　　漢字的發音在臺語裏很多是一字兩讀甚至是三讀四讀的。這還不算漢字作爲借義字時的字音。有異音的字多半是極常用的字，而通常都是語文學者們很感興趣的文白異音。一個人學過某字的某發音（如順天 sūn-thian 的 thian），下一次碰到天字不一定唸法一樣（如天氣 thiⁿ-khì，天色 thiⁿ-sek 的 thiⁿ）。他可能懂得一個字所有的發音（如天這個字有 thian 和 thiⁿ 的兩個發音），可是不一定知道在各詞裏應選那一個字音（如樂天派，天時地利，天頂，天堂，天庭，天使，天天樂各應唸 lȯh-thian-phài, thian-sî tē-lī, thiⁿ-téng, thian-tông, thian-têng, thiⁿ-sài, thian-thian-lȯk）。

　　現在我們從農村曲裏選幾個字舉例，讓讀者再進一步地了解文白異音在各詞裏的複雜性。

問	būn	：問題，學問，問答題，審問。
問	mn̄g	：問人，問佛。
光	kong	：日光，光輝，日光燈，光明。
光	kng	：天光，日光，足光，光明。
大	tāi	：大人（古時官吏），大學，大會，偉大。
		大意（文章的），大概，大約。
大	toā	：大人，大學，大細，大主大意，大聲。
央	iong	：中央（指中央政府）
央	ng	：坐店中央（指方位）

　　文白異音的一些現象將於聲調、聲母各章裏隨機介紹，並在4.5節詳細討論。這裏因讀者尚未看過判斷文白異音所需要的國臺音對應規律，很難了解文白異音所涉及的一些問題，因此只強調下列幾點：

　　1. 文白異音對非母語人士是一種學習負擔，對母語人士（native speakers）雖也是一種負擔，可是由於長期間自然地學習與使用，自己並不覺得有負擔。

　　2. 文白異音有減少的趨勢。本來有文白兩音，以後文讀音很少人知道，最後在大家的記憶中只剩下白話音。如括號內的發音是業已或幾乎消去的發音。

客（khek）	keh	人客	晝（tiù）	tàu	中晝時
鐵（thiat）	thih	鐵道	薛（siat）	sih	姓薛
豆（to˙）	tāu	豆腐	早（tsó）	tsá	早起
頭（thô˙）	thâu	頭殼	水 súi	tsúi	雨水
郭（kok）	koeh	姓郭	借（tsek）	tsioh	借錢
橋（kiâu）	kiô	過橋	腰（iau）	io	腰疼
籃（lâm）	nâ	搖籃	瞞（boân）	moâ	瞞騙

　　又有些字的白話音越來越沒有人使用，終於無人知道該字有該白話音，或是繼續使用，可是不知道就是某字的白話音。

絕 tsoa̍t	（ tse̍h 會絕 ）		含 hâm	（ kâm 含舌 ）
衣 i	（ ui 胎衣 ）		爽 sóng	（ sńg 好爽 ）
守 siú	（ tsiú 守寡 ）		映 éng	（ iàⁿ 假映 ）
世 sè	（ soà 接世 ）		切 tshiat	（ tsheh 怨切 ）
懸 hiân	（ koân 懸低 ）		貯 tú	（ tè 碗貯飯 ）
燃 jiân	（ hiâⁿ 燃柴 ）			

　　3. 還有一些字是從來就沒有過白話音，也可以說是文白同音的。這種字佔大多數。

如：

　　　慾 iȯk 貪 tham 束 sok 港 káng 項 hāng 條 tiâu 選 soán

　　4.因為上面的各種因素，有文白兩讀的漢字，不超過四分之一，也就是大約有一千字，但是一般人都熟悉的恐怕只有五百字左右。

⑷　**臺語、特別詞詞義的理解**

　　我們曾說過國臺語之間約有百分七十的詞彙是相同的。這些共同詞彙，在說話時就是語音，字音不十分掌握，只要認定了詞，它的詞義的理解隨時可以達到。特別是漢字書面語，是只認字形，不認字音的，因此語音字音可以完全不了解而只靠字形了解意思。

　　至於那些臺語特有的，不用於國語，或是語法語意不一樣的百分之三十的詞語，便是學習臺語的困難點之一。須在這裏提醒的是這些特別詞多半是常用詞，所以重複出現的機會很多。特別是日常會話、詩歌、俗語裏特別詞所佔的百分比特別高，有時高達百分之五十。在散文裏特別詞就少很多。大約在百分之二十到四十之間。

　　現在把農村曲的特別詞列在下面，並注國語同義詞。

　　　透早{一大早}　不驚{不怕}（不m̄的寫法還有呒，毋，唔，伓，勿等）
　　　日頭{太陽}　嗦草{除草}（嗦 so 的寫法還有揌，搓）
　　　好日後{好結尾}　田頭{田裏}
　　　嘴乾{口渴}（本字是喙涸）　哪{同時}（有人寫那）
　　　那{若，如果}（本字是若）　即{始，才}（有人寫才，者）
　　　息{休息}（本字是歇）　歸身{滿身}（有人寫規）
　　　甲{和}（有人寫及佮）　好年冬{豐收年}
　　　阮{我們}　快活{好過日，舒適}

　　這些詞當中有些是精通文言文、或通曉其他方言的人，可以不學而通曉的，如北京方言裏有透早，意義一樣；在客家話、廣東話裏的太陽都說成日頭。

　　本書的練習題收集很多臺語特別詞，讓讀者有機會練習克服這方面的困難。

　　以上我們假定臺語裏的共通詞，對於只通曉國語的人不至於有理解問題。臺語的特別詞便不然。其實影響詞的意義的理解，因素很多：如聽話時某詞的上下文，當場的非語言情況，某詞是否另有他義，某詞的各義中該意義的頻率，聽話者對該語言的能力，他對話題的熟悉程度，和對談話的內容的期待，都足以影響聽話者理解程度。這些因素跟本節有關的是聽話者對臺語的詞彙掌握能力。一個只懂得國語詞彙的人，對臺語特別詞的掌握能力將有困難，是可以想像而知的。可是我們不能忽略的是聽話者的理解因素，還有上面的其他一些因素。

　　至於閱讀時所看的符號媒介是書面上的文字，如果書面語所用的是漢字而不是羅馬字，那末上述各種因素也都有關係。但是除此而外某詞用什麼漢字來代表也是一個很重要的問題。就以上面的農村曲歌詞爲例，辨別所用的某字是本字還是非本字，也是學習臺語的一個困難點，因爲這個問題不只是臺語不很流利的人的問題，也是精通臺語的人的問題；又因爲它不只是閱讀的困讀點，也是書寫時的困難點，所以另立一節討論。

1.4　本字與非本字的辨別──臺語漢字書面語的一大困難點

　　因爲本字的辨認的問題不只是閱讀的問題，也是書寫的問題；不只是有志學通臺語的人的困難，也是精通臺語的人的困難。因此這節不只是未爲前一種人寫，而是也是同時爲兩種人而寫。因爲本書想利用國臺字音對應關係來介紹本字辨別的線索，又因本書的大部分既爲國臺字音對應規律的討論，本書的大部分精通臺語的人也可利用。

⒜　本字與語源

　　本字就是某詞語本來的字，是屬於語源學上的觀念。一般漢語文字學在觀念上又認爲探求某詞的語源，就是探求某詞相當於經典上，特別是韻書上的哪一個字；也就是某詞的意義和發音是跟經典上的某一個漢字的音位和意義相符合。因此一個詞的本字追根究底仍需要看韻書的音位。可是韻書通常被認爲是天書，沒有多少人看懂。幸虧眞正需要去查韻書的問題字畢竟佔少數。大部分的字要判斷是否本字，只要比較北京話、客家話、日本漢語等語裏的發音，查其是否合乎它們跟臺語的對應就可判斷某字是否本字。因此本書附帶的目標便是讓讀者能應用對應規律，和文白異音的現象來判斷非本字。雖然不是百分之百的可靠，也是很有用處。

　　上面農村曲的歌詞裏可以利用國臺語對應規律判斷爲非本字的有：

　　人　ㄖㄣˊ 不應該是 lâng 的本字（ㄖ對 l；ㄣ對 in。聲母和韻尾不按規律）lâng 的本字可能是農，也有人說是郎。

　　不　ㄅㄨˋ 不應該是 m̄ 的本字，聲母不對應。m̄ 的本字不詳，筆者所知道的寫法有呣、毋、唔、伓、姆、毛等。

　　午　ㄨˇ 不應該是 tàu 的本字。tàu 應該寫晝。ㄓㄡˋ 和 tàu 無論是調、聲、韻都按照對應規律。中午發音為 tiong-ngó͘ 但發音不能和頭草后流等字押韻。這些字的發音是 thâu, tsháu, āu, lâu。

　　乾　ㄍㄢ 不應該是 ta 的本字。聲母、韻母都不對應。ta 的本字是焦ㄐㄧㄠ，聲調聲母都符合，意義也接近。

　　的　ㄉㄧˊ、ㄉㄜˇ 不應該是 ê 的本字。本字可能是今。

　　嘴　ㄗㄨㄟˋ 不應該是 tshùi 的本字。聲調、聲母都不對應。tshùi 的本字是喙，聲調、韻母都對應。喙的文言音是 hùi。

只靠國臺對應規律較難判斷的爲非本字的有下面兩個字。這兩個都需要靠別的線索。

嘛ㄙㄨ 是借音字。音和 so 接近，可是意義不符合。

息ㄒㄧˊ 是借義字。聲母符合對應是偶然。 soah 的本字應該是然。音義都符合，息是 sek, sit 的本字。

(b) 本字與俗字

有些讀者看到上面把「人、不、的」等當做 lâng, m̄, ê 等詞的非本字，可能很驚奇；因爲一般人都習慣於把這些字用來代表這些詞語，也不知道這些詞原來另有它們的本字。俗字又稱通俗字，是社會上代表某詞所通行的 "非本字" 或 "非正字"。學者們所以用俗字通俗字這種字眼，也是他們心目中認爲這些字是錯字，另有正字本字不用，而社會人士以誤傳誤。可是他們對俗字的態度互相很不一致，有的認爲只得暫且承認，有的認爲應該早日改正過來，有的卻認爲這些字如果是廣泛的被採用，並且經過一段時間固定下來的，應該有其標準性也可認之爲正字，雖然從語源的觀點來看仍是非本字。也就是經過一番審核可以由俗字而升等爲正字、標準字。本書筆者對俗字採取最後這看法。臺灣、大陸、日本都經過這種步驟爲各地的文字把以前被視爲俗字的漢字，提昇爲 "標準字"。過去的白話文很多字都是在早期辭書中找不到根據的，例如現代中文裏，我們的們字有懣、門、每、們；咱字有偺、喒、自家。咱在切韻，或說文解字裏不是找不到，便是代表別義的詞，因爲們和咱都是古漢語所沒有，後來才有的詞，當時的典籍上當然無法找到它們在現代語的用法。有段時期內們、咱跟其他各字一樣都被視爲俗字、白字，後來漸漸升等爲ㄇㄣˊ 和ㄗㄚˊ 的正字，而偺、喒；懣、門等便永遠沒有這種地位。

(c) 本字與正字

本字是根據古籍的語源來決定的。古籍上的語言應該跟現代的語言有關係，可是因爲語言與文字的變遷，古今的語言和文字不可能完全相同。正字應該是由一個社會，根據自己的語言與文字習慣來決定的。

正字的建立過程有兩種，一種是自然的，例如現代的中文發展經過長期的白話文文學的流傳和詞典的編撰和使用，甚麼詞由甚麼漢字代表，慢慢固定下來。一種是人爲的，由政府公佈一些教科書、辭典、字表之類的東西，做爲大家正誤的標準。臺語完全沒有官定正字的歷史。書面語和辭典的使用也很有限，因此還有不少詞的漢字，還沒有一個標準。也就是許多詞沒有一個大家公認的固定的正字。

現代中文的詞彙以北方官話爲基礎，有很多詞，過去有很長久的一段時期是沒有正字的。例如ㄉㄜˇ 有地、底、的；ㄇㄣˊ 有門、每、懣，這些都不是古漢語裏的詞，所以試用過許多不同的字來代表。一直到最近才有一個大家公認的 "正字"。如果根據中古以前的古籍，這些字再也找不到本字的。由此可見北方官話的正字建立在北方官話的語言基礎上。不是建立在記錄古漢語的古籍上。現代中文的正字，不同於根據語源而定的本字。

正字的觀念是爲了代表某語言某方言所產生的用字時的標準觀念，所以大家都不約而同的要求單一的正字，同一個詞要用同一個字來代表。如果同一個詞同時有兩個或兩個以上的字，便尋求單一的正字。例如 lí 目前有汝、你兩個字代表。可是大家都自然地會問那一個才是 lí 的正字。很希望大家統一地採用其中的一個。

本字就不一樣了，有些詞至今尚未找到本字，很可能永遠都找不到，特別是合音詞、外來語、新起的虛詞，有些詞在經典上可以找到一個以上的來源。例如 lí 的本字可能有女、汝、你、爾、若。也有古籍上的"本字"跟現代中文一般人心目中的"正字"不一致的，今天的燃字，以前典籍上是然字。穿褲的褲在廣韵裏是袴。躺下的躺集韵作"踼"。

一個詞儘管有沒有本字，或是有好幾個本字，大家還是希望，期待甚至要求每個詞只有一個"本字"，學者們也因而爭論，其實大家爭論的，常常不是那個才是"本字"，而是那個才是應該用來代表現代詞的"正字"。

我們能夠很有把握的舉出兩類現代詞，是典籍上找不到來源，因此也就不可能有本字，但是仍然可以有正字，需要有正字，現在如果沒有，以後總會有正字的；一種是合音字也就是兩個音節合成一個音節的詞，以前一定是由兩個漢字代表的，現在合成一個音節了，按照漢字單音節的習慣，就需寫成一個漢字了。

另一種是近代的外來詞包括人名、地名、物名。古代不斷有外來詞。如玻璃、珊瑚、蝴蝶，但古代已經替它們或是找了字或是造了字，今日有正字也有本字。

合音詞

siâng ← saⁿ-tâng	𫘝 ←相同
su ← seng-khu	軀 ←身區 （如一軀西裝）
ē-tàng ← ē-tit-thang	會當←會得通
tsiang-sî ← tsit-tang-sî	（這當時）
tsái-sî ← tsá-khí-sî	（早起時）
hōng phah ← hō͘ lâng phah	（互人拍）

外來詞

sat-bûn	雪文（法文 Savon）
soāiⁿ	檨 （越語）
tō͘-má-toh	？ （tomato 番茄）
la-jí-oh	？ （radio 收音機）
lûi-kin	雷根（Reagan）
Pa-se	巴西（Brazil）
Bán-kah	艋舺（原住民獨木舟，今萬華）

(d)　本字有問題的詞

　　本書並非專門討論本字的論著，只是爲了幫助讀書利用國臺對應的線索判斷本字和非本字之間的分別。因此有關本字問題的討論儘量根據一般讀者的認識，不擬一味根據學者們的認識。對一般有意閱讀或書寫臺語的人，不管是否已精通臺語的口語，辨別本字有幾個功用：

　　1.因爲有本字絕大多數也是正字，也是大家較能了解，較能接受爲正字、標準字的字。因此寫作時儘量選用它有助於增加文章的可讀性和標準性。

　　2.因爲用非本字來書寫的詞，多半是寫法有問題的詞，一般讀者對這些字的認定發音和了解，很可能跟作者的原意有出入。因此如必使用非本字時就需特別小心，用注音注解或增加上下文等方法來避免誤會。

　　下面是非本字而被一般人用慣，而筆者個人認爲學者們不能不追認爲正字、標準字的通用字。

發　音	通用字	用　　　　　例	本字可能是
ê, ė	的	我的財產。無信心的人。	兮
lâng	人	大人。外國人。	農，郎
tsit	一	一枝。一萬。這一人。	蜀
tshù	厝	厝邊。六塊厝。	處，戊
hit	彼	彼個人。彼枝手。	迄
kîⁿ	墘	車路墘。碗墘。	舷
tsai	知	知影。	職
tshân	田	巡田頭。田岸。	？

　　至於其他一般非本字大致都只通用於某群人，甚至某作者，因此使用時需特別小心。

(e)　正字和臺語字典辭典

　　習慣於查用中文或外語辭典的人都認爲辭典、字典是決定正字的唯一途徑。臺語和廈門語過去也確有十來本字典辭典讓我們查閱各詞的正字。（請看本書後的書目錄）

1.5　福建話的形成

　　一群人的根要追尋，最好的方法便是研究他們的語言來源跟其他語言的關係。古漢語在語音系統上和字音上有相當完整的書面記錄。我們把現今的臺語和其他漢語方言跟這些書面記錄就各字發音的異同來加以比較，可以了解我們的語言是怎樣來的，跟說其

表1　國、臺、日古今音對照表舉例　　TC F aŋ, eŋ, ak, ek

切韻聲母	國音	台語文音	日語	鍾平 國語 台語 同 '一 iwoŋ 15	腫江 272	用三去 377	燭三入 488
p 幫	ㄈㄥ	hoŋ	hou 對 封				
p' 滂	ㄈㄥ	hoŋ	hou	峯鋒烽、蜂(phaŋ)	捧ㄆㄥˇ(phaŋ)		
b' 並	ㄈㄥ	hoŋ	hou	逢、縫(paŋ)	唪 hoŋˇ(paŋ)奉	俸縫(phaŋ)	栿(慎裸裸)ㄈㄨˊ hok8
m 明							
t 端							
t' 透							
d' 定							
n° 泥	ㄋㄨㄥˊ			濃(ioŋ)			
l 來	ㄌㄨㄥˊ	lioŋ	rʸou	龍(leŋ)	攏loŋˇ 壟=loŋˇ		錄(lek)綠(lek)
ts 精	ㄗㄨㄥ	zioŋ	sʸou	縱、踪(蹤)zoŋ	縱		足 ziok ㄗㄨˊ
ts' 清	ㄘㄨㄥ	cioŋ	sʸou	樅=zuēŋ、從 zioŋ			促(ciok4)ㄘㄨˋ
dz 從	ㄘㄨㄥˊ	zioŋ	sʸou	從			
s 心	ㄙㄨㄥ	sioŋ	sʸou	淞ィ、松(ciŋ)	慫聳 cioŋ 悚竦	[siok]	粟(cek4)ㄙㄨˋ
z 邪	ㄒㄨㄥˊ	sioŋ	sʸou	松ー(ciŋ)	⌐cioŋˇ	頌誦訟 [siok]	續ィ俗 ㄙㄨˊ
ṭ 知	ㄓㄨㄥ	tʸioŋ	tʸou		冢塚thioŋ		
ṭ' 徹							
ḍ' 澄	ㄔㄨㄥˊ	tioŋ	t	沖ー、 cioŋ 重(teŋ)	重(taŋ)ㄓㄨㄥˇ		躅 ziok, siok8 ㄓㄨˊ
ts 莊							
ts' 初							
dz 崇							
ṣ 生							
tś 章	ㄓㄨㄥ	zioŋ	sʸou	鍾鐘(zeŋ)盅(鍾)	種腫(coŋ)江腫	種(caŋ) [ziok] ㄓㄨˋ	燭(cek4)燭睭腸
tś' 昌	ㄔㄨㄥ	cioŋ	sʸou	衝(衝)(zeŋ)憧			觸 ciok4 ㄔㄨˋ
dź 船		sioŋ					贖 siok8 ㄕㄨˊ
ś 書	ㄕㄨㄥ	sioŋ	sʸou	舂ㄔㄨㄥ、zioŋ(zeŋ)			束 sok4 ㄕㄨˋ
ź 禪		soioŋ	sʸou	憃ㄔㄨ、ioŋ			蜀屬 siok8 ㄕㄨˊ
nź° 日	ㄖㄨㄥ	jioŋ	zʸou	茸	冗		辱褥縟 jiok8 ㄖㄨˊ
k 見	ㄍㄨㄥ	kioŋ	kʸou	恭供ㄍㄨㄥ 龔ㄍㄨㄥ=(keŋ)	拱鞏ㄍㄨㄥˇ	供=ㄍㄨㄥˇ(keŋ)	鋦 kiok ㄐㄩ
k' 溪	ㄎㄨㄥ	kh	kʸou		恐 ㄎㄨㄥˇ	[khiok] 曲ㄑㄩ	曲(khok, khiou)(khok4 khiou)
k' 群	ㄍㄨㄥˊ	kʸou	kʸou	蛩=khioŋ		共ㄍㄨㄥ(kaŋ)[kiok] ㄐㄩ	局(kok8)侷蹋
ng 疑		gʸou	gʸou	顒ㄩㄥˊ、ㄩˊ、ioŋ=hioŋ		[giok]	玉(gek)獄(gak)
x 曉	ㄒㄩㄥ	hʸou	kʸou	胸(heŋ)凶兇匈洶			旭 hiok4 ㄒㄩˋ
ɣ 匣		hʸou					
ʔ 影	ㄩㄥ	ioŋ		擁ィ、壅廱饔滃饗	擁 「踴(踴)」		
ɣ 喻	ㄩㄥ	ioŋ		庸傭墉鏞ィ容蓉榕ㄖㄨㄥ	勇甬湧俑	用佣(用)(ioŋ)	欲慾浴 iok8

熔(鎔)溶(iuŋ)

他語言的各群人有何關係。

古漢語的語音系統和字音的記錄當中，最有代表性，最有人引用的應算是唐末隋初所編的切韻（公元 601 年）。這本韻書收集漢字按聲調（平上去入）分卷，各卷按韻分段，每段都同韻，同韻裏同音的（也即同聲母又同介母的）漢字都排在一起。現在我們把其中四韻鐘腫用燭排在表 1 裏。（ F57 ）（此表摘自國、臺、日古今音對照手册，未出版）

這四個排在一起是根據韻鏡的編法，把韻母相同的平上去入各韻母排在一起。高本漢把鐘腫用等韻擬音爲 i̯wong，燭韻擬音爲 i̯wok。讀者如不熟悉聲韻學的體例、名稱，只需觀察下列幾點：

1. 凡是排在鐘韻的字，當時都唸爲當時的平聲，不分陰平、陽平，並且韻母都相同，凡是排在同韻的字都可以互相押韻，其他腫、用、燭各韻的情形也是如此。

2. 排在鐘韻的字都是平聲，今日在國語裏有兩聲調陰平和陽平，分法都按當時的聲母的清濁類別，濁分全濁與次濁，各以 * 與○號標識，今日臺語的聲調也是分陰平（第一聲）和陽平（第五聲），分法也完全按照當時聲母清濁類別。因爲國臺語分陽平、陰平的條件都是根據古時聲母的清濁，所以這些字的國臺字音有陰平對陰平，陽平對陽平，很整齊的對應關係。

3. 去聲的情形就不一樣了，排在去聲的漢字當時當然都是去聲，今日國語也都是去聲，臺語卻分爲陰去（第三聲）和陽去（第七聲），而分調條件完全和平聲分陰陽的情形一樣，古清聲母的字變爲陰去，古濁聲母的字今日都發音爲陽去。因此今日國語的去聲字，臺語不是陰去便是陽去。

4. 燭韻是入聲韻，古時有韻尾 k，這個 k 韻尾今日的國語裏都消失無遺，入聲調這個調類也完全瓦解，失去它單獨的一類，各字分派到其他各調類：即全濁聲母時變成陽平、次濁聲母時變成去聲，清聲母的各個字便是毫無規律地變爲陰平陽平上去四聲之中的任何一調。結果在各調裏那些是原來的入聲字，那些是原來的平上去完全無法分辨。至於臺語入聲調還完全地保留爲一個調類，和其他平上去截然不同；只是內部按清濁分陰入和陽入，與平、去聲的內部分化完全一致。由於古入聲在國語裏的發展完全沒有一個規律可循，跟臺語的發展完全不同，因此今日國臺語之間的聲調對應很不規律。（上聲字的發展從略。有關聲調的對應，請看第二章的討論。有關這些對應的歷史來源請看 2.9 節）。

5. 以上有關聲調的發展不只是發生在這幾個韻，在其他所有的韻也有相同的發展。

6. 有很多字在臺語裏有兩個讀法，通常是一文一白，在上表裏特別把白話寫在括號內。（表中 ts 寫成 z，tsh 寫成 c ）

文	白
蜂 hong[1]	phang[1]

縫	hông⁵		pâng⁵
	hōng⁷		phāng⁷
龍	liông⁵		lêng⁷
松	siông⁵		tshêng⁵
衝	tshiong¹		tseng¹
鐘	tsiong¹		tseng¹
曲	khiok⁴		khek⁴
玉	giȯk⁸		gėk⁸
綠	liȯk⁸		lėk⁸

　　文白音之間有一定的關係。通常是聲調相同，聲母相同；就是不同也屬於同類，又有一定的規律不是個別的現象。（如 h 對 ph）韻母不同的情形較多，但並非茫無規律，仍有一定的規律；並且有一定的類似點（如 ong 對 ang ， iong 對 eng）。

　　上面只介紹整個中古音和今日國臺語之間的關係的一小部分，足以啓發我們追究一些有關語言史和民族史的問題：這些字音上的對應絕不可能是偶然的，一定是過去先民中的一大部分說的是切韵裏的語言，或是跟切韵很接近的語言，才有今日切韵跟臺語很有系統的對應規律。今日的國臺語之間有上述的關係（以及本書將要討論的關係），也在啓示着我們兩語人士的祖先在過去曾是同族同語。（如不是全部也是大部分人的祖先是同族同語）。特別是臺語中的文言音，跟切韵和北方官話都有井然的對應關係，顯示着帶來文讀音的那批移民，跟華北官話有過密切關係。

　　一般學者認爲福建一帶的白話音是較早期的福建居民所遺留下來的，文言音是較後期的從華北的一群文教很盛的移民帶入福建的。

　　據史書的記載福建地區的居民是歷史上或因避亂或因征蠻，陸續從中原一帶遷移而來的，始自秦漢，盛於晉唐宋。其中大規模的移民，足以影響閩南話的形成或變化的，有西晉的永嘉之亂，南北朝的五胡亂華，唐初的征蠻，唐末和宋朝的避亂這幾次大南移（參詹伯慧，現代漢語方言）。這幾梯次大移民，對閩南方言區的語言特點各有什麼影響，當是很有趣的大課題。爲了便於討論各次移民對閩南語的影響，我們不妨把早期閩南話分爲三期。

　　第一期是有史以來到唐初的移民，這幾次移民留下來的語言便是今日閩南話的白話音。第二期始於唐末因避亂而起的大遷移，包括唐末閩國的建立（唐景福元年即公元八九二年，王潮入福建拜觀察使開始至晉開運四年即公元九四四年爲南唐李景所滅共五十二年）。河洛人集體遷閩，當時由唐朝知名學者仕宦建學四門，以教閩之秀者（參看五代史），因大規模的傳授書文，所請的老師又都來自河洛地區，對當時的語言演變一定引起相當的作用。第三期始於宋代的大批皇室人員，由於金元相繼入侵，相率避亂南下，宋徽宗在福州即位後（1276）爲元兵迫迫奔走於泉州、潮惠州等地，史稱軍兵七十萬，民兵三十萬。這些軍民和宋室遺民後來都定居福州、泉州、漳州一帶,和早期的漢人移民合居,這一批移民總不會沒有留下任何的語言痕跡。有些學者認爲今日閩話裏的文言音便是這些移民所帶進的。有些學者却認爲文言音早在唐末就帶進。

王育德(1969)、黃典成(1983)兩位學者,一位在日本,一位在福建,都曾對福建的文教史入手,根據福建有關文教與移民的史料,再把漢語各方言的字音和各種韵書對照,不約而同的認爲文言音是唐末那批來自位於今河南東南端的光州固始的移民帶入福建的。王育德又認爲福建的開發早在第三世紀開始,但是速度很慢,根據歷史上的記錄,文教的興起開始於第七世紀末葉,主要由開發漳州的陳元祖祖孫以及建立經營半世紀閩王國的王潮祖孫所領導,來自光州固始的先民。他們的語言和當時的舊居民的語言間具有極明顯的對應關係,經過本土化後便是今日的文言音的前身。

曾有些學者認爲福建的語言有些非漢語的成分,如檨(soai^n){芒果}、囝(kiá^n){孩子}、囡仔(gín-á){小孩子}而這些詞彙又跟越南語有親屬關係。應算是古代南移的漢人和當地的越族混合的遺跡。漢民族一直跟外族有接觸,有史以來北方有匈奴、五胡、金、遼、蒙、滿等外族入侵雜居而漢化,他們常以强悍的武力征服漢人,定居華北、中原以後却在文化上以寡敵衆,受漢人同化,他們每次入侵的人數都不足構成多數民族,可是入侵的數次很多累積下來的人口比例應相當可觀,且在語音和語法上留有相當的影響。今日華北的漢語跟古韵書相差很多,主要的理由不外是北方異族,學用漢語所引起的。

華南的開發和漢化,情形有點不同,因逃避災難的大批漢族移民,有足夠的勢力趕走或同化原先的居民。閩話的基本語彙絕大部分跟其他漢語有關聯,非漢語的成分,雖然比其他漢語各方言群多了一些,可是仍不夠理由把閩語歸類爲非漢語或混合語。

閩語近幾百年來跟外界較有機會接觸,外來詞比別地多,特別是臺語裏的日語和英語具相當多的成分,倒是值得一提的特點。但這些外來詞,很清楚是經過借用,而不是大規模的民族的混合。

1.6 臺語的形成

臺語又稱福佬話,是閩南方言群的一支。可說是臺灣福建話或臺灣閩南話的簡稱。一般漢語學者的分類中閩南方言群包括福建南部一帶的泉州、廈門、漳州、廣東省裏的潮州、海南、浙江南部的一部分,甚至四川一部分。

在中國大陸以外有不少華人說閩南話,特別是東南亞各國和臺灣的華人,閩南語系的人口佔絕大的優勢。其中廈門話至少在中國大陸一直被認爲是閩南話的標準話。

整個臺灣話的形成和廈門話的形成極爲類似:

兩者都由來自泉州、漳州的移民混和而成。今日都是不泉不漳,又泉又漳。因此大陸的閩南話當中最靠近臺灣話的是廈門話。臺語之中的臺北話所含的泉州話成分比較多了

些，臺南話裏就漳州話的成分多了些。可是臺北、臺南和其他臺灣各地的閩南話都較近
於廈門，而各與泉州和漳州有相當的距離。雖然如此，廈門話的形成和臺灣各大城市的
形成有幾個不同點：

　　第一個不同點是臺灣各大城市的居民多數來自臺灣各地的鄉村，並非直接由漳泉搬
來。廈門的居民便大多直接遷自泉漳各地。

　　第二個不同點是廈門市的急速興起主要是十九世紀五口通商以後的事，臺灣的大批
移民早在十七世紀明末清初，臺南建府也相當早。

　　第三個不同點是跟臺南話、臺北話極相似的方言人口，包括整個臺灣的福佬話，互
相通話毫無阻碍，也不覺得有多少外地腔。由於整個臺灣閩南話的內部差異微小，又由
於它有些共通性（主要是詞彙）是別地的閩南話所沒有的，臺灣話可看成一個閩南方言
系之內具有內部特點的一支。臺灣話這個名稱也早已通用，現在常常聽到臺灣話、臺語、
臺灣語、福佬語這類名稱。但是極少聽到臺北話、臺南話這種名稱。廈門話雖然有閩南
話的標準話的威信，範圍卻只限於廈門市和它的近郊：不論是人口或地域，都不如內部
差異微小的臺語。同安和廈門只離四十公里，離漳州五十公里、泉州七十公里，可是這
些地域的語言和廈門話的差距，比臺灣任何地點跟臺南或臺北的差距都大得多。造成這
種不同的原因主要有二：一旦離開故鄉的人移動性都比一直守在一個地方的人大。美國
地方廣大，但是它國內的方言差遠小於英國的一個小地域。另一個因素是臺灣的交通、
學校制度、電視、廣播事業發達，又由於工商業、徵兵、就業、就學所帶來人口的流動
量和交流量遠超過福建地區，這些條件使臺灣內部語言因頻繁的使用和交流而減少內部
的差異，急速的趨向統一化。

　　第四個不同點是廈門的住民和泉州、漳州之間來往從來沒斷絕過。臺灣各城市的居
民跟大陸的居民的往來，曾有清代的海禁、日本的統治、國共的對立，近兩百年之內可
以自由往來的期間不超過二十年。

　　臺語和漳州話、泉州話、廈門話的主要分別在詞彙的不同。現在把臺語特有的詞分
類舉例於後（廈門話的詞彙根據廈門大學編普通話閩南語詞典 1981）：

A. 因受自然或文化環境的變遷而產生的詞

臺語	廈門話
薪勞〔sin-lô〕	店員
夥計〔hoé-kì〕	店員
草地〔tsháu-tē〕	鄉下／山裏
tshiâⁿ-iāⁿ	隆重
tsit-má	現在／卽陣
thūn	填（tiâm）

會當　［ē-tàng］　　　　　　　　會得，會得通

繪當　［bē-tàng］　　　　　　　繪 得，繪得通

唐山　［tông-soa^n］　　　　　中國，中國大陸

亭仔脚　　　　　　　　　　　　五脚忌

枝仔冰／冰枝　　　　　　　　　霜枝

柴耙　　　　　　　　　　　　　查某人

tshe^n-tshau／澎湃　　　　　豐富
　［phông-phài］

烏枋　［O˙ pang］（黑板）　　烏牌

莊脚　　（山村）　　　　　　　鄉里

寄錢　　（存款）　　　　　　　在錢

銀票　　（紙幣）　　　　　　　紙字

洗身軀　　　　　　　　　　　　沖水

讚　［tsán］　　　　　　　　　好

烏龜　［O˙-ku］　　　　　　　　無輸無贏

B.　因臺灣的國語最近四十年有不同的外來語翻譯而帶來的差異：

臺語　　　　　　　　　　　　　廈門話

電腦　　　　　　　　　　　　　（電子）計算機

軟體　　　　　　　　　　　　　軟件

硬體　　　　　　　　　　　　　硬件

計程的／計程車　　　　　　　　小包車／小轎車／出租車

旅行車　　　　　　　　　　　　麵包車

雷射　　　　　　　　　　　　　電光／激光

公車／公共汽車　　　　　　　　公共汽車

飛彈　　　　　　　　　　　　　導彈

怪手／挖土機　　　　　　　　　挖土機

貨櫃　　　　　　　　　　　　　集裝箱

太空衣　　　　　　　　　　　　宇宙服

太空船　　　　　　　　　　　　宇宙飛船

迷你裙　　　　　　　　　　　　超短裙

C.　因臺語吸收日語不同於廈門話所帶來的差異

臺語　　　　　　　　　　　　　廈門話

暗算（心算）　　　　　　　　　心算

案內　　　　　　　　　　　　　嚮導招待

印紙（印花）	印花
景色（風景）	風景
月給（月俸）	月薪
現金（現款）	現款
車掌	車上服務員
出張（出差）	出差
水道水（自來水）	自來水
通學	走讀
都合（方便）	方便
賣手（賣主）	賣主
運送	運搬
運命	命運
感心（感動）	感動
產婆（助產士）	助產士
謝禮	報酬
放送機（擴音機）	擴音機
自動車（汽車）	汽車
欠勤	
放送（廣播）	廣播
運轉手（司機）	司機
飛行機（飛機）	飛機
一坪	面積單位
便當	飯盒
電球（電火 phok 仔）	電燈泡（廈門話說電珠）
天然豆（天花）	天花

其他因大陸政治經濟制度所帶來的新詞彙，經過頻繁的政治教育，很快的傳入各地的學校政府機構，又因政治教育規定用方言進行以便和群衆容易溝通，所以也很快地成爲大陸民間用語，可是政治詞彙變化很快，很難判斷哪些是臨時的詞彙，哪些是長久詞彙的一部分。這裏不擬列舉。

1.7　所謂標準臺語

有一個問題常把筆者問僵：臺語應以哪裏的話做標準？凡是住過美國的人都了解美國的英語並不選定任何一個地方的話做標準。無論那裏的話都是美國英語的方言，是各地方的語言，各個地方的語言都是堂堂正正的美國英語，也是美國的標準語。誰都不承認誰的語言特別標準。當然美國的英語並非茫無標準，對和不對之間大家仍然認爲很重要。美國各地區之間的英語有差異，大家遷就大同而容忍小異，大家要求高度的溝通，而尊重各地約定俗成的特點，各地人士溝通量增加了，互相的差異就自然隨着減少，不用政治力量消滅語言差異。這是美國人處理語言差異的方法。私人在心理上對別地區的語言雖有成見，可是在法律之前任何人不能因語言文化來受歧視，也不能在各種機會上受不平等的待遇。筆者認爲這種模式十分合乎民主與平等的原則。政府努力達成的目標，應該是社會人士間信息來往的增加，人際關係的改善，各階層之間接觸的頻繁，人人發表意見與吸收知識覓求消息的機會不應因語言有地方差異來受限制。這些才是語言教育、語言政策的目的，而不應該爲了達成統一的語音，統一的符號而違背這個目的。

根據這個觀念臺語應以那裏的話做標準的問題也就沒有多大意義了。因此目前臺灣一般人並不計較，也不注意哪種臺語才是標準臺語的問題，這是十分可欣慶的現象。可是實際上有些特殊的情況，人們不能不面對方言之間選擇的問題。廣播員、演員的選擇，外地人如要學臺語，編撰詞典、教科書，記錄民間的歌曲、俗語、童謠等，都需要面對方言差異之間的選擇問題。

中國大陸的出版物常把廈門話描寫爲全閩南話的標準語。根據筆者的觀察，日據時代到四、五十年代、臺灣居民的心目中的確把廈門話認爲是臺語的標準話。可是這種觀念漸漸地淡薄，目前廈門腔對一般人士既不親切也不特別好聽，比臺灣各大城市方音還要陌生。

現在我們把足以反應這種觀念的改變的幾件事略述如後：

臺灣的閩南語系人士中，直接從廈門來的人，數目很少。可是廈門話是閩南語區的標準話，對早期臺語的發展有一定的影響，日本時代一直到二、三十年前臺灣的臺語廣播節目，較正式的都用廈門腔的廣播員。臺灣教會所用的聖經（新約 1916、舊約 1933）、聖詩以及字典都以廈門話爲根據。長老會臺南宣教師所編的＂廈門音新字典音＂（ 1134 頁）是日本時代公元 1913 年在臺南編成的。臺南地區裏雖然漳州音的成分較多，該字典仍以泉州成分較多的廈門音爲據，可見那時教會領導者心目中的臺語標準話傾向於廈門話。

這裏不得不提的是上述的聖經和字典，都是英、美、加的宣教士主持翻譯編撰的。當時被派遣來東亞的傳教士都互相有密切的協調。在語文方面儘使各地閩南話使用統一的譯文。這樣節省了他們很多訓練和翻譯工作的時間。同樣的語文資料運用於福建、廣東、臺灣、港澳、東南亞各地的閩南語社區。以後本地人從事聖經的翻譯工作，一來由於人力經費充足，可以各地根據各地的方言從事翻譯；二來由於閩南話各區的人無法來往協調，達成統一的聖經翻譯。例如天主教和新教在臺中翻譯的新約聖經（1965 ～ 72）是根據臺中腔譯成的。

其實不承認或不意識廈門腔是閩南話中的標準話的潮流已經早就存在於民間的語言裏。民間日常語言都是隨着環境來變的,就是有意來阻擋也無法改變語言自然演變的力量。

除了民間語言的自然使用以外,我們可從幾件事觀察到廈門話的領導地位在臺灣居民的觀念中逐漸消失。

第一是臺灣各地詩社或書學仔(卽私塾)的唸書傳統都按照自己的口語,而不按照廈門音唸。有些字音廈門音分文白,而文言音恰好是臺南等地的白話音。如:

		廈門 / 臺北		臺 南
		白 / 文		文 / 白
齊韵	雞	koe	ke	ke
	題	toê	tê	tê
	洗	soé	sé	sé
	替	thoè	thè	thè
	細	soè	sè	sè
	契	khoè	khè	khè
	溪	khoe	khe	khe
灰韵	配	phè	phoè	phoè
	回	hê	hoê	hoê
	灰	he	hoe	hoe
	稅	sè	soè	soè
	綴	tè	toè	toè

第二是過去在很多人的心目中臺南腔有它一定的地位。因為臺南是文化古城,又是過去政治中心的府城,許多唸書人的心目中,臺南府城內的書學仔先生的唸書音具有相當的權威性,而他們的唸書音不根據廈門音而根據臺南府城口音。

第三是廣播和電視節目所用的語言。地方電臺的臺語多半是各地用各地親切的口音,電視節目除了轟動一時的黃俊雄布袋戲節目是臺南腔以外,大多數使用臺北腔。這一方面是臺北人口多,又是政治文化經濟中心,電視節目的製作也多在臺北。因此全島各地的人都聽慣臺北話。加上臺北腔跟那本以廈門音為基礎的廈門音新字典較為接近,因此有些學者主張要書寫發音應以臺北音為準。

第四是外國人來臺灣所學的閩南話都是臺灣話而不是廈門話,目前有兩套臺語教科書,一個是根據臺北腔注有臺南腔的 Speak Taiwanese Hokkien (共三冊)1969臺北語文學院出版。另一套是根據臺中腔寫的「初步臺語會話及文法」共二冊,1960 Taiwanese Book 1, 1984 Taiwanese Book 2, 1985臺中瑪利諾會語言服務中心出版。

第五是臺灣出版的字典辭典,所收的都是臺灣的閩南話而不是廈門話。本書後面的辭典目錄不管他們用的書名是否用了"臺語"這類名稱,在發音方面所收的是臺灣的泉州腔或漳州腔，而不是泉州話、漳州話，更不是廈門話（所謂泉州腔指臺灣化的泉州腔和泉州話很不相同。漳州腔亦然）。在辭彙上所收的盡是臺灣話而廈門話的辭語只收一些較明顯的。

連最近（1981）在日本天理大學出版的「現代閩南語辭典」所錄的詞條和詞音都是臺語，連廈門很普通的 chi-chūi {誰} 都沒有收入。令人很想探討編者的心目中臺灣話是否已成爲閩南話的標準語！

值得注意的是最近在臺出版的辭書，書名多採用閩南語這個名稱，而實際上所根據的都是臺灣話。

本書書名使用臺語而不用閩南話福建話等名稱，有下面幾個理由：

1. 在學術界閩南話包括泉州、漳州、廈門、潮州、海南、臺灣等不同的漢語方言。臺灣話之內雖有泉州腔、漳州腔等方言差，可是跟今日泉州話、漳州話大有分別，倒跟廈門話近得多。但也有別於後者。

2. 臺灣話有別於廈門話，其他閩南話地區不會把臺灣話當做閩南話的"標準話"，作者也無意做此主張。

3. 本書的語料都取自臺灣話，不一定跟廈門話一樣，爲了名副其實，只好用臺語，而不冒用廈門話等名稱。

至於臺灣話裏的內部差異，本書如需要標示時，將臺南高雄臺中等地的方音寫在前，臺北等地的方音寫在後。有時只寫前者以橫槓標示臺北方音需作調整。

1.8 對應規律的限制

國語和臺語之間有對應規律的存在，這是無可否認的，而這些規律的客觀存在，學者可能有不同的描述，不同的表達法。可是不管有沒有學者的描述，如何描述，它是存在的。因爲有對應規律，所以臺語才被稱爲漢語，才有說國語的人學起臺語比學日語、英語更爲容易，對一些臺語與國語字音之間有不規律對應的容易錯誤等現象。如風波 hong-pho 常受國語的影響而唸成 hong-po，僕人 pok-jîn 常唸成 phok-jîn。

認識對應規律的存在和功用，對學習有親屬關係的語言很有幫助，可是對應規律最好自然的領會掌握，不需太介意於它的形式。因爲人自然有領會利用對應規律的能力。學者把它用筆墨寫成文字或程式，都不是我們腦裏的原形。本書的練習題的目的就在使讀者自然地領會各節的對應規律，能在腦裏活用。不一定能說出對應規律什麼音變什麼音。

除對應規律描述形式和學得方法的困難以外，國臺語之間的對應規律本身，尚有一些限制。就是自然地習得對應規律，仍無法克服的限制。這些限制的成因是：

(a) **文白異讀**

(b) **本字不詳的詞**

(c) **方言差**

(d) **例外字**

文白異讀和本字不詳的問題各在 **1.3** 　學習臺語的困難， **1.4** 　本字與非本字的辨別兩節裏討論過，都是學習臺語的困難點，也是對應規律應用上不能如意推測所要的臺語字音的情形。

方言差的情形較有方法克服。讀者可以按照自己較有接觸的方音，或任選一種始終固定學好它。住在臺北或附近的人選臺北音，住在中南部的人選臺南音，應該是可行的選擇。常注意對話者是那一種方音，而不混亂也是平常需要努力的。讀者會發現各方音間的關係有一定的法則令人尋味。

例外字是增加記憶工夫的一個大因素，培養讀者能夠辨別例外字與例內字，並能記好主要的例外字以便發揮對應規律的功能是各習題的主要目的之一。

1.9　本書編排和語料來源

本書分章介紹國臺語之間聲調、聲母和韻母的對應。先討論各種對應規律之後，利用充分的練習題，讓讀者經過觀察語料、討論歸納、應用規律等過程，掌握常見的人名、地名、物名、俗語、歌謠等的臺語發音。最後的附錄國臺字音的對照表，收有四千多漢字的國臺字音，可以按照國語發音，查出漢字及其臺語發音。

整本書的著重點在個別字音的學習，對應規律只不過是一種協助記憶的工具，不必逐項熟背，做練習時自然會吸收。在各章各節後都有單字、雙音詞、姓名、地名、俗語、臺語特別詞等標音的練習題。在聲母和韻母兩章裏加了文白之間選擇的練習題，在韻母一章裏又加上辨認本字的練習。

本書練習裏的人名、地名、物名儘量採取認識斯土斯地常常碰到的用語。取材所參考的書目如下：

(1)蔡培火等　臺灣民族運動史　自立晚報（1971）

(2)亦　玄　臺語溯源　　　　時報（1977）

(3)吳守禮　綜合閩南方言基本字典緒言（1985）

　　Shou-Li Wu

　　Introduction to Collective Basic Minnan-Taiwanese Dictionary

(4)吳瀛濤　臺灣民俗　衆文（1984）

(5)向　陽　土地的歌　自立晚報（1985）

(6)楊青矗　在室女（電影劇本）　敦理（1985）

(7)許常惠　臺灣福佬系民歌　百科文化（1982）

(8)K. Kubler　A Taiwanese Vocabulary list.

(9)劉峰松　臺灣動物史話　敦理（1984）

⑩林宗源　補破網　春暉（1984）

⑾林宗源　濁水溪　笠詩刊社（1986）

⑿林　二、簡上仁　臺灣民俗歌謠　衆文（1978）

⒀黃春明　鄉土組曲　遠流（1976）

⒁王育德　臺灣語初版　日中（東京）（1983）

⒂陳永興、李筱峰　臺灣近代人物集 213 頁、臺灣文藝（1983）

⒃陳金田　臺灣童謠　大立（1982）

1.10　本書與作者其他有關臺語著作的關係

筆者除了本書以外寫了幾本有關臺語的學習用書。各書的內容用途都和本書有異，現在略述於後。

(1)　臺灣福建話的語音結構及標音法（1977 學生書局）

是為懂得臺語而想學習臺語的語音系統（包括變調規律），以及羅馬字標音法的入門書，附有練習題，是一本自修用書。

(2)　臺語與國語字音對應規律的研究（1979 學生書局）

探討從臺語字音推測國語發音的規律，惟推測的方向恰與本書相反。該書較注重規律的介紹，沒有練習題。書後的臺語國語字音對照表，按臺語排列四千多個漢字，是查漢字臺語發音的參考書。又因該字表按韻母、聲調、聲母排列，臺語的聲韻異同一目了然，是尋找押韻字的極好工具書。凡有意學習研究臺語和國語關係的人士，有時需要根據臺語發音查出所有臺語的同音字，以及各字的國語發音，另一方面也需要靠國語的發音查出臺語的字音。兩本書相輔而成。

(3)　從臺語學日本漢語（編著中）

日語中有一大半的詞彙借自漢語，而借用的時期是跟福建話文言音形成的時期相去不遠。都早於北方話經過大音變的時期。本書旨在讓讀者能利用人家熟悉的臺語字音，有效地學習日本漢語的發音。有充分的練習題，不但能掌握發音的異同也介紹語彙上的異同。

(4)　國語常用虛詞及其臺語對應詞釋例（文鶴書局）

一個語言最常用、最基本的便是表達語法關係的虛詞。本書收集國語最常用的虛詞，按其語法、語義分類、說明、舉例，並把所有的詞項和例字翻譯成臺語。附有臺語索引。

(5)　**國、臺、日古今音對照手册**（編著中）

　　該書將五千多個常用漢字按照切韵中古漢語系統排列，並標出每個漢字的國語、臺語、日語發音。又附有"臺語國語字音對照表索引"，可按臺語發音而查出每個字在中古音韵系統的音位。也附有"國語字音索引"可由國語發音查出。判斷某漢字是否爲某詞的本字可以利用國語、日語、客語等語音裏的字音，可是較可靠的方法便是根據本字在古韵書裏的音位。本書希望給研究漢語聲韵學和臺語文白字音的人便於查出各漢字在切韵系統裏面的音位。

(6)　**Taiwanese Romanization and Pronunciation Drill**

　　臺語羅馬字和發音練習（將出版）附錄音帶

　　本書爲說非漢語的人學習臺語發音而寫，主要根據以英語日語爲母語的人學習臺語時的困難點編排各單元。各單元都有充分的練習題（分 Pronunciation Drill, Reading Drill 和 Dictation）使讀者掌握發音和標音之間的關係，可利用錄音機來自修。

　　又有教師本特別介紹說英語和日語的人，學習臺語發音時的困難所在。可供海外教導第二代學習臺語之用。又其中的 Reading Drill 可讓已知臺語想增加閱讀羅馬字（即所謂白話字）速度的人利用。

1.11　符號說明

　　　[x]　　　　x 係借義字

　　　(x)　　　　在第四章裏，x 的文、白兩讀之中有一個並不常用的。

　　　{ x }　　　　x 係國語意義對等語

　　　< >　　　　資料來源

　　　e̲　　　　　臺南腔 e　臺北腔 oe（說明請看 4.7）

　　　o̲e　　　　　臺南腔 oe　臺北腔 e （說明請看 4.7）

第二章 聲調的對應

2.0 引 論

(a) 以一首流行歌曲爲例

心 事 啥 人 知
ㄒㄧㄣ ㄕˋ ㄕㄚˊ（ ） ㄓ
Sim-sū siá^n-lâng tsai

心 事 若 無 講 出 來 有 啥 人 會 知
ㄒㄧㄣ ㄕˋ ㄖㄛˋ ㄨˊ ㄐㄧㄤˇ ㄔㄨ ㄌㄞˊ ㄧㄡˇ ㄕㄚˊ（ ）ㄏㄨㄟˋ（ㄓ）
Sim-sū nā bô kóng--tshut-lâi ū siá^n-(lâng)ē tsai

有 時 真 想 欲 訴 出 滿 腹 的 悲 哀
ㄧㄡˇ ㄕˊ ㄓㄣ ㄒㄧㄤˇ（ ） ㄙㄨˋ ㄔㄨ ㄇㄢˇ ㄈㄨˋ（ ）ㄅㄟ ㄞ
Ū-sî tsin siū^n(beh) so°-tshut moá-pak (ê) pi-ai

踏 入 迌 迌 界 是 我 無 應 該
ㄊㄚˋ ㄖㄨˋ（ ）ㄐㄧㄝˋ ㄕ ㄨㄛˇ ㄨˊ ㄧㄥ ㄍㄞ
Ta̍h ji̍p (tshit-thô)-kài sī góa bô eng-kai

如 今 想 反 悔 啥 人 肯 諒 解
ㄖㄨˊ ㄐㄧㄣ ㄒㄧㄤˇ ㄈㄢˇ ㄏㄨㄟˇ ㄕㄚˊ ㄖㄣˊ ㄎㄣˇ ㄌㄧㄤˋ ㄐㄧㄝˇ
Jû-kim siū^n hoán-hoé siá^n-lâng khéng liông-kái

心 愛 你 若 有 了 解 請 你 着 忍 耐
ㄒㄧㄣ ㄞˋ ㄋㄧˇ ㄖㄛˋ ㄧㄡˇ ㄌㄧㄠˇ ㄐㄧㄝˇ ㄐㄧㄥˇ ㄋㄧˇ ㄓㄠˋ ㄖㄣˇ ㄋㄞˋ
Sim-ài lí nā ū liáu-kai tsiá^n lí tio̍h jím-nāi

男 性 不 是 無 目 屎 只 是 不 敢 流 出 來
ㄋㄢˊ ㄒㄧㄥˋ（ ）ㄕˋ ㄨˊ ㄇㄨˋ ㄕˇ ㄓˇ ㄕˋ（ ）ㄍㄢˇ ㄌㄧㄡˇ ㄔㄨ ㄌㄞ
Lâm-sèng m̄-sī bô ba̍k-sái tsí-sī m̄-ká^n lâu--tshut-lâ

　　臺語歌曲的一大特色是以純粹日常生活上的用語唱出大家的心情。既然是日常用語，
也就包含很多白話音，以及所謂有音無字的詞語。而這些用語雖然在臺語裏大家很耳熟
親切，在國語裏有些卻很陌生(例如若（如果）啥（誰）人，知（知道），眞（很），欲
（要），甚至不能了解（迌迌（玩耍）着（應該），目屎（眼淚），呣敢（不敢））。
　　上面的歌詞中沒用本字的詞不加國語注音（如：欲，人，的，呣）本字可疑的詞以

括號標示（如知）。其餘的字可按照國語和臺語的聲調的對應關係歸類整理，以便於觀察其中的關係：

國語聲調	臺語聲調		
第一聲（陰平）	第一聲（陰平）	心 ㄒㄧㄣ sim（知）真悲哀應該今	(8)
	第四聲（陰入）	出 ㄔㄨ tshut	(1)
第二聲（陽平）	第五聲（陽平）	無 ㄨˊ bô 來時如男流（人）	(7)
	第四聲（陰入）	腹 ㄈㄨˊ pak	(1)
	第八聲（陽入）	着 ㄓㄠˊ tiòh	(1)
第三聲（上聲）	第二聲（上聲）	講 ㄐㄧㄤˇ kóng 啥滿我反悔肯解你了請忍屎只敢	(15)
	第七聲（陽去）	有 ㄧㄡˇ ū（想 ㄒㄧㄤˇ siūⁿ）	(2)
第四聲（去聲）	第三聲（陰去）	訴 ㄙㄨˋ sò͘ 界愛耐性	(5)
	第七聲（陽去）	事 ㄕˋ sū 若會是諒	(5)
	第四聲		
	第八聲（陽入）	踏 ㄊㄚˋ tàh 入目	(3)

從上面短短的一首歌的字音聲調的歸類，可看出國語的四聲與臺語的七個聲調之間有很規律的對應關係。如果我們根據整個詞彙的對應來歸納，便可看出規律的對應，和例外的對應，本章的目的在於介紹有規律的對應和它們的應用。

許多字在臺語裏有文白兩種（或更多）的發音。就聲調而言，文言音和白話音大致相同。下例中文白不同調的只有「有」字。siūⁿ 的本字應該是「尙」，而不是「想」

	文言音	白話音	
無	bû	bô	文白都是陽平
滿	boán	moá	文白都是上聲
我	ngó͘	goá	文白都是上聲
請	tshéng	tshiáⁿ	文白都是上聲
敢	kám	káⁿ	文白都是上聲
着	tiòk	tiòh	文白都是陽入
目	bòk	bàk	文白都是陽入
有	iú	ū	文音上聲白音陽去
想	siúⁿ	siūⁿ（尙）	文音上聲白音陽去

因此在本章裏文白異讀不特別分開處理。

又臺語歌曲的押韻情況大致是韻母相同而不要求聲調相同。這是因為歌曲是唱的。朗讀的時候各字都有聲調，歌唱時卻完全喪失各字字調。這首歌以 ai 押韻。各字的聲調除了入聲以外哪一調都有。

來	lâi
知	tsai
哀	ai
界	kài
該	kai
解	kái
解	kái
耐	nāi
屎	sái
來	lâi

(b)　**國語的聲調**

聲調的名稱通常用數值，即第一，二，三，四聲。這些聲調的稱呼，和傳統上的四聲（平、上、去、入）再分陰陽二類，關係如下：

聲　類	傳統名稱	例　　　字	聲　類	傳統名稱	例　　　字
第一聲	陰平	詩ㄕ　通ㄊㄨㄥ	第二聲	陽平	時ㄕˊ　同ㄊㄨㄥˊ
第三聲	上聲	使ㄕˇ　桶ㄊㄨㄥˇ	第四聲	去聲	示ㄕˋ　痛ㄊㄨㄥˋ

國語四聲和古四聲的關係如下，括號內的國語聲調是重復出現也就是和別的古聲調混合而不分別的調。

	平	上	去	入
陰	ˉ	ˇ	ˋ	(ˉˊˋ)
陽	ˊ	(ˋ)	ˋ	(ˊ)

國語另外還有一個輕聲是雙音詞語的現象。因分析國臺聲調對應都按照本調，輕聲可以暫時擱開不討論。

(c)　**臺語的聲調**

臺語一共有七個聲調。其中兩個是入聲，五個是非入聲。按照唐末編纂的韻書，漢語有平上去入四個聲調。後來每個聲調都各分成兩個聲調：陰調和陽調。如果平上去入各調裏陰陽兩調都齊全的話，就共有八個調。閩南語系裏的潮州話就是如此。可是臺語裏的上聲不分陰陽，只有一個聲調，所以一共才有七個聲調。

	平	上	去	入
陰	陰平	（陰）上	陰去	陰入
陽	陽平	（陽）上	陽去	陽入

在韻母簡介時我們已把全部韻母分成入聲韻母和非入聲韻母兩大類。入聲韻母有 -p，-t，-k 或 -h 等韻尾。非入聲韻母一律不含有這種韻尾。這就等於說含有 -p，-t，-k，-h 韻尾的韻母只需要辨別兩個調（陰入和陽入），沒 -p，-t，-k，-h 韻尾的韻母也只需要辨別五個調（陰平、陽平、上聲、陰去、陽去），都不需要辨別七個調之多。現在以 tok 這個入聲韻母的音節和 tong 這個非入聲韻母的音節來舉例說明。

	平	上	去	入
陰	tong	tóng	tòng	tok
	東	黨	凍	督
陽	tông	tóng	tōng	tȯk
	同		洞	毒

tok 這個音節因其聲調的不同，可能有兩個不同的發音：tok 和 tȯk 。唸成 tok 這個發音的字有督、篤、啄等；唸成 tȯk 這個發音的字有獨、毒等。

tong 這個音節有五個不同的發音：tong, tóng, tòng, tông 和 tōng 。下面是各個發音的同音字：

tong ：東、冬、當

tóng ：黨、懂

tòng ：凍、棟

tông ：同、堂、童、唐

tōng ：洞、動、撞

一般人對於陰平、陽平等名稱較為生疏，因此常用序數來稱呼這些聲調。

陰平叫做第一聲

陰上叫做第二聲

陰去叫做第三聲

陰入叫做第四聲

陽平叫做第五聲

陽上叫做第六聲

陽去叫做第七聲

陽入叫做第八聲

在列出各聲調的例字之前，我們先以簡單的聲調符號（˥、˥˧、˧˩、˩ 等）來表示各個聲調的音值高、低、昇、降、長、短）。

聲類		第一聲	第二聲	第三聲	第四聲	第五聲	第六聲	第七聲	第八聲
傳統名稱		陰平	上聲	陰去	陰入	陽平	上聲	陽去	陽入
聲調符號		˥	˥˧	˧˩	˨•	˧˥		˧	˥•
音值描寫		高平	高降	低降	低短	昇		中平	高短
例一	tong-	tong	tóng	tòng	tok	tông	tóng	tōng	to̍k
	tok	東	黨	棟	督	同	黨	洞	毒
例二	kun	kun	kún	kùn	kut	kûn	kún	kūn	ku̍t
	kut	君	滾	棍	骨	裙	滾	郡	滑
例三	hoan-	hoan	hóan	hòan	hoat	hôan	hóan	hōan	ho̍at
	hoat	翻	反	販	發	礬	反	範	罰
例四	in-	in	ín	ìn	it	în	ín	īn	i̍t
	it	因	引	印	一	寅	引	孕	逸
例五	kiong-	kiong	kióng	kiòng	kiòk	kiông	hióng	kiōng	kio̍k
	kiok	宮	拱	供	菊	強	拱	共	局
例六	ti-	ti	tí	tì	tih	tî	tí	tī	ti̍h
	tih	豬	抵	智	滴	池	抵	治	碟
例七	kim-	kim	kím	kìm	kip	kîm	kím	kīm	ki̍p
	kip	金	錦	禁	急	禁	錦	妗	及

請注意，在上面音標中，第一聲 tong、kun、kim 等和第四聲 tok、kut、kip 等都沒有標聲調符號。第一聲與第四聲的辨認，全靠有無「塞音韵尾」（stop ending）：-p、-t、-k 或 -h。凡是沒有標聲調符號而有塞音韵尾 -p、-t、-k 或 -h 的音都唸第四聲；凡是沒有標聲調符號而又沒有塞音韵尾（-p、-t、-k 或 -h）的音都唸第一聲。

請隨時記住臺語每字的聲調，隨其在詞句中的位置而變調。在詞組末尾多唸本調，在其他位置一概唸變調。變調很有規則，我們只看本調就可以推出變調來。因此標調一概只標本調。以上各例字所標的聲調都是單獨出現或在詞尾出現時的聲調，也就是這些字音的本調。(4)

(d) 本章的編排

從國語、臺語之間的對應規律可以看出臺語的聲調能夠從國語的聲調推測出來，其情形有兩種：

(1)平上去之間的分別（請看 2.2，2.3，2.4）

(2)陰平和陽平之間的分別（請看 2.5）

至於不能夠從國語聲調推測的有下面三種情形：

(3)陰去和陽去之分（請看 2.6）

(4)入聲和非入聲之分（請看 2.7）

(5)陰入和陽入之分（請看 2.8）

　　上面的對應規律都是國、臺語語音演變中有規律可循的。（請看 2•9 聲調規律歷史來源）兩種方言之間還有一些不合乎規律對應的例外字，我們將把它列出來，並且複習對應規律（請看 2.10）

　　本章練習題所採用的語料偏重於地名、姓氏、俗語和較常用的單音詞、雙音詞（請參看本書前面練習題目錄）。

2.1　聲調的一般對應規律

　　由國語的字音推測臺語的字音，可分聲調、聲母、韻母三方面對應來討論，其中最有規則的對應算是聲調的對應。

　　國語和臺語字音之間聲調的對應規律可分兩種情形：念成臺語非入聲的和念成臺語入聲的。

(a)　非入聲的情形

（入聲的對應規律也暫時放在括號內）

國　語	臺　語	例　字	
−（陰平）→	1（陰平）	兵、冰 ㄅㄧㄥ	Peng[1]
	（4（陰入）	績、積 ㄐㄧ	Tsek[4]）
／（陽平）→	5（陽平）	名、明 ㄇㄧㄥˊ	Bêng[5]
	（8（陽入）	廸、敵 ㄉㄧˊ	Tèk[8]）
	（4（陰入）	即 ㄐㄧˊ	Tsek[4]）
∨（上聲）→	2（上聲）	嶺、領 ㄌㄧㄥˇ	Léng[2]
	（4（陰入）	決、訣 ㄐㄩㄝˊ	Koat[4]）
＼（去聲）→	3（陰去）	政、正 ㄓㄥˋ	Chèng[3]
	7（陽去）	幸、行 ㄒㄧㄥˋ	Hēng[7]
	（8（陽入）	玉、獄 ㄩˋ	gėk[8]）
	（4（陰入）	迫 ㄆㄛˋ	Pek[4]）

　　上面的對應規律「−→1」的意思是：如果一個字在國語念第一聲，該字在臺語就

念第一聲。「✓→5」的意思是：一個字在國語念第二聲，在臺語就念第五聲，其餘類推。

　　值得注意的是：如果應用傳統的聲調名稱（平、上、去、入、陰、陽），對應規律就比較容易記。國語、臺語各有平、上、去，而兩種方言之間的聲調對應關係是：

$$平 \rightarrow 平$$
$$上 \rightarrow 上$$
$$去 \rightarrow 去$$

國語和臺語的平聲都分陰陽兩調，而對應規律是：

$$陰平 \rightarrow 陰平$$
$$陽平 \rightarrow 陽平$$

國語的去聲不分陰陽，臺語的去聲却分陰去、陽去兩調，所以：

$$去聲 \rightarrow 陰去、陽去$$

(b)　入聲的情形

　　國語已失去了入聲，古時的入聲字現在都念成非入聲字的平上去聲，臺語還把入聲保留的很完整，所以國語的平、上、去聲中都有一部分來自入聲的，現在在臺語中也都還念成入聲。從數目上來說，入聲字佔少數，大約只有五分之一，可算為特殊情形，規律如下：

—（陰平）→	4（陰入）	績、積	ㄐㄧ	Tsek⁴
✓（陽平）→	8（陽入）	迪、敵	ㄉㄧˊ	Tėk⁸
→	4（陰入）	即	ㄐㄧˊ	Tsek⁴
ˇ（上聲）→	4（陰入）	決、訣	ㄐㄩㄝˊ	Koat⁴
ˋ（去聲）→	8（陽入）	漢、莫	ㄇㄛˋ	Bȯk⁸
	4（陰入）	迫	ㄆㄛˋ	Pek⁴

值得注意的有兩點：

1. 國語每種聲調的字都有念成臺語陰入的。
2. 國語的陰平和上聲字一般說來沒有對應的臺語陽入字，只有陽平和去聲字才有對應的臺語陽入字。

(c)　根據本調運用對應規律：

　　臺語有很嚴格的連音變調（ tone sandhi ）。詳細的變調規律可參看本書作者和鄭謝淑娟的臺灣福建話語音結構及標音法（學生書局）第六章、第七章。這裏舉些語例，並提醒讀者，臺語標調，一律只標本調，不標變調。如黨 tóng　是第二聲，在詞尾或單獨出現的時候念高降調（↑），在非詞尾的位置念高平調（ㄱ）。各調的本調(以調號 ϕ，

╱，╲，ϕ，∧，－，| 標示）。變調（一般不標出來，下面特以 1，2，3，4，5，6，7，8 標示）舉例於下：

1	→	7	東	東部	tang	˥ →	tang^{7}-(pō͘)	┤(├)
2	→	1	黨	黨部	tóng	˥ →	tóng^{1}-(pō͘)	˥(├)
3	→	2	棟	棟樑	tòng	˥˩ →	tóng^{2}-(niû)	˨˦(˧˩)
4	→	8	督	督學	tok	˧ →	tok^{8}-(ha̍k)	˥(˥)
5	→	7	同	同學	tông	˧˩ →	tông^{7}-(ho̍k)	┤(˥)(南部)
						↘	tông^{5}-(ha̍k)	˩˧(˥)(北部)
7	→	3	洞	洞內	tōng	├ →	tōng^{7}-(lāi)	˩˧(├)
8	→	4	毒	毒藥	to̍k	˥ →	to̍k^{4}-(io̍h)	˩(˥)

變調和本調的比較和連音變調最能看清楚的是同字的重疊。下面有關身體器官的形容詞重疊可供讀者觀察比較：

本調		變調				
1	→	7	脚曲曲	┤	˥	khiau^{7}-khiau
2	→	1	手軟軟	˥	˥˧	nńg^{1}-nńg
3	→	2	嘴臭臭	┼	├	tshàu^{2}-tshàu
4	→	2	鼻濶濶	┼	├	khoah^{2}-khoah
	↘	8	鼻啄啄	˧	˧	tok^{8}-tok
5	→	7	毛長長	˧˩	˧˩	tn̂g^{7}-tn̂g
7	→	3	耳重重	├	├	tāng^{3}-tāng
8	→	3	面肉白白	˩	˥	pe̍h^{3}-pe̍h
	↘	4	面肉滑滑	˩	˥	ku̍t^{4}-ku̍t

有人把單音或詞尾的調值認爲變調，其他位置的看成本調（鄭再發，1984），還有人（謝信一，19）主張我們記憶中詞的發音，並不只記憶本調（因而靠變調規律，說出變調、本調），而是變調和本調都存在記憶中，說出來的時候，只不過選出適合於某場合的音值。如果是這樣，那麼每個記在腦子的詞彙都有兩個發音，一個是本書所說的本調，另一個是本書所說的變調。現在以 tong 這個音節爲例，各調類（以╱╲∧等符號標示）的調值，可以標示如下：（出現在詞尾或單音的調值標示在直槓之右，如˥，出現在非詞尾位置的調值，標示在直槓之左，如 ˥）。

調類		調值
1	tong	┤˥
2	tóng	˥˥˧

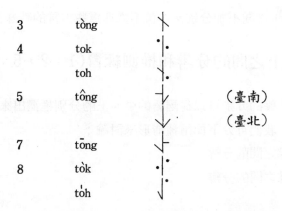

3	tòng		
4	tok		
	toh		
5	tông		（臺南）
			（臺北）
7	tōng		
8	to̍k		
	to̍h		

因爲在臺語裏有上述的變調現象，一個字的調類的掌握，對某些人需要一點時間。

國語也有連調變化的現象，最明顯的是兩個第三聲的出現，前面的音節要讀成第二聲，如買馬ㄇㄞˇ ㄇㄚˇ 要念成˧˥ ˨˩˦，而跟埋馬ㄇㄞˊ ㄇㄚˇ發音相同。

這裏需要了解的是對應規律的運用只需根據一個字的本調"買"是上聲，"埋"是陽平，在臺語買埋也各爲上聲、陽平。

(d) 聲調對應規律與輕聲的出現

臺語和北京話的字音可能因輕讀而失去本調調值，結果跟其他調類的字無法分別。

臺語的字音何時輕讀，何時不輕讀的問題，請參看臺灣福建話的語音結構及標音法，第八章輕聲的出現，以及筆者的國語常用虛詞及其臺語對應詞釋例（文鶴書局）中北平方言，臺語中輕重音的出現和語法的關係。這裏只提四點：

1. 本書所處理的對應規律只處理國、臺語的單字發音。輕聲是雙音詞或詞組的現象，不在本書討論範圍之內。
2. 對應規律的運用要根據原調，而不根據輕聲。
3. 國語有些字在口語中是永遠輕聲的（如嗎、呢、裳、們），這些字不單獨出現，本書不處理。
4. 北京話的輕聲經常出現，和臺灣一般人的國語很不相同，倒跟臺語的輕聲有極相似的地方。臺語的輕聲跟變調現象有極密切的關係，比北京話更有規律。（參看鄭良偉 1985 ）

(e) 聲調對應規律與方言差

臺灣各地的方言就字音調類來說相當統一，相差不多。就聲調的地方差來說，較明顯的是，臺中等地陰入和陽入在單字或詞尾出現時互不分別（如"八"與"白"，"借"與"石"），只在非詞尾時加以分辨（如"八葉"與"白葉"，"借刀"與"石刀"）。

這些地區的人應以調類運用對應規律，而不用單字的調值來判斷。

還有些地區以 h 收尾的字音，陽去和陽入不加分別，如"道" tō 和"熖" to̍h，"謝"

tsiă 和 "食" tsiăh 之間不加分別。本書不處理這些方言的特殊現象。

2.2 臺語平上之間的分辨和推測練習(1：2，5：2)

　　臺語平聲和上聲的分別可以從國語的平、上的分別推測出來。平聲既然在國語、臺語裏都分陰、陽，我們可分下面兩種情形來討論：

　　(1)陰平和上聲之間的分辨

　　(2)陽平和上聲之間的分辨

2.2.1　臺語陰平（第一聲）和上聲（第二聲）的分辨

　　　　例字：

陰平	當ㄉㄤ	tong	欺ㄑㄧ	khi	詩ㄕ	si
上聲	黨ㄉㄤˇ	tóng	起ㄑㄧˇ	khí	始ㄕˇ	sí

　　臺語聲調標示的方法是陰平（第一聲）沒有任何調號，如 tong 當。上聲（第二聲）標 "ˊ"，如 tóng 黨。

練習一：分辨單音詞陰平和上聲

利用前示的對應規律推測臺語詞的聲調。

國語	臺語	答
1. 三ㄙㄢ	sam／saⁿ	sam／saⁿ
2. 杯ㄅㄟ	poe	poe
3. 酒ㄐㄧㄡˇ	tsiu	tsiú
4. 真ㄓㄣ	tsin	tsin
5. 水ㄕㄨㄟˇ	sui	súi
6. 你ㄋㄧˇ	li	lí
7. 我ㄨㄛˇ	goa	góa
8. 攏ㄌㄨㄥˇ	long	lóng
9. 總ㄗㄨㄥˇ	chong	chóng
10. 好ㄏㄠˇ	ho	hó

練習二：分辨雙音詞（地名）的陰平、上聲

　　請將下列臺灣雙音詞地名標調。需注意臺語詞的聲調只在最後音節念本調，其他都

需念變調，標調時一律標本調。

國語	臺語	答
1. 東港 ㄉㄨㄥ ㄍㄤˇ	Tang-kang	Tang-káng
2. 草山 ㄘㄠˇ ㄕㄢ	Tshau-soa^n	Tsháu-soa^n
3. 馬公 ㄇㄚˇ ㄍㄨㄥ	Ma-kong	Má-kong
4. 媽祖 ㄇㄚˉ ㄗㄨˇ	Ma-tso˙	Má-tsó˙
5. 海埔 ㄏㄞˇ ㄆㄨˊ	Hai-po˙（"埔"為例外字）	Hái-po˙
6. 佳里 ㄐㄧㄚ ㄌㄧˇ	Ka-li	Ka-lí
7. 公館 ㄍㄨㄥ ㄍㄨㄢˇ	Kong-koan	Kong-kóan
8. 阿里山 ㄚ ㄌㄧˇ ㄕㄢ	A-li-san	A-lí-san
9. 岡山 ㄍㄤ ㄕㄢ	Kong-san	Kong-san
10. 野柳 ㄧㄝˇ ㄌㄧㄡˇ	Ia-liu	Iá-liú

上面的地方屬於那個區域？

A、高雄縣　　　　B、臺南縣　　　　C、澎湖縣　　　　D、臺北市

E、福建省　　　　F、屏東縣　　　　G、臺北縣　　　　H、陽明山管理局

I、嘉義縣

答：　　1.　F　　　2.　H　　　3.　C　　　4.　E　　　5.　A

　　　　6.　B　　　7.　D　　　8.　I　　　9.　A　　　10.　G

練習三：分辨俗語中的陰平和上聲

從下列俗語中選出臺語的第一聲（陰平）和第二聲（上聲）並加調號。

答：

1. 春　天　後　母　面。　　　　　　　　　春，　天　母
　 ㄔㄨㄣ ㄊㄧㄢ ㄏㄡˋ ㄇㄨˇ ㄇㄧㄢˋ　　　tshun　ti^n　bó
　 tshhun thi^n au bo bin.

2. 一　更　報　喜，兩　更　報　死。　　　更　喜　死
　 ㄧˋ ㄐㄧㄥ ㄅㄠˋ ㄒㄧˇ，ㄌㄧㄤˇ ㄐㄧㄥ ㄅㄠˋ ㄙˇ.　　ki^n　hí　sí
　 tsit ki^n pò hi, nng ki^n pò si.

（＊一是入聲字，為臺語第四聲）

（兩是例外字）

3. 酒　醉　誤　江　山　　　　　酒　江　山
　　ㄐㄧㄡˇ ㄗㄨㄟˋ ㄨˋ ㄐㄧㄤ ㄕㄢ　　tsiú　kang　san
　　tsiu　tsùi　gō‧kang san

4. 孤　鳥　插　人　群　　　　　　孤　鳥
　　ㄍㄨ ㄋㄧㄠˇ ㄔㄚ ㄖㄣˊ ㄑㄩㄣˊ　ko‧　chiáu
　　ko˙ tsiáu tshah lâng kûn.
　　（插 tshah 是入聲字）

5. 古　井　水　雞　　　　　　　　古　井　水　雞
　　ㄍㄨˇ ㄐㄧㄥˇ ㄕㄨㄟˇ ㄐㄧ　　kó tséⁿ tsúi ke
　　ko˙　tséⁿ　tsúi - ke
　　（水雞：田雞、青蛙）

6. 三　十　六　計　走　為　先　　三　走　先
　　ㄙㄢ ㄕˊ ㄌㄧㄡˋ ㄐㄧˋ ㄗㄡˇ ㄨㄟˊ ㄒㄧㄢ　saⁿ tsáu sian
　　saⁿ tsȧp lȧk kè, tsáu ûi sian.
　　（十，六，臺語為入聲字）

7. 好　花　插　牛　屎　　　　　　好　花　屎
　　ㄏㄠˇ ㄏㄨㄚ ㄔㄚ ㄋㄧㄡˊ ㄕˇ　hó hoe sái
　　kó hoe tshah gû sái

說明

　A. 勢孤力薄，欲振乏力。

　B. 一走了事。

　C. 謂不知天高地厚。

　D. 無寃受屈，為代罪羔羊。

　E. 彩鳳隨鴉，太可惜！

　F. 春天氣候常變，似後母的心地陰險。

　G. 勸人不可過分貪杯。

　H. 情勢多變。

　　1. F　　2. H　　3. G　　4. A　　5. C
　　6. B　　7. E

2.2.2　臺語陽平（第五聲）和上聲（第二聲）的分別

　　例字：

陽平	同 ㄊㄨㄥˊ	tông	錘 ㄔㄨㄟˊ	thûi	媒 ㄇㄟˊ	môe
上聲	桶 ㄊㄨㄥˇ	tháng	腿 ㄊㄨㄟˇ	thúi	每 ㄇㄟˇ	móe

練習四：分辨地名的陽平、上聲

		國　語	臺　語	答
1.	桃園	ㄊㄠˊ ㄩㄢˊ	Tho-hng	Thô-hn̂g
2.	宜蘭	ㄧˊ ㄌㄢˊ	Gi-lan	Gî-lân
3.	南港	ㄋㄢˊ ㄍㄤˇ	Lam-kang	Lâm-káng
4.	柳營	ㄌㄧㄡˇ ㄧㄥˊ	Liu-ia^n	Líu-iâ^n
5.	斗南	ㄉㄡˇ ㄋㄢˊ	Tau-lam	Taú-lâm
6.	澎湖	ㄆㄥˊ ㄏㄨˊ	Phe^n-o˙	Phê^n-ô˙
7.	*臺灣	ㄊㄞˊ ㄨㄢ	Tai-oan	Tâi-ôan
8.	*濁水溪	ㄓㄨㄛˊ ㄕㄨㄟˇ ㄒㄧ	Lo-tsui-khe	Lô-tsúi-khe
9.	凍頂	ㄉㄨㄥˋ ㄉㄧㄥˇ	Tong-teng	Tòng-téng
10.	水底察	ㄕㄨㄟˇ ㄉㄧˇ ㄌㄧㄠ	tsui-te-liau	Tsúi-té-liâu

* 灣 oân 是例外字

* 濁是 lô 的表意字。聲調湊巧合乎對應規律。

上面的地方屬於那一類：

縣名	宜蘭	雲林	屏東	嘉義
臺北	省名	南投		

答：1.縣名　2.縣名　3.臺北市　4.嘉義　5.雲林　6.縣名
　　7.省名　8.雲林　9.南投　10.屏東

練習五：分辨雙音詞的陽平、上聲

從下列詞中，選出臺語第二聲（上聲）或第五聲（陽平）的字，並加調號。

		國　語	臺　語	答
1.	同　情	ㄊㄨㄥˊ ㄑㄧㄥˊ	tong-tseng	tông tsêng
2.	海　底	ㄏㄞˇ ㄉㄧˇ	hai-te	hái té
3.	紅　酒	ㄏㄨㄥˊ ㄐㄧㄡˇ	ang-tsiu	âng tsíu
4.	厨　房	ㄔㄨˊ ㄈㄤˊ	tu-pang	tû pâng
5.	喜　酒	ㄒㄧˇ ㄐㄧㄡˇ	hi-tsiu	hí tsíu

6. 民　主　ㄇㄧㄣˊ ㄓㄨˇ　　bin-tsu　　　　bîn tsú

7. 理　由　ㄌㄧˇ ㄧㄡˊ　　li-iu　　　　　lí iû

8. 臨　時　ㄌㄧㄣˊ ㄕˊ　　lim-si　　　　　lîm sî

9. 保　險　ㄅㄠˇ ㄒㄧㄢˇ　po-hiam　　　　pó hiám

10. 趕　緊　ㄍㄢˇ ㄐㄧㄣˇ　koaⁿ-kin　　　kóaⁿ kín

2.2.3　臺語陰平（第一聲）、陽平（第五聲）和上聲（第二聲）之間的分辨

臺語的兩個平聲（第一聲和第五聲）和上聲（第二聲）之間的分辨，可從下面的對應規律推測：

　　　　國語　　　臺語

1. 陰平　→　陰平

2. 陽平　→　陽平

3. 上聲　→　上聲

練習六：分辨俗語中的平、上

從下列俗語中選出第一聲（陰平），第五聲（陽平）或第二聲（上聲）的字，並加調號。

答：

1. 孤　鳥　插　人　群　　　　　　孤　鳥　人　群
ko˙ tsiau tshah jin-kun　　　　ko˙ tsiáu jîn kûn

2. 肥　水　無　流　過　坵　　　　肥　水　無　流　坵
pui-tsui bo lau kòe khu　　　　pûi tsúi bô lâu khu

3. 繪　曉　駛　船　嫌　溪　狹　　曉　駛　船　嫌　溪
be-hiau sai tsun hiam khe e̍h　hiáu sái tsûn hiâm khe

4. 好　花　插　牛　屎　　　　　　好　花　牛　屎
hó-hoe tshah gu-sai　　　　　　hó hoe gû sái

5. 吊　羊　頭，賣　狗　肉　　　　羊　頭　狗
tiàu iuⁿ-thau bē kas-ba̍h　　　iuⁿ thâu káu

6. 一　某　無　人　知，　　　　　某　無　人　相　知
Tsit bo˙ bo lang tsai　　　　　bó˙ bô lâng saⁿ tsai

兩　某　相　舍　代
nng bo˙ saⁿ-sià-tāi

7. 海　龍　王　辭　水（假細膩）　　　海　　龍　　王　辭　水　假
   Hai-leng-ong si tsui（ké sè-jì）　　hái lêng ông sî tsúi ké

8. 死　坐　活　食　　　　　　　　　死
   si tse oa̍h tsia̍h　　　　　　　　sí

註：插 tshah　狹 eh，肉 bah 活 oa̍h 食 tsia̍h 等是入聲字，不能利用本節非入聲對
　　應規律。

說明

　　A. 故作客氣。
　　B. 謂太可惜。
　　C. 表裏不一，名不符實。
　　D. 利益不外流。
　　E. 不承認自己不中用，反怨天尤人。
　　F. 勢孤力薄，欲振乏力。
　　G. 形容懶惰徒食。
　　H. 世人多現實。
　　I. 有妻有妾，家庭多糾紛。

　　1. F　　2. D　　3. E　　4. B　　5. C　　6. I
　　7. A　　8. G

練習七：分辨歌謠中的平、上

從下面臺東調中選出臺語陰平、陽平和上聲的字，並加以調號。

1. 來去　臺東　花　蓮港
   lai khì Tai-tang hoa-lian-kang

2. 路　頭　生　疏　呣　捌　人
   lō͘-thau seⁿ-so͘ m̄ bat lang

3. 希　望　阿　娘　來　疼　　痛
   hi-bāng a - niu lai thiàⁿ -thàng

4. 疼　　痛　阿　娘　出　外　人
   thiàⁿ-thàng a - niu tshut-gòa-lang

答：來 lâi 臺 Tâi 東 tang 花 hoa 蓮 liân 港 káng

2. 頭 thâu 生 se^n 疏 so$^•$ 人 lâng

3. 布 hi 阿 a 娘 niû 來 lâi

註：捌 bat 出 tshut 是入聲字各為臺語第四聲。

呣捌：不識。阿娘：小姐。

註：疼是例外

練習八：選出對應關係

就下面的對應規律而言，下面的念法那些是例外字（以 "外" 表示），那些是任何規律都不適用字（以 "不" 表示），那些字適用本節的規律（以 1、2 或 3 表示對應規律）。

	國　　語		臺　　語	答
1.	陰平（第一聲）	→	陰平（第一聲）	
2.	陽平（第二聲）	→	陽平（第五聲）	
3.	上聲（第三聲）	→	上聲（第二聲）	

掛	ㄍㄨㄚˋ		koà	不
羊	ㄧㄤˊ		iû^n	2
頭	ㄊㄡˊ		thâu	2
賣	ㄇㄞˋ		bē	不
狗	ㄍㄡˇ		káu	3
肉	ㄖㄡˋ		bah	不
海	ㄏㄞˇ		hái	3
埔	ㄆㄨˊ		po$^•$	外

練習九：對照表（以韻母ㄢ，ㄢˊ，ㄢˇ為例）

1. 附錄裏的對照表ㄢ韻母的字絕大多數的字臺語念第一聲。現在就ㄅ聲母字舉例。（對照表的臺語發音如是文言音，以大寫標音，括號代表較少用的發音）。

	國　語	臺　語
斑，班，頒	ㄅㄢ	Pan
扳	ㄅㄢ	Pan／pian
般，搬	ㄅㄢ	(Pan)／poa^n

同樣，ㄊ聲母字的臺語聲調也都是第一聲，沒有例外。

| 貪 | ㄊㄢ | Tham |
| 灘 | ㄊㄢ | Than／thoa^n |

國語念ㄊㄢ，ㄙㄢ的字各有哪些？臺語如何念？

2. 在整個ㄢ韻母裏的字，臺語不念第一聲的字有哪些？

3. ㄢˊ韻母裏的字較常見的臺語韻母有哪些？都是第幾聲？

4. ㄢˇ韻母裏的字較常見的臺語韻母有哪些？都是第幾聲？

5. ㄢˊ欄裏的字，臺語的聲調不按照對應規律的有哪些？

6. ㄢˇ欄裏的字呢？

7. "餐"和"殘"在國語是最小差異組（minimal pair）兩字只差聲調。請爲下面的字，從ㄢˊ，ㄢˇ欄裏，找出只差聲調的minimal pair：翻，詹，三，安。

8. 請爲下列的字找出國語、臺語都可以成爲最小差異組的字：班，甘，貪。

答：1. 參 ㄘㄢ Tsham，餐 ㄘㄢ Tshan，三參 ㄙㄢ Sam／sa^n

2. 鱣 ㄓㄢ siān，煽 ㄕㄢ siàn

3. oân，oâ^n，âm，ân，iâm，iân 都是第五聲。

4. ân，oán，â^n，oá^n，ám，iám 都是第二聲。

5. 璠，藩 Hoan；凡 Hoân，Hoân；瀾 Lân，Lān；髯 Jiám

6. 袒 than，懶 Lán，nōa；斬 Tsám，Tsām，tsá^n

7. ㄈㄢ 翻 ㄈㄢˊ礬，繁，ㄈㄢˇ蕃 ㄈㄢˇ反，返

　　ㄓㄢ 詹 ㄓㄢ　　　　　　　　ㄓㄢˇ斬，盞，展，搌，輾

　　ㄙㄢ 三 ㄙㄢ　　　　　　　　ㄙㄢˇ散，傘

　　ㄢ 安 ㄢˊ　　　　　　　　　　ㄢˇ

8. ㄅㄢ pan班　ㄅㄢˊ pân　　　　ㄅㄢˇ pán坂，板，版，阪，闆

　　ㄍㄢ kam甘　ㄍㄢˊ kâm　　　ㄍㄢˇ kám感，敢（又音 ká^n）橄

　　ㄊㄢ tham貪 ㄊㄢˊ thâm潭痰璏蟫　ㄊㄢˇ thám　毯（又音 thán）

2.3　臺語上去之間的分辨和推測練習(2:3，2:7)

2.3.1　臺語上聲（第二聲）和陰去（第三聲）的分別

例字：

上聲： 黨　ㄉㄤˇ　tóng　　始　ㄕˇ　sí　　假　ㄐㄧㄚˇ　ké

陰去： 棟　ㄉㄨㄥˋ　tòng　四　ㄙˋ　sì　　價　ㄐㄧㄚˋ　kè

對應規律：

國語上聲（第三聲）　→　臺語上聲（第二聲）

去聲（第四聲）　　→　　去聲（第三聲或第七聲）

有一些字在臺語裏的文言音是上聲，在白話音裏是陽去。這些字的上聲可從國語推測，陽去算是例外念法，因爲它們都來自中古上聲，在國語也都念上聲。

		文	白
兩	ㄌㄧㄤˇ	lióng	nnḡ
雨	ㄩˇ	ú	hō͘
五	ㄨˇ	ngó͘	gō͘
碼	ㄇㄚˇ	má	bā
老	ㄌㄠˇ	nó͘	lāu
卵	ㄌㄨㄢˇ	loán	nn̄g
懶	ㄌㄢˇ	lán	noā
網	ㄨㄤˇ	bóng	bāng
瓦	ㄨㄚˇ	oá	hiā
遠	ㄩㄢˇ	oán	hn̄g
娶	ㄑㄩˇ	tshú	（tshoā？）
有	ㄧㄡˇ	iú	ū

練習一：雙音詞

	國　語	臺　語	答
1. 將領	ㄐㄧㄤˋ ㄌㄧㄥˇ	tsiong-leng	tsiòng-léng
2. 店主	ㄉㄧㄢˋ ㄓㄨˇ	tiam-tsu	tiàm-tsú
3. 考委	ㄎㄠˇ ㄨㄟˇ	khó-ui	khó-úi
4. 貴紙	ㄍㄨㄟˋ ㄓˇ	kui tsoa	kùi tsóa
5. 顯著	ㄒㄧㄢˇ ㄓㄨˋ	hian-tu	hián-tù
6. 探訪	ㄊㄢˋ ㄈㄤˇ	tham-hong	thàm-hóng
7. 喜愛	ㄒㄧˇ ㄞˋ	hi-ai	hí-ài
8. 四季	ㄙˋ ㄐㄧˋ	su-kui	sù(sì)-kùi
9. 女性	ㄋㄩˇ ㄒㄧㄥˋ	lu-seng	lú-sèng
10. 理氣	ㄌㄧˇ ㄑㄧˋ	li-khi	lí-khì

練習二：俗　語

從下列俗（或成）語中選出臺語第二聲（上聲）或第三聲（陰去）的字並加調號。

答

1. Kun-tsu ai tsai, tshu tsi iu to.　　　　tsú, tshú, ài, iú
　　君　子　愛　財　取　之　有　道　　　　子　取　愛　有

2. Hiam hoe tsiah si be-hoe-lang.　　　　hoè, bé
　　嫌　貨　才　是　買　貨　人　　　　　貨　買

3. Ho tsiu tim ang-te.　　　　　　　　hó, tsiú, àng, té
　　好　酒　沈　甕　底　　　　　　　好　酒　甕　底

4. Si-ho tso oah-ho phah.　　　　　　sí, hó, tsò
　　死　虎　做　活　虎　撲　　　　　死　虎　做

5. Ho khoaⁿ m-ho tsiah.　　　　　　　hó, khòaⁿ
　　好　看　不　好　食　　　　　　　好　看

6. Lau-be tian tsang.　　　　　　　　bé, tián
　　老　馬　展　鬃　　　　　　　　馬　展

7. Seng put tai lai, su put tai khi.　　　tài, sú, khì
　　生　不　帶　來　死　不　帶　去　　　帶　死　去

8. Khi-tshu an poaⁿ liau.　　　　　　khí, tshù, àn, pòaⁿ
　　起　厝　按　半　料　　　　　　起　厝　按　半

（道 tō，是 sī，料 liāu，老 lāu 爲陽去。）　　（死有人念白話音 sí）

說明

A. 好事在後。

B. 老當益壯。

C. 事已絕望，仍作最後努力以求挽回。

D. 虛有其表。

E. 勸人不要做守財奴。

F. 事事總有法則，當以正當方法得之。

G. 識貨人。

H. 階級井然。

I. 建屋時常超出預算。

答: 1. F　　2. G　　3. A　　4. C　　5. D　　6. B
　　　 7. E　　8. I

2.3.2　臺語上聲（第二聲）和陽去（第七聲）的分別

例字

上聲：黨 ㄉㄤˇ tóng　　死 ㄙˇ sí　　管 ㄍㄨㄢˇ koán

陽去：洞 ㄉㄨㄥˋ tōng　　是 ㄕˋ sī　　縣 ㄒㄧㄢˋ koān

對應規律

國語上聲（第三聲）　→　臺語上聲（第二聲）

　　去聲（第四聲）　→　　　去聲（第三或第七聲）

按照上面的對應規律，第三聲和第七聲之間無法分辨，這個分別將於 2.6 節詳細討論。

練習三：雙音詞

從下列詞中，選出臺語第二聲（上聲）或第七聲（陽去）的字，並加調號。

	國　語	臺　語	答
1.	委員 ㄨㄟˇ ㄩㄢˊ	ui-oan	úi
2.	事項 ㄕˋ ㄒㄧㄤˋ	su-hang	sū, hāng
3.	展望 ㄓㄢˇ ㄨㄤˋ	tian-bong	tián, bōng
4.	顯現 ㄒㄧㄢˇ ㄒㄧㄢˋ	hian-hian	hián, hiān
5.	生產 ㄕㄥ ㄔㄢˇ	sheng-san	sán
6.	禮義 ㄌㄧˇ ㄧˋ	le-gi	lé, gī
7.	勉勵 ㄇㄧㄢˇ ㄌㄧˋ	bian-le	bián, lē
8.	美觀 ㄇㄟˇ ㄍㄨㄢ	bi-koan	bí
9.	雅量 ㄧㄚˇ ㄌㄧㄤˋ	nga-liong	ngá, liōng
10.	表面 ㄅㄧㄠˇ ㄇㄧㄢˋ	piau-bin	piáu, bīn

練習四：俗　語

從下列俗語中，選出第二聲（上聲）、第三聲（陰去），第七聲（陽去）的字，並加調號。（下面所有去聲字中只有 "到，醉，算" 是陰去字，其他都是陽去字，陰去和陽去之間的分別將在 2.6 節討論）

答

1. Nng-thoˑ tshim kut　　　　　　　　　　nńg
　　軟　塗　深　掘　　　　　　　　　　　軟

2. tsioh tsiⁿ tsit-iuⁿ bin, tho tsiⁿ tsit iuⁿ bin　　iūⁿ, bin, thó
　　借　錢　一　樣　面，討　錢　一　樣　面　　樣　面　討

3. Oˑ-kau thau tsiah, peh-kau siu-tsoe　　　　káu, siū, tsōe
　　烏　狗　偷　食，白　狗　受　罪　　　　　狗　受　罪

4. Am-png sio-tsiah-khau, tsiah kau kau-tsap-kau　　àm, pn̄g, sío, khàu, kàu, káu
　　暗　飯　小　食　口，食　到　九　十　九　　暗　飯　小　口　到　九

5. tsiu-tsui goˑ kang-san　　　　　　　　tsiú, tsùi, gōˑ
　　酒　醉　誤江　山　　　　　　　　　　酒　醉　誤

6. tsiah oaⁿ-lai, kong oaⁿ-goa　　　　　　oaⁿ, lāi, kóng, gōa
　　食　碗　內，講　碗　外　　　　　　　碗　內　講　外

7. Khit-tsiah koaⁿ bio-kong　　　　　　　kóaⁿ, biō
　　乞　食　趕　廟　公　　　　　　　　趕　廟

8. Be-be sng-hun, sio-tshiaⁿ bo lun　　　bé, bē, sǹg, tshíaⁿ, lūn
　　買　賣　算　分，相　請　無　論　　　買　賣　算　請　　論

9. Si-koe oa toa-peng　　　　　　　　　óa, tōa
　　西　瓜　倚　大　旁　　　　　　　　倚　大

10. Tsit-ê boˑ khah ho saⁿ-ê tiⁿ-kong-tsoˑ　　bóˑ, hó, tsóˑ
　　一　個　某　卡　好　三　個　天　公　祖　　某　好　祖

註：1.塗：土。一般寫土。土音thóˑ，是 thô 的俗字。

　　2.一樣面：一種臉（指表情），借是入聲字。

　　3.食是入聲字。烏：黑。

　　4.小食口：胃口小。

　　8.相請無論：不計較誰請誰的客。

　　9.西瓜：時局 si-kiȯk 的訛音。倚：依靠。

　　10.某：妻子，是借音字。卡：更，較，是借音字。

中文對譯：

　　A. 勸人不要貪杯。

　　B. 替人頂罪，無冤受屈。

　　C. 見風轉舵。

    D. 吃人之食，説人之非。

    E. 得寸進尺，強欺弱。

    F. 前恭後倨，反臉無常。

    G. 養生之道，晚飯少吃為宜。

    H. 買賣和邀宴，不可混為一談。

    I. 太太至上。

    J. 喧賓奪主。

答：1. E   2. F   3. B   4. G   5. A   6. D

    7. J   8. H   9. C   10. I

練習五：破音字

下面的破音字有時念上聲，有時念去聲，都可從國語的聲調推測，下面各題請加聲調。

答

		答
1. 好人 ho-lâng（ㄏㄠˇ）	好學 hoⁿ-ha̍k（ㄏㄠˋ）	hó, hòⁿ
2. 種類 tsiong-lūi（ㄓㄨㄥˇ）	種作 tsèng-tsoh（ㄓㄨㄥˋ）	tsióng, tsèng
3. 使命 su-bēng（ㄕˇ）*	大使 tāi-sài（ㄕˇ）	sú, sài
4. 假期 ka-kî（ㄐㄧㄚˇ）	真假 tsin-ke（ㄐㄧㄚˇ）	kà, ké
5. 倒退 to-thè（ㄉㄠˋ）	倒臺 to-tâi（ㄉㄠˇ）	tò, tó
6. 足讚 chioktsan	稱讚 tsheng-tsan（ㄗㄢˋ）	tsán, tsàn

註：“使”國語都念ㄕˇ，因此大使不能利用對應規律。

    “讚” tsán，好的意思，國語不用。廈門話似乎也不用。

    （不見於“普閩辭典”）

7. 少年 siau-lian（ㄕㄠˋ）	多少 to-siau（ㄕㄠˇ）	siàu, siáu
8. 解散 kái-san（ㄙㄢˋ）	藥散 io̍h-san（ㄙㄢˇ）	sàn, sán
9. 處罰 tshu-hoa̍t（ㄔㄨˇ）	警務處 kéng-bū-tshu（ㄔㄨˋ）	tshú, tshù
10. 累積 lui-tsek（ㄌㄟˇ）	連累 liân-lui（ㄌㄟˋ）	lúi, lūi

練習六：上聲文言音、陽去白話音的練習

下面臺語文讀的發音可由“國語上聲→臺語上聲”的對應規律推出。而這些字的白話音又都是陽去。請指出同字異讀中的發音是文言音（文）或白話音（白）。

答

1. 落雨 loh-hò͘　　　　　雨期 ú-kî　　　　　文，白
2. 五空三 ngó͘-khòng-sam　五十三 gō͘-tsap-saⁿ　白，文
3. 老化 nó͘-hoà　　　　　老爸 lāu-pē　　　　文，白
4. 兩個 nn̄g-e　　　　　　兩親 lióng-tshin　　白，文
5. 遠足 oán-tsiok　　　　遠路 hn̄g-lō͘　　　　文，白
6. 有機體 iú-ki-thé　　　有錢 ū-tshîⁿ　　　　文，白
7. 厝瓦 tshù-hiā　　　　　瓦斯 oá-su　　　　　白，文
8. 起碼 khí-má　　　　　十碼 tsȧp-bā　　　　文，白
9. 人懶 lang lán　　　　　懶性 nōa-sèng　　　文，白
10. 遠東 oán-tong　　　　　真遠 chin hn̄g　　　文，白

練習七：對照表（韻母 ㄢˋ，ㄢˊ）

1. 附錄裏的對照表ㄢˋ韻母裏，較常見的臺語韻母有哪些？都是第幾聲？
2. 從ㄊㄢˊ，ㄋㄢˊ兩個發音中找出國語平聲臺語也是平聲的語例。
3. 在ㄢˋ韻母中列出所有不合對應規律的字。
4. 在ㄢˊ韻母裏，爲下列的字找出可以成爲國語發音上的最小差異組的字：

判ㄆㄢˋ，探ㄊㄢˋ，漢ㄏㄢˋ

5. 從ㄢ韻母裏找出國語臺語都可以成爲最小差異組的字：

探ㄊㄢˋ，按ㄢˋ

答： 1. an, oān, oāⁿ, oàn, àn, oàⁿ, ām, àm 不是第三聲便是第七聲。

2. ㄘㄢˊ 慚蠶　　　　　ㄘㄢˊ Tshâm，殘ㄘㄢˊ Tsân

ㄋㄢˊ 南，喃，楠，男　　ㄋㄢˊ Lâm，　難ㄋㄢˊ Lân

3. ㄢˋ 撼ㄏㄢˋ Hám，Hām

4. 判ㄆㄢˋ　　盤ㄆㄢˊ

探ㄊㄢˋ　　談ㄊㄢˊ

漢ㄏㄢˋ　　韓ㄏㄢˊ

5. 探ㄊㄢˋ Thàm　　貪ㄊㄢ Tham

按ㄢˋ Àn　　　安，鞍ㄢ An

2.4　臺語平去之間的分辨和推測練習
國語的平去之分(1：3，5：3)(1：7，5：7)

臺語的平、去各分陰陽，因此平去之間，有四組聲調的分辨。各組都可以靠國語字

音的平去來推測。

陰平：陰去	（2.4.1）	東 tong	凍 tòng
陰平：陽去	（2.4.2）	東 tong	洞 tōng
陽平：陰去	（2.4.3）	同 tông	凍 tōng
陽平：陽去	（2.4.4）	同 tông	洞 tōng

2.4.1　臺語陰平（第一聲）和陰去（第三聲）的分別

例字

陰平 ：	東ㄉㄨㄥ tong	珠ㄓㄨ tsu	風ㄈㄥ hong
陰去 ：	凍ㄉㄨㄥˋ tòng	注ㄓㄨˋ tsù	放ㄈㄤˋ hòng

對應規律

國語陰平（第一聲）　→　臺語陰平（第一聲）
　　上聲（第三聲）　→　　　上聲（第二聲）

練習一：多音詞地名

答

1. 彰化	ㄓㄤ ㄏㄨㄚˋ	Tsiong-hoa	Tsiong-hòa
2. 蘇澳	ㄙㄨ ㄠˋ	So•-o	So•-ò
3. 新店	ㄒㄧㄣ ㄉㄧㄢ	Sin-tiam	Sin-tiàm
4. 新化	ㄒㄧㄣ ㄏㄨㄚˋ	Sin-hoa	Sin-hòa
5. 三塊*厝 ㄙㄢ ㄎㄨㄞˋ ㄘㄨˋ		San-te-tshù	San-tè-tshù

＊ "塊" ［tè］ 是訓用字，本字可能是 "地" 即 "掃地" 的 "地"。

練習二：多音詞

答

1.	過去	ㄍㄨㄛˋ ㄑㄩ	koe-khi	kòe-khì
2.	證據	ㄓㄥˋ ㄐㄩ	tseng-ku	tsèng-kù
3.	安心	ㄢ ㄒㄧㄣ	an-sim	an-sim
4.	修正	ㄒㄧㄡ ㄓㄥˋ	siu-tseng	siu-tsèng
5.	心肝	ㄒㄧㄣ ㄍㄢ	sim-koan	sim-koan
6.	處世	ㄔㄨˋ ㄕˋ	tshu-se	tshú-sè

7.	暗中	ㄢˋ ㄓㄨㄥ	am-tiong	àm-tiong
8.	功夫	ㄍㄨㄥ ㄈㄨ	kang-hu	kang-hu
9.	聲音	ㄕㄥ ㄧㄣ	sia^n-im	sia^n-im
10.	探聽	ㄊㄢˋ ㄊㄧㄥ	tham-thia^n	thàm-thia^n

2.4.2　臺語陰平（第一聲）和陽平（第七聲）的分別

例字

陰平： 東 ㄉㄨㄥ tong　　英 ㄧㄥ eng　　思 ㄙ su

陽去： 洞 ㄉㄨㄥˋ tōng　　用 ㄩㄥˋ ēng　　序 ㄒㄩˋ sū

對應規律：

國語陰平（第一聲）　→　臺語陰平（第一聲）

去聲（第四聲）　→　　去聲（第三或第七聲）

練習三：雙音詞地名

				答
1.	嘉義	ㄐㄧㄚ ㄧˋ	Ka-gi	Ka-gī
2.	新市	ㄒㄧㄣ ㄕˋ	Sin-tshi	Sin-tshī
3.	關廟	ㄍㄨㄢ ㄇㄧㄠˋ	Koan-bio	Koan-bīo
4.	西部	ㄒㄧ ㄅㄨˋ	Sai-po•	Sai-pō•
5.	大肚	ㄉㄚˋ ㄉㄨˋ	Toa-to•	Tōa-tō•
6.	仙洞	ㄒㄧㄢ ㄉㄨㄥˋ	Sian-tong	Sian-tōng
7.	鳳山	ㄈㄥˋ ㄕㄢ	Hong-soa^n	Hōng-soa^n
8.	大溪	ㄉㄚˋ ㄒㄧ	Toa-khe	Tōa-khe
9.	安定	ㄢ ㄉㄧㄥˋ	An-teng	An-tēng
10.	霧峰	ㄨˋ ㄈㄥ	Bu-hong	Bū-hong

上面地方屬於那一縣？

答： 1. 縣名　2. 臺南縣　3. 臺南縣　4. 臺灣西部　5. 臺中

6. 臺東縣　7. 高雄縣　8. 桃園縣　9. 臺南縣　10. 臺中縣

練習四：雙音詞

1.	夫妻	ㄈㄨ ㄑㄧ	hu-tshe	hu-tshe
2.	地方	ㄉㄧˋ ㄈㄤ	te-hng	tē-hng
3.	都市	ㄉㄨ ㄕˋ	toˑ-tshi	toˑ-tshī
4.	命運	ㄇㄧㄥˋ ㄩㄣˋ	mia-un	miā-ūn
5.	工具	ㄍㄨㄥ ㄐㄩˋ	kang-khu	kang-khū
6.	社會	ㄕㄜˋ ㄏㄨㄟˋ	sia-hoe	siā-hōe
7.	希望	ㄒㄧ ㄨㄤˋ	hi-bong	hi-bōng
8.	內外	ㄋㄟˋ ㄨㄞˋ	lai-goa	lāi-gōa
9.	問安	ㄨㄣˋ ㄢ	bun-an	būn-an
10.	專家	ㄓㄨㄢ ㄐㄧㄚ	tsoan-ka	tsoan-ka

練習五：俗 語

從下列俗語中選出臺語第一聲或第七聲的字，並加調號。（算 sǹg 是陰去字）

答

1. Tsiu-tsui goˑ kang-san.　　　　　　　　goͦˑ, kang, san
   酒　醉　誤 江　山

2. Khit-tsiah koaⁿ bio-kong.　　　　　　　biō, kong
   乞　食　趕　廟 公

3. Kin bio khi sin.　　　　　　　　　　　　kīn, biō, khi
   近 廟 欺 神

4. Hai-te bong tsiam.　　　　　　　　　　bong, tsiam
   海 底 摸 針

5. Be-be sng-hun, sio-tshiaⁿ bo-lun.　　　bē, hun, sio, lūn
   買賣 算 分，相 請　無 論

6. Pek ho siong lang.　　　　　　　　　　siong
   迫 虎 傷 人

7. E tso koaⁿ, e tshat li.　　　　　　　　ē, koaⁿ
   會 做 官，會 察 理

8. Kun thau ko-ko tsai siong.　　　　　　ko, tsāi, siōng
   拳 頭 高 高 在 上

9. Oˑ sim-koaⁿ Oˑ tng-toˑ　　　　　　　Oͦˑ, sim, koaⁿ, tōˑ
   烏 心 肝 烏 腸 肚

10. Beh si tsiu tshe it tsap goˑ　　　　　　　　tsiū, tshe, goˑ
　　卜　死　就　初　一　十　五

11. Beh tâi tsiu hong kap hoˑ　　　　　　　　tsiū, hong, hōˑ
　　卜　埋　就　風　及　雨

12. Oˑ kui-tsia tsiuⁿ thiⁿ　　　　　　　　　　Oˑ, kui, tsiaⁿ, tsiuⁿ, tiⁿ
　　烏　龜　精　上　天

註：迫 pek，卜 beh，一 it 是入聲字，雨 hoˑ 是例外。

　　A. 徒勞無功。

　　B. 買賣和邀宴，不可混為一談。

　　C. 喧賓奪主。

　　D. 勸人不要貪杯。

　　E. 勸人盡個人職責。

　　F. 欺人過甚，必遭反抗。

　　G. 捨近求遠。

　　H. 強中必有強中手。

　　I. 世人多現實。

　　J. 惡人登基，不合情理。

　　K. 歹人，惡霸。

　　L. 多死於人家高興的時候。

　　M. 出葬時風雨交加，以示天罰。

答：1.　D　　2.　C　　3.　G　　4.　A　　5.　B　　6.　F　　7.　E

　　8.　H　　9.　K　　10.　L　　11.　M　　12.　J

練習六：俗　語

從下列俗語中選出臺語第一聲、第三聲或第七聲的字，並加調號。

　　　　　　　　　　　　　　　　　　　　　　答

1. U tsiah u kiaⁿ-khi, u sio hiuⁿ u po-pi.　　ū, khì, sio, hiuⁿ, pì
　有　食　有　行　氣，有　燒　香有保庇

2. Hiam-hoe tsiah si be-hoe-lang.　　　　　hoè, sī
　嫌　貨　才　是　買貨　人

3. E tso koaⁿ, e tshat-li.　　　　　　　　　ē, tso, koaⁿ
　會　做官，會　察理

4. Tshi niau-tshu ka poˑ-te.　　　　　　　tshī, (kā), pòˑ tē
　飼　老　鼠 *咬布　袋

5. Khò͘-toa kat sio-lian.　　　　　khò, tòa, sio
　　褲　帶　結　相　連

6. Iam-ke than hong poe.　　　　　iam, ke, thàn, hōng, poe
　　閹　雞　趁　鳳　飛

7. Thau-mng tshi hoe.　　　　　　tshì
　　頭　毛　試　火

8. Than tsiⁿ iu so͘, seⁿ-mia tioh ko͘.　thàn, sò͘, sèⁿ, miā, kò͘
　　趁　錢　有　數，性　命　著　顧

9. Kau tòe phui tsau，lang tòe se tsau.　phùi, sè
　　狗　隨　屁　走，人　隨　勢　走

註："咬" ㄧㄠˇ kā 不合對應規律。
　　"有" iú 在此發音爲文言音。

　　A. 勸人得各盡其職。
　　B. 以卵碰石，不自量力。
　　C. 愛財得取之有道。
　　D. 形容識貨人。
　　E. 視報酬的厚薄而工作。
　　F. 受親信侵害。
　　G. 形容兩人不離身。
　　H. 自己徒勞別人得益。
　　I. 勢利眼。

答：1.　E　　2.　D　　3.　A　　4.　F　　5.　G　　6.　H
　　7.　B　　8.　C　　9.　I

2.4.3　臺語陽平（第五聲）和陰去（第三聲）的分別

例字

　　陽平：　同　ㄊㄨㄥˊ tông　　逃　ㄊㄠˊ tô　　祥　ㄒㄧㄤˊ siông
　　　　　　凍　ㄉㄨㄥˋ tòng　　到　ㄉㄠˋ tò　　（宰）相　ㄒㄧㄤˋ siòng

對應規律：

　　　國語陽平（第二聲）　→　臺語陽平（第五聲）
　　　　　去聲（第四聲）　→　　　去聲（第三或第七聲）

練習七：雙音詞

從下列詞中，選出第三聲（陰去）或第五聲（陽平）的字，並加調號。

（話、在、大是陽去字）

1.	完全	ㄨㄢˊ ㄑㄩㄢˊ	oan-tsoan		oân-tsôan
2.	世界	ㄕˋ ㄐㄧㄝˋ	se-kai		sè-kài
3.	神話	ㄕㄣˊ ㄏㄨㄚˋ	sin-oe	（陽）	sîn
4.	存在	ㄘㄨㄣˊ ㄗㄞˋ	tsun-tsai	（陽）	tsûn
5.	救恩	ㄐㄧㄡˋ ㄣ	kiu-un		kìu
6.	大同	ㄉㄚˋ ㄊㄨㄥˊ	tai-tong	（陽）	tông
7.	宗教	ㄗㄨㄥ ㄐㄧㄠˋ	tsong-kau		kàu
8.	堅強	ㄐㄧㄢ ㄑㄧㄤˊ	kian-kiong		kiông
9.	原鄉人	ㄩㄢˊ ㄒㄧㄤ ㄖㄣˊ	goan-hiong-jin		gôan, jîn
10.	見證	ㄐㄧㄢˋ ㄓㄥˋ	kian-tseng		kiàn-tsèng

練習八：單音家姓

		國語	臺語	答
1.	陳	ㄔㄣˊ	Tan	Tân
2.	蔡	ㄘㄞˋ	Tshoa	Tshòa
3.	林	ㄌㄧㄣˊ	Lim	Lîm
4.	吳	ㄨˊ	Go•	Gô•
5.	彭	ㄆㄥˊ	Phe^n	Phê^n
6.	戴	ㄉㄞˋ	Tai	Tài
7.	宋	ㄙㄨㄥˋ	Song	Sòng
8.	傅	ㄈㄨˋ	Po	Pò•
9.	姚	ㄧㄠˊ	Iau	Iâu
10.	余	ㄩˊ	I	Î

2.4.4　臺語陽平（第五聲）和陽去（第七聲）的分別

例字

陽平：　同 ㄊㄨㄥˊ tông　　喉 ㄏㄡˊ âu　　榮 ㄖㄨㄥˊ êng

陽去：　洞 ㄉㄨㄥˋ tōng　　後 ㄏㄡˋ āu　　用 ㄩㄥˋ ēng

對應規律

國語陽平（第二聲） → 臺語陽平（第五聲）
去聲（第四聲） → 去聲（第三或第七聲）

練習九：地　名

	國　語	臺　語	答
1. 大湖	ㄉㄚˋ ㄏㄨˊ	Toa-o•	Tōa-ô•
2. 社頭	ㄕㄜˋ ㄊㄡˊ	Sia-tau	Siā-tâu
3. 員林	ㄩㄢˊ ㄌㄧㄣˊ	Oan-lim	Oân-lîm
4. 麻豆	ㄇㄚˊ ㄉㄡˋ	Moa-tau	Môa-tāu
5. 樹林	ㄕㄨˋ ㄌㄧㄣˊ	tshiu-na	tshiū-nâ
6. 南投	ㄋㄢˊ ㄊㄡˊ	Lam-tau	Lâm-tâu
7. 隆田	ㄌㄨㄥˊ ㄊㄧㄢˊ	Liong-tian	Liông-tiân
8. 鹽埕	ㄧㄢˊ ㄔㄥˊ	Iam-tia^n	Iâm-tiâ^n
9. 旗后	ㄑㄧˊ ㄏㄡˋ	Ki-au	Kî-āu
10. 鵝鑾鼻	ㄜˊ ㄌㄨㄢˊ ㄅㄧˊ	Go-loan-phi^n	Gô-loân-phī^n

上面的地方屬於那一縣？

A. 高雄縣	B. 彰化縣	C. 臺南縣	D. 臺北縣
E. 屏東縣	F. 高雄市	G. 縣　名	H. 臺中縣

1. 高雄縣	2. 彰化縣	3. 彰化縣	4. 臺南縣
5. 臺北縣	6. 臺　中	7. 臺南縣	8. 臺南縣
9. 高雄市	10. 屏東縣		

練習十：雙音詞

從下列詞中，選出臺語第五聲（陽平）或第七聲（陽去）的字，並加調號。

	國　語	臺　語	答
1. 時代	ㄕˊ ㄉㄞˋ	si-tai	sî-tāi
2. 問題	ㄨㄣˋ ㄊㄧˊ	bun-te	būn-tê
3. 光榮	ㄍㄨㄤ ㄖㄨㄥˊ	kong-eng	êng
4. 自動門	ㄗˋ ㄉㄨㄥˋ ㄇㄣˊ	tsu-tong-mng	tsū-tōng-mn̂g
5. 嚴重	ㄧㄢˊ ㄓㄨㄥˋ	giam-tiong	giâm-tiōng
6. 領悟	ㄌㄧㄥˇ ㄨˋ	leng-ngo•	ngō•

7. 恩惠	ㄣ ㄏㄨㄟˋ	in-hui	hūi
8. 利害	ㄌㄧˋ ㄏㄞˋ	li-hai	lī-hāi
9. 語言	ㄩˇ ㄧㄢˊ	gu-gian	giân
10. 情願	ㄑㄧㄥˊ ㄩㄢˋ	tseng-goan	tsêng-gōan

練習十一：俗　語

從下列俗語中選出第三聲、第五聲和第七聲的字，並加調號。

答

1. Lau-tsui bo tok, lau lang bo ok
   流　水　無　毒，流　人　無　惡　　　　　lâu, bô, lâng
   （毒 tŏk，惡 ok 是入聲字）

2. Ti-pat-kai tsio kiaⁿ　　　　　　　　　　kài, tsiò, kiàⁿ
   猪　八　戒　照　鏡

3. Kin bio khi sin　　　　　　　　　　　　kīn, biō, sîn
   近　廟　欺　神

4. Tso-koaⁿ bo siang-teng-tsai　　　　　　tsò, bô, têng, tsâi
   做　官　無　雙　重　才

5. Kaⁿ pang-phui, m-kaⁿ tso phui-tsu　　　pàng, phūi, m̄, tsò
   敢　放　屁，不　敢　做　屁　主

6. Hoⁿ-khoan m ho-tsiah　　　　　　　　　khòaⁿ, m̄
   好　看　不　好　食

7. Peh-peh po˙ ni kau o˙　　　　　　　　　pò˙, kàu
   白　白　布　染　到　烏
   （白 peh 是入聲字）

8. Tsun koe tsui bo hun　　　　　　　　　tsûn, kòe, bô, hûn
   船　過　水　無　痕

A. 原形畢露。

B. 捨近求遠。

C. 虛有其表。

D. 忘恩負義。

E. 敢做不敢當。

F. 無冤受屈。

　　　G. 凡事有利必有害。

　　　H. 人的能力有限。

　　　I. 浪人不至於太壞。

答：1. 　I 　　2. 　A 　　3. 　B 　　4. 　H 　　5. 　E 　　6. 　C

　　7. 　F 　　8. 　D

練習十二：俗　語

從下列俗語中選出臺語平聲（第一和第五聲）或去聲（第三和第七聲）的字，並加調號。

　　　　　　　　　　　　　　　　　　　　　　　　　答

1. Toa-bak sin-niu　　　　　　　　　　　　tōa, sin, niû
　　大　目　新　娘

2. Tiau iuⁿ-thau be kau-bah　　　　　　　tiàu, iûⁿ, thâu, bē
　　吊　羊　頭　賣　狗　肉

3. Bo-su put teng sam-po-tian　　　　　　bô, sū, teng, sam, tiān
　　無　事　不　登　三　寶　殿

4. Jin tsai jin-tseng tsai, jin bong jin-tseng bong　　jîn, tsāi, tsêng, bông
　　人　在　人　情　在，人　亡　人　情　亡

5. Hai-leng-ong si tsui　　　　　　　　　lêng, ông, sî
　　海　龍　王　辭　水

6. Tsheⁿ-me bong tshiuⁿ　　　　　　　　tshê̤ⁿ mê, bong, tshiūⁿ
　　青　　冥　摸　象

7. Tsai seⁿ bo lang jin, si au kui-toa-tin　　tsāi, seⁿ, bô, lâng, jīn,
　　在　生　無　人　認，死　後　歸　大　陣　　aū, kui, tōa, tīn

8. Tsit-iuⁿ siⁿ, pah-iuⁿ si　　　　　　　iūⁿ, siⁿ
　　一　樣　生，百　樣　死

註：目 bák, 不 put, 一 tsìt 是入聲字

　　A. 表裏不一，名實不符。

　　B. 故作客氣。

　　C. 人出世是一樣由母胎分離，去世時却是千態百樣。

　　D. 世人多現實。

　　E. 只知其一，不知其二。

F. 活時無人照顧，死後紛紛相爭遺產。

G. 無事不相訪。

H. 帶眼鏡找眼鏡。

答：1. H　2. A　3. G　4. D　5. B　6. E

　　7. F　8. C

練習十三：破音字

下面的破音字有時念平聲，有時念去聲，其間之分都可從國語的聲調推測。至於陰去和陽去之分，無法靠國語推測。下面的去聲字中"便，傳，量，行"是陽去字，陰去和陽去之間的分別將在2.6節討論。

答

1. 中心	tiong-sim	中毒 tiong-tȯk		tiong, tiòng
2. 便宜	pan-gi	方便 hong-pian（陽）		pân, piān
3. 傳染	thoan-jiám	自傳 tsū-toan（陽）		thoân, toān
4. 當然	tong-jiân	妥當 thò-tong		tong, tòng
5. 投降	tâu-hang	降級 kang-kip		hâng, kàng
6. 要求	iau-kiû	要緊 iau-kín		iau, iàu
7. 重做	teng-tso	重要 tiong-iàu		têng, tiōng
8. 釘死	teng-sí	鐵釘 thih-teng		tèng, teng
9. 重量	tiōng-liong（陽）	量身軀 niu seng-khu		liōng, niû
10. 行為	heng-ûi	品行 phín-heng（陽）		hêng, hēng
11. 困難	khùn-lan	災難 tsai-lan		lân, lān
12. 相對	siong-tùi	福相 hok-siong		siong, siòng

練習十四：對照表（以韵母ㄧㄣ，ㄧㄣˊ，ㄧㄣˋ 為例）

1. 附錄裏的對照表ㄧㄣ韵母組裏，ㄧㄣ韵裏有那些常用的臺語韵母？都是第幾聲？有沒有例外字？

2. ㄧㄣˊ韵母呢？

3. ㄧㄣˋ韵母呢？

4. 侵，浸，盡的臺語發音各為 tshim, tsìm, tsīn, 各可在那一個韵母裏找到這些字？

5. 進，盡在國語裏是同音字，在臺語裏並非同音字，而是聲調上的最小差異組（minimal pair）請找出類似的字組。

答：

1. in, im 都是第一聲，有例外字：拼（pèng）piaⁿ, 鑫 kàm
2. în, îm 都是第五聲，有例外字：恁，您 lín
3. ìn, īn, ìm 都是第三聲或第七聲，沒有例外字
4. 各可在 ㄧㄣ，ㄧㄣˋ，ㄧㄣˋ 韻母裏找到
5. 晉進：盡藎　　印：胤

2.5　臺語的陰平和陽平之間的分辨和推測練習
　　　國語的陰和陽之分（1：5）

　　臺語陰平和陽平之分完全可以根據國語陰平、陽平的分別來推測。在國語裏，有分陰陽的只有平聲，在臺語裏平、去、入都分陰陽。陰陽之分跟聲母很有關連。下列情形可以單靠聲母來推測陰陽：

　　(1)次濁聲母只有陽調字沒有陰調字，次濁聲母在國語裏有 ㄇㄌㄋㄖ；（媽ㄇㄚ， 摸ㄇㄛ 等字是少數的例外）零聲母可濁，可清，因而可陰可陽。次濁的聲母在臺語裏有 m, b, n, l, j, g, ng.（ b, g 應屬全濁，但這兩個臺語聲母都來自次濁聲母 m, ng ）零聲母也是可濁可清。一般說來國語，臺語的次濁聲母都只和陽調結合，零聲母可和陰或陽調結合。

	國語聲母	臺語聲母	例　　　　　　　　　　　　字
陽	ㄇ	m	毛ㄇㄠˊ mâg 蔴ㄇㄚˊ môa 矛ㄇㄠˊ mâu
		b	迷謎ㄇㄧˊ bê 名明ㄇㄧㄥˊ bêng
	ㄌ	l	梨黎ㄌㄧˊ lê 零靈ㄌㄧㄥˊ lêng
		n	泥ㄋㄧˊ nî
		l	南男ㄋㄢˊ lâm
	ㄖ	j	人ㄖㄣˊ jîn 柔ㄖㄡˊ jiû
	ø	m	問ㄨㄣˋ mīg, 物 mih
		b	微ㄨㄟˊ bî
		ng	吳ㄨˊ ngô•
		g	牙衙ㄧㄚˊ gê
		ø	遊油ㄧㄡˊ iû
陰		ø	憂優ㄧㄡ iu

　　(2)某字在國語是平聲，聲母又是送氣（ㄆㄊㄎㄔㄘㄑ），那該字可能是陰平也可能是陽平。可是如果是不送氣，那麼該字只可能是陰平（入聲的情形暫不考慮在內）。

ㄆ	陰平	拼ㄆㄣ
	陽平	平ㄆㄥˊ
ㄊ	陰平	偷，挑，胎ㄊㄡ，ㄊㄧㄠ，ㄊㄞ
	陽平	頭，條，臺ㄊㄡˊ，ㄊㄧㄠˊ，ㄊㄞˊ
ㄔ	陰平	差ㄔㄚ
	陽平	茶ㄔㄚˊ
ㄘ	陰平	猜ㄘㄞ
	陽平	才ㄘㄞˊ
ㄑ	陰平	秋ㄑㄧㄡ
	陽平	首ㄑㄧㄡˊ
ㄅ	陰平	兵ㄅㄧㄥ
ㄉ	陰平	丁ㄉㄧㄥ
ㄓ	陰平	知ㄓ
ㄗ	陰平	栽ㄗㄞ

要解釋為什麼有這種對應關係，只有追究聲調和聲母的歷史演變。古平聲只有一個，後來變成陰平和陽平兩調乃是受聲母的影響而來。使一個字的平聲變成陽調的聲母有兩種：全濁和次濁。中古平聲全濁聲母字（bh, bh, gh……）（全濁的定義請看 2.9 節）在國語裏都變成送氣聲母（ㄆph，ㄊ tʰ，ㄑ tɕh……）但如是仄聲（卽上去入聲）都變成不送氣聲母，平調也變為陽平。中古平聲次濁聲母字（m, n, l, ng, ńʑ, φ 次濁的定義請看2.9節）在國語裏，成為次濁聲母或零聲母。

中	古			國	語			臺	語	
平 清	p	t	ts	→陰平	ㄅ p ㄉ t ㄗ/ㄐ ts/tɕ			陰平	p, t, ts	
平 清	ph	th	tsh	→陰平	ㄆ ph ㄊ th ㄘ/ㄑ tsh/tɕh			陰平	ph, th, tsh	
平全濁	bh	dh	dzh	→陽平	ㄆ ph ㄊ th ㄘ/ㄑ tsh/tɕh			陽平	p, t, ts	
平次濁	m	n	l	→陽平	ㄇ m ㄋ n ㄌ l			陽平	m/b, n/l, l	

由上面的音變可知，就平聲而言，國語ㄅ,ㄉ,ㄍ,ㄓ,ㄗ,ㄐ,只可和陰平結合，而來源一定是古音清音，ㄆ,ㄊ,ㄎ,ㄑ,ㄔ,ㄘ 卽可能和陰平、陽平調結合，而各來自清聲母和全濁聲母。

至於國語的次濁聲母只可能和陽平結合而來源是中古次濁聲母。

以上關於聲母和聲調的關係對以後臺語陰去、陽去之分或是入聲的辨別很有用處。可是在陰平和陽平之間的分別則不必用上，因為國語字音裏把陰平和陽平之間的分別保留得很好，臺語的陰平和陽平正可由此推測。

2.5.1 臺語陰平和陽平之間的分辨和推測練習

臺語陰平和陽平正可從國語的陰平和陽平的分別推測而得，不需靠聲母。例字和規律如下：

陰 平	通	ㄊㄨㄥ	thong	欺	ㄑㄧ	khi	詩 ㄕ	si
陽 平	同	ㄊㄨㄥˊ	tông	棋	ㄑㄧˊ	kî	時 ㄕˊ	sî

```
           國  語            臺   語
           陰  平    →    陰   平（第一聲）
              （第一聲）
           陽  平    →    陽   平（第五聲）
              （第二聲）
```

練習一：雙音詞

從下列選出臺語第一聲或第五聲的單字，並加調號。

	國 語	臺 語	答
1. 安排	ㄢ ㄆㄞˊ	an-pai	安 an 排 pâi
2. 祈禱	ㄑㄧˊ ㄉㄠˇ	ki-tó	祈 kî
3. 懷念	ㄏㄨㄞˊ ㄋㄧㄢˋ	hoai-liam	懷 hoâi
4. 同鄉	ㄊㄨㄥˊ ㄒㄧㄤ	tong-hiong	同 tông 鄉 hiong
5. 地方	ㄉㄧˋ ㄈㄤ	te-hng	方 hng
6. 問題	ㄨㄣˋ ㄊㄧˊ	bun-te	題 tê
7. 恩惠	ㄣ ㄏㄨㄟˋ	un-hui	恩 un
8. 權利	ㄑㄩㄢˊ ㄌㄧˋ	koan-li	權 kôan
9. 文化	ㄨㄣˊ ㄏㄨㄚˋ	bun-hoa	文 bûn
10. 光明	ㄍㄨㄤ ㄇㄧㄥˊ	kong-beng	光 kong 明 bêng

練習二：地名

	國 語	臺 語	答
1. 歸仁	ㄍㄨㄟ ㄖㄣˊ	Kui-jin	Kui-jîn
2. 獅頭山	ㄕ ㄊㄡˊ ㄕㄢ	Sai-thau-soaⁿ	Sai-thâu-soaⁿ
3. 豐原	ㄈㄥ ㄩㄢˊ	Hong-goan	Hong-gôan

4. 臺中	ㄊㄞˊ ㄓㄨㄥ	Tai-tiong	Tâi-tiong
5. 西螺	ㄒㄧ ㄌㄨㄛˊ	Sai-le	Sai-lê
6. 臺南	ㄊㄞˊ ㄋㄢ	Tai-lam	Tâi-lâm
7. 高雄	ㄍㄠ ㄒㄩㄥˊ	Ko-hiong	Ko-hiông
8. 屏東	ㄆㄧㄥˊ ㄉㄨㄥ	Pin-tong	Pîn-tong
9. 安平	ㄢ ㄆㄧㄥˊ	An-peng	An-pêng
10. 圓山	ㄩㄢˊ ㄕㄢ	I^n-soa^n	$\hat{I}^n$-soa^n
11. 泉州	ㄑㄩㄢˊ ㄓㄡ	Tsoan-tsiu	Tsoân-tsiu
12. 恒春	ㄏㄥˊ ㄔㄨㄣ	Heng-tshun	Hêng-tshun
13. 羅東	ㄌㄨㄛˊ ㄉㄨㄥ	Lo-tong	Lô-tong
14. 花蓮	ㄏㄨㄚ ㄌㄧㄢ	Hoa-lian	Hoa-liân
15. 新營	ㄒㄧㄣ ㄧㄥˊ	Sin-ia^n	Sin-iâ^n

上面的地方屬於那個行政區域？

A. 臺南縣	B. 省轄市	C. 直轄市	D. 屏東縣
E. 宜蘭縣	F. 花蓮縣	G. 臺南縣	H. 福建省
I. 臺北市	J. 臺南市	K. 新竹縣	L. 雲林

1. 臺南縣	2. 新竹縣	3. 臺中縣	4. 省轄市
5. 雲林	6. 省轄市	7. 直轄市	8. 屏東縣
9. 臺南市	10. 臺北市	11. 福建省	12. 屏東縣
13. 宜蘭縣	14. 花蓮縣	15. 臺南縣	

練習三：俗 語

從下列俗（諺）語中選出臺語第一聲或第五聲的字，並加調號：

答

1. 三 年 水 流 東，三 年 水 流 西　　　三 sa^n 年 nî 流 lâu
   San^n ni tsui lau tang, san ni tsui lau sai.　　東 tang 西 sai

2. 氣 死 驗 無 傷　　　無 bô 傷 siong
   Khi si giam bo siong.

3. 笑 人 窮，怨 人 富　　　人 lâng 窮 kêng
   Tshio lang keng, oan lang hu.

4. 掠 虎 容 易，放 虎 難　　　容 iông 難 lân
   Liah ho• iong i pang ho• lan.

5. 媒 人 啄，糊 累 累   媒 mûi 人 lâng 糊 hô͘·
   Mui lang tshui ho͘· lui lui.

6. 一 時 風，駛 一 時 船   時 sî 風 hong 船 tsûn
   Tsit si hong, sai tsit si tsun.

7. 海 龍 王 辭 水   龍 lêng 王 ông 辭 sî
   Hai leng ong si tsui.

8. 有 心 打 石 石 成 瘡   心 sim 成 tsiân 瘡 tshng
   U sim phah tsioh tsioh tsian tshng.

註：（石 tsióh 是入聲字）

A. 見風轉舵。

B. 有志竟成。

C. 故作客氣狀。

D. 對人刻薄挑剔。

E. 媒妁之言，不可盡信。

F. 三年河東，三年河西。

G. 過分氣憤只傷害自己而無濟於事。

H. 下不了臺（騎虎難下）

答：1. F   2. G   3. D   4. H   5. E   6. A
       7. C   8. B

練習四：聲母的類別

下面是國語聲母，請以圓形圈出次濁聲母，以方形匡出不送氣塞音和塞擦音。

ㄅ	ㄆ	ㄇ	ㄈ
ㄉ	ㄊ	ㄋ	ㄌ
ㄍ	ㄎ		ㄏ
ㄐ	ㄑ	ㄒ	
ㄓ	ㄔ	ㄖ	ㄕ
ㄗ	ㄘ		ㄙ

下面的臺語聲母，請以圓形圈出濁聲母。

p	ph	b	m	
t	th	l	n	
k	kh	g	ng	h
ts	tsh	j		s

答：國語次濁聲母ㄇㄋㄌㄖ，國語不送氣塞音，塞擦音ㄅㄉㄍㄐㄓㄗ；臺語濁聲母：
b, m, l, n, g, ng, j。

練習五：以聲母類別決定聲調的規律

下面是靠聲母的種類來分平聲字的陰陽的規律。（入聲的情形沒有考慮在內）

1. 平聲　　次濁聲母　　　　　　　　→　陽平（臺語也可能是入聲）
2. 平聲　　不送氣塞音塞擦音聲母　　→　陰平（臺語也可能是入聲）
3. 平聲　　其他聲母　　　　　　　　→　陽平、陰平（臺語也可能是入聲）

請指出下面的發音對應屬於那一類：

    a. 不適用任何規律（以 "不" 表示）

    b. 例外字（以 "1、2 或 3 的例外" 表示）

    c. 適用（以 "1、2、3" 分別表示）　　　　　　答：

1. 媽	ㄇㄚ	má	1 的例外
2. 拉	ㄌㄚ	lah	1 的例外
3. 看	ㄎㄢˋ	khoàn	不
4. 能	ㄋㄥˊ	lêng	1
5. 平	ㄆㄧㄥˊ	pêng	3
6. 兵	ㄅㄧㄥ	peng	2
7. 高	ㄍㄠ	ko	2
8. 刊	ㄎㄢ	khan	3
9. 革	ㄍㄜˊ	kek	2 的例外
10. 白	ㄅㄞˊ	pek/péh	2 的例外

練習六：對照表（以韻母ㄢ、ㄞ 為例）

1. 在附錄對照表ㄢ韻母裏哪些聲母沒有字？這些聲母中那些是次濁聲母（sonorant initials）？有字的聲母當中有沒有次濁聲母？
2. 在ㄞ韻母裏次濁有沒有字？如有舉一個例。
3. 在ㄞ韻母裏那些聲母沒有？這些聲母中那些是不送氣的？那些是不送氣塞音，塞擦音？
4. 不送氣塞音，塞擦音不和陽平字結合，就ㄞ韻母裏有沒有例外字？

答：1. ㄇ，ㄋ，ㄌ，ㄖ，ㄗ。

    ㄇ，ㄋ，ㄌ，ㄖ

    有字的聲母中都沒有次濁聲母。

  2. 有。　瞞ㄇㄢˊ

3. ㄅ,ㄉ,ㄓ,ㄕ,ㄗ,ㄙ,ㄍ,ㄎ,ø.

除了ㄎ以外其他都是不送氣的。

ㄅ,ㄉ,ㄓ,ㄗ,ㄍ.

4. 沒有。

2.6　臺語的陰去和陽去之間的分辨和推測練習
國語和臺語送氣，次濁聲母(3:7)

臺語陰去、陽去之分不像陰平、陽平之分可以靠國語的聲調，因爲國語的去聲沒有陰、陽之分。

國語		臺語
陰平	→	陰平
陽平	→	陽平
去聲	→	陰去
	↘	陽去

所幸，陰陽之分一向就是由於聲母的不同而來，我們從國語的聲母（臺語的聲母更可靠）可找到分辨臺語陰去、陽去之分的很多線索。

下面是國語去聲字在各種聲母的條件下的對應規律：

1a　去聲　送氣聲母（ㄆㄊㄎㄑㄔㄘ）→陰去；炮ㄆㄠˋ phàu

1b　　　　次濁聲母（ㄇㄋㄌㄖ）　　→陽去；帽ㄇㄠˋ bō
　　　（或臺語的濁聲母）

1c　　　　其他聲母（ㄅㄉㄍㄐㄓㄗㄈㄏㄙㄙ零）→陰去；報ㄅㄠˋ pò
　　　　　　　　　　　　　　　　　　　　　　　　↘陽去；抱ㄅㄠˋ phō

可見臺語的陰去、陽去之分如靠國語的聲母，可以推測出來將近一半的情形。在前一節（2.5）討論平聲時已略爲介紹過臺語的陰陽之分（大約與國語的陰陽之分相同）和國語聲母的送氣或次濁的關係。現在把平、去之間的異同說明於後。

(1)無論是平聲或去聲的次濁聲母都和陽調結合而不和陰調結合。

(2)平聲時國語的送氣聲母（ㄆㄊㄋㄑㄔㄘ）只和陽調結合而不和陰調結合，因此如有不送氣的塞音、塞擦音就可判斷爲陰平。去聲時國語的不送氣塞音（ㄅㄉㄍ）塞擦音（ㄐㄓㄗ）只和臺語的陽調對應（這些不送氣聲母字在臺語也念不送氣，但有些例外）因此如有送氣聲母（ㄆㄊㄎ，ㄑㄔㄘ）就可推定臺語是陰去。（這些送氣聲母字，在臺語也念送氣聲母，少有例外）

上面，國語去聲字在各種聲母條件下的對應規律 1b 是：

去聲次濁聲母（ㄇㄋㄌㄖ）　→　陽去
（或臺語的濁聲母）

又說過要判斷臺語的陽去，如知道臺語的聲母是濁聲母更可靠，這是因爲臺語的濁聲母

（都來自中古的次濁聲母）有不少情形已經變成國語的零聲母，零聲母可陰可陽，濁聲母只可和陽去結合，當然是臺語的濁聲母可靠。

國　語	臺　語	例字
去聲　　φ	b	未ㄨㄟˋ bī 萬ㄨㄢˋ bān
	ng	硬ㄧㄥˋ ngē
	g	誤ㄨˋ gō˙

練習一：百家姓

請將下面的姓標臺語聲調，並指出適合去聲對應規律的那一項（ 1a, 1b, 1c ）。

答

鄭	ㄓㄥˋ	Teⁿ	Tēⁿ	1c
謝	ㄒㄧㄝˋ	Sia／Tsia	Siā／Tsiā	1c
蔡	ㄘㄞˋ	Tshoa	Tshoà	1a
趙	ㄓㄠˋ	Tio	Tiō	1c
廖	ㄌㄧㄠˋ	Liau	Liāu	1b
鄧	ㄉㄥˋ	Teng	Tēng	1c
賴	ㄌㄞˋ	Loa	Loā	1b
呂	ㄌㄩˇ	Lu	Lū	例外
宋	ㄙㄨㄥˋ	Song	Sòng	1c
魏	ㄨㄟˋ	Gui	Gūi	1b
戴	ㄉㄞˋ	Te	Tè	1c
杜	ㄉㄨˋ	To˙	Tō˙	1c
傅	ㄈㄨˋ	Po˙	Pò˙	1c
夏	ㄒㄧㄚˋ	Ha	Hā	1c
邵	ㄕㄠˋ	Sio	Siō	1c

練習二：多音詞

從下列詞中選出臺語第三聲（陰去）或第七聲（陽去）的字，並加調號。

1. 婦女會　ㄈㄨˋ ㄋㄩˇ ㄏㄨㄟˋ　hu-lu-hui　婦 hū　會 hūi
2. 重要　ㄓㄨㄥˋ ㄧㄠ　tiong-iau　重 tiōng　要 iàu
3. 教授　ㄐㄧㄠˋ ㄕㄡˋ　kau-siu　教 kàu　授 siū
4. 愛顧　ㄞˋ ㄍㄨˋ　ai-ko˙　愛 ài　顧 kò˙

5. 命令	ㄇㄧㄥˋ ㄌㄧㄥˋ	beng-leng	命 bēng	令 lēng
6. 報應	ㄅㄠˋ ㄧㄥˋ	po-eng	報 pò	應 èng
7. 信件	ㄒㄧㄣˋ ㄐㄧㄢˋ	sin-kiaⁿ	信 sìn	件 kiāⁿ
8. 意義	ㄧˋ ㄧˋ	i-gi	意 ì	義 gī
9. 變化	ㄅㄧㄢˋ ㄏㄨㄚˋ	pian-hoa	變 piàn	化 hoà
10. 比喻	ㄅㄧˇ ㄩˋ	pi-ju		喻 jū
11. 淡水	ㄉㄢˋ ㄕㄨㄟˇ	tam-sui	淡 tām	
12. 善化	ㄕㄢˋ ㄏㄨㄚˋ	sian-hoa	善 siān	化 hòa
13. 信義路	ㄒㄧㄣˋ ㄧˋ ㄌㄨˋ	sin-gi-lo•	信 sìn 義 gī 路 lō•
14. 大武	ㄉㄚˋ ㄨˇ	Tai-bu	大 Tāi

練習三：俗 語

從下列俗語中選出臺語第三聲或第七聲的字，並加調號。

1. 一 年 換 二 十 四 個 頭 家　　　　換 oāⁿ 二 jī 四 sì
　Tsit ni oaⁿ ji tsap si e thau ke.

2. 大 目 新 娘 尋 無 灶　　　　大 toā 灶 tsàu
　Toa bat sin niu tshoe bo tsau.

3. 會 曉 偷 食 獪 曉 拭 喙　　　　會 ē 獪 bē 喙 tshùi（嘴）
　E hiau thau tsiah be hiau tshi tshui.

4. 春 天 後 母 面　　　　後 āu 面 bīn
　Tsun thiⁿ au bu bin.

5. 嫌 貨 才 是 買 貨 人　　　　貨 hoè 是 sī
　Hiam hoe tsiah si be hoe lang.

6. 起 厝 按 半 料　　　　厝 tshù 按 àn 半 poàⁿ 料 liāu
　Khi tshu an poaⁿ liau.

7. 經 一 事 長 一 智　　　　事 sū 智 tì
　Keng it su tiong it ti.

8. 無 禁 無 忌 食 百 二　　　　禁 kìm 忌 khī 二 jī
　Bo kim bo khi tsiah pah ji.

註：1. 個代表 ê 是借義字 。

　　2. 尋代表 tshoē 是借義字。

A. 經驗不貴。

B. 不安於職。

   C. 不知善後。

   D. 謂春天天氣多變。

   E. 有意購買。

   F. 建屋常超出預算。

   G. 不宜太拘泥成規。

   H. 過分緊張看不見眼前的目標。

答：1.　B　　2.　H　　3.　C　　4.　D　　5.　E　　6.　F　　7.　A

   8.　G

練習四：對照表（以韻母ㄢˋ為例）

1. 按照對應規律，國語次濁聲母去聲字，臺語應念第幾聲？這個規律在附錄對照表的ㄢˋ韻母裏有沒有例外字？

2. 按照對應規律，送氣聲母字只念臺語陰去而不念陽去，這個規律在ㄢˋ韻母有沒有例外字？

3. 臺語的聲調陰去、陽去都有字的有那些國語聲母？這些聲母中有沒有送氣的？

答：1.第七聲。有，鏝 Boán.

   2.有。畔叛ㄆㄢˋ poān, phoān

   3.ㄅ，ㄆ，ㄈ，ㄉ，ㄓ，ㄗ，ㄙ，ㄍ，ㄏ。沒有

2.7　臺語入聲和非入聲之間的分辨和推測練習

　　臺語入聲是指有韻尾 p，t，k 或 h 的短促的聲調，有陰入、陽入兩調。對只會說標準國語的人，要學會哪些字應該念成入聲，是件需要花費長久時間的事，因爲國語每個調裏都可能有入聲字。而同調裏哪些是入聲字，線索很有限，可說需要全靠記憶。

a.　臺語韻尾和入聲、非入聲之分的關係

　　從下面臺語裏七個調的語例，我們不難看出聲調和韻尾有密切的關係：入聲調（第四聲和第八聲）的韻尾一定有 p，t，k 或 h 韻尾；非入聲調（第一，二，三，五，七聲）不是沒有韻尾便是有 m，n，ng，i，u 等韻尾，而不可能有 p，t，k，h 韻尾。

聲類傳統	第一聲	第二聲	第三聲	第四聲	第五聲	第六聲	第七聲	第八聲
名稱	陰平	上聲	陰去	陰入	陽平	上聲	陽去	陽入
聲調符號	˥	˥˩	˩	˩	ˊ		˧	˥
音值描寫	高平	高降	低降	低短	昇		中平	高短
例一 tong- tok	tong 東	tóng 黨	tòng 棟	tok 督	tông 同	tóng 黨	tōng 洞	to̍k 毒
例二 kun kut	kun 君	kún 滾	kùn 棍	kut 骨	kûn 裙	kún 滾	kūn 郡	ku̍t 滑
例三 hoan- hoat	hoan 翻	hóan 反	hòan 販	hoat 發	hôan 礬	hóan 反	hōan 範	hoa̍t 罰
例四 in- it	in 因	ín 引	ìn 印	it 一	în 寅	ín 引	īn 孕	i̍t 逸
例五 kiong- kiok	kiong 宮	kióng 拱	kiòng 供	kiòk 菊	kiông 強	kióng 拱	kiōng 共	kio̍k 局
例六 ti- tih	ti 猪	tí 抵	tì 智	tih 滴	tî 池	tí 抵	tī 治	ti̍h 碟
例七 kim- kip	kim 金	kím 錦	kìm 禁	kip 急	kîm 禁	kím 錦	kīm 妗	ki̍p 及

　　因爲臺語裏所有的入聲字都有韻尾 p，t，k 或 h，並且所有有韻尾 p，t，k，h 的音節都唸成入聲。因此一個字的發音如有了 p，t，k 或 h 就可判斷爲入聲字。就一般人辨認的能力來說，判斷一個音節是否有 p，t，k 韻尾，比判斷一個音節是否有 h 容易多了。因爲 h〔ʔ〕是喉塞音，比較不容易觀察。

　　本章既然專討論聲調，一個音節是否爲入聲，是陰入或陽入，當屬於本章的範圍。至於音節的韻尾是 p，t，k 或 h 則屬於第四聲韻母的範圍。爲了讓讀者專心注意聲調的分辨，本章練習題所選的例字，儘量選 h 韻尾的例字。

　　h 韻尾的發音在臺語裏都是白話音，因此一個字有了 h 韻尾，在理論上就應該有 p，t 或 k 韻尾的文言音。（理論上應該如此，事實上失傳的字也不少）

古入聲字	臺語（文）	（白）	客 話	日 語
十 ㄕˊ	sip	tsȧp	sip	zyuu
接 ㄐㄧㄝ	tsiap	tsih	tsiap	zetu
集 ㄐㄧˊ	tsip		sip	syuu
汁 ㄓ	tsip	tsiap	tsip	zyuu
質 ㄓˋ	tsit		tsit	situ
血 ㄒㄩㄝˇ	hiat	hoeh/huih	hiet	ketu
八 ㄅㄚ	pat	peh/poeh	pat	hati
白 ㄅㄛˊ，ㄅㄞˊ	pėk	pėh	phak	haku
木 ㄇㄨˋ	bȯk	bȧk	muk	moku
石 ㄕˊ	sėk	tsiȯh	siak	seki

b.　其他漢語方言和日語裏的漢語

就全中國的人口中，說有入聲方言的人比說沒有入聲方言的人多。非官話的華中、華南方言（吳、粵、客、閩、湘）都和臺語一樣還保留着古時的入聲，就是連中國的官話區裏也有很多還有入聲調的，如南京、太原等地雖然沒有 p，t，k 韻尾，最少也保留這些字發音短促的特徵，而有別於其他的字（卽中古非入聲）如懂得這些方言的人，利用它來判斷某字是否爲入聲字，應該是比較可靠的方法。

懂得日語的人，對推測臺語字音是否讀入聲也很有幫助，因爲日語裏的漢語很完整的保存了古漢語的韻尾。從下面數目字在客家話和日本漢語的發音可以看出，入聲字在現代語言所保留的面貌。

	臺 語	客 話	日 語
一	it	it	iti
二	jī	nji	ni
三	sam, saⁿ	sam	san
四	sù, sì	si	si
五	ngó˙ gō˙	ng	go
六	liȯk, lȧk	liuk	roku
七	tshit	tshit	siti
八	pat, pheh	pat	hati
九	kiú, káu	kiu	ku, kiu
十	sȧp, tsȧp	sjp	zyuu

臺、客語都保留古時的入聲字的韻尾 p，t，k，日語也是，只是加了元音，唸成 hu，ti/tu，ki/ku，pu 變爲 hu 今日已轉爲 u，但在十杯 zippai，十本 zippon 裏還保留着 p 的聲音。

c. **國語韻尾** -n, -ng, -i, -u

臺語有 -i, -u, -m, -n, -ng 等韻尾就沒有 -p, -t, -k 或 -h 韻尾，也就是不發音為入聲，而跟這些臺語韻尾對應的國語韻尾便是：

國　語	臺　語
-i （ㄟ, ㄞ）	-i
-u （ㄡ, ㄠ）	-u
-n （ㄣ, ㄢ）	-n, -m
-ng （ㄥ, ㄤ）	-ng
-φ （ㄧ, ㄨ, ㄩ, ㄝ, ㄜ, ㄛ, ㄚ）	-φ

因此國語有了韻尾，便大致可判斷臺語的聲調是非入聲。這個通則有些例外，就是有些 -i, -u 韻尾字却是入聲字，（臺語有 -k 韻尾。）但是這些字多半另有沒有韻尾的讀音。

		文	白
得	ㄉㄟˊ ㄉㄜ˙	tek	tit
白	ㄅㄞˊ ㄅㄛˊ	pe̍k	pe̍h
賊	ㄗㄟˊ ㄗㄜˊ	tse̍k	tsha̍t
學	ㄒㄧㄠˊ ㄒㄩㄝˊ	hak	o̍h
覺	ㄐㄧㄠˋ ㄐㄩㄝˊ	kak	
藥	ㄧㄠˋ ㄩㄝˋ	io̍k	io̍h

d. **國語零韻尾，韻母** üe, a, e.

國語零韻尾韻母的字（如ㄧㄚ, ㄧㄝ, ㄨㄛ, ㄚ）可能是入聲字，也可能非入聲字。可是ㄩㄝ, ㄚ, ㄜ 等三個韻母的字，入聲字多於非入聲字。（參看本書後國臺字音對照表ㄚ, ㄜ, ㄩㄝ三表）特別是ㄩㄝ韻母的字全部都是入聲字沒有一個例外。

		文	白
八	ㄅㄚ	pat	peh／poeh
答	ㄉㄚˊ	tap	tah
德	ㄉㄜˊ	tek	
革	ㄍㄜˊ	kek	
月	ㄩㄝˋ	go̍at	goe̍h／ge̍h
絕	ㄐㄩㄝˊ	tsoa̍t	tse̍h

e. **國語不送氣陽平字**

在 2.5 節裏談到在非入聲字中國語的陽平字的塞音、塞擦音聲母一定是陽平字。（唯一的非入聲字是甭ㄥˊ是不和用的合音）如果在國語裏有不送氣的陽平字，那麼這些字一定來自入聲字。現在以國語ㄨ韻母裏（請看本書附錄）陽平字爲例。國語不送氣都唸爲臺語入聲，只要國語聲母是塞或塞擦音（ㄅ，ㄉ，ㄓ，ㄗ，ㄍ），臺語一定是入聲（例：讀、築、逐、竹、族、足）不然就像ㄅ，ㄍ欄裏不應該有字。至於擦音聲母（ㄈ，ㄏ，ㄕ，ㄙ，ㄒ）臺語便有入聲字和非入聲字的可能，須知這些雖是不送氣陽平字，却有少數的非入聲字（如ㄈㄨˊ幅、福、服、拂、佛是入聲字，浮、扶、符是非入聲字）。

（本章 2.10 節裏列有國語第二聲唸成臺語第四聲—陰入—的字）。

練習一：單音姓氏

下面的姓氏都是入聲字。

1. 那些姓國語聲調是陽平，聲母又是不送氣塞音、塞擦音，可確定爲入聲的？
2. 那些姓國語韻尾是 -i, -u, -n, -ng, 照例不該是入聲字的？
3. 那些姓國語韻母是ㄩㄝ，可斷定爲入聲字？

白	ㄅㄞˊ ㄅㄛˊ	Peh	郝	ㄏㄠˇ	Hok
鄂	ㄛˋ	Gȯk	赫	ㄏㄜˋ	Hek
法	ㄈㄚˇ	Hoat	吉	ㄐㄧˊ	Kiat
福	ㄈㄨˊ	Hok	傑	ㄐㄧㄝˊ	Kiat
葛	ㄍㄜˇ	Kat	烈	ㄌㄧㄝˋ	Liȧt
谷	ㄍㄨˇ	Kok	陸	ㄌㄨˋ	Liȯk
郭	ㄍㄨㄛ	Koek/keh	麥	ㄇㄞˋ	Bȩk/Bȩh
國	ㄍㄨㄛˊ	Kok	聶	ㄋㄧㄝˋ	Liȧp
莫	ㄇㄛˋ	Bȯk	葉	ㄧㄝˋ	Iȧp
墨	ㄇㄛˋ	Bȩk	薛	ㄒㄩㄝ	Sih
席	ㄒㄧˊ	Sȩk	竺	ㄓㄨˊ	Tiok
習	ㄒㄧˊ	Sip	祝	ㄓㄨˋ	Tsiok

答：1. 白，國，吉，傑，竺
　　2. 白，麥，郝
　　3. 薛

練習二：單字發音

憑你在其他方言或日本漢語發音的知識選出臺語的發音。

選擇題：

答

1. 拔	A. Poe	B. Poe̍h			Poe̍h
2. 杯	A. Poe	B. Poe̍h			Poe
3. 歲	A. hoè/hè	B. hoeh			hoè/hè
4. 倚	A. oá	B. oa̍h			oá
5. 血	A. hoè	B. hoeh/huih			hoeh/huih
6. 活	A. oá	B. oa̍h			oa̍h
7. 割	A. Koà	B. Koah			Koah
8. 掛	A. Koà	B. Koah			Koà
9. 石	A. tsió	B. tsio̍h/se̍k			tsio̍h/se̍k
10. 少	A. tsió	B. tsio̍h/se̍k			tsió

配合題：

beh, bōe, hok, si̍p, sé/sóe, sih, tsù, tsiok, la̍k, hù, pe̍h, pê , bē/boē

六，參，福，附，賣，白，爬，注，祝，習，洗，薛

六 la̍k, 參 beh, 福 hok, 附 hù, 賣 bē/boē, 白 pe̍h

爬 pê, 注 tsù, 祝 tsiok, 習 si̍p, 洗 sé/sóe, 薛 sih

練習三：對照表

1. 請查證ㄢ，ㄣ，ㄤ，ㄥ，ㄧㄢ等韻母組裏是否真的沒有入聲字？請列出所有入聲字。

2. ㄞ，ㄟ，ㄠ，ㄡ，ㄨㄞ，ㄨㄟ，ㄧㄠ，ㄧㄡ等韻母組中有那些沒有入聲字？那些有少數入聲字？

3. 零韻母中入聲字比例最高的是那些韻母組？最低的是那些？

4. 以ㄚˊ韻母為例，ㄅ，ㄉ，ㄓ，ㄗ，ㄍ聲母字是否都唸臺語入聲？

答：1. 是，唯一的例外是廿ㄋㄧㄢˋ，Jiàp 是合音字。

2. 雹ㄅㄠˊ pha̍uh, 着ㄓㄠˊ Tio̍k, tio̍h, 鑿ㄓㄠˊ Tsha̍k

3. ㄩㄝ最高，ㄧㄝ，ㄨㄛ，ㄨㄚ較低。

4. 是，唯一的例外是咱ㄗㄚˊ［lán］，ㄗㄚˊ 可能是自家的合音，lán 也是合音詞，（你＋我＋n）所以咱是這個詞的借義字。

2.8 臺語陰入和陽入之間的分辨和推測練習(4：8)

我們如判斷一個字在臺語是入聲字之後，還須判斷該字是陰入（第四聲），或陽入（第八聲）。陰陽之分本章已在2.5節討論過陽平、陰平之分。在2.6節討論過陰去、

陽去之分。判斷線索主要是聲母的清濁和送氣不送氣。就清濁而言，平、去、入的陰陽
分法都一樣，濁聲配搭陽調，清聲母配搭陰調：就送氣、不送氣而言，入聲的陰陽配合
跟去聲相同，（即國語送氣聲母字唸臺語陰去、陰入，而不唸陽去、陽入）而跟平聲不
同。（平聲字如唸國語不送氣聲母，在臺語唸陰平，而不唸陽平）。

表1　聲母的種類和陰陽的配搭

聲母 聲調	濁 ㄇㄌㄋㄖ∅ m l n j g b n　　ng	清送氣 ㄆㄊㄎㄑㄔㄘ	清不送氣 ㄅㄉㄍㄐㄓㄗ
平	陽（如ㄖㄨˊ jû）	陰（鋪ㄆㄨ phoˑ） 陽（葡ㄆㄨˊ phô）	陰（都ㄉㄨ toˑ）
去	陽（慕ㄇㄨˋ bōˑ）	陰（吐ㄊㄨˋ thòˑ） （註一）——	陰（布ㄅㄨˋ pòˑ） 陽（步ㄅㄨˋ pōˑ）
入	陽（木ㄇㄨˋ bȯk）	陰（酷ㄎㄨˋ khok） （註二）——	陰（谷ㄍㄨˇ kok） 陽（築ㄓㄨˊ tiȯk） （註三）

本表例字取自本書附錄國臺字音對照表中的ㄨ韻母。

註一：國語送氣聲母字一般不唸成臺語陽去。但有下面的例外：

畔，叛ㄆㄢˋ poān/phoān，砲ㄆㄠˋ phā，鋪舖ㄆㄨˋ phòˑ/phōˑ，慟ㄊㄨㄥˋ tōng，

匱簣ㄎㄨㄟˋ kūi，碰ㄆㄥˋ phèng/pōng.

註二：國語送氣聲母字不唸臺語陽入這個規律的例外有：

磕ㄎㄜ khȧp，瀑曝ㄆㄨˋ phȯk/phȧk，僕ㄆㄨˊ pȯk，突凸ㄊㄨ tút/thút，

踏ㄊㄚˋ tȧh，特ㄊㄜˋ tėk.

註三：國語聲調如屬第二聲，即絕大多數唸臺語陽入。

由上面的表可知有三個規律有益於陰入和陽入之間的分辨：

a. 國語或臺語次濁聲母　　→　　陽入

b. 國語送氣聲母　　　　　→　　陰入

c. 其他聲母　　　　　　　→　　陰入、陽入

練習一：單　姓

2.7 練習一到三，24 個入聲字單姓，這些姓氏中：

1.那些字合乎國語濁聲聲母唸臺語陽入的規律？有沒有例外？

2.如果知道臺語的聲母是濁聲，另外還能決定那一個字是陽調字？爲什麼？

答：1.烈，麥，矗，莫，墨。沒有例外字。

　　2.鄂。因爲這個字在臺語是濁聲母，臺語的濁聲母要推測聲調還比國語可靠。

練習二：單字的規律應用

下列的字當中那些字從國語的聲母可判斷爲陰入？理由何在？

讀	ㄉㄨˊ	thók	博	ㄅㄛˊ	phok
屈	ㄑㄩ	khut	着	ㄓㄨㄛˊ	tióh
七	ㄑㄧ	tshit	曲	ㄑㄩ	khiok
接	ㄐㄧㄝ	tsiap	百	ㄅㄞˇ	pah
八	ㄅㄚ	pat	促	ㄘㄨˋ	tshiok
尺	ㄔˇ	tsheh	泣	ㄑㄧˋ	khip

答：屈，七，尺，促，泣，曲等字。

　　因爲這些字都唸國語送氣聲母，而國語送氣聲母字通常唸臺語陰入。

練習三：單字的發音配合

選出正確的標音：

1. lĕk, lek, tsek, tsĕk, lat, lǎt, tshat, tshǎt.

綠ㄌㄩˋ，叔ㄕㄨˊ（ㄕㄨ），籍ㄐㄧˊ，擦ㄔㄚ，力ㄌㄧˋ，賊ㄗㄟ

答：綠lĕk，叔tsek，籍tsĕk，擦tshat，力lǎt，賊tshǎt .

2. lap, lǎp, tsǎp, tshap, lǒk, lok, thok, thók.

納ㄋㄚˋ，插ㄔㄚ，雜ㄗㄚˊ，託ㄊㄨㄛ，讀ㄉㄨˊ，鹿ㄌㄨˋ.

答：納lǎp，插tshap，雜tsǎp，鹿lǒk，託thok，讀thók.

練習四：對照表（以韵母ㄚ ㄚˊ ㄚˇ ㄚˋ 爲例）

1. ㄚ韵母組的ㄚ，ㄚˋ，ㄚˇ，ㄚˋ 四個韵母裏的入聲字如果聲母是次濁（m，n，l，r），那麼臺語的聲調多半是第幾聲？有那些例外？

2. 如果國語聲母是送氣的入聲字，臺語是第幾聲？有沒有例外字？

答：1.第八聲。（如喇、臘、辣等字）。沒有例外。

　　2.第四聲。有例外字，如踏ㄊㄚˋ tǎh，Tǎp.

2.9　聲調的歷史演變規律和對應規律

　　今日國語與臺語之間有對應規律可尋不外是因爲兩語來自同源，而各語的語言演變各有一定的規律。我們研究各語過去的演變規律可以解釋爲何兩語之間有今日的語音對應規律。現在把本書的姊妹作「臺語與國語字音對應規律的研究」中的兩個表轉錄於後。頭一個表指出中古的四聲平上去入和今日國語四聲、臺語七聲的關係。

表 2　中古聲調與臺語、國語聲調的關係

中古聲調　　中古聲母		平	上	去	入
清聲母	臺　語	1	2	3	4
	國　語	一	∨	＼	一 ／ ∨ ＼
次濁聲母	臺　語	5	2	7	8
	國　語	／	∨	＼	／
全濁聲母	臺　語	同　上	7	同　上	8
	國　語		＼		＼

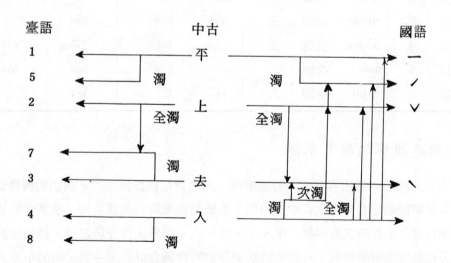

　　第二個舉些各個聲調演變的語例：

表3　中古聲調與聲母演變例字

例字		中古音			北平音		臺語	
		聲韵	聲類	調類			文言音	白話音
1.	單	tân	清	平	tān	ㄉㄢ	tan	toaⁿ
2.	簡	kán	清	上	tciǎn	ㄐㄧㄢˇ	kán	
3.	見	kien	清	去	tciàn	ㄐㄧㄢˋ	kiàn	khòaⁿ
4.	鐵	t'iet	清	入	thiě	ㄊㄧㄝˇ	thiat	thih
5.	平	b'iweng	全濁	平	phiéng	ㄆㄧㄥˊ	pîng	pêⁿ
5.	臺	d'ɑi	全濁	平	thái	ㄊㄞˊ	tâi	
6.	辯	b'iän	全濁	上	piàn	ㄅㄧㄢˋ	piān	
6.	道	d'ɑu	全濁	上	tàu	ㄉㄠˋ	tō	tō
7.	電	d'ien	全濁	去	tiàn	ㄉㄧㄢˋ	tiān	
7.	定	d'ieng	全濁	去	tièng	ㄉㄧㄥˋ	tēng	tiāⁿ
8.	族	dz'ûk	全濁	入	tsú	ㄗㄨˊ	tsȯk	tsȧk
8.	別	b'iät	全濁	入	pié	ㄅㄧㄝˊ	piȧt	pȧt
9.	梅	muɑi	次濁	平	méi	ㄇㄟˊ	môe	môe
9.	人	ńźiɛn	次濁	平	rén	ㄖㄣˊ	jîn	
10.	馬	ma	次濁	上	mǎ	ㄇㄚˇ	má	bé
10.	女	ńiwo	次濁	上	nǚ	ㄋㄩˇ	lú	
11.	萬	miwen	次濁	去	uàn	ㄨㄢˋ	bān	
11.	讓	ńźiang	次濁	去	ràng	ㄖㄤˋ	jiōng	niū
12.	木	muk	次濁	入	mù	ㄇㄨˋ	bȯk	bȧk
12.	日	ńźiɛt	次濁	入	rì	ㄖˋ	ji̍t	

聲調對應規律的歷史來源

　　今日的國語和臺語有上述的對應規律，絕不會是偶然發生的。我們的解釋是：臺語的文言音和國語（北平話）在中古時代（大概是唐朝時代）還是同一個語言（或幾乎是同一個語言）。那時候有四聲：平、上、去、入。因移民而分居之後，這些聲調在各地有的分化爲陰陽兩個聲調，有的和由別調分出的聲調合併成同一調，有的不分也不合。中古四聲和今日臺語七聲，以及國語四聲的關係，如〔表2〕。

　　一個調分成兩個聲，通常都按聲母的類別。「清聲母」是指不帶聲（或無聲）聲母（Voiceless initials，如 p，t，s 等）。「濁聲母」是指帶聲（或有聲）聲母（Voiced initials）。後者又分「全濁」（Nonsonorant）和「次濁」聲母（Sonorant initials）。

〔表 3 〕舉出中古音清（ 1 —4 行 ）、全濁（ 5 —8 行 ）、次濁（ 9 —12 行）三種聲母如何影響各聲調演變的實例。

因爲古次濁聲母大約仍保存於今日兩語的濁聲母，因此靠濁聲母可推測某字聲調是陽調。因爲古全濁聲母都變成清音，但因平聲時在國語變成送氣聲母，上去入時變成不送氣聲母，所以可以根據今日國語平聲送氣來判斷臺語是陽平，國語送氣來判斷爲陰去或陰入。

由此可知儘管國語喪失了陰去、陽去之分、陰入、陽入之分仍有些聲母方面的線索，在特別的情況下，可推測這些分別。至於國語，雖喪失了入聲，把所有的入聲字都發音爲平上去中之一，仍可由陽平不送氣來追尋入聲字之一部分，可說是歷史演變中的偶然現象。（第 1.5 節有中古音 “鍾腫用燭” 各韵的漢字。各爲平上去入，可看出各漢字的今古聲調的關係 ）

在 2.5、2.6、2.7 各節裏曾指出國語聲母送氣與不送氣在臺語聲調陰（ 1、2、3、4 ）和陽（ 5、7、8 ）之間，有密切的關係。現在以ㄅ代表不送氣聲母，ㄆ代表送氣聲母，將它們與國語各調搭配和中古音和臺語的調、聲搭配關係舉例在表四。

表4 國語、中古音、臺語聲調、聲母搭配關係表

中古音 ＼ 國語	P 平上去入	Ph 平上去入	bh 平上去入	中古 聲母	中古 聲調	臺語 聲調
ㄅ 1	般——撥	————	————	P	平入	1,4
2	———博	————	———技	P,bh	入	4,8
3	—榜—彼	————	————	P	上入	2,4
4	——謗畢	————	—伴便—	P / bh	去入 / 上去	3,4 / 7
ㄆ 1	————	潘——潑	————	Ph	平入	1,4
2	————	———僕	傍———	P / bh	入 / 平	5,4
3	————	———疋	————	Ph	上入	2,4
4	————	——判粕	————	Ph	去入	3,4
臺語聲調	1 2 3 4	1 2 3 4	5 7 7 8			
臺語聲母	P	Ph	P (Ph)			

上表不列入過去不規律的音變。

由上表可見唯有國語第二或第四調，才有臺語陽調（ 5，7，8 ）的可能並且如看到國語第四聲，送氣聲母，就可判斷臺語是非陽調也就是陰調（ 3 或 4 ）。如是國語第二聲送氣字，那末臺語不是陽平，便是陰入（ 不可能是陽入 ）。

也就是送氣國語聲母（ ㄆ，ㄊ，ㄎ等 ）跟臺語的陽去，和陽入是無緣的。

2.10 聲調對應規律的例外字和對應規律的練習

本節所指的例外當然是指對應規律的例外字，而不是歷史上 語音演變規律的例外字。國語的陰平字按對應規律在臺語裏應唸陰平，如追溯歷史上語音演變規律也應唸陰平，凡是合乎這個規律的便是例內字。但有不少字唸入聲是否算例內字須看對應規律怎麼寫。

中古的全濁聲入聲都變成國語陽平，凡是合乎這個規律的都是例內字。雖然這些字和原來就是中古平聲又是濁聲母的字已無法分辨，就歷史語音演變來說，都是規律字。

下面把本章所討論過的聲調對應規律綜合整理，對應中凡是不屬於最多數，可是爲數可觀的也列下來以橫槓標示，這些情形都需靠記憶。

國 語		臺 語
1. 第一聲		一→1，<u>4</u>
2. a. 第二聲	不送氣塞音（ㄅ，ㄉ，ㄍ） 塞擦音（ㄐ，ㄓ，ㄗ）	二 u→8，<u>4</u>
b.	其他聲母	二 ū→5，<u>8</u>，<u>4</u>
3. 第三聲		三→2，<u>4</u>
4. a. 第四聲	次濁聲母（ㄇ，ㄋ，ㄌ，ㄖ）	四 V→7，<u>8</u>
b.	送氣聲母（ㄆ，ㄊ，ㄋ，ㄑ，ㄔ，ㄘ）	四 H→3，<u>4</u>
c.	不送氣聲母	四 H̄ V̄→7，3，<u>4</u>

本節的練習重點放在這些規律的運用，使讀者不但能指出例內字所適用的規律，也能指出例外字所違反的規律。

練習一：單字的規律應用

下面是一些較常見的例外字，偶而摻了少數的例內字,請寫出每字應適用那條規律，是例內字或例外字？

答：

1. 查　ㄔㄚˊ　tsa　二 ū→5，<u>8</u>，<u>4</u>（外）
2. 媽　ㄇㄚ　má　一 →1，<u>4</u>　（外）
3. 乙　ㄧˇ　it　三 →2，<u>4</u>　（內）
4. 六　ㄌㄧㄡˋ　la̍k　四 V→7，<u>8</u>　（內）
5. 特　ㄊㄜˋ　te̍k　四 H̄ V̄→7，3，4（外）

1. 甜　ㄊㄧㄢˊ　tiⁿ　二 Ū→5，<u>8</u>，<u>4</u>（外）
2. 研　ㄧㄢˊ　gián　二 Ū→5，<u>8</u>，<u>4</u>（外）

3. 炎	ㄧㄢˊ	iām	二 ū →5，8，4	（外）
4. 凡	ㄈㄢˊ	hoān	二 ū →5，8，4	（外）
5. 德	ㄉㄜˊ	tek	二 u →8，4	（內）
6. 悠	ㄧㄡ	iû	一　→1，4	（外）
7. 灣	ㄨㄢ	oân	一　→1，4	（外）
8. 羹	ㄍㄨㄥ	kéng	一　→1，4	（外）
9. 刷	ㄕㄨㄚ	soat	一　→1，4	（內）
10. 刻	ㄎㄜ	khek	一　→1，4	（內）
11. 奶	ㄋㄞˇ	leng	三　→2，4	（外）
12. 老	ㄌㄠˇ	lāu	三　→2，4	（外）
13. 五	ㄨˇ	gō˙	三　→2，4	（外）
14. 尺	ㄔˇ	tshioh	三　→2，4	（內）
15. 索	ㄙㄨㄛˇ	soh	三　→2，4	（內）
16. 劑	ㄐㄧˋ	tse	四 V̄H̄ →7，3，4	（外）
17. 看	ㄎㄢˋ	khoàn	四 H →3，4	（內）
18. 記	ㄐㄧˋ	kì	四 V̄H̄ →7，3，4	（內）
19. 菌	ㄐㄩㄣˋ	khún	四 V̄H̄ →7，3，4	（外）
20. 紀	ㄐㄧˋ	kí	四 V̄H̄ →7，3，4	（外）
21. 納	ㄋㄚˋ	la̍p	四 V →7，8	（內）
22. 鋪	ㄆㄨˋ	phō˙	四 H →3，4	（外）
23. 毒	ㄉㄨˊ	to̍k	二 u →8，4	（內）
24. 慟	ㄊㄨㄥˋ	tōng	四 H →3，4	（外）
25. 踏	ㄊㄚˋ	ta̍h	四 H →3，4	（外）

練習二：對照表

1. 請把本章聲調對應規律應用在對照表ㄤ韻母組（ㄤ，ㄤˊ，ㄤˇ，ㄤˋ）的字音上，舉出各規律的例外字〔借義字的發音不必舉出〕。

2. 舉出ㄜ韻裏的例外字。（自行作答）

答：1 一　　→1，4　　　　　　　　　　頗 ㄆㄛˇ pho

　　二 ū　→8，4

　　二 ū　→5，8，4　　扛 ㄎㄤˊ kng,　　摸 ㄇㄛˋ mo˙, bong

　　三　　→2，4　　　　擋，檔 ㄉㄤˇ Tòng

　　　　　　　　　　　崗 ㄍㄤ，ㄍㄤˇ Kong

　　四 V　→7，8

　　四 H　→3，4

四 HV → 7，3，<u>4</u>

a. 國語第一聲（陰平）對應臺語第一聲（陰平）的例外字

臺語第二聲

ㄇㄚ	媽°	Má	ㄏㄨㄥ	哄	(hấⁿ)	ㄗㄨㄥ	鬃	tsáng/tsang
ㄍㄨㄥ	龔°	Kéng	ㄍㄨ/ㄍㄨˇ	估	Kó͘	ㄙㄠ	搔	Jiáu
ㄅㄧㄢ	蝙	Pían	ㄨㄢ	蜿	Óan	ㄐㄧㄡ	糾	Kíu
ㄕㄨ	抒	Thú	ㄏㄨㄥ	哄	Hóng			

臺語第三聲

ㄎㄞ	揩	[khà]	ㄩㄥ/ㄩㄥˇ	雍	Èng/Ióng	ㄎㄨ	哭°	[khàu]/khok
ㄔㄥ	撐	theⁿ/Theng	ㄆㄤ	乓	Piàng	ㄓㄨㄚ	抓	Jiàu
ㄕㄢ	煽°	Siàn	ㄘㄠ/ㄘㄠˇ	糙°	Tshò	ㄨ	汙°	Ù/u
ㄍㄤ	鋼°	kǹg/Kong	ㄆㄣ/ㄆㄣˋ	噴°	Phùn			

臺語第五聲

ㄏㄢ	鼾	Hân/hôaⁿ	ㄇㄠ	貓	Biâu/niau
ㄔㄠ/ㄐㄧㄠˇ	剿	Tsâu	ㄑㄧㄢ	鉛°	Iân
ㄒㄧ	兮	Hê	ㄊㄧㄠ	挑	Thiô/Thiau
ㄆㄣ	拼	piàⁿ	ㄙㄨㄥ	崧	siông
ㄒㄧㄚ	蝦°	hê	ㄧㄡ	悠°	Iû
ㄆㄥ	抨	Pêng	ㄊㄚ	它	Tô
ㄙㄨㄥ	松°	tshêng/Siông	ㄊㄠ	掏	To/Tho
ㄖㄥˊ/ㄖㄥ	扔	Jêng	ㄌㄨㄛ	嚕	Lô
ㄑㄧㄥˊ/ㄐㄧㄥ	鯨	Khêng	ㄨㄢ	灣°	Oân/Oan
ㄆㄤ	滂	Pông	ㄨ/ㄨˊ 誣巫		Bû
ㄘ	疵	Tshû			

臺語第七聲

| ㄅㄟ | 揹〔背〕 | [phāiⁿ] | ㄗㄥ | 增° | Tsēng |
| ㄉㄧ | 低（下） | [Kē]/Tē | ㄔㄨㄢ | 穿° | tshēng/tshng |

ㄓㄢ	鱣	Siān	ㄈㄨ	跗	Hū

臺語第四聲

ㄕㄨㄞ	摔	Sut/(siak)	ㄊㄨ	禿	Thut
ㄔㄨ	出° 齣	Tshut	ㄑㄩ	屈	Khut
ㄏㄨ	忽°	Hut	ㄊㄨㄛ	托	thuh/Thok
ㄆㄨ	仆	Phok	ㄉㄨ	督°	Tok
ㄅㄛ	鉢〔缽〕	Poat	ㄊㄨㄛ	託°	Thok
ㄨ	屋°	Ok	ㄆㄛ	潑°	phoah/Phoat
ㄕㄨㄚ	刷°	Soat	ㄑㄩㄝ	缺°	Khoat/khih
ㄍㄨㄚ	刮° 括° 颳°	Koat/koah	ㄨㄚ	挖°	Oat
ㄅㄛ	撥°	poah	ㄙㄚ	撒	soah/Sat
ㄓㄨㄛ	桌°	toh/Tok	ㄍㄜ	擱°	koh
ㄍㄜ	割°	koah/Kat	ㄓㄡ	粥	Tsiok
ㄩㄝ	約°	Iok	ㄧㄠ	喲	Iok
ㄧㄠ	喲	ioh	ㄒㄧㄝ	歇°	hioh
ㄆㄧ	匹°	Phit	ㄓ	織°	Tsit
ㄑㄧ	七°	Tshit	ㄕ	失°	Sit
ㄔ	吃°	Khit	ㄒㄧ	吸°	Khip
ㄕ	溼濕°	Sip	ㄑㄧㄝ	切°	Tshiat
ㄧ	一° 壹°	It/tsit	ㄐㄧㄝ	揭°	Kiat
ㄆㄧㄝ	撇瞥	Phiat	ㄊㄧㄝ	帖	Thiap
ㄐㄧ	咭	Kiat	ㄊㄧㄝ	貼°	tah/Thiap
ㄒㄧㄝ	蠍	Giat/Iat	ㄓㄞ	摘°	(tiah)
ㄋㄧㄝ	揑	Liap/Liȧp	ㄔㄞ	拆°	thiah/Tshek
ㄐㄧㄝ	接°	Tsiap	ㄒㄩㄝ	薛°	sih/Siat
ㄐㄧㄝ	接°	Tsiap/tsih	ㄅㄧ	逼°	Pek
ㄓ	隻°	tsiah	ㄊㄧ	剔	Thek/Thak
ㄉㄧ	滴°	tih	ㄒㄧ	膝°	Tshek
ㄐㄧ	跡° 蹟° 迹°	jiah/Tsek	ㄑㄧ	戚°	Tshek
ㄆㄧ	劈靂	Phek	ㄐㄧ	激°	Kek
ㄆㄞ	拍(=搏)	(phah)	ㄎㄜ	刻°	Khek
ㄐㄧ	積° 績°	Tsek	ㄙㄞ	塞°	seh
ㄒㄧ	晰悉° 析° 蜥蜴	Sek	ㄅㄛ	剝°	pak/Pok
ㄏㄟ	黑°	Hek	ㄊㄧ	踢°	that/Thek

ㄑㄧ	感	tsheh	ㄗㄚ	匝	Tsat
ㄆㄨ	仆°	phak	ㄘㄚ	擦°	Tshat
ㄅㄚ	八°	Pat／peh	ㄕ	蝨	sat
ㄑㄧ	漆°	Tshat	ㄒㄧㄚ	瞎°	Hat
ㄙㄚ	撒°	Sat／soah	ㄏㄜ	喝°	Hat
ㄕㄚ	殺°	Sat／(thâi)	ㄊㄚ	塌°	Thap／lap
ㄐㄧㄝ	結°	kat／Kiat	ㄍㄜ	鴿	Kap
ㄉㄚ	瘩°	Tap	ㄏㄚ	哈	Hap／Ha
ㄧㄚ	壓° 押° 鴨°	Ap／ah	ㄔㄚ	插°	Tshap／tshah
ㄉㄚ	搭答°	tah／Tap	ㄆㄨ	撲°	phah／Phok
ㄎㄜ	瞌°	kah／khap	ㄠ	凹°	(nah)Au
ㄍㄨㄛ	郭°	koeh／Kok	ㄕㄨㄛ	說°	soeh／Soat
ㄙㄨㄛ	縮°	Siok／sok	ㄈㄚ	發°	Hoat／puh

臺語第八聲

ㄋㄧㄝ	捏°	Liap̍	ㄩㄝ	曰°	Oat̍
ㄟ	嘿	Bek̍	ㄨㄚ	挖°	oeh̍ ≡ uih̍
ㄌㄜ	咯	Lok̍			

b. 國語第二聲（陽平）對臺語第五聲（陽平）的例外字

陰 平

ㄔㄚˊ	查°	Tsa	ㄊㄞˊ	苔	Thai	ㄌㄨㄥˊ	籠	(lang)
ㄑㄧˊ	畦	Ke	ㄊㄧㄢˊ	甜°	tiⁿ	ㄎㄤˊ／ㄍㄤ	扛	kng
ㄏㄜˊ	荷	o	ㄨㄚˊ	娃	Oa	ㄑㄩㄢˊ	銓	tshoan
ㄈㄢˊ	璠藩	Hoan	ㄎㄨㄟˊ	魁	Khoe	ㄊㄤˊ	膛	Thong
ㄈㄤˊ	肪	Hong	ㄈㄨˊ	孚	Hu	ㄩㄣˊ	筠	Kun
ㄔㄨˊ	雛	Tshu	ㄎㄨㄟˊ	奎	Kui	ㄈㄣˊ	汾	Hun

臺語第二聲

ㄕㄣˊ	甚(啥)	sáⁿ, siáⁿ	ㄊㄚˊ	靼	Thán	ㄇㄧˊ	彌	Bí
ㄖㄢˊ	髯	Jíam	ㄧㄢˊ	研°	géng	ㄋㄧㄣˊ	您	(lín)
ㄆㄞˊ	簿	pín	ㄨㄢˊ	玩	óan	ㄨˊ	憮	Bú
ㄖㄨˊ	茹	Jú	ㄨㄣˊ	蚊	báng	ㄨㄟˊ	唯韋	Uí／ôe／î
ㄊㄨㄣˊ	囤°	Tún						

臺語第三聲

ㄏㄨㄚˋ	划	(ko̍)	ㄓ	擲	(ti̍m)/Te̍k
ㄊㄥˊ	疼°	thàng (thiàⁿ)	ㄆㄠˊ	袍	Phàu

臺語第七聲

ㄏㄨㄣˊ	渾	Hūn/Hun	ㄇˊ/ㄇˊ	謎	bī
ㄒㄧㄚˊ/ㄒㄧㄚˊ	暇°	hē/Hā	ㄏㄨㄥˊ	虹	khēng/Hong
ㄌㄥˊ	鴒	Lēng	ㄌˊ	離	Lī
ㄧㄢˊ	炎°	Iām	ㄌㄧㄣˊ	麐	Līn
ㄩㄢˊ	援	Oān	ㄈㄢˊ	凡°	Hoān
ㄇㄥˊ	懵	Bōng	ㄕㄨㄟˊ	雖	(tsūi)/sûi
ㄊㄧㄢˊ	塡	thūn/Tiân	ㄨㄣˊ	聞	Būn/Bûn

臺語第四聲

ㄗㄨˊ	卒°	Tsut	ㄅㄛˊ	駁	Pok
ㄈㄨˊ	弗彿拂黻	Hut	ㄊㄨˊ	凸	(phok)/Tu̍t
ㄅㄛˊ	博°搏Ⅱ膊	Phok	ㄆㄨˊ	僕°	Phok
ㄓㄨㄛ	啄	Tok	ㄊㄨㄛˊ	橐	Thok
ㄈㄨˊ	福°蝠輻Ⅲ	Hok	ㄐㄩㄝˊ	決°訣	Koat
ㄓㄨㄛˊ	拙	Tsoat	ㄍㄜˊ	閣	koh
ㄐㄩㄝˊ	厥Ⅱ獗Ⅱ蕨Ⅱ噘Ⅱ	Khoat	ㄓㄨㄛ	卓°	tok
ㄅㄛˊ	鈸Ⅱ	poah	ㄓㄨˊ	竺Ⅱ	Tiok
ㄓㄠˊ	着°	Tiok/tioh	ㄐㄩㄝˊ	嚼爵	Tsiok
ㄓㄨˊ	躅Ⅱ	Tsiok	ㄓㄨㄛˊ	灼酌	Tsiok
ㄕㄠˊ	勺杓Ⅱ	Tsiok	ㄗㄨˊ	足°	Tsiok
ㄐㄩˊ	菊°鞠	Kiok	ㄑㄩˊ	麯	Khiok/Khak
ㄕㄨˊ	淑°	Siok	ㄐㄩㄝˊ	攫Ⅱ	Khiok
ㄐㄩˊ	掬Ⅱ	Kiok	ㄒㄧˊ	惜°	sioh/Sek
ㄉㄜˊ	得°	tit/Tek	ㄐㄧˊ	輯°	Tsip
ㄒㄧˊ	息°	Sek/sit	ㄏㄜˊ	紇Ⅱ	Git
ㄓ	職°質°	Tsit	ㄐㄧˊ	戢Ⅲ楫	Tship
ㄕˊ	什	Sip	ㄐㄧˊ	急°級°	Kip
ㄓ	執°	Tsip	ㄓㄜˊ	折°	Tsiat/tsih
ㄓㄜˊ	哲°	Tiat/Thiat	ㄐㄩˊ	橘	Kiat

ㄐㄧˊ	汲	Khip	ㄐㄧˊ	吉°	Kiat
ㄐㄧㄝˊ	睫	Tsiat	ㄐㄧㄚˊ	夾頰	Kiap
ㄐㄧㄚˊ	戛ᴵᴵ	Khiat	ㄐㄧㄝˊ	刼°	Kiap
ㄐㄧㄝˊ	潔羯°	Kiat	ㄒㄧㄚˊ	俠°峽	Kiap
ㄓㄜˊ	輒	Tiap	ㄒㄧˊ	錫°	siah/Sek
ㄒㄧㄝˊ	挾	Kiap/Hiap	ㄅㄛˊ	伯°栢	Pek/peh
ㄓㄜˊ	折°	tsih/Tsiat	ㄕㄨˊ	叔	tsek/Siok
ㄉㄜˊ	德°	Tek	ㄓㄨˊ	竹°	tek
ㄉㄧˊ	嫡	Tek	ㄓㄨˊ	燭°	Tsek/Tsiok
ㄒㄧˊ	錫°媳°息°昔°熄	Sek	ㄗㄜˊ	則°責°	Tsek
ㄐㄧˊ	即唧	Tsek	ㄐㄧˊ	籍°	Tsek
ㄐㄧㄝˊ	節°	tseh/tsat/Tsiat	ㄐㄧˊ	擊°棘ᴵᴵ	Kek
ㄎㄜˊ	咳	Khek	ㄍㄜˊ	革°骼	Kek
ㄏㄜˊ	劾	Hek	ㄈㄨˊ	幅°	pak/Hok
ㄆㄨˊ	朴	Phok	ㄐㄧㄚˊ	荚	ngeh/Kiap
ㄍㄜˊ	格°膈°隔	keh/Kek	ㄐㄧˊ	亟	kek
ㄐㄩㄝˊ	覺°角°	Kak	ㄘㄥˊ	曾	(bat)/tsêng
ㄗㄚˊ	砸ᴵᴵ	Tsat	ㄎㄜˊ	殼°	Khak
ㄓㄚˊ	扎紮	Tsat	ㄉㄚˊ	韃ᴵᴵ	That
ㄒㄧㄚˊ	轄	Hat	ㄐㄧㄝˊ	結°	kat/Kiat
ㄍㄜˊ	蛤	Kap	ㄔㄚˊ	察°	Tshat
ㄏㄜˊ	褐	Hat	ㄉㄚˊ	答°	Tap/tah
ㄏㄜˊ	闔	Khap	ㄓㄚˊ	閘	Ap/tsah

c. 國語第三聲（上聲）對應臺語第二聲（上聲）的例外字

臺語第一聲

ㄋㄞˇ	奶°	leng(ni)	ㄐㄧㄠˇ	腳	(kha胶）	ㄧㄚˇ	亞°	A
ㄧㄢˇ	奄	Iam	ㄧㄣˇ	飲	(lim)	ㄧㄣˇ	掩	(ng)
ㄏㄨㄤˇ	謊	Hong	ㄅㄨˇ	埔	Po°	ㄨˇ	憮	Hu
ㄨㄥˇ	蓊	Ong/ām/ōm						

臺語第三聲

ㄙㄢˇ	傘°	Sàn/sòaⁿ	ㄎㄞˇ	慨°	Khài

ㄅㄧㄥˋ/ㄅㄧㄥ	柄°	Pèng/pòn	ㄕㄤˋ	晌	Hiòng
ㄏㄢˋ	喊	hìam/Hán	ㄕˋ	使°	Sài/Sú
ㄙㄠˇ/ㄙㄠˋ	掃°	Sò/sàu	ㄐㄧㄠˋ	鉸	Kàu/Káu/ka
ㄆㄡˋ	剖°	phòa/phò	ㄅㄣˋ	畚	Pùn/Pún
ㄍㄨㄟˋ	癸°	Kǔi	ㄗㄨㄟˋ	嘴°	(tshùi 喙)

臺語第五聲

ㄐㄧㄠˇ	勦	Tsâu	ㄐㄧㄠˇ	僥	Giâu
ㄇㄧㄣˇ	潣	Bîn	ㄊㄨˇ	土°	(thô˙)/Thó˙
ㄊㄨㄥˇ	筒	Tông/tháng	ㄕㄨˇ	諸	tsṳ
ㄇㄧㄣˇ	閩	Bûn/Bîn			

臺語第七聲

ㄇㄚˇ	碼°	bā/Má	ㄧㄠˇ	咬°	kā
ㄌㄠˇ	老°	láu/Ló	ㄨㄤˇ	網°	bāng/Bóng
ㄡˇ	藕	Ngāu/Ngó˙	ㄐㄧㄥˇ	阱	Tsēng
ㄉㄞˇ/ㄉㄞ	逮	Tē/Tāi	ㄩㄥˇ	咏詠	Ēng
ㄅㄧㄥˇ	靘	tīaⁿ	ㄨㄚˇ	瓦	hiāⁿ/Oá
ㄐㄧㄥˇ	頸	Kēng	ㄒㄧㄤˇ	想°	(siūⁿ)/Sióng
ㄇㄧㄢˇ	緬	Biān	ㄩㄢˇ	遠°	hn̄g/Oán
ㄌㄨㄢˇ	卵°	nn̄g/Lóan	ㄌㄛˇ	裸°	Lō
ㄨˇ	五°午°	gō˙/Ngó˙	ㄅㄨˇ	哺	Pō˙
ㄌㄧㄤˇ	兩	nn̄g/Lióng	ㄑㄩˇ	娶°	tshōa/Tshú
ㄌㄢˇ	懶	nōa/Lán	ㄏㄨㄢˇ	緩°	ōan/Hōan
ㄩˇ	雨	hō˙/Ú	ㄧㄡˇ	有°	ū/Iú
ㄆㄥˇ	捧	Hōng/Phóng	ㄓㄠˇ	找°	tsāu
ㄌㄩˇ	侶°呂°	Lū	ㄨㄟˇ	緯°	Hūi
ㄌㄟˇ	累°耒	Lūi/Lúi	ㄧㄤˇ	癢°	(tsiūⁿ)
ㄓㄠˇ	找°	(tshōe)			

臺語第四聲

ㄒㄧㄝˇ	血°	hoeh＝huih/Hiat	ㄍㄨˇ	骨°	Kut
ㄅㄨˇ	卜°	Pok/poh /beh	ㄈㄚˇ	法°髮°	Hoat
ㄙㄨㄛˇ	索°	soh	ㄙㄡˇ	嗽°	soh/Só˙
ㄑㄩˇ/ㄑㄩ	曲°	Khiok/khek	ㄆㄧˇ	疋	Phit

ㄅㄧˇ	彼	(hit)╱Pí	ㄔˇ	尺。	tshioh╱Tshek
ㄧˇ	乙。	It	ㄐㄧˇ	給。	Kip
ㄐㄧㄠˇ	腳。	Khiok╱(kha)	ㄓㄚˇ	貶	Tshiap
ㄐㄧˇ	脊	tsiah╱Tsek	ㄆㄧˇ	癖	phiah
ㄌㄚˇ	喇	Lat╱lah	ㄕㄢˇ	閃	sih╱Siám
ㄅㄞˇ╱ㄅㄛˊ	百。	Pek╱pah	ㄎㄜˇ	渴	Khat
ㄒㄩㄝˇ	雪。	seh╱Soat	ㄍㄜˇ	葛	Kat
ㄐㄧㄚˇ	岬ⁿ	Kap	ㄊㄧㄝˇ	鐵。	thih╱Thiat
ㄊㄚˇ	塔。	thah	ㄅㄟˇ╱ㄅㄛˇ	北。	Pok╱pak
ㄐㄧㄚˇ	甲。胛鉀	kah	ㄅㄧˇ	筆。	Pit
ㄓㄨˇ	囑。	Tsiok	ㄇㄛˇ	抹	boah
ㄆㄨˇ	樸	Phok			

d. 國語第四聲（去聲）對應臺語第三聲的例外字

臺語第一聲

ㄓㄚˇ	柵	Sa	ㄧㄚˋ	亞	A	ㄐㄧˋ	劑。	Tse
ㄏㄨˋ	瓠	hia	ㄨˋ	塢	O˙	ㄎㄨㄚˋ	跨	Khoa╱Khōa
ㄅㄢˋ	拌	Phoan╱Pōan	ㄎㄨㄤˋ	框眶	Khong	ㄩㄣˋ	蘊	Un╱ùn
ㄓㄜˋ	這	(tse)(tsit)	ㄒㄧㄡˋ	銹	(sian)			

臺語第二聲

ㄧㄚˋ	訝	ngá╱Gā	ㄌㄞˋ	癩	(Thái)╱Lô	ㄏㄢˋ	撼	Hám
ㄉㄡˋ	竇	táu╱Tō˙	ㄍㄡˋ	垢。	káu	ㄐㄧㄥˋ	境。	Kéng
ㄒㄧㄥˋ	悻	Héng	ㄐㄧㄥˋ	竟。	Kéng	ㄐㄧˋ	紀。	Kí
			ㄧㄥˋ	映	iáⁿ╱lòng	ㄌㄧㄢˋ	斂	Líam
ㄌㄧㄢˋ	殮	Líam	ㄑㄧㄢˋ	歉	Khiám	ㄖㄣˋ	飪	Jím
ㄒㄩㄣˋ	蕈	Sím	ㄓㄣˋ	振。賑。	Tsín	ㄧㄡˋ	誘。	Iú
ㄉㄨㄛˋ	躱	Tó	ㄏㄠˋ	鎬	Kó	ㄇㄣˋ	懣	Bóan╱Bān
ㄕㄡˋ	瘦	Só╱sán	ㄓㄨㄢˋ	撰	Sóan╱Tsōan	ㄕㄨㄢˋ	涮	Sóaⁿ
ㄏㄨㄢˋ	瘓	Thóan	ㄏㄨㄤˋ	晃	Hóng	ㄍㄨㄤˋ	逛	Kóng╱Kong
ㄩㄢˋ	苑	Óan	ㄓㄨˋ	杼芧	Thú	ㄎㄨㄟˋ	喟	Kúi
ㄎㄨㄤˋ	況。	Hóng╱Hòng	ㄉㄨㄣˋ	盾。盹。	Tún	ㄐㄩㄣˋ	菌。	Khún

臺語第五聲

ㄉㄢˊ	彈	Tân/tôaⁿ/tōaⁿ	ㄒ|ㄝˊ	械。	Hâi/Hāi
ㄋ|ㄥˊ	濘	Lêng	ㄅ|ˋㄆ|ˊ	裨	Pî
ㄓㄡˊ	皺	Jiâu/Tso˙	ㄖㄠˋ	繞	Jiâu/Jiáu
|ㄠˊ	鷂	Iâu	ㄒㄩㄣˊ	蕁	Sîm
ㄒㄩㄢˊ	眩	hîn/Hiân	ㄕㄡˋ	售	Sîu
ㄌ|ㄡˊ	餾。	Lîu/liū	ㄙㄥˋ	甑	sông
ㄏㄨˊ	瓠	Hô˙	ㄈㄢˋ	梵	Hôan
ㄨㄤˋ	忘。	Bông	ㄉㄤˋ	宕	Tông/Tōng
ㄨㄣˋ	汶紊	Bûn/Būn	ㄙˋ	嗣	Sû
ㄒㄩㄣˊ	殉。	Sûn			

臺語第四聲

ㄅㄨˋ	不。	Put	ㄔㄨˋ	黜	Thut
ㄘㄨㄟˋ	淬Ⅲ	Tsut	ㄕㄨㄞˋ	率蟀	Sut
ㄒㄩˋ	邮恤	Sut	ㄩㄣˋ	熨	Ut
ㄒㄩㄝˋ	屑。	Sut/(Sap)	ㄩˋ	鬱。	Ut
ㄊㄨㄛˋ	拓。	Thok	ㄘㄨㄛˋ	撮。	Tshok/Tsoat
ㄘㄨ	簇。	Tshok	ㄕㄨㄛˋ	朔	Sok
ㄗㄨㄛˋ	作。	Tsok/Tsoh	ㄕㄨˋ	束	Sok
ㄙㄨ	溯速。	Sok	ㄎㄨㄛˋ	廓Ⅱ擴。	Khok
ㄎㄨ	酷。	Khok	ㄍㄠˋ	郜	Khok
ㄏㄨㄛˋ	霍	Hok	ㄈㄨˋ	複。覆。	Hok
ㄛˋ	惡。	Ok	ㄓㄨㄟˋ	綴	Toat
ㄈㄚ	琺Ⅲ	Hoat	ㄨㄛˋ	斡	Oat
ㄊㄚˋ	獺	That	ㄒㄩㄝˋ	血。	hoeh = huih/Hiat
ㄕㄚˋ	煞。	soah	ㄎㄨㄛˋ	濶闊。	Khoat/Khoah
ㄏㄜˋ	喝。	hoah/Hat	ㄓㄨˋ	祝。	Tsiok
ㄔㄨˋ	促	Tshiok/Tshek	ㄔㄨㄛˋ	婼Ⅱ綽Ⅱ	Tshiok
ㄑㄩㄝˋ	鵲	Tshiok	ㄔㄨˋ	矗Ⅱ觸Ⅱ	Tshiok
ㄙㄨˋ	夙宿。	Siok	ㄕㄨㄛˋ	爍	Siok
ㄑㄩㄝˋ	却。卻。	Khiok	ㄒㄩˋ	勗旭	Hiok
ㄩˋ	彧Ⅲ郁Ⅱ	Hiok	ㄐ|ㄝˋ	借。	tsioh/tsià
|ˋ	憶。	Ek	ㄕˋ	式。	Sit/Sek

ㄅ一ˋ	嗶必˚畢˚	Pit		ㄑ一ˋ	緝	Tship
ㄐ一ˋ	鯽	Tsit		一ˋ	挹ᴵᴵ邑	Ip
ㄑ一ˋ	迄	Git/Gut		ㄓㄜˋ	浙	Tsiat
ㄑ一ˋ	泣	Kkip		ㄕㄜˋ	設˚	Siat
ㄔㄜˋ	徹˚撤澈	Thiat		ㄕㄜˋ	攝	Lia/p/Siap
ㄒ一ㄝˋ	泄˚	Siat		ㄑ一ㄝˋ	妾竊˚	Tshiap
一ㄝˋ	咽謁ᴵᴵᴵ	Iat		ㄙㄜˋ	澀˚	Siap
ㄋ一ㄝˋ	涅ᴵᴵᴵ聶ᴵᴵ躡ᴵᴵᴵ	Liap		ㄑㄩㄝˋ	怯ᴵᴵ	Khiap
ㄒ一ㄝˋ	洩˚泄	Siap		ㄆ一ˋ	僻˚	phiah
ㄅ一ˋ	壁˚	piah		ㄒ一ˋ	隙˚	khiah/Kek
ㄒㄩㄝˋ	削˚	siah/Siat		ㄅ一ˋ	愎	Pek/Pèk
ㄘˋ	刺˚	tshiah/Tshì		ㄔˋ	赤˚	tshiah/Tshek
ㄆㄛˋ	迫˚	Pek		ㄅ一ˋ	璧˚碧˚	Phek
ㄆㄛˋ	珀ᴵᴵ魄	Phek		ㄊ一ˋ	惕ᴵᴵ	Thek
ㄋ一ˋ	匿	(bih)/Lek		ㄆ一ˋ	闢˚	Phek/Pit
ㄔˋ	叱斥˚飭	Thek		ㄌ一ˋ	慄ᴵᴵ	Lek
ㄔㄨˋ	畜˚	Thek/Thiok		ㄓㄚˋ	蚱	Tsek
ㄓˋ	炙ᴵᴵ窒ᴵᴵ	Tsek		ㄙㄨˋ	粟	Tshek/Sek
ㄗㄜˋ	仄ᴵᴵᴵ	Tsek/tseh		ㄘㄨˋ	蹙	Tshek
ㄐ一ˋ	稷	Tsek		ㄔㄜˋ	坼	Tshek
ㄘㄜˋ	側˚測˚策˚	Tshek		ㄑㄩㄝˋ	雀˚	tshek/Tshiok
ㄙㄜˋ	嗇瑟色˚	Sek		ㄐ一ˋ	稷	Sek/Tsek
ㄘㄨㄛˋ	措˚	Sek/Tshò		一ˋ	抑	Ek/iah
ㄕˋ	室識適釋飾	Sek		ㄏㄜˋ	嚇ᴵᴵ赫	Hek
ㄎㄜˋ	克制喀尅	Khek		ㄜˋ	厄扼ᴵᴵ	Ek
ㄒ一ㄚˋ	吓〔嚇〕	Hek/hiahⁿ		ㄎㄜˋ	客˚	kheh/khek
一ˋ	億溢益鎰ᴵᴵᴵ	Ek		ㄜˋ	呃ᴵᴵᴵ	eh/Ek
ㄘㄜˋ	冊˚	tsheh		ㄐ一ㄠˋ/ㄐㄩㄝˋ	覺˚	Kak
ㄈㄨˋ	腹˚	pak/Hok		ㄌㄨㄛˋ	落	lak/Lòk/làuh/lòh
ㄑㄩㄝˋ	榷確˚	Khak		ㄨㄛˋ	握˚	Ak
ㄊㄚˋ	獺躂	That		ㄙㄜˋ（ㄙㄞ）	塞	that/seh
ㄙㄚˋ	薩	Sat		ㄋㄚˋ	捺	Lat
一ㄚˋ	軋	At		ㄔㄚˋ	剎	Tshat
ㄊㄚˋ	榻踏	Thap		ㄏㄨㄛˋ	豁	Hat

ㄕㄚˋ	霎	Sap		ㄜˋ	遏[II]	At
ㄖㄡˋ	肉°	(bah)／Jiȯk		ㄙㄜ	圾	Sap
ㄑㄧㄚˋ	恰	Khap		ㄙㄚ	颯[III]	Sap
ㄌㄜˋ	垃	lah				

臺語第八聲

ㄊㄚˋ	踏°	Tȧh／Tȧp		ㄆㄨˋ	曝°	Phȧk／Phȯk
ㄋㄧˋ	逆°	kėh／Gėk		ㄙㄚ	卅	sȧp
ㄎㄜˋ	喀	khėh		ㄊㄜˋ	特°	Tėk
ㄒㄧ	夕°汐	Sėk		ㄕㄨㄛˋ	碩°	Sėk
ㄕㄨˋ	述°	Sȯt		ㄩ	域°	Hėk
ㄏㄨㄛˋ	惑°	Hėk		ㄆㄧ	闢°	Pėk／Pȯt
ㄊㄧˋ	逖	Tėk		ㄕㄜˋ	涉°	Siȧp
ㄓ	秩°	Tiȧt		ㄒㄩㄝˋ	穴°	Hiȧt
ㄒㄩ	續°	Siȯk		ㄧㄝˋ	葉°	hiȯh／Iȧp
ㄕㄨˋ	屬°蜀	Siȯk		ㄐㄩˋ	劇°	Kiȯk／Kėk
ㄅㄧ	弼°	Pȧt		ㄧˋ	一°	(tsȧt)／It
ㄧˋ	翼°	(sȧt)／Ėk		ㄔㄚ	差	(thȯah) (tshoàh)
ㄇㄛˋ, ㄇㄟˋ	沫	(phȯeh)		ㄏㄜˋ	鶴°	hȯh／Hȯk
ㄆㄨˋ	瀑	Phȯk		ㄉㄨㄛˋ	踱	Tȯk
ㄅㄠˋ	爆°	Phȯk／Pȯk		ㄗㄨㄛˋ	柞	Tsȯk
ㄗㄨㄛˋ	鑿	Tshȯk／tshȧk		ㄈㄨˋ	復°	Hȯk

e. 聲調綜合練習

練習一：地名的聲調

A. 臺北市

1. 城中	Siaⁿ-tiong		5. 大同	Tai-tong		9. 雙園	Siang-hng
2. 延平	Ian-peng		6. 松山	Siong-san		10. 士林	Su-lim
3. 建成	Kian-seng		7. 古亭	Ko͘-theng		11. 內湖	Lai-O͘
4. 南港	Lâm-káng		8. 景美	Keng-bi		12. 木柵	Bak-sa

答　1. Siⁿ-tiong　　　　5. Tāi-tông　　　　9. Siang-hn̂g

　　2. Iân-pêng　　　　6. Siông-san　　　10. Sū-lîm

　　3. Kiàn-sêng　　　　7. Kó͘-thêng　　　11. Lâi-ô͘

　　4. Lâm-káng　　　　8. Kéng-bí　　　　12. Ba̍k-sa

B. 各縣市　　（請注聲調並選出地區所屬關係）

1. 七堵	Tshit-to͘		a. 新竹縣	Sim-tek-koan
2. 瑞芳	Sui-hong		b. 苗栗縣	Biau-lek
3. 羅東	Lô-tong		c. 臺中縣	Tâi-tiong-koan
4. 香山	Hiong-san		d. 基隆市	Ke-lang-tshi
5. 中壢	Tiong-Lek		e. 彰化縣	Tsiang-hoa-koan
6. 三義	Sam-gi		f. 宜蘭縣	Gi-lan-koan
7. 霧峰	Bu-hong		g. 桃園縣	Tho-hng-koan
8. 鹿港	Lok-kang		h. 南投縣	Lâm-tâu-koan
9. 草屯	Tshau-tun		i. 臺北縣	Tai-pak-koan
10. 斗六	Tau-lak		j. 雲林縣	Hûn-lim-koan
11. 學甲	Hak-kah		k. 臺南縣	Tai-lâm-koan
12. 桃源	Tho-goan		l. 高雄縣	Ko-hiong-koan

答　1. Tshit-tó͘ : Ke-lâng-tshī　　　　7. Bū-hong : Tâi-tiong-koān

　　2. Sūi-hong : Tâi-pak-koān　　　　8. Lo̍k-káng : Tsiang-hoà-koān

　　3. Lô-tong : Gî-lân-koān　　　　9. Tsháu-tùn : Hûn-lîm-koān

　　4. Hiong-san : Sin-tek-koān　　10. Táu-la̍k : Lâm-tâu-koān

　　5. Tiong-le̍k : Thô-hn̂g-koān　　11. Ha̍k-kah : Tâi-lâm-koān

　　6. Sam-gī : Biau-le̍k-koān　　　12. Thô-goân : Ko-hiông-koān

練習二：蔡培火的 "咱臺灣"

　　下面的歌詞所用的漢字，哪些字的發音不合於國臺聲調對應規律？請先看羅馬標音，並先列出入聲字。

大船 小船 過路 關　遠來人客 講你 美
稻仔 甘蔗 及樟 腦　茶葉蕃薯 逐家 戶

日月 潭　阿里 山　草木不時 青跳 跳，
多少 生產　無講 無　人情溫暖 真正 厚

白鴒鷥　過水 田　水牛脚脊 烏鶖 歇(hioh)
甘心拖磨　無叫 苦　生疏外人 相照 顧

好真 好　着讚 美　人人稱你 美麗 島！
好真 好　着讚 美　人人稱你 美麗 島！

答：入聲字：關客日月木不脊歇着及逐（這些字的發音都有韻尾 -p，-t，-k 或 -h）。

不合規律的字：灣ㄨㄢ oân，咱ㄗㄚˋ lán，高ㄍㄠ koân，鷥ㄌㄥˊ lêng，脚ㄐㄧㄠ kha，

讚ㄗㄢˋ o。

（註：歌詞的漢字中有下面的字是借義字，並非本字：咱，高，人，美，田，脚，

讚美，相。）

1　LÁN TÂI-ÔAN

(1) Tâi-ôan, Tâi-ôan lán Tâi-ôan,　　hái tsin khoah soaⁿ tsin kôan,

Tōa-tsûn sió-tsûn koè-lō˙-koan,　　hng-lâi lâng-kheh kóng lí súi.

Jit-goat-thâm A-lí-san,　　　　tsháu-bak put-sî tsheⁿ-thiàu-thiàu,

Peh-lēng-si koè tsúi-tshân,　　tsúi-gû kha-tsiah o˙-tshiu hioh,

Thài-peng-iuⁿ-soaⁿ hô-pêng-tshoan,　hái tsin khoah, soaⁿ tsin kôan.

(2) Tâi-ôan Tâi-ôan, lán Tâi-ôan,　　lâng un-hô seng-sán hó,

Tiū-á kam-tsià kap tsiuⁿ-ió,　　tê-hioh hân-tsû tak ke-hō˙,

To-siáu seng-sán bô-kóng bô,　　jin-tsêng un-lóan tsin-tsiàⁿ hó,

Kam-sim thoa-bôa bô kiò-khó˙　seⁿ-so˙ gōa-lâng saⁿ tsiàu-kò˙,

hó tsin hó, tioh o-ló,　　　　lâng-lâng tsheng lí bí-lē-tó.

2. 請在上面的標音下寫漢字。

3. 歌詞的哪個臺語詞有下列的意義

1.背	2.休息	3.辛苦工作
4.客人	5.得，應該	6.很
7.總有一些	8.你們和我們的	9.經常

答：1.脚脊　　2.歌　　3.拖磨　　4.人客　　5.着

　　6.真　　7.無講無　　8.咱　　9.不時

第三章 聲母的對應

3.0 引 論

(a) 以唐詩一首爲例

李白　　　　　　　　清平調詞

雲	想	衣	裳	花	想	容
ㄩㄣˊ	ㄒㄧㄤˇ	ㄧ	ㄕㄤ	ㄏㄨㄚ	ㄒㄧㄤˇ	ㄖㄨㄥˊ
ûn	siông	i	siông	hoa	siông	iông

春	風	拂	檻	露	華	濃
ㄔㄨㄣ	ㄈㄥ	ㄈㄨˊ	ㄎㄢˇ	ㄌㄨˋ	ㄏㄨㄚˊ	ㄋㄨㄥˊ
tshun	hong	hut	kám	lō͘	hoa	lông

若	非	群	玉	山	頭	見	
ㄖㄨㄛˋ	ㄈㄟ	ㄑㄩㄣˊ	ㄩˋ	ㄕㄢ	ㄊㄡˊ	ㄐㄧㄢˋ	（頭又讀 thiô）
jiok	hui	kûn	giok	san	thô	kiàn	

會	向	瑤	臺	月	下	逢
ㄏㄨㄟˋ	ㄒㄧㄤˋ	ㄧㄠˊ	ㄊㄞˊ	ㄩㄝˋ	ㄒㄧㄚˋ	ㄈㄥˊ
hoē	hiòng	iâu	tâi	goa̍t	hā	hông

　　按照詠詩的傳統，各地的唸書人都按各地的發音唸古文。台閩地區比較特別的一點是唸古文時，一定以文言音發音。有不少字另有白話音，是一般較熟悉、較習慣的字音。讀者如不習慣於古時候詠詩的傳統，可能以爲標錯了音。不管如何，當讀者以國台語朗頌這首詩，會發現兩語之間有些關連。本節專門討論的是位於每個音節的開頭的聲母。現在把這種聲母間的關係依出現的次序整理於下。如同非、逢兩字的國語聲母已在拂字時出現便不重複，而寫在第一次出現的對應裡。

國　語		臺　語	字
零聲母	⟶	零聲母	雲，衣，玉，瑤，月
ㄒ	⟶	{ s	想
		{ h	向，下
ㄔ	⟶	{ s	裳
		{ tsh	春

ㄏ	⟶ h	花，會
ㄖ	⟶ { 零聲母 / j	容 / 若
ㄈ	⟶ h	拂，非，逢
ㄐ	⟶ k	檻，見
ㄌ	⟶ l	露濃
ㄋ	⟶ l	
ㄑ	⟶ k	群山
ㄕ	⟶ s	頭
ㄊ	⟶ { th / t	臺

　　雲，衣，玉，瑤，月等五個字，所以排在一起的理由是，它們的聲母在國語是零，在台語也是零。拂，非，逢三個字排在一起，也是因為它們的聲母有相同的對應關係：ㄈ對 h。本章討論的對應規律，都屬於這種國台語聲母之間的關係。

　　上面的聲母對應的次序係按照各字在李白的清平調詞裡出現的次序。本章所介紹的聲母對應規律，次序都按照聲母的類別，其中有一定的道理。讀者讀到國台語的聲母介紹時，將對聲母的次序產生一些概念。現在不妨先了解這些字的聲母對應在本書後面的字音對照表查出。現在暫以拂，非，逢三個字來舉例。讀者如查ㄨˊ，ㄟ，ㄥˊ等韻母，不難看出這些字都出現在ㄈ聲母這個橫行裡。雲，衣，玉，瑤，月五個字，也都出現於最下面一個橫行 φ（零）聲母裡。

　　至於國台語之間的聲母對應規律，如何得來，讀者如查看對照表的第一橫行的ㄅ聲母字，可以看出台語的發音有個共通性，那就是：聲母絕大多數是 P。例如，韻母ㄧ，ㄧˊ，ㄧˇ，ㄧˋ裡的逼（pek），彼（pí），筆（pit），幣（pè）等二十多個字，例外很少，只有鼻（phīⁿ），鄙（phí），壁和碧（phek）等四個字。

(b) 國語聲母

　　國語有 22 個聲母。它們的名稱和分類如下：

表1　國語聲母的分類

		不送氣 塞音	送氣 塞音	擦音	帶 音	
					鼻音	非鼻音
唇唇舌捲舌舌	齒非 尖舌前尖 齒 舌根 或	音音音音音音				
唇音		ㄅ	ㄆ	ㄈ	ㄇ	ㄌ ㄖ
齒音		ㄉ ㄓ ㄐ ㄗ ㄍ	ㄊ ㄔ ㄑ ㄘ ㄎ	ㄙ ㄒ ㄏ ㄕ	ㄋ	φ

從〔表1〕我們可以知道：

送氣的聲母有：　　ㄆㄊㄔㄑㄎㄘ

不送氣的聲母有：　ㄅㄉㄓㄐㄗㄍ

齒音聲母有：　　　ㄓㄔㄕㄖㄐㄑㄒㄗㄘㄙ

鼻音聲母有：　　　ㄇㄋ

帶音聲母有：　　　ㄇㄋㄌㄖφ

我們也可以知道：

ㄅ是不送氣塞音、唇音。

ㄇ是帶音、鼻音、唇音，非齒音。

φ是帶音、喉音、非鼻音。

（ 註 ㄧ 帶音在傳統漢語聲韵學
　　　　 一般稱爲濁音（voicing）
　　 二 齒音指 sibilants,包括
　　　　 舌尖到舌面的擦音和塞
　　　　 擦音 ）

本書附錄裡的國台語字音對照表，把所有的漢字按照國語的發音排列。凡是聲母相同的字都排在同一橫行。每一頁都列出所有的聲母，這些聲母的排列由上到下都按着聲母的類別而有一定的次序。若能掌握上述的類別，將有助於按照聲母找出漢字的位置。

(c) 臺語聲母

台語有 18 個聲母。它們的名稱和分類如下：

表2　臺語聲母的語音特徵

	不送氣塞音	送氣塞音	帶音塞音	鼻音	不送氣塞擦音	送氣塞擦音	不帶音擦音	帶音擦音	零
唇音	p	ph	b	m					
舌尖音（非齒音）	t	th	l	n					
舌尖音（齒音）					ts	tsh	s	j	
舌根或喉音	k	kh	g	ng			h		φ

本書聲母對應規律的擬定和介紹，都按照這些聲母的類別。如熟悉這些類別將有助於本章聲母對應規律的掌握。讀者如能利用這些類別來觀察下面最常用的台語聲母對音，將能自己掌握其中較有原則性的規律出來。

(d) 最常見對音

二十二個國語聲母的每一個，都有一個以上的台語對音。我們先選出最常見的對音，來加以分析。

表3 聲母最常用的對應表

國語聲母	國語聲調	臺語聲母	例	字	
唇　　音					
ㄅ		p	比	ㄅㄧˇ	pí
ㄆ	陽平	p	平	ㄆㄧㄥˊ	pêng
	非陽平	ph	派	ㄆㄞˋ	phài
ㄇ		b	買	ㄇㄞˇ	bé
ㄈ		h	風	ㄈㄥ	hong
舌尖非齒音					
ㄉ		t	東	ㄉㄨㄥ	tong
ㄊ	陽平	t	同	ㄊㄨㄥˊ	tông
	非陽平	th	湯	ㄊㄤ	thng
ㄋ		l	你	ㄋㄧˇ	lí
ㄌ		l	里	ㄌㄧˇ	lí
舌根音					
ㄍ		k	歌	ㄍㄜ	koa
ㄎ	陽平	k	狂	ㄎㄨㄤˊ	kông
	非陽平	kh	開	ㄎㄞ	khai
ㄏ		h	海	ㄏㄞˇ	hái
舌面齒音					
ㄐ		ts	就	ㄐㄧㄡˋ	tsiū
ㄑ	陽平	ts	全	ㄑㄩㄢˊ	tsoân
	非陽平	tsh	請	ㄑㄧㄥˇ	tshéng
ㄒ		s	心	ㄒㄧㄣ	sim
捲舌齒音					
ㄓ		ts	斬	ㄓㄢˇ	tsám
ㄔ	陽平	ts	成	ㄔㄥˊ	tsiân
	非陽平	tsh	差	ㄔㄚ	tsha
ㄕ		s	沙	ㄕㄚ	soa
ㄖ		j	惹	ㄖㄜˇ	jiá
舌尖齒音					
ㄗ		ts	早	ㄗㄠˇ	tsá
ㄘ	陽平	ts	財	ㄘㄞˊ	tsâi

非陽平	tsh	猜	ㄘㄞ	tshai
ㄙ	s	三	ㄙㄢ	sam
φ	φ	友	ㄧㄡˇ	iú

這裏有四點值得注意：

1. 臺語有三個聲母（m，n，ng）不出現在最常見對音裏，它們只出現為次常見對音（以括號標示次常見對音）：

　　ㄇ→b／(m)，　　　　　　　　ㄋ→l／(n)，　　φ→φ，b，g／(ng)。

2. 國語的三種齒音：舌面（ㄐ，ㄑ，ㄒ）；捲舌（ㄓ，ㄔ，ㄕ）；舌尖（ㄗ，ㄘ，ㄙ）的最常見臺語對音都不加分別。

ㄓ，ㄐ，ㄗ		→	ts
ㄔ，ㄑ，ㄘ	陽平	→	ts
	非陽平	→	tsh
ㄕ，ㄒ，ㄙ		→	s

3. 兩語之間聲母的對應是一對一，或二對一，三對一等的情形。要推測臺語對音，並不難。上表只包括這種對應。如果是一對二，一對三的情形要推測臺語聲母就有困難，因此上表沒有歸入這種對應。再看ㄆ→p／ph，若只看聲母的對應，雖是一對二，但是送氣的國語聲母的臺語對音都有兩個，一個送氣（ph），一個不送氣（p），並且都有很可靠的分化條件：國語聲調是第二聲（即陽平，如知道臺語聲調是陽平，而不是入聲更為可靠）時，臺語對音是不送氣的P。如是其他聲調時臺語對音是送氣的ph。因為在特定的條件下是一對一的對應，所以也放在上列的對應表裏。須注意的是，這種條件分化可應用到所有的國語送氣聲母。

現在我們來對最常用的對應做個更徹底的探討，看看語音成分完全相同到甚麼程度：

〔表4〕列出國語和臺語聲母的語音特徵。凡是兩語的聲母所列的語音特徵完全相同的都排在同一縱行。現在請注意：國語各聲母相對應的最常用的臺語聲母是哪些？除了一些特定條件下的最常用的對應（例如國語第二聲時的ㄆ、ㄊ、ㄘ、ㄑ、ㄔ、ㄎ）而外，一般的有規則對應都和其臺語聲母排在同一縱行，也就是說凡是和國語的聲母成為有規則的對應的臺語聲母都具完全相同的語音特徵。就是不排在同行的ㄇ→b、ㄋ→l（各以箭號表示），國語聲母和跟這些聲母相對應的臺語聲母之間，也相差不遠，只有一兩個語音特徵的不同。例如b和ㄇ之間只差"是否鼻音"和"是否塞音"兩個語音特徵。就其他語音特徵而言，b和ㄇ是相同的。它們兩音都"是唇音"都"是帶音"，都"不是塞擦音"，都"不是擦音"等等。

在第二聲的特殊條件下，和ㄆ、ㄊ、ㄘ／ㄑ／ㄔ、ㄎ相對應的是p、t、ts、k而不是一般條件下的ph、th、tsh和kh。然而ㄆ和p，ㄊ和t，ㄘ／ㄑ／ㄔ和ts，ㄎ和k，雖然不是完全同音，但是它們之間語音特徵的不同仍有一定的規律。

表 4　國　語

國語聲母 臺語聲母	ㄅㄆㄈ　ㄇ ／ p ph h　b　(m)	ㄉㄊㄌㄋ ／ t th l　(n)	ㄗ/ㄐㄘ/ㄑㄙ/ㄒ ㄓ ㄔ ㄕ ㄖ ts tsh S j	ㄍㄎㄏ φ k kh h φ
唇音 labial	＋＋　＋＋			
舌尖 apical		＋＋＋＋	＋＋＋＋	
齒音 sibilant			＋＋＋＋	
牙喉音 guttural				＋＋＋
帶音 voicing	＋＋＋	＋＋	＋	＋
鼻音 nasal	＋	＋		
送氣 aspirated	＋	＋	＋	＋
塞音 plosive	＋＋	＋＋		＋＋
塞擦音 affricated			＋＋	
擦音 fricative	＋		＋＋	＋

(e)　次常見對音

　　國語的一些聲母（如ㄐ，ㄑ，ㄒ）的臺語對音除了最常用的 ts, tsh, s 以外，還有不少字的對音是次常見的 k, kh, h. 這些對應通常是過去很有規律的語音變化發生在國語而從未發生在臺語的結果。（見表 5 ）

表 5　國語 ㄐ、ㄑ、ㄒ 的來源和相對應的臺語聲母

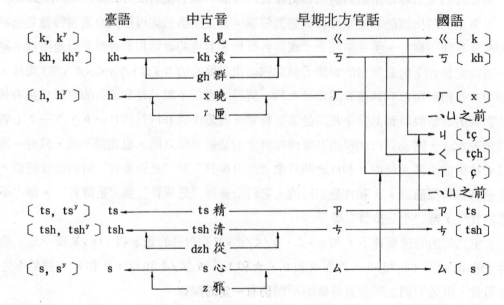

本節所指的有規律對應都符合下面兩個條件：

1. 兩語過去的有規律語音變化的結果所形成的對應。

2. 所涉及的字數相當多，對推測臺語聲母值得了解的對應，我們將處理爲有規律對音。

表 6 是有規律對應表，跟表 1 的不同是除了最常見對音之外，也包括其他符合上述條件的有規律對音。（以橫槓標示）

表 6　聲母有規律對應

國語		臺語		例字	
ㄅ	→	p		兵ㄅㄧㄥ	Peng
ㄆ 陽平時	→	p		平ㄆㄧㄥˊ	Pêng
非陽平時	→	ph		跑ㄆㄠˇ	Pháu
ㄇ	→	b / m / b	有輔音韵尾時 / 無輔音韵尾時	明ㄇㄧㄥˊ	Bêng
				馬ㄇㄚˇ	Má（文）, bé（白）
				媽ㄇㄚ	Má
ㄈ	→	h,	p（白）	放ㄈㄤˋ	Hòng（文）, pàng（白）
			ph（白）	芳ㄈㄤ	Hong（文）, phang（白）
ㄉ	→	t		對ㄉㄨㄟˋ	Tùi
ㄊ 陽平時	→	t		談ㄊㄢˊ	Tâm
非陽平時	→	th		通ㄊㄨㄥ	Thong
ㄋ	→	l / l / n	有輔音韵尾時 / 無輔音韵尾時	濃ㄋㄨㄥˊ	Lông
				你ㄋㄧˇ	Ní（文）-lí（白）
				耐ㄋㄞˋ	Nāi
ㄌ	→	l		理ㄌㄧˇ	Lí
ㄍ	→	k		高ㄍㄠ	Ko
ㄎ 陽平時	→	k		狂ㄎㄨㄤ	Kông
非陽平時	→	kh		看ㄎㄢ	Khàn-khoàn
ㄏ	→	h		河ㄏㄜˊ	Hô
ㄐ	→	k / ts		家ㄐㄧㄚ	Ka, ke
				就ㄐㄧㄡ	Tsiū
ㄑ 陽平時	→	k / ts		奇ㄑㄧˊ	Kí
				前ㄑㄧㄢˊ	Tsiân
非陽平時	→	kh / tsh		去ㄑㄩˋ	Khì
				千ㄑㄧㄢ	Tshian

ㄒ	→ { h s	獻 ㄒㄧㄢˋ	Hiàn	
		修 ㄒㄧㄡ	Siu	
ㄓ	→ { ts t̲	暫 ㄓㄢˋ	Tsiām	
		知 ㄓ	Ti	
ㄔ陽平時	→ { ts t̲	船 ㄔㄨㄢˊ	tsûn	
		長 ㄔㄤˊ	Tiông - tn̂g	
非陽平時	→ { tsh t̲h	差 ㄔㄚ	Tsha	
		抽 ㄔㄡ	Thiu	
ㄕ	→ { s t̲sh	沙 ㄕㄚ	soa, Sa	
		呻 ㄕㄣ	tshan	
ㄖ	→ j	日 ㄖˋ	Ji̍t	
ㄗ	→ ts	早 ㄗㄠˇ	tsá, Tsó	
ㄘ陽平時	→ ts	財 ㄘㄞˊ	Tsâi	
非陽平時	→ tsh	菜 ㄘㄞˋ	Tshài	
ㄙ	→ { s t̲sh	三 ㄙㄢ	Sam, saⁿ	
		翠 ㄘㄨㄟˋ	Tshùi	
φ	→ { φ ng g̲ b̲	烏 ㄨ	O˙	
		雅 ㄧㄚˇ	Ngá	
		迎 ㄧㄥˊ	Gêng	
		晚 ㄨㄢˇ	Boán	

(f) 聲母對應規律與文白之分

有些對應只出現於臺語的白話音（如 ㄈ → H, p, ph 中的 ㄈ → p,ph）。用這種對應的字在臺語裏往往有文白異讀。本章如需要以大寫標示文言音，小寫標示白話音。

		文	白
方 ㄈㄤ	Hong：方針，方向，方面，男方	{ png:方先生 hng:西方，藥方
分 ㄈㄣ	Hun ：分別，分明，分配，十分	pun:分互人，對分
芳 ㄈㄤ	Hong：芬芳	phang:芳味，米芳
飛 ㄈㄟ	Hui ：飛機，飛行員	poe≡pe:飛出飛入
佛 ㄈㄛˊ	Hu̍t ：佛法，如來佛	pu̍t:佛祖，拜佛

就推測正確的臺語字音而言，這種文白異音常常構成不少困難。因爲只知道某字在臺語有兩個發音還不夠，還要了解在哪個詞裏選哪一個音。本章將在各節裏（3.5-3.11）

適當介紹聲母文白異讀之間的選用，但是文白異讀選用的現象相當複雜，要徹底掌握，幾乎要研究整個臺語詞彙。本書只能舉例，俾使讀者了解文白異讀的存在，以後能自己觀察分析各種現象。現在以 "分" 這個字的複合詞的發音來例證文白異讀的複雜性。

　　1. 只可唸 Hun 的詞：

　　　分旁，分泌，分泌腺，分辨，分別，分佈，分派，分配，分拆，分心，分數，
　　　分擔，分黨，分隊（長）

　　2. 只可唸 pun 的詞：

　　　分食｛討飯，分家｝，分財產，分家，分人，分隊（分成三隊）

　　3. Hun-pun 都可唸的詞：

　　　分散，分攤，分厨｛分窩｝，拆分，分叉，分隔，分開，分離，分裂，分路，
　　　分班，分送，分割

　　關於聲母文白異讀的現象，本章希望能達到三個目標：一介紹主要的異讀類型，並指出文白之中跟國語較接近的音往往是文言音。二從選擇文白異音的練習中，體會第一章裏所介紹的分辨文白音可利用的種種線索。三利用對應規律和常見文白類型來辨別所用的漢字是本字還是借義字。

(g)　本章的編排

本章分十節，前四節（3.1-3.4）介紹國臺語對音如何根據各種語音特徵對應。

　　　3.1 發音部位的對應
　　　3.2 帶音聲母的對應
　　　　　(a)　國語的帶音聲母
　　　　　(b)　臺語的鼻音聲母
　　　3.3 送氣的對應
　　　3.4 發音方式的對應
這幾節內只處理最常見的對音，先讓讀者掌握最根本最 "理想" 的對應之後，將國語的聲母按其發音部位分成六類，逐類介紹有規律對音及各組裏文白異讀等特殊對音。

　　　3.5 唇音
　　　3.6 舌尖非齒音
　　　3.7 舌尖齒音
　　　3.8 捲舌齒音
　　　3.9 舌面音

3.10 牙喉音

3.11 聲母對應總結論

本章語例包括俗語 、特別詞 、人名、文白異讀之間的選用，和本字、借義字之間的分別。

3.1 發音部位的對應

要掌握 3.0.(d) 所介紹的聲母對應規律。我們可以先看看國臺語對音之間有什麼發音上的相同點。本節專門討論發音部位上的相同點。

國臺語對音，在發音部位上可分成下面六種發音部位。例字請參見 3.0(d)。

1. 唇音對唇音：

$$ㄅ \rightarrow p$$
$$ㄆ \rightarrow ph/p$$
$$ㄇ \rightarrow m/(b)$$

2. 舌尖音對舌尖音：

a. 非齒音對非齒音

$$ㄉ \rightarrow t$$
$$ㄊ \rightarrow th/t$$
$$ㄋ \rightarrow n/(1)$$
$$ㄌ \rightarrow 1$$

b. 齒音對齒音

$$ㄗ \rightarrow ts$$
$$ㄘ \rightarrow tsh/ts$$
$$ㄙ \rightarrow s$$

3. 捲舌音對舌尖音（齒音或非齒音）：

$$ㄓ \rightarrow ts, (t)$$
$$ㄔ \rightarrow tsh/ts, (t/th)$$
$$ㄕ \rightarrow s$$
$$ㄖ \rightarrow j$$

4. 牙喉音對牙喉音：

$$ㄍ \rightarrow k$$
$$ㄎ \rightarrow kh/k$$
$$ㄏ \rightarrow h$$
$$\phi \rightarrow \phi$$

5. 舌面音對舌尖音（或牙喉音）：

$$ㄐ \rightarrow ts, k$$

$$ㄑ \rightarrow tsh/ts, kh/k$$

$$ㄒ \rightarrow s, h$$

6. 零聲母對零聲母：

$$\phi \rightarrow \phi$$

上面的發音部位對應中，國臺語之間的部位不相同的是，第五條的舌面音對牙喉音。除此而外，最常見對音（見 3.0.d ）沒有包括進去的只有：

$$ㄈ \rightarrow h, p, ph$$

次常見對音沒有包括進去的只有：

$$\phi \rightarrow \underline{ng}, \underline{g}, \underline{b}$$

這些算是部位上比較不規律的對應。

練習一： 童　謠

下面各字的聲母對音中，哪些字適用上面哪些條規律（即 1 ，2 ，3 ，4 ，5 ，6 ）？哪些字哪一條都不適用？哪些字是哪一條規律的例外字？（請以 1 外，2 外……標示）

童謠三首

A. 月娘月光光　　ㄩㄝˋ ㄌㄧㄤˊ ㄩㄝˋ ㄍㄨㄤ ㄍㄨㄤ　　Goeh-niû goeh kng-kng

　　起厝田中央　　ㄑㄧˇ ㄘㄨˋ ㄊㄧㄢˊ ㄓㄨㄥ ㄧㄤ　　Khí tshù tshân-tiòng-ng

　　田螺做水缸　　ㄊㄧㄢˊ ㄌㄨㄛˊ ㄗㄨㄛˋ ㄕㄨㄟˇ ㄍㄤ　　Tshân-lê tsò tsúi-kng

　　稻草做眠床　　ㄉㄠˋ ㄘㄠˇ ㄗㄨㄛˋ ㄇㄧㄢˊ ㄔㄨㄤˊ　　Tiu-tsháu tsò bîn-tshn̂g

　　目屎做飯湯　　ㄇㄨˋ ㄕˇ ㄗㄨㄛˋ ㄈㄢˋ ㄊㄤ　　Bak-sái tsò pn̄g-thng

　　答：6外，2 ，6外，4 ，4

　　　　5 　，3 ，2外，3 ，6

　　　　2 　，2 ，2 　，3 ，5

　　　　2 　，2 ，2 　，1 ，3

　　　　1 　，3 ，2 　，0 ，2

（註：上文中只有"飯"一個字無法適用任何規律。）

相當於下面的國語詞是什麼？

1. 月亮　　　2. 蓋房子　　3. 床　　　　4. 眼淚

　答：1. 月娘　　　2. 起厝　　3. 眠床　　4. 目屎

B. 土地公白目眉　ㄊㄨˇ ㄉㄧˋ ㄍㄨㄥ ㄅㄞˊ ㄇㄨˋ ㄇㄟˊ　Thó͘-tī-kong peh bak-bâi

無人請自己來　ㄨˊ ㄖㄣˊ ㄑ丨ㄥˊ ㄗˋ ㄐ丨ˇ ㄌㄞˊ　Bô lâng tshián ka-kī lâi

　　答：2，2，4，1，1，1

　　　　6外，3外，5，2，5，2

C.人抱嬰，你抱狗　ㄖㄣˊ ㄅㄠˋ 丨ㄥ, ㄋ丨ˇ ㄅㄠˇ ㄍㄡˇ　Lâng phō eⁿ, lí phō káu

　　人插花，你插草　ㄖㄣˊ ㄔㄚ ㄏㄨㄚ, ㄋ丨ˇ ㄔㄚ ㄘㄠˇ　Lâng tshah hoe, lí tshah tsháu

　　人睏眠床　ㄖㄣˊ ㄎㄨㄣˋ ㄇ丨ㄢˊ ㄔㄨㄤˊ　Lâng khùn bîn-tshn̂g

　　你睏屎礐仔口　ㄋ丨ˇ ㄎㄨㄣˋ ㄕˇ ㄏㄨˋ ㄗˇ ㄎㄡˇ　Lí khùn sái-hak-á kháu

　　答：3外，1，6，2，1，4

　　　　3外，3，4，2，3，2

　　　　3外，4，1，3

　　　　2，4，3，4，2外，4

　　　　（註：睏＝睡，屎礐＝廁所）

3.2　帶音聲母的對應

(a)　國語的帶音聲母

　　國語的聲母的另一種分類法是帶音（voiced, 也就是傳統上所謂的濁音）和非帶音。零聲母可另成一類。國語的帶音聲母都是次濁聲母（相當於 sonorant, 包括鼻音、邊音等）。臺語的帶音聲母有次濁（m, n, l, ng, j）和全濁（b, g）兩類。

　　1.帶音對帶音

　　　　　　　　　ㄇ　→　b (m)

　　　　　　　　　ㄋ　→　l (n)

　　　　　　　　　ㄌ　→　l

　　　　　　　　　ㄖ　→　j

　　2.不帶音對不帶音

　　　　　　　　　ㄅ　→　p

　　　　　　　　　ㄆ　→　ph/p

　　　　　　　　　ㄈ　→　h

　　　　　　　　　ㄉ　→　t

　　　　　　　　　ㄊ　→　th/t

　　　　　　　　　ㄍ　→　k

　　　　　　　　　ㄎ　→　kh/k

　　　　　　　　　ㄏ　→　h

　　　　　　　ㄐ/ㄓ/ㄗ　→　ts

$$ㄑ/ㄔ/ㄘ \quad \rightarrow \quad tsh/ts$$
$$ㄒ/ㄕ/ㄙ \quad \rightarrow \quad s$$

3. 零聲母對帶音或零聲母

$$\phi \quad \rightarrow \quad \begin{cases} \phi \\ b \\ ng\ (g) \end{cases}$$

練習一：春眠──孟浩然

下面的詩裏哪些字唸國語次濁聲母？它們的臺語聲母是否都是濁聲母（全濁或次濁）？有一個在國語中並非次濁，而在臺語中卻是濁聲母的字是哪一個字？

春　　眠　　不　　覺　　曉
ㄔㄨㄣ　ㄇㄧㄢˊ　ㄅㄨˋ　ㄐㄩㄝˊ　ㄒㄧㄠˇ
tshun bîn put kak hiáu

處　　處　　聞　　啼　　鳥
ㄔㄨˋ　ㄔㄨˋ　ㄨㄣˊ　ㄊㄧˊ　ㄋㄧㄠˇ
tshù tshù bûn thê niáu

夜　　來　　風　　雨　　聲
ㄧㄝˋ　ㄌㄞˊ　ㄈㄥ　ㄩˇ　ㄕㄥ
iā lâi hong ú seng

花　　落　　知　　多　　少
ㄏㄨㄚ　ㄌㄨㄛˋ　ㄓ　ㄉㄨㄛ　ㄕㄠˇ
hoa lȯk ti to siáu

答：國語次濁聲母字有“眠，鳥，來，落”四個字，這些字在臺語都唸成濁聲母。在國語中並非次濁而在臺語中是濁聲母的字是“聞”字。

(b)臺語的鼻音聲母

臺語有三個鼻音聲母（m, n, ng）。古漢語的鼻音傳到臺語裏，一直在非鼻音化，變成 b, l, g。

中　古		臺　語
m	→	b（m）
n	→	l（n）
ng	→	g（ng）

這個語言變化在輔音的韻尾音節裏已經完成。也就是臺語的音節中如果有韻尾是輔音的〔-m, -n, -ng, -p, -t, -k〕，聲母 m, n, ng 已都變爲：b, l, g。目前已不再保存

m，n，ng 的聲母，也就是：*mēng, *niân, *nâm 這種音節 在目前的臺語是不存在的。（以 * 代表不存在的音）

命	ㄇㄧㄥˋ	bēng	*mēng
忙	ㄇㄤˊ	bông	*mâng
能	ㄋㄥˊ	lêng	*nêng
南	ㄋㄢˊ	lâm	*nâm
元	ㄩㄢˊ	goân	*nguân
仰	ㄧㄤˇ	gióng	*ngióng

另外一種情形是鼻音聲母不出現在韻母 u 的前面。

母	bú	*mú
武	bú	*mú
女	lú	*nú
牛	gû	*ngû

如果在其他韻母之前，非鼻音化的過程（指鼻音聲母變為非鼻音聲母）還沒有十分完成。也就是非輔音韻尾，或非 u 韻母之前，雖然大部分已變成 b，l，g，但也有還保留 m，n，ng 的。

	文	白
罵	mā	mē
媽	má	
麻	bâ	
邁	māi	
埋	bâi	
貌	māu	
矛	mâu	
迷	bî	bê
脈	méh	méh
麥	bék	béh
冒	mō˙	
慕	bō˙	
魔	mô	
模	bô	
內	loē	lāi

耐	nāi
偶，午	ngó˙
傲	ngō˙

值得注意的是：有文白異讀的字，大致上是文言音唸鼻音，白話音唸非鼻音。

		文	白	日語漢音
碼	ㄇㄚˇ	má	bé, bā	ba
馬	ㄇㄚˇ	má	bé	ba, me
買	ㄇㄞˇ	mái	bé≡boé	bai
賣	ㄇㄞˋ	māi	bē≡boē	bai
尼	ㄋㄧˊ	nî	lî（尼姑）	
你	ㄋㄧˇ	ní	lí	
惱	ㄋㄠˇ	náu	ló	nou
我	ㄨㄛˇ	ngó˙	goá	ga
五	ㄨˇ	ngó˙	gō˙	go
吳	ㄨˊ	ngô˙	gô˙	go

　　日文漢語裏的吳音大致保留古代漢語的鼻音,而漢音裏大都變化成非鼻音。（請看上表）可見，非鼻音化的情形不只是出現在閩南語裏。當時漢音是由日本留學生把長安一帶的發音帶回日本的。

　　由上面的鼻音聲母的對應規律看來，臺語的鼻音聲母（因過去非鼻音化的結果）比國語少很多。而這是一個很明顯的對照。這裏不能不提的是，有少部分的字在臺語裏是 n 聲母，而在國語裏卻是ㄌ或ㄖ聲母。這種情形的對應都是臺語的鼻化元音（如 a^n, o^n, ia^n）或鼻輔音韻母（ng）影響聲母，由ㄌ、ㄖ變成 n。臺語鼻音化元音既然來自古時候的鼻音韻尾，因此有ㄌ→n 或ㄖ→n 對應的字，在國語的發音都應該有韻尾 n, 或 ng（卽ㄢ，ㄣ，ㄤ，ㄥ）。

		白	文
林	ㄌㄧㄣˊ	nâ	Lîm
樑	ㄌㄧㄤˊ	niû	Liông
卵	ㄌㄨㄢˇ	nn̄g	Loán
爛	ㄌㄢˋ	noā	Lān
量	ㄌㄧㄤˊ	niū	Liōng
榔	ㄌㄤˊ	nn̂g	Lông
兩	ㄌㄧㄤˇ	nn̄g	Lióng

染	ㄖㄢˇ	ní	Jiám
讓	ㄖㄤˋ	niū	Jiōng
軟	ㄖㄨㄢˇ	nńg	Joán

　　凡是有ㄌ→n 或ㄖ→n 的聲母對應的臺語字音都可以斷定它是白話而不是文言音，並且可以斷定韻母古時候有鼻音韻尾，後來變成鼻化元音（如 a^n, iu^n ）或鼻音韻母（ng）。

　　我們之所以能判斷凡有ㄌ→n 或ㄖ→n 對應的臺語發音都是白話音，是因為這種字的 n 聲母，一定是受鼻化元音韻母（如 i^n, ia^n ）或鼻輔音韻母（ng）影響所致，而這兩種韻母在臺語裏只限於白話音，不見於文言音。（見 4.5 節）

　　上面已說過，臺語有文白兩讀時，一般是白話音非鼻音（b，l，g），文言音是鼻音（m，n，ng）。但是有些卻恰好相反。這種特別對應ㄇ→b（文）/m（白），ㄋ→l（文）/n（白），都是上述的韻母是鼻化元音或鼻輔音韻母的情形。既然鼻化元音韻母或鼻輔音韻母只出現於白話文，不出現於文言音，這種聲母和韻母的對應可做為文白辨認的線索。

		文	白
滿	ㄇㄢˇ	Boán	moá （←$moá^n$←$boá^n$ ）
冥	ㄇㄧㄥˊ	Bêng	mî （←$mî^n$←$bî^n$ ）
命	ㄇㄧㄥˋ	Bēng	miā （←$miā^n$←$biā^n$ ）
問	ㄨㄣˋ	Būn	mn̄g（←bn̄g）（這個字國語由ㄇ變為ㄨ）
晚	ㄨㄢˇ	Boán	mńg（←bńg）（同上）
年	ㄋㄧㄢˊ	Liân	nî （←$lî^n$ ）
硬	ㄧㄥˋ	Gēng	ngē （←$gē^n$ ）

　　上面的臺語白話音韻母是鼻化元音或鼻輔韻母，並且來自中古時鼻音韻尾（m，n，ng）。這點可以從國語的韻尾 n, ng 而推定（中古的 m 在國語裏已變成 n ）。

練習二：濁音聲母和不同韻母的配合

下列的臺語韻母中，哪些不跟鼻音聲母（m，n，ng）結合？可以結合的請舉例。

答：

1. eng　　　　　　　　　　　　　　　　　*meng
2. iat　　　　　　　　　　　　　　　　　*miat
3. iong　　　　　　　　　　　　　　　　*niong
4. un　　　　　　　　　　　　　　　　　*ngun
5. oan　　　　　　　　　　　　　　　　*moan
6. oa　　　　　　　　　　　　　　　　　（麻 moâ）

7. ai			（耐 nāi）
8. u			*mu
9. a			（那 ná）
10. ok			* mok

練習三：鼻音聲母來自鼻化元音的單音

下面有一些韻母對應，使臺語的鼻化元音影響聲母的鼻音化。因而聲母對應是：ㄌ→n，ㄋ→n，ㄖ→n，ㄇ→m，φ→ng。其他的韻母對應就沒有這種作用。聲母的對應仍是：ㄌ→l，ㄇ→b，ㄋ→n，ㄖ→j。下面的練習裏，請寫出臺語標音。（請寫 nâ 而不寫 naⁿ）

答：

				答
1.ㄢ → aⁿ	藍 ㄌㄢˊ	—	âⁿ	nâ
2.ㄢ → oaⁿ	滿 ㄇㄢˇ	—	oáⁿ	moá
3.ㄧㄡ → iu	柳 ㄌㄧㄡˇ	—	iú	liú
4.ㄧㄥ → iaⁿ	領 ㄌㄧㄥˇ	—	iaⁿ	niá
	名 ㄇㄧㄥˊ	—	iâⁿ	miâ
5.ㄧㄥ → eⁿ/iⁿ	冥 ㄇㄧㄥˊ	—	êⁿ/iⁿ	mêⁿ/mîⁿ
6.ㄧ → i	米 ㄇㄧˇ	—	í	bí
	你 ㄋㄧˇ	—	í	lí
7.ㄧㄤ → iuⁿ	樑 ㄌㄧㄤˊ	—	iûⁿ	niûⁿ
	量 ㄌㄧㄤˋ	—	iūⁿ	niū
8.ㄛ → oat	末 ㄇㄛˋ	—	oat	boat
9.ㄨ → u	務 ㄨˋ	—	ū	bū
10.ㄨㄣ → ng	問 ㄨㄣˋ	—	n̄g	mn̄g
11.ㄨㄢ → ng	軟 ㄖㄨㄢˇ	—	ńg	nńg
12.ㄢ → iⁿ	染 ㄖㄢˇ	—	íⁿ	ní

練習四：文白異讀的選擇

凡是有 m, ng 韻母或鼻化元音韻母（如 iaⁿ, oaⁿ, iⁿ）都是白話音。下面哪些發音是白話音？哪些韻母本有元音鼻化可是標音時省去了鼻化元音記號 "n"？如何知道有此現象？

答：

1.ㄇㄧㄥ	無命	bô-miā	白（因國語韻母ㄧㄥ, ia 應視成 iaⁿ）
	命令	bēng-lēng	文
2.ㄇㄢˇ	滿足	boán-tsiok	文

		滿滿是	moá-moá-sī	白（因國語韵母ㄢ, oa 應視成 oa^n）
3. ㄨㄣˋ		問題	būn-tê	文
		免問	bián-mn̄g	白（ng 是白話韵母）
4. ㄌㄧㄥˇ		領袖	léng-siù	文
		領錢	niá-tsî^n	白（因國語韵母ㄧㄥ, ia 應視成 ia^n）
5. ㄇㄧㄥˊ		明仔載	mî-á-tsài	白（因國語韵母ㄧㄥ, î 應視成 î^n）
		明白	bêng-pek	文
6. ㄩㄢˇ		阮厝	goán tshù	文
		姓阮	sé^n ńg	白（ng 是白話韵母）
7. ㄌㄧㄣˊ		林先生	Lîm sian-si^n	文
		樹林	tshiū-nâ	白（因國語韵尾ㄣ, a 應視成 a^n）
8. ㄌㄧㄤˊ		米糧	bí-niû	白（iu 應視成 iu^n）
		靈糧	lêng-liông	文
9. ㄨㄢˇ		晚餐	boán-tshan	文
		晚頭仔	mńg-thâu-á	白（ńg 是白話韵母）
10. ㄌㄧㄤˇ		兩親	lióng-tshin	文
		兩隻	nn̄g-tsiah	白（n̄g 是白話韵母）
11. ㄇㄠˋ		面貌	bīn-māu	文
12. ㄇㄚˇ		軍馬	kun-má	文（有 m-b 文白異讀時，m 是文言音）
		騎馬	khiâ-be	白

3.3 送氣的對應

本節的規律只適用於有送氣與不送氣之分的塞音和塞擦音。其他的擦音聲母（ㄈ，ㄏ，ㄒ，ㄙ，ㄙ）和濁音聲母（ㄇ，ㄋ，ㄌ，ㄖ）以及零聲母都不適用。

1.不送氣對不送氣

$$ㄅ \rightarrow p$$
$$ㄉ \rightarrow t$$
$$ㄍ \rightarrow k$$
$$ㄐ \rightarrow ts (k)$$
$$ㄓ \rightarrow ts (t)$$
$$ㄗ \rightarrow ts$$

2.送氣因聲調而對不送氣或是送氣：

a.陽平調時對不送氣

ㄆ → p

ㄊ → t

ㄎ → k

ㄑ → ts (k)

ㄔ → ts (t)

ㄘ → ts

b.其他聲調時對送氣

ㄆ → ph

ㄊ → th

ㄎ → kh

ㄑ → tsh (kh)

ㄔ → tsh (th)

ㄘ → tsh

練習一：單　姓

下面各字的聲母對應，哪些字適用上面哪一條規律（即 1，2a，2b）？哪些字哪一條都不適用（請標"不"）？哪些字是哪一條規律的例外（請標：1 例外，2a 例外，或 2b 例外）？

答：

1.陳	ㄔㄣˊ	tân	2a
2.曾	ㄗㄥ	tsan	1
3.蔡	ㄘㄞˋ	tshoà	2b
4.鄭	ㄓㄥˋ	tēⁿ	1
5.李	ㄌㄧˇ	lí	不
6.郭	ㄍㄨㄛ	koeh	1
7.白	ㄅㄞˊ	pèh	1
8.包	ㄅㄠ	pau	1
9.蔣	ㄐㄧㄤˇ	tsiúⁿ	1
10.左	ㄗㄨㄛˇ	tsó	1
11.程	ㄔㄥˊ	tiâⁿ	2a
12.賀	ㄏㄜˋ	hō	不

練習二：歌曲集裏的借義字

臺語有許多有意無字的詞。爲了書寫這些詞，很多人暫用借義字代表。下面是某歌曲集裏的歌詞。我們特將一些借義字以橫槓標示，並寫出國臺語的發音。請指出它們違反上面哪一條對應規律而讓我們懷疑它們並非本字？

<h1 style="text-align:center">三輪車夫</h1>

1. 天光光就出門
2. 坐在三輪車真好玩　　①ㄨㄢˊ sńg
3. 為着顧三頓
4. 賺錢不驚脚會酸　　②ㄓㄨㄢˋ thàn ③ㄅㄨˋ m̄ ④ㄐㄧㄠˇ kha

　答：玩──不是本字，請看3.1的對應規律。
　　　不──不是本字，請看3.2.1的對應規律。
　　　賺和脚──不是本字，可適用本節對應規律1。

3.4　發音方式的對應

本節的對應規律只適用於塞音、塞擦音和擦音。其他的聲母並不適用。

1. 塞音對塞音

　　　　　ㄅ，ㄆ　→　p, ph/p
　　　　　ㄉ，ㄊ　→　t, th/t

2. 塞擦音對塞擦音

　　　　　ㄗ，ㄘ
　　　　　ㄓ，ㄔ　}→　ts, tsh/ts
　　　　　ㄐ，ㄑ

3. 擦音對擦音

　　　　　ㄈ，ㄏ　→　h
　　　　　ㄙ，ㄕ，ㄒ　→　s
　　　　　ㄖ　　　→　j

練習一：鬼　名

甲、下面的鬼名
　　請選出正確的聲母。　　　　　　　　　　　　　　　答：

1. ㄙㄜˋ　垃圾鬼　　lah-__ ap-kúi (t, ts, s)　　　　s
2. ㄕ　　獅食鬼　　__ ai-tsiah-kúi (t, ts, s)　　　　s
3. ㄎㄨ　愛哭鬼　　ài-__ àu-kúi (k, kh, h)　　　　kh

4. ㄅㄨˋ	不死鬼	__ ut-sú-kúi	(p, ph, h)		p
5. ㄉㄨㄢˋ	貧段鬼	pîn-__ oān-kúi	(t, ts, s)		t
6. ㄎㄨㄣˋ	愛睏鬼	ài-__ ùn-kúi	(k, kh, h)		kh
7. ㄔㄡˋ	臭耳鬼	__ àu-hiⁿ-kúi	(ts, tsh, s)		tsh
8. ㄈㄥ	胖風鬼	phòng-__ ong-kúi	(k, kh, h)		h
9. ㄐㄧㄡˇ	酒　鬼	__ iú-kúi	(ts, tsh, s)		ts
10. ㄒㄩㄣ	燻　鬼	__ un-kúi	(k, kh, h)		h
11. ㄍㄡˇ	啞狗鬼	é-__ áu-kúi	(k, kh, h)		k
12. ㄅㄚˊ	跋九鬼	__ oah-kiáu-kúi	(p, ph, h)		p

乙、請指出國語的意義：

a.貪吃鬼	b.好色鬼	c.酒鬼	d.懶惰鬼
e.髒鬼	f.愛哭鬼	g.貪睡者	h.裝聾者
i.愛吹牛者	j.不會打招呼者	k.懶惰鬼	l.煙鬼

答：

1.髒鬼	2.貪吃鬼	3.愛哭鬼	4.好色鬼
5.懶惰鬼	6.貪睡者	7.裝聾者	8.愛吹牛者
9.酒鬼	10.煙鬼	11.不會打招呼者	12.賭鬼

3.5　唇音(ㄅㄆㄇㄈ)的對音(p、ph/p、b/m、h)

　　下面是各種對應中較常用的例字。有些例字還有又讀音。又讀音也大都有不同的對應規則，詳細的情形請看〔表6〕〔附錄—字音對照表〕。例字後括號裏的字代表中古音聲母。

常用例子

ㄅ　p (C220)　倍ㄅㄟˋ poē 巴備變板布半倍背磅…（幫並仄）

　　　ph (12)　抱ㄅㄠˋ phō 鄱鼻簿伴奔璧碧…（並）

ㄆ　陽平時

　　　p (C40)　平ㄆㄥˊ pêng 爬排便（ㄆㄧㄢˊ）瓶貧陪傍賠。（並平）

　　非陽平時

　　　ph (C110)　跑ㄆㄠˇ pháu　炮怕匹聘譬潘片票剖‥（滂）

　　　p (7)　迫ㄆㄛˋ pek　拼叛畔珮闢僕

ㄇ　b (C150)　慢ㄇㄢˋ bān　眉蠻夢盟美面廟

　　m-b (C30)　命ㄇㄧㄥˋ miāⁿ/bēng　棉名門滿瞞冥

	b-m (5)	馬ㄇㄚˇ bé/máⁿ	妹媒買麼賣
	m (12)	昧ㄇㄟˋ māi	媽嗎罵模魔摸梅煤毛矛
	p (2)	泌ㄇㄧˋ pì	秘
ㄈ	h-p (25)	放ㄈㄤˋ hòng/pàng	飯方飛吠傳富肥房縫佛
	h-ph (8)	芳ㄈㄤ hong/phang	蜂芳帆紡縫浮芙覆（奉）
	h (C100)	份ㄈㄣˋ hūn	番凡費範妨（方數奉）
φ	b (40)	挽ㄨㄢˇ bán	望綱味微無尾（微）
	m-b (3)	物ㄨˋ mi̍h/bu̍t	晚問

(a)ㄆ⇒ph 國語的ㄆ大多數臺語唸成ph（非陽平調時）但是唸成p的有十分之一。這些多半來自古時上、去、入聲的bh音，按規則應變成p，卻有十分之一變成ph。這些字在國語中如果是上、去、入聲，一般規則都變成p，因此有ㄆ⇒ph的對應。這裏的雙箭符號"⇒"表示"有次常用相對音"。

(b)ㄇ⇒b 國語有ㄇ，臺語也有m。可是臺語裏的m字比國語的ㄇ字少很多。原來中古唸成m的字，臺語裏大都唸成b，尤其是臺語有p, t, k, m, n, ng韻尾或是u等韻母的字，一律唸成b，沒有例外。其他的情形也是b多於m。這種鼻音轉為非鼻音的情形，不只限於唇音。在3.2.2也已經談過，所有的古鼻音聲母m, n, ng都有變為帶聲的非鼻音b, l, g, i的傾向。ńź便很有規律地變為j（有些方言再變為l或g）。

(c)ㄇ→b（白）—m（文）。如有ㄇ→b-m的情形，表示這些字同時擁有文言音及白話音兩種讀法。m是文言音，b是白話音，維持文言音較白話音更接近國語發音的一般趨勢。（此類國語無鼻音韻尾）

(d)ㄇ⇒m（白）—b（文）。只有國語有鼻音韻尾的字，才會發生這種情形。如滿ㄇㄢˇ boán-moáⁿ中，文言音聲母是b，白話音聲母m。(c)與(d)的情形恰成對比。

$$\begin{cases} \text{(c)} \quad ㄇ→b（白）—m（文） \quad 國語中無鼻音韻尾 \\ \text{(d)} \quad ㄇ→m（白）—b（文） \quad 國語中須有鼻音韻尾 \end{cases}$$

詳細情形請參照3.2節。

(e)ㄈ→h-p或h-ph。此類字在臺語皆有兩種讀法。例如：飛ㄈㄟ poe-hui, 放ㄈㄤˋ pàng-hòng, 方ㄈㄤ png-hong, 分ㄈㄣ pun-hun, 芳ㄈㄤ phang-hong。臺語的poe, pàng, png, pun, phang是白話音或語音；hui, hòng, hong, hun, hong是文言音或讀音。這些字有p, ph之音，是中古時唇音，一律沒有「輕唇化」（labiodentalization），也就是原來"非"和"幫"，"敷"和"滂"，"奉"和"並"，"微"和"明"在中古時都是同音的遺跡。中古時期以後，在中原的語音凡在三等合口前面的唇音，都漸漸輕唇化了，變成ㄈ［f］的聲母。後期移民把它帶進福建，福建人沒有f的聲音，用h來發音，就是現在所謂文言文的h。這種輕唇化音變並沒有發音於早期遷到福建移民的語音裏，也就是說"飛，方，分，芳"等字的p, ph發音，在他們的語音裏一直還是說成p, ph聲母。

(f) $\phi \Rightarrow$ b。國語有四十多個 ϕ 聲母的字，臺語唸成 b 聲母，這些字在國語都是以ㄨ開頭的韻母。這種對應的來源是「微」母（mv 或 ɱ），「微」母在臺語裏無論是文言音或白話音都唸成 b（也有少數的 m ），在國語裏便發展爲〔 v 〕聲母，最後成爲韻母的一部分 "ㄨ"，而不再是聲母的一部了。現在還有許多華北方言是唸成 v 音的。

表7　唇音對應的歷史來源

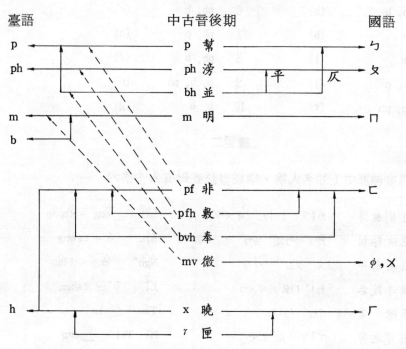

虛線表示白話音的對應。中古時它們已與中古音系分離。表裏表示的是它們在中古音系裏所對應的聲母，並非表示它們與這些中古聲母同音。

練習一：俗語和特別詞

(1)填空：請將適當的臺語聲母塡入下面空格中

1. 變面　　　ㄅㄧㄢˋ ㄇㄧㄢˋ　　　　　　　 __ ìn __ īn

2. 番呔　　　ㄈㄢ ㄊㄞ　　　　　　　　　 __ oan thái

3. 鱸鰻　　　ㄌㄨˊ ㄇㄢˊ　　　　　　　　 lô• __ oâ

4. 虎姑婆　　ㄏㄨˇ ㄍㄨ ㄆㄛˊ　　　　　　 hó• o• __ ô

5. 無半撇　　ㄨˊ ㄅㄢˋ ㄆㄧㄝˇ　　　　　　 bô __ oàⁿ __ iat

6. 胖風龜　　ㄆㄤˋ ㄈㄥ ㄍㄨㄟ　　　　　　 __ òng - __ ong - ku

7. 耳空塞破布　ㄦˇ ㄎㄨㄥ ㄙㄜ ㄆㄛˋ ㄅㄨˋ　 híⁿ - khang seh __ oà - __ ò•

8. 拍拳賣膏藥　ㄆㄞ ㄑㄩㄢˊ ㄇㄞˋ ㄍㄠ ㄧㄠˋ　 __ ah kûn __ ōe ko• - ioh

9. 平地起風波　ㄆㄧㄥˊ ㄉㄧˋ ㄑㄧˇ ㄈㄥ ㄅㄛ　 __ êng - tē khí __ ong - o

10. 見面三分情　ㄐㄧㄢˋ ㄇㄧㄢˋ ㄙㄢ ㄈㄣ ㄑㄧㄥˊ　kìn - __ īn saⁿ __ un tsêng

(2)配合：以上各俗語應與下列詞句中何者相配合，請選出適當的詞句來。

　　__ a.置之不聞　　__ b.反臉無情　　__ c.一無所長　　__ d.事出意外
　　__ e.吹牛大王　　__ f.自我宣傳　　__ g.親自出馬　　__ h.不明事理
　　__ i.匪類之徒　　__ j.逞兇悍婦

答：1.　p, b　　　　(b)　　6.　ph, h　　　(e)
　　2.　h　　　　　(h)　　7.　ph, p　　　(a)
　　3.　m　　　　　(i)　　8.　ph, b　　　(f)
　　4.　k, p　　　　(j)　　9.　p, h, ph　　(d)
　　5.　p, ph　　　(c)　　10.　b, h　　　(g)

練習二： 人　名

以下為臺灣歷史上知名人物，請將臺語聲母填入空格內

　　1.劉銘傳　　ㄌㄧㄡˊ ㄇㄧㄥˊ ㄔㄨㄢˊ　　Lâu __êng - thoân
　　2.沈葆楨　　ㄕㄣˇ ㄅㄠˇ ㄓㄣ　　Sím __ó - tseng
　　3.吳彭年　　ㄨˊ ㄆㄥˊ ㄋㄧㄢˊ　　Ngô͘ __êng - liân
　　4.李茂春　　ㄌㄧˇ ㄇㄠˋ ㄔㄨㄣ　　Lí __ō͘ - tshun
　　5.陳　濱　　ㄔㄣˊ ㄅㄧㄣ　　Tân __in
　　6.夏之芳　　ㄒㄧㄚˋ ㄓ ㄈㄤ　　Hā Tsi - __ong
　　7.林平侯　　ㄌㄧㄣˊ ㄆㄧㄥˊ ㄏㄡ　　Lîm __êng - hô͘
　　8.丘逢甲　　ㄑㄧㄡ ㄈㄥˊ ㄐㄧㄚˇ　　Khu __ông - kah
　　9.林占梅　　ㄌㄧㄣˊ ㄓㄢ ㄇㄟˊ　　Lîm Tsiàm - __uî
　　10.劉永福　　ㄌㄧㄡˊ ㄩㄥˇ ㄈㄨˊ　　Lâu Éng - __ok

答：1.　B　　2.　P　　3.　P　　4.　B　　5.　P
　　6.　h　　7.　P　　8.　H　　9.　m　　10.　h

練習三：本字與借義字之間

　　請利用聲調的對應規律，和本節聲母對應規律的知識，判斷下列羅馬標音的詞，指出哪些字可能是本字或借音字？哪些可能是借義字？（答案之中以橫線標示作者的習慣用字）

	可能是本字 或是借音字	借義字
1.無讀冊，呣 bat 字。（識，捌，知）	捌	識，知
2.逐 pái 來，逐 pái 無看見人。（擺，次）	擺	次

3. 天烏烏，beh 落雨。　　（欲，卜，將，會，要，必）　　卜⊖　　　欲，將，要，會

4. Pak 一坵果子園。　　　（贌，租，稅）　　　　　　　贌　　　　租，稅

5. 食物件愛 pō˙ 互溶。　　（嚼，哺）　　　　　　　哺　　　　　嚼

6. Phah字機。phah 某。　　（打，拍）　　　　　　　拍　　　　　打

7. Poah 倒拾着錢。　　　　（跌，跋）　　　　　　　跋　　　　　跌

8. 花味 phang 千里。　　　（香，芳）　　　　　　　芳　　　　　香

9. Bô 滿足。　　　　　　　（不，無）　　　　　　　無　　　　　不

10. Iáu-boē 食飽。　　　　（猶未，尚未，還沒）　　猶未　　　尚未，還沒

11. M̄-bián客氣。　　　　　（不要，呒免，毋免）　呒免，毋免⊜　不要

12. 查某囝 mā 是囝。　　　（亦，也，嘛，嗎，嚤）　嘛，嗎，嚤　　亦，也

13. Pháiⁿ 人無好尾。　　　（惡，壞，歹，敗）　　　敗⊜　　歹，壞，惡

14. 人 phēng 人氣死人。　　（傗，比）　　　　　　　傗　　　　　比

15. 一個 bó˙ 卡好三個天公祖。（某，妻，婦，姥）　　某，姥　　妻，婦

註一：目前很多人用"要"，但"要點"，"要領"，"重要"有異讀，用"欲"就無此困難。卜
　　　本音 pok, poh 很可能是 beh 的本字，由上下文無法與 beh 區別。

註二：毋意義皆可，又是現行字。在臺語裏亦無他用。

註三：敗可能是 pháiⁿ 的本字，歹是通行已久的俗字。

練習四：文白異讀之間

下面各組裏的詞，一個字同時擁有文言及白話兩種讀音。請爲各詞選出適當的發音。
如有兩種讀法皆可者，請兩處都放。

　　白　　　文

1. pàng　　hòng　　放屁，開放，放水，放蕩，放射線，放心

2. pò˙　　　hū　　　姓傅，師傅

3. poe　　　hui　　飛行，飛出去，飛鳥，風飛砂

4. miā　　　bēng　性命，命令，好命，命運，人命，革命，長命，天命

5. moá　　　boán　滿月，滿足，充滿，滿州，滿心歡喜，滿面

6. phang　　hong　芳貢貢，芳水（香水），味真芳，芳名，美芳（人名）

7. png-hng　hong　方向，方面，大方，西方，姓方，地方，雙方

8. phoē　　pī　　　被動，被告，被單，被害者，棉被

9. puh　　　hoat　發牙，發粒仔，發展，開發，發薪水，發明

10. phô˙　　hû　　扶持，相扶，扶頂司，扶助

11. put　　　hut　　佛祖，佛教，拜佛，佛像，佛法，佛寺

12. pù　　　hù　　豐富，富裕，人無橫財繪富

13. phû　　hû　　浮出來，輕浮，浮華，浮動
14. bē　　　māi　　賣麵，賣唱，買賣，賣笑，賣春
15. mn̂g　　bûn　　大門，門徒，門風，專門，佛門

1. pàng	放屁，放水	hòng	開放，放蕩，放射線，放心
2. pò͘	姓傅	hū	師傅
3. poe	飛出去，風飛砂，飛鳥	hui	飛行，飛鳥
4. miā	性命，好命，命運，人命，長命	bēng	性命，命令，人命，革命，天命
5. moá	滿月，充滿，滿心歡喜，滿面	boán	滿足，充滿，滿州，滿心歡喜
6. phang	芳貢貢，芳水，味真芳	hong	芳名，美芳（人名）
7. png	姓方，hng 西方，地方	hong	方向，方面，大方，西方，雙方
8. phoē	被單，棉被	pī	被動，被告，被害者
9. puh	發牙，發粒仔	hoat	發牙，發粒仔，發展，開發，發薪水，發明
10. phô͘	相扶，扶頂司	hû	扶持，相扶，扶助
11. pu̍t	佛祖，拜佛，佛像	hu̍t	佛祖，佛教，佛像，佛法，佛寺
12. pù	人無橫財繪（bē）富	hù	豐富，富裕
13. phû	浮出來，輕浮，浮動	hû	浮華，輕浮
14. bē	賣麵，買賣	māi	賣唱，賣笑，賣春
15. mn̂g	大門，門風，佛門	bûn	門徒，門風，專門，佛門

3.6 舌尖非齒音(ㄉㄊㄋㄌ)的對音(t、th/t、l/n、l)

ㄉ　　t（C 230）店ㄉㄧㄢˋ tiàm　戴大呆擔但釘到…（端定反）
　　　th（6）　待ㄉㄞˋ thāi　　讀臺

ㄊ　陽平時
　　　t（C 60）談ㄊㄢˊ tâm　　台同投題亭庭田陶條彈…（定平）

　非陽平時
　　　th（C 140）他ㄊㄚ tha　　胎通體替呈啼剃（透）
　　　t（16）　特ㄊㄜˋ tek　　甜恬突囷踏

ㄋ　　l（C 60）南ㄋㄢˊ lâm　　濃能女餒（泥）
　　　n（C 40）耐ㄋㄞˋ nāi　　腦鳥呢泥（泥）
　　　n（文）l（白）你ㄋㄧˇ ní, lí　鬧尼惱腦（泥）
　　　n（白）l（文）年ㄋㄧㄢˊ nî, liân　娘奶（泥）
　　　j（5）　尿ㄋㄧㄠˋ jiō　膩溺釀（日）

　　g　(10)　　疑ㄋ丨ㄥˊ gêng　擬牛逆孽瘧虐（疑）

ㄌ　　l　（C 300)鄰ㄌ丨ㄣˊ lîn　里離練聯亮梨（來）

　　n　(白)l(文)(18)林ㄌ丨ㄣˊ nâ lîm 藍荔嶺檁兩糧（來）

(a)　ㄋ→l

國語有ㄌ、ㄋ，臺語也有l、n。可是國語的ㄋ字要比臺語的n字多出很多。而國語的ㄌ字卻比臺語的l字少了很多。國語的很多ㄋ字，臺語唸成l。

中古音是n的字，現在臺語多數唸成l，情形和m變成b的情形相似，但保留n的比例相當高（40％）。中古音裏的l音現在國語或臺語都唸成ㄌ：l。（有一些字臺語唸n，是因受韻母是鼻化元音而來的（請看本章3.2(b)節）。

(b)　ㄋ→n（文）—l（白）

臺語對音有文白異讀n-l（如老nó‧：láu　）時，l是白話音，n是文言音。仍然維持着文言音比白話音近似國語的一般趨勢。須要留意的是這種文白異音的情形，國語字音都沒有韻尾n或ng，如有的話就適用下面的文白對音(c)。

(c)　ㄋ→n（白）—l（文）

有這種對應的字有兩個特點。第一文言音聲母是l，第二文言音和國語的韻尾都有鼻音。這些字本來是l聲母的字，後來元音（母音）受了韻尾鼻音的影響而成為鼻化元音。在臺語語音演變史上，聲母b, l, g如和鼻化韻母結合，都變成鼻聲母m, n, ng。b和g本來也是m, ng，所以在對應上沒有混合的問題。可是臺語的l，有些是由l，有些是由n演變來的。因此，早期的l因鼻化韻母而變成鼻音聲母有兩種情形。一種是n→l→n和國語的ㄋ對應。另一種是l→n和國語的ㄌ對應。

　　娘　niang　>　niâ^n　　　　　　niá

　　嶺　liəng　>　liə^n　>　niə́^{n}　　niá

表8　舌尖非齒音的對應之歷史來源

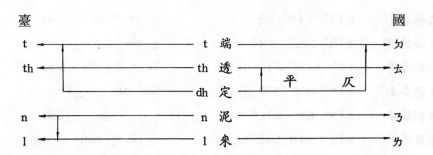

練習一：俗語和特別詞

(1)填空：請將適當的臺語聲母，填入下面空格中

1.骨力	ㄍㄨˇ ㄌㄧˋ		kut __åt
2.緣投	ㄩㄢˊ ㄊㄡˊ		iân __âu
3.大面神	ㄉㄚˋ ㄇㄧㄢˋ ㄕㄣˊ		__oā - bīn - sîn
4.內山猴	ㄋㄟˋ ㄕㄢ ㄏㄡˊ		__āi - soaⁿ - kâu
5.鴨仔聽雷	ㄧㄚ ㄗㄞˇ ㄊㄧㄥ ㄌㄟˊ		ah - á __iaⁿ __uî
6.弄狗相咬	ㄋㄨㄥˋ ㄍㄡˇ ㄒㄧㄤ ㄧㄠˇ		__ōng káu sio - kā
7.頭殼戴火爐	ㄊㄡˊ ㄎㄜˊ ㄉㄞˋ ㄏㄨㄛˇ ㄌㄨˊ		thâu - khak __ì hóe - __o˙
8.剃頭店罷工	ㄊㄧˋ ㄊㄡˊ ㄉㄧㄢˋ ㄅㄚˋ ㄍㄨㄥ		__ì - __âu - __ìam pā - kang
9.狗咬呂洞賓	ㄍㄡˇ ㄧㄠˇ ㄌㄩˇ ㄉㄨㄥˋ ㄅㄧㄣ		káu kā __ū __ōng pin
10.向尼姑借柴梳	ㄒㄧㄤˋ ㄋㄧˊ ㄍㄨ ㄐㄧㄝˋ ㄔㄞˊ ㄕㄨ		hiòng __í - ko˙ tsioh tshâ - se

(2)配合：以下各詞句與上面俗語中何者意義相似，請指出來。

__ a.不知所云	__ b.操作努力	__ c.拿你無法
__ d.不知好歹	__ e.興致勃勃	__ f.惹是生非
__ g.英俊瀟灑	__ h.恬不知恥	__ i.土裏土氣
__ j.找錯對象		

答：

1.	l	(b)	6.	L	(f)
2.	t	(g)	7.	t, l	(e)
3.	t	(h)	8.	th, th, t	(c)
4.	l	(i)	9.	l, t	(d)
5.	th, l	(a)	10.	n/l	(j)

練習二：人 名

以下爲臺灣近代民族運動史上的人物，請將臺語聲母填入空格內

1.林獻堂	ㄌㄧㄣˊ ㄒㄧㄢˋ ㄊㄤˊ	__îm Hiàn - __ông
2.廖德聰	ㄌㄧㄠˋ ㄉㄜˊ ㄘㄨㄥ	__iāu __ek - tshong
3.蔡年亨	ㄘㄞˋ ㄋㄧㄢˊ ㄏㄥ	Tshoà __iân - heng
4.簡仁南	ㄐㄧㄢˇ ㄖㄣˊ ㄋㄢˊ	Kán Jîn - __âm
5.劉蘭亭	ㄌㄧㄡˊ ㄌㄢˊ ㄊㄧㄥˊ	__âu __an - __êng
6.廖添丁	ㄌㄧㄠˋ ㄊㄧㄢ ㄉㄧㄥ	__iāu __iam - __eng

7. 陳端明　ㄔㄣˊ ㄉㄨㄢ ㄇㄧㄥˊ　Tân __oan - bêng

8. 許天送　ㄒㄩˇ ㄊㄧㄢ ㄙㄨㄥˋ　Khó• __ian - sàng

9. 吳鬧寅　ㄨˊ ㄋㄠˋ ㄧㄣˊ　Ngô• __āu - în̂

10. 連雅堂　ㄌㄧㄢˊ ㄧㄚˇ ㄊㄤˊ　__iân Ngá - __ông

答：1. L, t　　2. L, T　　3. L　　4. l　　5. L, L, t

6. L, Th, t　　7. T　　8. Th　　9. N•　　10. L, t

練習三：

請利用聲調的對應規律，和本節聲母對應規律的知識，判斷下列羅馬標音的詞，指出哪些字可能是本字或借音字？哪些可能是借義字？（答案之中以橫線標示作者的習慣用字）

		本字或借音字	借義字
1. 醫生 lóng 真有錢。	（都，皆，攏）	攏	都，皆
2. 做生 lí 。	（理，意）	理	意
3. Liàh 媒人做親情（說親）。	（捉，掠）	掠	捉
4. 食 lòh 去腹肚內。	（落，下）	落	下
5. 逐日 lim 燒酒。	（啉，飲）	啉	飲
6. 我 liâm-piⁿ 會去。	（馬上，趕快，連鞭）	連鞭	馬上，趕快
7. Lí 及我叫做咱。	（你，汝）	你 ㄋㄧˇ ㈠	汝
8. Ná 來 ná 大漢。	（愈，那，越）	那	愈，越
9. Ná 有這號代誌。	（哪，那，怎）	哪，那	怎
10. 册店在 tó-ūi ？	（叨位，那裏，何處）	叨位	那裏，何處
11. 樓 téng ， téng 擺。	（頂，上）	頂	上
12. 無 thang 互我知。	（可，通，嗵）	嗵，通㈡	可
13. Tàu 協助。	（鬥，幫）	鬥	幫
14. Toè 人走。	（隨，跟，逮，隶綴）	逮，隶，綴	跟，隨
15. Tú 好。	（抵，剛，適）	抵	適，剛
16. Tùi 學校来。	（對，從，由，自）	對	從，由，自
17. Thàn 錢有數，性命着顧。	（趁，賺）	趁	賺

註一：一般通俗的歌譜用汝。但目前，你較普通。汝也不適合對應規律。

註二：通是本字。但是口語裏 "眞無通" 的通讀成 thong，爲了分別，thang 寫成嗵。

練習四：文白異讀之間

下面各組裏的詞，一個字同時擁有文言及白話兩種讀音。請為各詞選出適當的發音。
如有兩種讀法皆可者，請兩處都放。

白　　　文

1. nâ　　　lîm　　　林仔邊，樹林，姓林，森林，深山林內

2. nî　　　liân　　　年歲，明年，未成年，年紀，年齡，少年家

3. niá　　　léng　　　領錢，首領，要領，領帶，領仔不夠濶

4. nn̄g-niú　liông　　兩枝，斤兩，兩全其美，兩人，兩方，兩眼

5. lāu　　　nó•　　　老人，元老，年老，老不羞，老身，老款

6. ló　　　náu　　　懊惱，煩惱，苦惱

7. ló•　　　nó•　　　努力，努力（多謝之意），努氣

8. lāu　　　nāu　　　鬧熱（熱鬧），吵鬧，鬧意見

9. nî　　　leng-nái　奶母，牛奶，食奶，奶牛，少奶奶

1. nâ 林仔邊，樹林，深山林內　　　　　lîm 樹林，姓林，森林

2. nî 年歲，明年，年紀，年齡　　　　　liân 未成年，年齡，少年家

3. niá 領錢，領帶，領仔不夠濶　　　　　léng 首領，要領

4. nn̄g 兩枝，兩人　　　　　　　　　　liông 兩全其美，兩方，兩眼
　niú 斤兩

5. lāu 老人，年老，老不羞，老身，老款　nó• 元老，年老

6. ló 煩惱　　　　　　　　　　　　　　náu 懊惱，苦惱

7. ló• 努力（多謝），努力，努氣　　　　nó• 努力

8. lāu 鬧熱　　　　　　　　　　　　　nāu 吵鬧，鬧意見

9. ni 奶母，牛奶，食奶　　　　　　　　leng 牛奶，食奶，奶牛

　　　　　　　　　　　　　　　　　　nái 少奶奶

3.7　舌尖齒音(ㄗ ㄘ ㄙ)的對音(ts、tsh/ts、s)

常用例子

ㄗ　　ts　在ㄗㄞˋ tsāi　早昨再增子雜則責造（精從ㄈ）

ㄘ　陽平時

　　　ts　財ㄘㄞˊ tsâi　才臍殘叢層槽（精從ㄈ）

　　　s　辭ㄘˊ sû　　祠詞（邪平）

　　非陽平時

　　　tsh　猜ㄘㄞ tshài　菜參餐操擦蔡彩（清）

ㄙ　　s　三ㄙㄢ sam　散鬆嗽薩塞色（心邪〔ㄈ〕）

　　　s(文) — tsh(白)松ㄙㄨㄥ　siông-tshêng　腮粟飼搜碎（邪）

(a)　ㄘ ⇒ s

　　國語的ㄘ聲母字之中，有些字臺語唸 s；這違反了塞擦音對塞擦音對應的一般規律（3.4）。這種對音的中古音主要來源是「邪」母(2)的字。平聲時有不少字在國語裏變爲送氣塞擦音。但在臺語裏仍較有規律的變爲 s。因此一個字如有ㄘ→ s 的對應，它的聲調多半是陽平調。其它的聲調幾乎沒有這種對音了。

(b)　ㄙ→ s-tsh, s-ts

　　有十多個在國語裏ㄙ聲母的字，在臺語有文白異讀；s 是文言音，tsh 或 ts 是白話音。這些字的白話音違反了擦音對應擦音的一般規律。它們的文言音 s 就跟國語很相似。這種現象不限於ㄙ，也見於ㄕ和ㄒ。請參考3.8 (c)ㄕ → s(文) — ts(白) / tsh(白)

中古聲母	白話音	文言音	國　語
松	tshêng	siông	ㄙㄨㄥ
搜	tshiau	so°	ㄙㄡ
僧	tseng	seng	ㄙㄥ

表 9　舌尖齒音對音的歷史來源

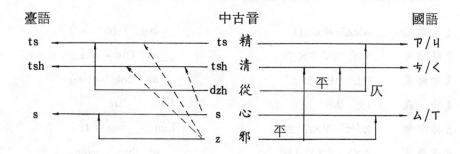

練習一：俗語和特別詞

(1)填空：請將適當的臺語聲母塡入下面空格中

1. 無彩　　ㄨˊ ㄘㄞˇ　　　　　　　　bô ＿＿ái

2. 佳哉　　ㄐㄧㄚ ㄗㄞ　　　　　　　ka - ＿＿ài

3. 青仔欉　ㄑㄧㄥ ㄗㄞˇ ㄘㄨㄥˊ　　tsheⁿ - á - ＿＿âng

4. 不三不四　ㄅㄨˋ ㄙㄢ ㄅㄨˋ ㄙˋ　put ＿＿am put ＿＿ù

5. 掠龜走鱉　ㄌㄩㄝˋ ㄍㄨㄟ ㄗㄡˇ ㄅㄧˊ　liàh ku ＿＿áu pih

6. 謗死蕃仔　　ㄅㄤˋ ㄙˇ ㄈㄢ ㄗㄞˇ　　　　pòng __í hoan - á

7. 坐井看天　　ㄗㄨㄛˋ ㄐㄧㄥˇ ㄎㄢˋ ㄊㄧㄢ　　__ē tséⁿ khoàⁿ thiⁿ

8. 聰明在耳目　ㄘㄨㄥ ㄇㄧㄥˊ ㄗㄞˋ ㄦˇ ㄇㄨˋ　　__ong - bêng __aī ní - bòk

9. 庼田賢吸水　ㄙㄡ ㄊㄧㄢˊ（ㄒㄧㄢˊ）ㄒㄧ ㄕㄨㄟˇ　　__án tshân gâu suh tsúi

10. 爭氣不爭財　ㄓㄥ ㄑㄧˋ ㄅㄨˋ ㄓㄥ ㄘㄞˊ　　tseng khì put tseng __âi

(2)配合：以下各詞與上面俗語中何者意義相似，請選出來。

```
__ a.顧此失彼        __ b.耳聰目明        __ c.誇大其詞
__ d.幸虧之意        __ e.爭一口氣        __ f.十三點
__ g.井底之蛙        __ h.可惜之意        __ i.不成體統
__ j.庼子會死
```

答：
1.	tsh	(h)	6.	s	(c)
2.	ts	(d)	7.	ts	(g)
3.	ts	(f)	8.	tsh , ts	(b)
4.	s , s	(i)	9.	s	(j)
5.	ts	(a)	10.	ts	(e)

練習二：人　名

以下爲臺灣政壇上的知名人物請將臺語聲母塡入空格內

1. 宋楚瑜　　ㄙㄨㄥˋ ㄔㄨˇ ㄩˊ　　　　__òng Tshó• - û

2. 蔡培火　　ㄘㄞˋ ㄆㄟˊ ㄏㄨㄛˇ　　　__oà Pôe - hóe

3. 曾約農　　ㄗㄥ ㄩㄝ ㄋㄨㄥˊ　　　　__an Iok - lông

4. 楊　森　　ㄧㄤˊ ㄙㄣ　　　　　　　Iûⁿ __im

5. 林宗智　　ㄌㄧㄣˊ ㄗㄨㄥ ㄓˋ　　　Lîm __ong - tì

6. 崔垂言　　ㄘㄨㄟ ㄔㄨㄟˊ ㄧㄢˊ　　　__ui Suî - giân

7. 章孝慈　　ㄓㄤ ㄒㄧㄠˋ ㄘˊ　　　　Tsiong Hàu - __û

8. 曹永湘　　ㄘㄠˊ ㄩㄥˇ ㄒㄧㄤ　　　　__ô Eńg - siong

9. 蘇南成　　ㄙㄨ ㄋㄢˊ ㄔㄥˊ　　　　__o• Lâm - sêng

10. 金念祖　　ㄐㄧㄣ ㄋㄧㄢˋ ㄗㄨˇ　　　Kim Liām - __ó•

答：
1.	S	2.	Tsh	3.	Ts	4.	S	5.	Ts
6.	Tsh	7.	ts	8.	Ts	9.	S	10.	ts

練習三：文白異讀之間

下面各組裏的詞，一個字同時擁有文言及白話兩種讀音。請為各詞選出適當的發音。如有兩種讀法皆可者，請兩處都放。

	白	文	
1.	tshêng	siông	松仔，石松（人名）
2.	tshiau	so˙	搜東搜西，搜查
3.	tshùi	sùi	破碎，碎石，破糊糊（kô˙）

答：

1.	tshêng	松仔	siông	石松（人名）
2.	tshiau	搜東搜西	so˙	搜查
3.	tshùi	碎石，碎糊糊	sui	破碎

3.8 捲舌齒音(ㄓㄔㄕㄖ)的對音（ts(t)、tsh/ts(t/th)、s、j）

ㄓ　ts (169) 斬ㄓㄢˇ tsám　指站製整政種之佔（莊章）

　　t (81) 重ㄓㄨㄥˋ tiōng　單畫鄭蜘智治知召置（知澄ㄈ）

ㄔ　陽平時

　　ts (5) 成ㄔㄥˊ tsiâⁿ　巢船崇（船平崇平禪）

　　t (33) 陳ㄔㄣˊ tân　茶懲池纏沈（澄平）

　　s (31) 產ㄔㄢˇ sán　承蟬仇垂純成（崇平禪平船平）

　　th (6) 蟲ㄔㄨㄥˊ thâng　程呈傳錘鎚槌

　　非陽平時

　　tsh (84) 差ㄔㄚ tsha　查柴吵臭初倡川察赤（初昌）

　　th (25) 趁ㄔㄣˋ thàn　窗斥恥暢抽丑畜撤寵拆撐（徹）

ㄕ　s (C180) 沙ㄕㄚ soa　身衫師使屎山神（審禪船崇）

　　tsh(白) s(文) (13) 生ㄕㄥ tsheⁿ-seng, seⁿ　呻試市奢深手樹

　　ts(白) s(文) (21) 少ㄕㄠˇ tsió-siáu　升蟮守誓諸叔成舌蛇薯裳斤書食
　　　　　　　　　　　　　　　　　　　　　　石誰

ㄖ　j 惹ㄖㄜˇ jiá　然擾繞忍任認人柔（日）

　　φ (8) 榮ㄖㄨㄥˊ êng　容阮鎔溶熔融

　　n(白) j(文) 若ㄖㄨㄛˋ nā-jiok　讓軟染（日）

　　s 瑞ㄖㄨㄟˋ sūi

ㄦ　→n 耳ㄦˇ ní　爾（日）

　　j 二ㄦˋ jī　兒而二貳餌（日）

(a) ㄓ，ㄔ⟹ t, th

國語ㄓ、ㄔ字，臺語大多唸成 ts, tsh。但是有百分之三十六(約 160字)唸成 t, th.

上古音時代「端」系和「知」系聲母是沒有分別的，都是「舌音」(coronal, non-sibilant: t, th, dh)。在北方方言裏，中古以後這些聲母如出現於二、三等韻母之前（這種聲母稱爲「知」系聲母），便漸漸的成爲齒音ㄓ、ㄔ了。在福建話裏這種音變沒有發生，因此「知」系聲母現在也都唸成 t, th。所以我們今日有 t, th 和ㄓ、ㄔ的對應。

(b) ㄔ ⇒ s

國語ㄔ聲母字之中一共有31個字在臺語唸 s。這違反了擦音對應擦音的一般規律（ 3.4 ）。這些相對音的中古音主要來源是 "崇（ dẓh ）"，"禪（ ź ）" 和 "船（ dẓh ）" 三個聲母的字。如果是平聲即變成國語的送氣塞擦音聲母（ ㄔ ）。這些中古聲母如果不是平聲便大多變爲ㄕ（ 請看〔表10〕裏的國語聲母ㄔ,ㄘ/ㄑ 和它們的來源 ）。這些中古音聲母在臺語的文言音（ 也就是讀音 ）不管甚麼調多半變成 s（ 請看〔表10〕裏的臺語聲母 s 和它們的來源 ）。因此，一個字如有 s ⇒ ㄔ的對應，它的聲調多半是陽平調。其它的聲調就幾乎沒這種對應關係了。

(c) ㄕ ⇒ s（文）— ts（白）/ tsh（白）

國語裏的ㄕ聲母字，有13個在臺語裏是 tsh,有21 個在臺語裏是 ts。國語唸成ㄒ/ㄙ的字也有類似的情形（ 3.7b,3.9 ）這些字違背塞擦音對應塞擦音的一般規律（3.4）。這些字在臺語裏多半是白話音（ 也就是語音 ）。而這些白話音的文言又讀音是 s 聲。現在把這種字的臺語白話音、文言音和國語分列於後：

	中 古 聲 母		白話音	文言音	國 語
謝	z	（邪）	tsiā	Sıā	ㄒㄧㄝˋ
斜	z	（邪）	tshiâ	Siâ	ㄒㄧㄝˊ
像象	z	（邪）	tshiũⁿ	Siōng	ㄒㄧㄤ
蛇	dẓh	（船）	tsôa	Siâ	ㄕㄜˊ
舌	dẓh	（船）	tsih	Siȧt	ㄕㄜˊ
食	dẓh	（船）	tsiȧh	Si̇t	ㄕˊ
書	ś	（審）	tsú	Sū	ㄕㄨ
水	ś	（審）	tsūi	Súi	ㄕㄨㄟˇ
少	ś	（審）	tsió	Siaú	ㄕㄠˇ
手	ś	（審）	tshiú	Siú	ㄕㄡˇ
守	ś	（審）	tsiú	Siú	ㄕㄡˇ
樹	ź	（禪）	tshiū	Sū	ㄕㄨˋ
誓	ź	（禪）	tsōa	Sē	ㄕˋ
十	ź	（禪）	tsȧp	Si̇p	ㄕˊ
石	ź	（禪）	tsiȯh	Sėk	ㄕˊ

由上面的對照可以知道：與國語比較接近的是文言音，與中古音比較接近的也是文言音。對文白之間的分別，這種對音是一種判斷的好線索。（可是如果再往古推的話，這些字的白話音可能比它的文言音更接近上古音）

〔表10〕的虛線表示這些白話音聲母和一些中古音聲母的關係。

(d)　ㄖ→ j

這個對應是一對一的對應，例外字不多。應該是最簡單的對應。

這裏應該特地提醒的是：有很多人（例如臺南臺北）有規律地把 j 說成 l。別人把 j 和 l 分得很清楚，而這些人卻混合了。另外也有一些區域的人（如臺中、屏東）把出現在 i 前的 j 一律說成 g。因爲閩南主要方言區域裏，j、l 和 g 都有分別的方言似乎較多，且比較存古。據以推測國語或別的方言也比較方便。

	大多數方言	方言甲（臺南等）	方言乙（臺中等）
字	jī	lī	gī
利	lī	lī	lī
義	gī	gī	gī
尿	jiō	liō	gio
絨	jiông	liông	giông
認	jīn	līn	gīn

另一個現象是個別的，只限於幾個字；本來是 j，卻說成 g：

　　"偌大枝"　jōa-tōa-ki → gōa-tōa-ki。

有的本來是 j，現在卻不說 j，而說成 n 或 l：

　　"幾若枝" → kúi-nā-ki → kúi-lō-ki。

(e)　ㄖ→ n（白）－ j（文）

除 "若" 字以外，有這個對應的字，國語都有鼻音韻母（-n，-ng）臺語文言音也有（-m，-n，-ng）。可見白話音的韻母應該是鼻化元音（iu^n，i^n）而影響 j 變成 n。（請看3.2.2）

		文言音	白話音
讓	ㄖㄤˋ	jiōng	niū
軟	ㄖㄨㄢˇ	joán	nńg
染	ㄖㄢˇ	jiám	nī

(f)　ㄦ→ j

儿從今日國語聲韻系統來看,應屬韻母;可是這種音節的來源是日母韻。既然聲母來自日母,臺語的聲母為 j。

表10 齒音對音的歷史來源

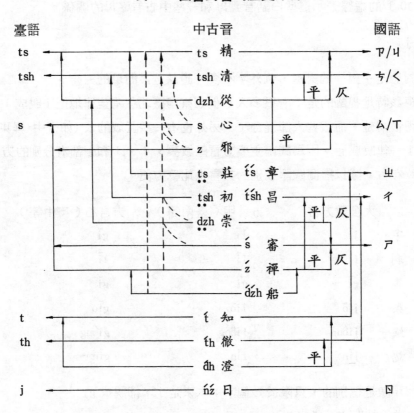

練習一:俗語和特別詞

(1)填空:請將適當的臺語聲母填入下面空格中。(陣、豬等字是古知系聲母)

1. 心適	ㄒㄧㄣ ㄕˋ	sim - __ ek
2. 清采	ㄑㄧㄥˉ ㄘㄞˇ	__ ìn - tshái
3. 赤查某	ㄔˋ ㄔㄚˊ ㄇㄨˇ	__ iah __ â - bó•
4. 講頭知尾	ㄐㄧㄤˇ ㄊㄡˊ ㄓ ㄨㄟˇ	kóng tháu __ ai boé
5. 入鄉隨俗	ㄖㄨˋ ㄒㄧㄤ ㄙㄨㄟˊ ㄙㄨˊ	__ ı̍p hiong sûi siȯk
6. 輸人不輸陣	ㄕㄨ ㄖㄣˊ ㄅㄨˋ ㄕㄨ ㄓㄣˋ	__ u lâng m̄ __ u __ īn
7. 閹雞趁鳳飛	ㄧㄢ ㄐㄧ ㄔㄣˋ ㄈㄥˋ ㄈㄟ	iam - ke __ àn hōng poe
8. 豬屎籃結彩	ㄓㄨ ㄕˇ ㄌㄢˊ ㄐㄧㄝˊ ㄘㄞˇ	__ i - __ ái - nâ kat tshái
9. 詛咒互人死	ㄗㄨˇ ㄓㄡˋ ㄏㄨˋ ㄖㄣˊ ㄙˇ	tsiú __ oā hō• lâng sí
10. 過時賣曆日	ㄍㄨㄛˋ ㄕˊ ㄇㄞˋ ㄌㄧˋ ㄖˋ	koè - __ î bē lȧh - __ it

(2)配合：以下各詞與上面俗語中何者意義相似，請選出來。

　　__ a.悍婦潑女　　　　__ b.絕不示弱　　　　__ c.聞一知十
　　__ d.紈綺子弟　　　　__ e.趣味風雅　　　　__ f.隨便之意
　　__ g.做事落後　　　　__ h.自私自利　　　　__ i.入境隨俗
　　__ j.裝飾不配

答：　1.　s　　　　　(e)　　　6.　s, s, t　　　(b)
　　　2.　tsh　　　　(f)　　　7.　th　　　　　(d)
　　　3.　tsh, ts　　(a)　　　8.　t, s　　　　(j)
　　　4.　ts　　　　　(c)　　　9.　ts　　　　　(h)
　　　5.　j　　　　　(i)　　　10. s, j　　　　(g)

練習二：人　名

以下為臺灣政壇上的知名人物，請將臺語聲母填入空格內。（中，琛，陳，智在臺語裏的聲母是 t, th）

　1.蔣中正　　ㄐㄧㄤˇ ㄓㄨㄥ ㄓㄥˋ　　Tsiún ＿iong - ＿èng
　2.周至柔　　ㄓㄡ ㄓˋ ㄖㄡˊ　　＿iu ＿ì - ＿îu
　3.沈昌煥　　ㄕㄣˇ ㄔㄤ ㄏㄨㄢˋ　　＿îm ＿iong - hoàn
　4.趙　琛　　ㄓㄠˋ ㄔㄣ　　＿ìo ＿im
　5.王　昇　　ㄨㄤˊ ㄕㄥ　　Ông ＿eng
　6.陳守山　　ㄔㄣˊ ㄕㄡˇ ㄕㄢ　　＿ân ＿íu - ＿an
　7.于右任　　ㄩˊ ㄧㄡˋ ㄖㄣˋ　　Û Iū - ＿îm
　8.李連春　　ㄌㄧˇ ㄌㄧㄢˊ ㄔㄨㄣ　　Lí Liân - ＿un
　9.唐振楚　　ㄊㄤˊ ㄓㄣˋ ㄔㄨˇ　　Tông ＿in - ＿ö˙
　10.許崇智　　ㄒㄩˇ ㄔㄨㄥˊ ㄓˋ　　Khó˙ ＿ông - ＿ì

答：1. T, ts　　2 Ts, ts, j　　3. S, Tsh　　4. T, Th　　5. S
　　6. T, S, s　　7. j　　8. tsh　　9. Ts, tsh　　10. Ts, t

練習三：本字與借義字之間

　　請利用聲調的對應規律，和本節聲母對應規律的知識，判斷下列羅馬標音的詞，指出哪些字可能是本字或借音字？哪些可能是借義字？（答案中以橫線標示作者的習慣用字）

		本字或借音字	借義字
1. 中 tàu 時，愛睏中 tàu 。	（午，畫）	畫	午
2. 咱 勿愛 tshap 彼種人。	（理，插）	插	理
3. 逐 tsâng 樹仔攏足大 tsâng 。	（欉，棵）	欉	棵
4. Ta̍k 項代誌攏真順利。	（各，每，逐）	逐	各，每
5. 請咪嗵 siūn 氣（生氣）。	（怒，受，生）	受	生，怒
6. 目 tsiu 金金相。	（瞄，珠，睛）	瞄，珠	睛
7. 面真 súi 。	（水，美）	水	美
8. Thàn 錢互人用。	（賺，趁）	趁	賺
9. 這號頭路無好 tsoán 食。	（賺，趁）	賺	趁
10. 流目 sái 。	（屎，淚）	屎	淚
11. Tsiàn 手邊（右邊）。	（正，右）	正	右
12. Tsêng 古早就真好額。	（從，由，自）	從	由，自
13. 無穿 san 有穿褲。	（衫，衣）	衫	衣
14. Tsiàn 有肚量。	（誠，很，成）	誠，成	很
15. Joā 大的艱苦攏欲忍受。	（若，偌，多，何）	若，偌	多，何
16. 通臺灣伊 siōng 有錢。	（最，極，上）	上	最，極

練習四：文白異讀之間

下面各組裏的詞，一個字同時擁有文言及白話兩種讀音。請為各詞選出適當的發音。如有兩種讀法皆可者，請兩處都放。

白	文	
1. tshen-sen	seng	生存，生食，生后生（生兒子），發生，學生，生動，生活
2. tsiú	siú	守寡，守空房，防守，守備，看守，守衛
3. tsió	siáu	濟（tsē）少，多少，少數，少年，少歲，少女
4. sai	su	軍師，師父，土水師，師母，出師，醫師
5. ní	jiám	染布，傳染，污染，染色，染料，感染
6. tshiú	siú	選手，手藝，手腕，助手，手工
7. tsoā	sē	咒誓，誓約，宣誓
8. tsiàn	sêng	成功，達成，成人，做會成，咪成猴，咪成樣
9. tî	tshî	維持，主持人，張持（小心注意），习持（故意）
10. tsio̍h	se̍k	石頭，蔣介石，他山之石，石油，金石良言
11. tsu	su	借書（南部人借"册"），書面報告，背書，書生，書呆，書記
12. tsia̍h	si̍t	食品，食堂，食飯，食有飽，食食（膳食），食言

13. ńg　　　loán　　軟弱，軟心，食軟飯，軟水，柔軟

14. lâng　　jîn　　人類，介紹人，查某人，好人，人種，人物

15. tsin　　seng　　一升米，升官，升做主任，升旗

16. tsoâ　　siâ　　蛇肉，蛇行，白蛇，毒蛇

答：

1. tshen 生食；sen 生后生，生活　　　　　　seng　生存，發生，學生，生動，生活

2. tsiú 守寡，守空房　　　　　　　　　　　siu　　守空房，防守，守備，看守，守衛

3. tsió 濟(tse)少，少數，少歲　　　　　　　siáu　多少，少年，少女

4. sai 師父，土水師，出師　　　　　　　　su　　軍師，師父，師母，醫師

5. ní 染布，染色，染料　　　　　　　　　jiám　傳染，污染，感染

6. tshiú 選手，手藝，手腕，助手，手工　　　siú　　選手

7. tsoā 咒誓　　　　　　　　　　　　　　　sè　　誓約，宣誓

8. tsiân 成人（諷刺口吻）　呒成猴，做會　　　sêng　成功，達成，成人，做會成
　　　　成，呒成樣

9. tî 張持（小心），刁持（故意）　　　　　tshî　維持，主持人

10. tsio̍h 石頭，蔣介石，石油　　　　　　　sek　蔣介石，他山之石，金石良言

11. tsu 借書，書云（北部用法）　　　　　　su　　書面報告，背書，書生，書記

12. tsia̍h 食飯，食有飽，食食　　　　　　　si̍t　食品，食堂，食食，食言
　　　　（注：食食 tsia̍h-si̍t 膳食之意）

13. ńg 軟心，食軟飯，軟水，柔軟　　　　　loán　軟弱

14. lâng 查某人，好人，人種（蔑視口吻）　　jîn　人類，介紹人，人種，人物
　　　　人物（lâng mi̍h 蔑視口吻）

15. tsin 一升米　　　　　　　　　　　　　seng　升官，升做主任，升旗

16. tsoâ 蛇肉，白蛇，毒蛇　　　　　　　　siâ　蛇行，白蛇

3.9 舌面齒音(ㄐㄑㄒ)的對音(ts/k、tsh/tsʻ(kh/k)、s(h))

　　國語ㄐ，ㄑ，ㄒ的臺語對音，相當複雜，因爲今日的國語，ㄐ，ㄑ，ㄒ來自中古音的兩個不同的聲母類別：一類是"精"系聲母（精，心，從，心，邪），另一類是來自"見"系聲母（見，溪，群，曉，匣）。而這兩系中古聲母在臺語都還各保留爲ts,tsh，s和k，kh，h。加上各系聲母中在臺語裏有不少文白異讀的現象。（參考3.10）增加對應的複雜性。

常 用 例 子

ㄐ　　ts（100 以上）　際ㄐㄧ̀ tsè　 井箭積集劑津漸…（精從ㄈ）

      k（150以上）家ㄐㄧㄚ ka　假駕監奸吉間京敬（見群ㄈ）

      kh（C20）具ㄐㄩˋ khū　稽菌儉白懼詰厥窘

  ㄑ　陽平時

      ts（20以下）前ㄑㄧㄢˊ tsiân　情錢樵秦齊晴牆（從平）

      s（10以下）囚ㄑㄧㄡˊ siû　俏酋泅

      k（30以下）奇ㄑㄧˊ kî　其旗橋僑求權裙茄（群平）

  非陽平時

      tsh（80以上）妻ㄑㄧ tshe　悽千請切深親此次（清）

      kh（100以上）去ㄑㄩˋ khì　啓契氣輕區欽勤遣（溪）

  ㄒ　s（C220）　　相ㄒㄧㄤ siong　西婿線姓息洗細（心邪）

      s(文)tsh(白)（11）星ㄒㄧㄥ seng-tshe[n]　徐笑斜腥醒鬚鮮蓆象

      h（180以下）孝ㄒㄧㄠˋ hàu　暇陷項系休曉械（曉匣）

      h(文)k(白) 鹹ㄒㄧㄢˊ kiâm　醉縣俠峽行（匣平）

      h(文)kh(白) 許ㄒㄩˇ hí khó　陳吸

      h(文)φ(白)（12）下ㄒㄧㄚˋ hā ē　餡閑向廈學限鞋狹匣（匣曉）

(a)　ts，tsh，s 或 k，kh，h

    ㄐ，ㄑ，ㄒ在國語裏只與ㄧ，ㄩ介音結合。我們可以把它們看成ㄍ，ㄎ，ㄏ或ㄗ，ㄘ，ㄙ受ㄧ，ㄩ的影響而變成ㄐ，ㄑ，ㄒ。ㄍ，ㄎ，ㄏ的臺語對音是 k，k/kh，h；ㄗ，ㄘ，ㄙ的臺語對音是 ts，ts/tsh，s。因為國語這些聲母在ㄧ，ㄩ之前都變成ㄐ，ㄑ，ㄒ，無法加以分別，且另一方面，臺語沒有過這種變化，因此造成國語對臺語時難以分別是 k，k/kh，h 或 ts，ts/tsh，s 的問題。兩種臺語對音的分別如只看國語的語音系統，則毫無線索可尋。如借助其它的漢語方言如客、粵語，或日語的漢字音讀則很容易判斷是 k，kh，h 或 ts，tsh，s，另外看漢字的聲符可以得到一點線索。例如：

      ts，tsh，s 的聲符：青斬戔責妻

      k，kh，h 的聲符：巠甘間其可

因為中古音的 "精" 系聲母和 "見" 系聲母在臺語還各保留為 k，kh，h 和 ts，tsh，s，在今日的臺語語音結構裏 k，kh，h 和 ts，tsh，s 可以和所有種類的韻母結合，包括和北京話ㄧ，ㄩ對應的 e/i、i/u 開頭的韻母結合。至於國語的 "ㄍ，ㄎ，ㄏ"，"ㄗ，ㄘ，ㄙ" 等聲母，後面不可接ㄧ，ㄩ開頭的韻母；而ㄐ，ㄑ，ㄒ卻僅能接ㄧ，ㄩ開頭的韻母。

表11　國語ㄐ、ㄑ、ㄒ的來源和相對應的臺語聲母

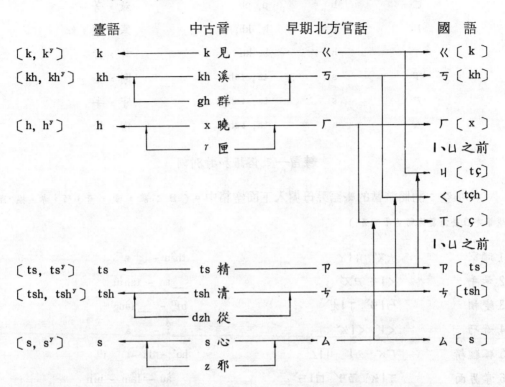

從〔表11〕不難看出臺語聲母 k , kh , h , ts , tsh , s 和國語ㄍ/ㄐ,ㄎ/ㄑ,ㄏ/ㄒ, ㄗ/ㄐ,ㄘ/ㄑ,ㄙ/ㄒ的對應各有一對二的關係，圖解爲下：

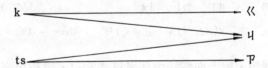

(b)　ㄑ ⇒ s

ㄑ聲母陽平時，有些字唸成臺語的 s。情形跟ㄔ ⇒ s 和ㄘ ⇒ s 相似。

(c)　ㄒ → s (文) ─ tsh (白)

塞擦音是白話音，擦音是文言音。文言音比較接近國語發音。這個情形跟ㄕ → s (文) ─ tsh, ts (白) 和ㄙ → s (文) ─ tsh, ts (白) 的情形很類似。

(d)　ㄒ → h (文) ─ k, kh (白)

這是擦音和非擦音文白異讀，在牙喉音裏的應用，跟齒音（參見上項(c)）的情形極爲相似。擦音是文言音，非擦音是白話音。文言音較接近國語的發音。唯一的不同便是齒音的非擦音是塞擦音，而牙喉音或唇音的非擦音是塞音（牙喉還加上一個零聲母）。

國　語	文言音	白話音	例　　字
ㄈ	h	p, ph	放，芳
ㄏ	h	k, kh, ϕ	寒，環，紅
ㄒ	h	k, kh	許，行
ㄒ	s	ts, tsh	謝，星
ㄕ	s	ts, tsh	守，手
ㄙ	s	ts, tsh	僧，松

練習一：俗語和特別詞

(1)填空：請將適當的臺語聲母填入下面空格中。（注：家，牽，奇，巧，孝，掘，艱，講等字在臺語裏保留古牙喉音）

1. 頭家　　　ㄊㄡˊ ㄐㄧㄚ　　　　　　　　　　thâu - ＿e
2. 牽手　　　ㄑㄧㄢ ㄕㄡˇ　　　　　　　　　　＿an - tshiú
3. 變相　　　ㄅㄧㄢˋ ㄒㄧㄤ　　　　　　　　　piⁿ - ＿iàng
4. 奇巧　　　ㄑㄧˊ ㄑㄧㄠˇ　　　　　　　　　＿î - ＿á
5. 狐狸精　　ㄏㄨˊ ㄌㄧˊ ㄐㄧㄥ　　　　　　　hôˑ - lî - ＿iⁿ
6. 孝男面　　ㄒㄧㄠˋ ㄋㄢˊ ㄇㄧㄢˋ　　　　　＿àu - lâm - bīn
7. 軟土深掘　ㄖㄨㄢˇ ㄊㄨˇ ㄕㄣ ㄐㄩㄝˊ　　nńg thôˑ tshim ＿ut
8. 不答不七　ㄅㄨˋ ㄉㄚ ㄅㄨˋ ㄑㄧ　　　　　put tap put ＿it
9. 艱苦無地講　ㄐㄧㄢ ㄎㄨˇ ㄇㄟˊ ㄉㄧˋ ㄐㄧㄤˇ　＿an khôˑ bô tè ＿óng
10. 孔子公不值錢　ㄎㄨㄥˇ ㄗ ㄍㄨㄥ ㄅㄨˋ ㄓ ㄑㄧㄢ　khóng - tsú - kong m̄ tat ＿îⁿ

(2)配合：以下各詞句，與上面俗語中何者意義相似，請指出來。

＿a.文人末路　　　＿b.新奇巧妙　　　＿c.可欺再欺

＿d.一臉哭相　　　＿e.妻子之稱　　　＿f.有口難言

＿g.丈夫或老闆　　＿h.迷人女子　　　＿i.個性轉變

＿j.不成事體

答：
1.	k	(g)	6.	h	(d)
2.	kh	(e)	7.	k	(c)
3.	s	(i)	8.	tsh	(j)
4.	k, kh	(b)	9.	k, k	(f)
5.	ts	(h)	10.	ts	(a)

練習二：人　名

以下為臺灣政壇上的知名人物，請將臺語聲母填入空格內。(注：經，劍，群，孝，欽，啓，錦，興等字在臺語裏保留古牙喉音)

1.蔣經國	ㄐㄧㄤˇ ㄐㄧㄥ ㄍㄨㄛˊ	__iú^{n} __eng - kok
2.謝東閔	ㄒㄧㄝˋ ㄉㄨㄥ ㄇㄧㄣˇ	__īa Tong - bín
3.張豐緒	ㄓㄤ ㄈㄥ ㄒㄩˋ	Tiu^{n} Hong - __ū
4.錢劍秋	ㄑㄧㄢˊ ㄐㄧㄢˋ ㄑㄧㄡ	__î^{n} __iàm - __iu
5.張　群	ㄓㄤ ㄑㄩㄣˊ	Tiu^{n} __ûn
6.蔣孝文	ㄐㄧㄤˇ ㄒㄧㄠˋ ㄨㄣˊ	__iú^{n} __àu - bûn
7.何應欽	ㄏㄜˊ ㄧㄥˋ ㄑㄧㄣ	Hô Èng - __ im
8.黃啓端	ㄏㄨㄤˊ ㄑㄧˇ ㄖㄨㄟˋ	N̂g é - suī
9.呂錦花	ㄌㄩˇ ㄐㄧㄣˇ ㄏㄨㄚ	Lū ím - hoa
10.閻振興	ㄧㄢˊ ㄓㄣˋ ㄒㄧㄥ	Giâm Tsín - __eng

答：

1. Ts, K	2. S	3. S	4. Ts, K, tsh	5. K
6. Ts, H	7. kh	8. kh	9. K	10. h

練習三：本字與借義字之間

請利用聲調的對應規律，和本節聲母對應規律的知識，判斷下列羅馬標音的詞，指出哪些字可能是本字或借音字？哪些可能是借義字？(答案之中以橫線標示作者的習慣用字)

		本字或借音字	借義字
1. Chē 子餓死父。	(濟，多，儕)	濟儕	多
2. 比較以前 khah好勢。	(較，加，更，卡)	卡	較，加，更
3. 無 tshin-tshiū^{n}人。	(親像，相像)	親像	相像
4. 伊 kóng你無錢。	(說，講)	講	說
5. 這色及彼色無 siâng 。	(像，閭，同)	像閭(一)	同
6. 我 kap 你是好朋友。	(和，合，及，與)	及，合	和，與
7. 穿水衫去 hip 像。	(翕，照，攝)	翕	照，攝
8. N̂g 望〔盼望〕。	(向，希，仰，盼)	向	盼，希，仰
9. 我過橋卡濟你 kiâ^{n} 路。	(走，行)	行	走
10. Sè/soè 漢亙大漢欺負。	(細，小)	細	小
11. 親 tsiâ^{n} 五族。	(情，戚)	情	戚

註：siâng 是相同 sa^{n} tâng 的合音

練習四：文白異讀之間

下面各組裏的詞，一個字同時擁有文言及白話兩種讀音。請爲各詞選出適當的發音。如有兩種讀法皆可者，請兩處都放。

　　白　　　文

1. tsheⁿ　seng　明星，一粒星，星球，火星，星際，歌星
2. khó͘　hí /hú　姓許，許可，允許
3. ē, hē　hā　下面，上下，下落，笑一下，下結論，下毒手
4. ǹg　hiòng　向心力，方向，歸向，向北，向望（盼望）
5. tshiⁿ　sian　鮮魚仔，海鮮，穿甲真鮮，鮮血
6. o̍h　ha̍k　學問，學堂，大學，心理學，學真久，科學
7. tshéⁿ　séng　醒悟，睏醒，醒起來，昏迷不醒
8. tshiūⁿ　siōng　現象，象牙，象形文字，異象，象徵
9. tshiūⁿ　siōng　形象，親像，翕像
10. kiâⁿ　hêng　行路，行爲，行動，通行，單行道，言行，行踏

1. tsheⁿ 一粒星，星球，火星，歌星　　　seng 明星，星球，星際
2. khó͘ 姓許　　　　　　　　　　　　hí 許可，允許
3. ē 下面，笑一下　hē 下落，下毒手　　hā 上下，下落，下結論，下毒手
4. ǹg 向北，向望（盼望）　　　　　　hiòng 向心力，方向，歸向，向北
5. tshiⁿ 鮮魚仔，穿甲真鮮　　　　　　sian 海鮮，鮮血
6. o̍h 學堂，學真久，大學　　　　　　ha̍k 學問，大學，心理學，科學
7. tshéⁿ 醒悟，睏醒，醒起來，昏迷不醒　séng 醒悟，昏迷不醒
8. tshiūⁿ 象牙，象形文字　　　　　　siōng 現象，異象，象徵
9. tshiūⁿ 親像　　　　　　　　　　siōng 形象，翕像 (hip-siōng)
10. kiâⁿ 行路，行動（走動之意），行踏　hêng 行爲，行動，通行，言行

3.10　牙喉音(ㄍㄎㄏ)的對音(k、kh/k、h、∅)

常　用　例　子

ㄍ → k (150以上)　工ㄍㄨㄥ kong　蓋改感甘古哥閣該高綱（見群ㄖ）
　　　kh(3)　溉ㄍㄞˋ khai　概溉
ㄎ　陽平時
　　　k (C10)　扛ㄎㄤˊ kng　葵奎逵暌（群平）

非陽平時

　　kh(50 以上)　空 ㄎㄨㄥ　khong　　口肯康靠苦庫哭科課凱考（溪）

ㄏ　　h (100 以上)　海 ㄏㄞˇ　hái　　　漢侯好（曉匣）

　　h(文)—k(白)(10)　含 ㄏㄢˊ　hâm-kâm　　糊寒厚汗混滑划（匣平）

　　h(文)—kh(白)(3)　環 ㄏㄨㄢˊ　hoân khoân　鋼盍（匣）

　　h(文)—ɸ(白)(20)　洪 ㄏㄨㄥˊ　hông âng　　紅喉會黃領禍緩活換荷

ɸ　→ɸ (C480)　因 ㄧㄣ　in　　倭應永淫音腥押屋鴨（影喻）

　　h(白) ɸ(文)(18)　雨 hō˙ ū　瓦園遠與云域葉（喻云）

　　ng (15)　雅 ㄧㄚˇ　ngá　　訝俄藕午悟硬（疑）

　　ng(文)—g(白)(5)　我 ㄨㄛˇ　ngó goá　五吳（疑）

　　g (C100)　牙 ㄧㄚˊ　gê　疑礙癌顏藝研宣迎鵝（疑）

　　b (40)　萬 ㄨㄢˋ　bān　挽望網味微無尾（微）

　　j (12)　裕 ㄩˋ　jū　愈庚渝逾俞臾喻（喻）

(a)　ɸ ⇒ ɸ（文）—h（白）

國語的ㄏ字，臺語通常唸成 h。可是有些國語是零聲母ɸ，臺語也唸成 h。這些違反塞音和塞音對應規律的字，在臺語通常是白話音，而多半都有ɸ聲母的文言音。這些文言音比白話音更接近國語發音。

	中古音	白話音	文言音	國　音
園	rịwen 喻云	hn̂g	Oân	ㄩㄢˊ
葉	iạp	hioh	Iáp	ㄧㄝˋ
瓦	ngwa	hiā	Óa	ㄨㄚˇ
雨	jịu:	hō˙	Ú	ㄩˇ
遠	jịwon	hn̂g	Óan	ㄩㄢˇ
岸	ngân	hōaⁿ	Gān	ㄢˋ

(b)　ㄏ ⇒ h（文）—ɸ（白）

國語的ɸ聲母字，通常臺語也是ɸ聲母。可是有些國語讀成ㄏ的字，臺語仍是ɸ聲母。這些"不規則對應的字"很多是唸白話音的常用字，並且另有文言音，聲母通常是 h。這些文言音也按照一般通則，比白話音更接近國語。

	中古聲母	白話音	文言音	國語音
會	ɤwâi	ē	Hōe	ㄏㄨㄟˋ
禍	ɤua	ē	Hō	ㄏㄨㄛˋ

洪、紅	ɣung	âng	Hông	ㄏㄨㄥˊ
喉	ɣau	âu	Hô˙	ㄏㄡˊ
活	ɣuât	ȯah	Hoȧt	ㄏㄨㄛˊ
湖	ɣuo	ô˙	Hô˙	ㄏㄨˊ

(c) ㄏ ⇒ k/kh-h

臺語爲 k, kh 的字，通常國語也唸成ㄍ，ㄎ。可是有幾個國語是ㄏ的字，其臺語卻唸成 k 或 kh。這些字裏很多是唸語音（白話音）的常用字，並且另有文言音，這些文言音也按照一般通則，比白話音，更接近國語發音。

	中古聲母	白話音	文言音	國　語
環	ɣwan	khôan	Hôan	ㄏㄨㄢˊ
厚	ɣə̭	kāu	Hō˙	ㄏㄡˋ
汗	ɣân	kōaⁿ	Hān	ㄏㄢˋ
混	ɣuən	kún	Hūn	ㄏㄨㄣˋ
划	ɣwa	kò	Hôa	ㄏㄨㄚˊ

(d) ø ⇒ b

國語有四十多個 ø 聲母的字，在臺語唸成 b 聲母，這些字在國語裏都唸成以ㄨ開頭的韻母。這種對應的來源是「微」母（mv 或 ɱ），「微」母在臺語裏無論是文言音或白話音都唸成 b（也有少數的 m），在國語裏便發展爲〔V〕聲母，最後變成韻母的一部分"ㄨ"，而不是聲母的一部分了。現在還有許多華北方言是唸成 v 音的。

(e) ø → ng/g

這個對應來自中古疑母（ng），在國語已經變爲 ø 聲母，然而在臺語裏不是保留 ng 便是非鼻化成爲 g。ng 和 g 之間的，跟 m 和 b，n 和 l 之間的關係很類似，即：(1)如有輔音韻尾（-p, -t, -k, -m, -n, -ng）時一定是 g。(2)如果韻母是鼻化元音，聲母便是 ng，(3)其它的韻母之前可能是 ng 也可能是 g。(4)如果有 ng 和 g 文白異讀時 ng 是文言音，g 是白話音。

表 12　牙喉音對應的歷史來源

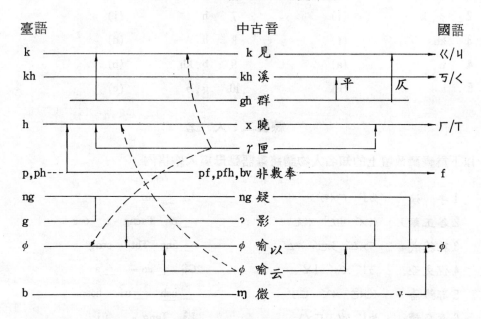

| 臺語 | 中古音 | 國語 |

練習一：俗語和特別詞

(1)填空：請將適當的臺語聲母填入下面空格中

1. 碗糕　　　ㄨㄢˇ ㄍㄠ　　　　　　　__ óaⁿ - __o

2. 夭鬼㈠　　ㄧㄠ ㄍㄨㄟˇ　　　　　　__iau - __uí

3. 變空　　　ㄅㄧㄢˋ ㄎㄨㄥ　　　　　piⁿ - __ang

4. 頇慢　　　ㄏㄢ ㄇㄢˋ　　　　　　__am - bān

5. 古錐　　　ㄍㄨˇ ㄓㄨㄟ　　　　　　__ó• - tsui

6. 青狂　　　ㄑㄧㄥ ㄎㄨㄤ　　　　　tsheⁿ - __ông

7. 好鼻獅　　ㄏㄠˇ ㄅㄧˊ ㄕ　　　　__ó phīⁿ sai

8. 海底摸針　ㄏㄞˇ ㄅㄧˇ ㄇㄛ ㄓㄣ　__ái té bōng tsiam

9. 無後山通靠　ㄨˊ ㄏㄡˋ ㄕㄢ ㄊㄨㄥ ㄎㄠˋ　__ô aū - soaⁿ thang __ò

10. 氣死驗無傷　ㄑㄧˋ ㄙˇ ㄧㄢˋ ㄨˊ ㄕㄤ　khì sí __iām __ô siong

註：㈠夭是借音字，iau 的本字可能是枵

(2)配合：以下各詞句與上面俗語中，何者意義相配合請選出來

__ a.笨拙無能　　　　__ b.無人扶助　　　　__ c.慌忙之意

__ d.大海撈針　　　　__ e.無以伸寃　　　　__ f.善出名堂

__ g.沒有其事　　　　__ h.嬌小活潑　　　　__ i.罵人貪吃

__ j.嗅覺特敏

答：1.　φ, k　　　　　　(g)　　　　　6.　k　　　　　　(c)

　　2.　φ, k　　　　　　(i)　　　　　7.　h　　　　　　(j)

　　3.　kh　　　　　　 (f)　　　　　8.　h　　　　　　(d)

　　4.　h　　　　　　　(a)　　　　　9.　b, kh　　　　(b)

　　5.　k　　　　　　　(h)　　　　10.　g, b　　　　(e)

練習二：人　名

以下爲臺灣政壇上的知名人物請將臺語聲母塡入空格內

　　1. 李　煥　　ㄌㄧˇ　ㄏㄨㄢˋ　　　　　　　　Lí ___oàn

　　2. 谷正綱　　ㄍㄨˇ　ㄓㄥˋ　ㄍㄤ　　　　　___ok Tsèng - ___ong

　　3. 孔德成　　ㄎㄨㄥˇ　ㄉㄜˊ　ㄔㄥˊ　　　___óng Tét - sêng

　　4. 倪文亞　　ㄋㄧˊ　ㄨㄣˊ　ㄧㄚˇ　　　　Gê ___ûn - ___a

　　5. 郭維藩　　ㄍㄨㄛ　ㄨㄟˊ　ㄈㄢˊ　　　　___oeh ___uî - hoân

　　6. 李登輝　　ㄌㄧˇ　ㄉㄥ　ㄏㄨㄟ　　　　　Lí Teng - ___ui

　　7. 楊西崑　　ㄧㄤˊ　ㄒㄧ　ㄎㄨㄣ　　　　　Iúⁿ Se - ___un

　　8. 吳鐘英　　ㄨˊ　ㄓㄨㄥ　ㄧㄥ　　　　　　___ô˙ Tsiong - ___eng

　　9. 俞國華　　ㄩˊ　ㄍㄨㄛˊ　ㄏㄨㄚˊ　　　Jû ___ok - ___oâ

　　10. 曾憲揆　　ㄗㄥ　ㄒㄧㄢˋ　ㄎㄨㄟˊ　　Tsan Hián - ___uî

答：1. H　　　　2. K, k　　　　3. Kh　　　　4. B, φ　　　　5. K, φ

　　6. h　　　　7. kh　　　　8. G/ng, φ　　9. k , h　　　10. k

練習三：本字與借義字之間

　　請利用聲調的對應規律，和本節聲母對應規律的知識，判斷下列羅馬標音的詞，指出哪些字可能是本字或借音字？哪些可能是借義字？（答案之中以橫線標示作者的習慣用字）

	本字或借音字	借義字
1. Iáu 未娶某叫做羅漢脚仔。（尚，猶，又）	猶	尚，又
2. 稅厝 khiā 〔租房子住〕。（住，佮，豎，居，徛）	佮，徛	住，豎，居
3. O˙ 心肝，O˙ 腸肚。（黑，烏）	烏	黑
4. 呣知 iáⁿ 〔不知道〕。（影，羊，道，也）	影	道
5. Khùn 客廳。（眠，睡，睏，困）	睏，困	眠，睡
6. Hia 有錢無？（遐，彼，那）	遐	彼，那
7. 我 kā 你講。（共，給，跟，與）	共，給	跟，與
8. Ka-kī 認爲 kā-kī 上好。（自己，家己）	家己	自己

9. 好 koh 便宜〔好又便宜〕。　（又，復，閣，嘓）　　　　閣，嘓　　　又，復

10. Kui 身軀汗。　　　　　　　　（歸，整，全，規）　　　　歸，規　　　整，全

11. 有錢駛鬼 ē 挨磨。　　　　　　（會，能）　　　　　　　　會　　　　　能

12. 卡慘去 hō˙ 鬼拍着。　　　　　（乎，給，被，讓，互，與）互，乎，與　被，給，讓

13. I 是我的好朋友。　　　　　　　（他，她，伊，彼）　　　　伊　　　　他，她，彼

14. 請你 khah 早來哩。　　　　　　（卡，加，更，較）　　　　卡　　　　加，更，較

練習四：文白異讀之間

　　下面各組裏的詞，一個字同時擁有文言及白話兩種讀音。請為各詞選出適當的發音。如有兩種讀法皆可者，請兩處都放。

　　　白　　文

1. koân　hân　　寒假，寒天，寒熱仔，寒着（感冒），寒冷

2. kâm　hâm　　含一嘴水，包含，內含

3. kāu　hō˙　　忠厚，厚雨水（多雨水），厚紙，厚面皮，仁厚

4. âng　hông　　姓洪，洩洪，洪恩

5. ē/oē　hoē　　會曉，會使（可以），會議，大家會一仔（商量一下），會仔

6. n̂g　hông　　硫黃，黃色，黃先生，黃泉路上，黃道吉日

7. hn̄g　oán　　遠足，行遠路，遠近，遠東，永遠，遠視

8. hō˙　ú　　雨期，雨季，落雨，雨水，雨量，雷雨

9. hio̍h　ia̍p　　葉先生，樹葉仔，落葉，金枝玉葉

10. gō˙　ngó˙　　三七五減租，十五，五權憲法，三不五時仔

11. goá　ngó˙　　我軍，我的物件，自我介紹，犧牲大我，唯我獨尊

12. oa̍h　hoa̍t/oa̍t　　活潑，活動，死活，活跳跳，生活

13. ē　hō　　災禍，車禍，禍端，禍根

14. hia̍h　gia̍h　　頭殼額仔，金額，有額，數額

15. âng　hông　　紅包，紅色，紅茶，口紅，紅顏薄命

答：

1. koân　寒天，寒熱仔,寒着(感冒)　　　hân　寒假，寒冷

2. kâm　含一嘴水　　　　　　　　　　hâm　包含，內含

3. kāu　厚雨水，厚紙，厚面皮　　　　 hō˙　忠厚，仁厚

4. âng　姓洪　　　　　　　　　　　　hông　洩洪，洪恩

5. ē/oē　會曉，會使　　　　　　　　　hoē　會議，會仔，大家會一下

6. n̂g　黃色，黃先生　　　　　　　　 hông　硫黃，黃泉路上，黃道吉日

7. hn̄g　行遠路，遠近　　　　　　　　oán　遠足，遠近，遠東，遠視，永遠

8. hō˙　落雨，雨水，雷雨，雨季　　　 ú　雨期，雨季，雨量，雷雨

9. hióh	樹葉仔，落葉，金枝玉葉	iáp	葉先生	
10. gō͘	十五，三不五時仔	ngó͘	三七五減租，五權憲法	
11. goá	我的物件	ngó͘	我軍，自我介紹，犧牲大我，唯我獨尊	
12. oáh	活動，死活，活跳跳，生活	hoát/oát	活潑	
13. ē	災禍，車禍	hō	災禍，車禍，禍端，禍根	
14. hiáh	頭殼額仔	giáh	金額，有額，數額	
15. âng	紅包，紅色，紅茶	hông	口紅，紅顏薄命	

3.11 聲母對應總結論

(a) 各種聲母對應的分類

表 13 次常見聲母對應分類表

類別	次常用對應及其字數	臺語文言又音	臺語最常用對音	所違反的語音特徵對應
A	ㄇ →m(47)		b	臺語多半已非鼻音化
A	ㄋ →n (40)		l	臺語多半已非鼻音化
A	φ →ng, g(C130)		φ	零聲母對零聲母
A	φ →b (40)		φ	零聲母對零聲母
B	ㄈ →p (31)	h	h	擦音對擦音
B	ㄈ → ph (8)	h	h	擦音對擦音
B	ㄙ →tsh, ts (10)	s	s	擦音對擦音
B	ㄗ →tsh, ts (30)	s	s	擦音對擦音
B	ㄒ →tsh, ts (10)	s	s	擦音對擦音
B	ㄒ →kh, k (20)	h	h	擦音對擦音
B	ㄒ →φ (14)	h	h	擦音對擦音
B	ㄏ →kh, k (20)	h	h	擦音對擦音
B	ㄏ →φ (26)	h	h	擦音對擦音
B	ㄌ →n (18)	l	l	邊音對邊音
B	φ →h (15)	φ	φ	零聲母對零聲母
C	ㄅ（陽平）→s (5)		ts	塞擦音對塞擦音
C	ㄔ（陽平）→s (31)		ts	塞擦音對塞擦音
C	ㄓ →t (81)		ts	齒音對齒音
C	ㄔ（陽平）→t (33)		ts	齒音對齒音

C	ㄔ非陽平→ th (33)	tsh	齒音對齒音
C	ㄐ →k (150 以上)	ts	齒音對齒音
C	ㄑ陽平→ k (20)	ts	齒音對齒音
C	ㄑ非陽平→ kh (80 以上)	tsh	齒音對齒音
C	ㄒ →h (140 以上)	s	齒音對齒音
D	ㄅ →ph (12)	p	不送氣對不送氣
D	ㄆ非陽平→ p (7)	ph	送氣對送氣
D	ㄉ →th (6)	t	不送氣對不送氣
D	ㄊ非陽平→ t (16)	th	送氣對送氣
D	ㄋ →j (5)	n	"日"母國語一般變爲ㄖ(r)
D	ㄋ →g (10)	n	"疑"母國語一般變爲零聲母
D	ㄖ →ϕ (8)	j	"日"母臺語一般爲 j
D	ϕ →j (12)	ϕ	"喻"母臺語一般爲 ϕ

　　A類的對應都涉及到國語語音系統裏頭，不很熟悉的對音（b，g，ng）。臺語的 l 和國語的ㄌ也不盡相同。b和m，l和n，g和ng之間，除非有鼻音韵尾，否則沒有規律可循。須靠學習者以不熟悉的語音特徵來記憶字音，一般是最難的，幸虧所涉及的字並不很多。

　　B類的字就記憶難易而言，應算最難，因爲各字大多另有文言音。文白異音之間，在各詞如何選用，不是一時可以掌握好的，須要經常的使用記憶各詞正確的發音。

　　相同的字，在臺語裏有不同的聲母。我們已經指出：白話音是上古時期遺留下來，而經過演變的發音；文言音是後期遺民遺留下來，而經過演變的發音。在移民雜居時的發音已與早期移民的發音有所不同。合居後的移民不分新舊，都混用新舊語音。經過混合與演進，白話音多見於日常用語特別是單音名，形，動詞或附有詞頭詞尾的雙音詞。文言音則多見於官方用語、學術用語、借用語、外來譯語與書面語。

	白話音		文言音	
寒	kôaⁿ	真寒，寒天	Hân	寒假，寒帶
許	khó•	姓許	Hí	許可
厚	kāu	厚面皮	Hō•	忠厚
謝	tsiā	謝先生	Siā	感謝
食	tsia̍h	食飯	Si̍t	食品，糧食

　　特別値得一提的是文白異讀所涉及的聲母雖然多，它們很多都跟擦音與非擦音有關，並且都是擦音是文言音（s，h），非擦音是白話音（ts，tsh，p，ph，k，kh，ϕ），這種文白異讀的現象反映有些上古聲母，由塞音或塞擦音變成中古的擦音的一般趨勢。

　　C類的對應，都是國語和臺語過去各有不同的"有規律"音變，或是只有一方言有規律的保留古音的結果。因爲過去不同的有規律音變而產生的對應，多半涉及很多字。這種對應還有 φ→b 和 ㄅ／ㄍ、ㄔ⇒s。這兩個情形都是因爲國語過去在一定的條件下有不同的演變，而在臺語並沒有這樣的演變，造成了違反一般對應規律的對應。例如陽平的送氣聲的有規律變音是不送氣。

　　D類是過去無規則音變而造成的對應，所涉及的字不多，又都不是常用的字。造成無規則音變的原因之一是：有些漢字並不常見，字形又和某字很相似，一般人照某字唸音，將錯就錯，終於成爲"正音"。這類字數目不多，使用機會也少，是最不重要的一類。可是過去的不常用字，不一定是今日的不常用字，其中仍有幾個常見的字。而這些字又是大家常說錯的字，例如波ㄅㄛ：pho，僕ㄆㄨˊ：pȯk，鄙ㄅ|ˇ：phí，叛ㄆㄢˋ：poān 常有人唸錯爲 po˙, phok, pí, phoān 。

(b)　**聲調聲母綜合練習：**

練習一：親屬稱呼

填上聲調和聲母並選出適當的意義

答

1. 外媽	goa - __a	a 老母的老爸	gōa -má	c
2. 外公	goa - __ong	b 姨婆的翁	goā - kong	a
3. 姑婆	__o˙- __ô	c 老母的老母	ko˙- pô	d
4. 姆婆	m - pô	d 阿公的姊妹	m̄ - pô	e
5. 姨丈公	i - __iuⁿ - kong	e 伯公的某	î - tiūⁿ - kong	b
6. 阿媽	a - __a	f 老爸的老母	a - má	f
7. 後戚	au - __ek	f 翁的老父	au - tsek	j
8. 乾官	ta - __oaⁿ	g 某的老父	ta - koaⁿ	f
9. 丈人	__iuⁿ - lang	h 翁的老母	tiūⁿ - lâng	g
10. 丈姆	tiuⁿ - m	i 某的老母	tiuⁿ - m̄	i
11. 乾家	ta - __e	j 老母的閣再嫁的翁	ta - ke	h
12. 后巢	au - siu	k 閣再娶的某	āu - siū	k
13. 阿妗	a - kim	l 阿叔的某	a - kīm	n
14. 阿嬸	a - __m	m 阿姑抑是阿姨的翁	a - tsím	l
15. 阿丈	a - tiuⁿ	n 阿舅的某	a - tiūⁿ	m
16. 阿姨	a - __î	o 老母的姊妹	a - î	o

17.舅仔	__u - a	p 某的姊妹	kū - á	q
18.姨仔	i - a	q 某的兄弟	î - á	p
19.大伯	__oa - __eh	r 翁的小弟	toā - peh	s
20.新婦	__in - pu	s 翁的兄哥	sin - pū	u
21.囝婿	kiaⁿ - __ai	t 姊妹的查某囝	kiáⁿ - sài	v
22.侄仔	__it - a	u 囝的某	ti̍t - á	w
23.小叔	__io - tsek	v 查某囝的翁	sió - tsek	r
24.外甥女	goe - __eng - __u	w（翁的）兄弟的囝	goē - seng - lú	t

練習二：臺灣名菜

請補上聲調和聲母：

1.紅燒魚翅	ang - io __î - __ì	âng - sio - hî - tshì	
2.麻油鷄	__oa - iu - __e	moâ - iû - ke	
3.冬菜鴨	__ang - __ai - ah	tang - tshài - ah	
4.扁魚白菜	__iⁿ - __i - __eh - __ài	píⁿ - hî - peh - tshài	
5.筍干	__un - __oaⁿ	sún - koaⁿ	
6.鮑魚豬肚	__au - __i - __i - __o˙	pau - hî - ti - tō˙	
7.紅蟳米糕	âng - __îm - __i - __o	âng - tsîm - bí - ko	
8.生炖鱉	tseⁿ - __un - __ih	tsheⁿ - tūn - pih	
9.杏仁豆腐	__eng - __in - __āu - __ū	hēng - jîn - tāu - hū	
10.菜燕凍	__ai - __ian - __ang	tshài - iàn - tàng	
11.蝦丸湯	__e - oan - __ng	hê - oân - thng	
12.貢丸	__ong - __oan	kòng - oân	
13.滷肉飯	__o˙ - bah - __ng	ló˙ - bah - pn̄g	
14.蠔仔煎	__o - __a - __ian	ô˙ - á - tsian	

練習三：日常食品

1.仙草	__ian - __au	sian - tsháu	
2.潤餅	__un - __iaⁿ	jūn - piáⁿ	
3.龍眼乾	__eng - __eng - __oaⁿ	lêng - géng - koaⁿ	
4.鹹酸甜	__iam - __ng - __iⁿ	kiâm - sng - tiⁿ	
5.楊桃	__iuⁿ - __o	iûⁿ - to	
6.四果冰	__u - __o - __eng	sù - kó - peng	

  7. 涼粉圓   __iang - __un - __i^n l iâng - hún - î^n

  8. 菜粽   __ài - __ang   tshài - tsàng

  9. 麥芽膏   __eh - __e - __o   beh - gê - ko

10. 白糖葱   __eh - __ng - __ang   pe̍h - thn̂g - tshang

11. 芋粿   __o˙- __oe   ō˙- koé

12. 炒米粉   __a - __i - __un   tshá - bí - hún

13. 豆簽   __au - __iam   tāu - tshiam

14. 冬瓜茶   __ang - __oe - __ng   tang - koe - tê

15. 米芳   __i - phang   bí - phang

練習四：嫁 娶

下面是結婚前後常聽到的名稱。請加聲調和聲母。

  1. 送定   __ang - __iā^n sàng - tiā^n

  2. 掛手指   __oà - __iu - __i   koà tshiú - tsí

  3. 聘金   __eng - __im   phèng - kim

  4. 賀禮   __ō - __e   hō - lé

  5. 娶嫁   __oa - __e   tshoā - kè

  6. 過米篩   __oe - __i - __ai   koè bí - thai

  7. 哭好命   __au - __o - __ia   khàu - hó - miā

  8. 食新娘茶 __iah __in - __iu - __e   tsiah sin - niû - tê

  9. 念四句   __iam __i - __u   liām sì - kù

10. 做客   __o - __eh   tsò kheh

11. 嫁粧   __e - __ng   kè - tsng

12. 舅爺   __u - __ia   kū - iâ

第四章　韵母的對應

4.0 引　論

(a)　**以一首自由新詩爲例**

農　婦 ㄋㄨㄥˊ ㄈㄨˋ Lông-hū （摘自林宗源「補破夢」）

日　頭　開　目　阮　　不　　敢　　睏
ㄖˋ ㄊㄡˊ ㄎㄞ ㄇㄨˋ ㄩㄢˋ （ㄅㄨˋ） ㄍㄞˋ ㄎㄨㄣˋ
Jit-thâu Khui-bak goán ḿ kán khùn

透　早　起　牀　就　去　灶　脚
ㄊㄡˋ ㄗㄠˋ ㄑㄧˋ ㄔㄨㄤˊ ㄐㄧㄡˋ ㄑㄩˋ ㄗㄠˋ （ㄐㄧㄠ）
Thàu-tsá khí-tshn̂g tsiū khì tsàu-kha

早　頓　麨　煞　飼　雞　鴨　飼　豬　羊
ㄗㄠˋ ㄅㄨㄣˋ ㄓˋ ㄕㄚˋ ㄙˋ ㄐㄧ ㄧㄚ ㄙˋ ㄓㄨ ㄧㄤˊ
Tsá-tǹg tsu soah tshi ke ah tshi ti iûn

日　頭　光　光　阮　愛　去　田　園
ㄖˋ ㄊㄡˊ ㄍㄨㄤ ㄍㄨㄤ ㄩㄢˋ ㄞˋ ㄑㄩˋ ㄊㄧㄢˊ ㄩㄢˊ
Jit-thâu kng-kng goán ài khi tshân-hn̂g

除　草　割　稻　件　件　來
ㄔㄨˊ ㄘㄠˋ ㄍㄜ ㄉㄠˋ ㄐㄧㄢˋ ㄐㄧㄢˋ ㄌㄞˊ
Tû-tsháu koah-Tiū kiān-kiān lâi

頭　戴　草　笠　手　穿　長　手　套
ㄊㄡˊ ㄉㄞˋ ㄘㄠˋ ㄌㄧˋ ㄕㄡˋ ㄔㄨㄢ ㄔㄤˊ ㄕㄡˋ ㄊㄠˋ
Thâu tì tsháu-lèh tshiú tshn̄g tn̂g-tshiú thò

日　頭　行　到　頭　殼　頂
ㄖˋ ㄊㄡˊ ㄒㄧㄥˊ ㄉㄠˋ ㄊㄡˊ ㄎㄜ ㄅㄧㄥˋ
Jit-thâu kiān kàu thâu-khak-téng

趕　轉　去　煑　中　晝
ㄍㄢˋ ㄓㄨㄢˋ ㄑㄩˋ ㄓㄨˋ ㄓㄨㄥ ㄓㄡˋ
Koán-tńg-khì tsú tiong-tàu

莫　怪　姑　娘　仔愛　嫁　府　城　人
ㄇㄛˋ ㄍㄨㄞˋ ㄍㄨ ㄋㄧㄤˊ ㄗˇ ㄞˋ ㄐㄧㄚˋ ㄈㄨˇ ㄔㄥˊ （ㄖㄣˊ）
Bo̍k-koài　ko˙-niû-á　ài　kè　hú-siaⁿ-lâng

阮　嫁　田　莊　者　知　伊　的　情　意
ㄩㄢˇ ㄐㄧㄚˋ ㄊㄧㄢˊ ㄓㄨㄤ （ㄓㄜˇ）（ㄓ）ㄧ （ㄉㄜ˙）ㄑㄧㄥˊ ㄧˋ
Goán　kè　tshân-tsng　tsiah　tsai　i　ê　tsêng-ì

日　日　看　伊　春　天　的　草　地
ㄖˋ ㄖˋ ㄎㄢˋ ㄧ ㄔㄨㄣ ㄊㄧㄢ （ㄉㄜ˙）ㄘㄠˇ ㄉㄧˋ
Ji̍t-ji̍t　khoáⁿ　i　tshun-thiⁿ　ê　tsháu-tē

盈　昏　有　阮　春　天　的　愛
ㄧㄥˊ ㄏㄨㄣ ㄧㄡˇ ㄩㄢˇ ㄔㄨㄣ ㄊㄧㄢ （ㄉㄜ˙）ㄞˋ
Eⁿg-hng　ū　goán　tshun-thiⁿ　ê　ài

註：日頭：太陽
　　阮：我們
　　睏：睡覺
　　透早：清早
　　灶脚：厨房
　　煮煞：煮完
　　中晝：正午，中飯
　　者知：才知道
　　伊：他，它
　　盈昏：晚上，一般説 ê-hng 而寫「下昏」
　　轉去：回去

　　這是臺語新詩，因是創作品，所用漢字反映着作者的種種考慮。臺語詞（如長手
lok 的 lok）如沒有適當的漢字表示，要用臺語中舊有的詞彙（如囊手囊 lông tshiú-
lông）或是用新起的詞彙（如穿長手套 tshēng tn̂g tshiú-thò）是用難懂的字，（如橐
〈臺日〉，篭〈普閩〉）呢？還是改用另一個有固定的漢字可代表的詞(如長手套)
呢？（林宗源先生來函説明長手套［thò]比手囊、手篭 都合他的本意，特此銘謝）代表
一個詞（如灶 kha)是選大家看得懂社會已用慣看慣的灶腳呢？還是選韵書上有根據的字
灶骹或灶跤呢？林宗源的選字中，借義字很少（國語注音以括號標示）。有本字的大多
都用了本字，因此是研究國臺音對應的好資料。

　　本章要討論的是韵母的對應，而韵母可分介音、主要元音，和韵尾三方面討論。現
在只以韵尾為例，把詩裏的本字字音按國語的韵尾 -i（ㄞㄟ），-u（ㄠㄨ），-n（ㄢㄣ）
-ng（ㄤㄥ）和零（ㄚ,ㄝ,ㄜ,ㄛ,ㄧ,ㄨ,ㄩ,ㄦ）來分類。

(註:帀指知,資,思,四(ㄓ,ㄗ,ㄙ,ㄙ`)等音節的韵母,一般認爲是零聲母,注音時通常都不寫出來)

-i（ㄞ,ㄟ）: -i　開ㄎㄞ　khui　　　　　愛來怪
　　　　　　　戴ㄉㄞ`　tì(tài)

-u（ㄠ,ㄡ）: -u　頭ㄊㄡ´　thâu　　　　透早就灶草稻手畫
　　　　　　　套ㄊㄠ`　thò　　　　　有(iú)

-n（ㄢ,ㄣ）: -n　阮ㄩㄢˇ　goán　　　　睏頓田春昏
　　　　　: N　敢ㄍㄢˇ　ká^n(kám)　　件趕天
　　　　　: ng　轉ㄓㄨㄢˇ　tńg(tsoán)　穿

-ng（ㄤ,ㄥ）: -ng　情ㄑㄧㄥ´　tsêng　　盈農中
　　　　　　: ng　牀ㄔㄨㄤ´　tshn̂g　光園長莊
　　　　　　: N　娘ㄋㄧㄤ´　niû^n(liông)　城(sêng)羊

-φ（ㄚ,ㄛ,ㄜ,ㄝ,ㄧ,ㄨ,ㄩ,帀）: -φ　起ㄑㄧˇ　khí　去薆飼雞豬除姑仔嫁府伊意
　　　　　　　　　　　　　　　　　　　　　　　　地夫

　　　　　　　　　: -t　日ㄖ`　ji̍t
　　　　　　　　　: -h　然ㄖㄚ´　soah　鴨割笠
　　　　　　　　　: -k　目ㄇㄨ`　ba̍k　莫

短短一首詩巳有足夠例字啓示我們國語和臺語之間的韵尾的對應規律如下:

　　　　國語韵尾　　　　臺語韵尾
　　　　-i　　　　　　-i
　　　　-u　　　　　　-u
　　　　-n　　　　　　-n,（-m）, N, ng 韵母
　　　　-ng　　　　　-ng, N, ng 韵母
　　　　-φ　　　　　　-φ,（p）, t, k, h

括號內的（-m）和（-p）是沒有例字的對應。

ng 有別於韵尾 -ng ,是鼻輔音韵母。N代表鼻化元音（nasalized vowel）。

這些字又可按照介音（即韵和聲母之間的ㄧㄨㄩ）的對應關係來分類 ,而歸納出一套對應規律,主要元音也是這樣。一般說來,介音和主要元音的對應關係比起韵尾、聲母、聲調都要複雜得多。這是因爲臺語文白之間的差異,主要在介音和主要元音,而白話音的介音和主要元音跟國語的對應關係複雜到對國臺語的學習沒有什麼實用價值。因此,我們把文白分開,先把國語和臺語之間的介音和主要元音的對應弄清楚,再研究臺語裏文白之間的關係。

讀者將在本章更徹底地了解:

①文白之間規律性的異同：文白讀音之間雖有不同，但仍然有些明顯的關係，而其間的不同都不是單獨的個別現象，都有好幾個字呈顯類似的異同，如木、目 bȯk：bȧk ，握 ok：ak，毒 tȯk：tȧk，東 tong：tang，同 tông：tâng，公 kong：kang，翁 ong：ang，空 khong：khang，攏 lóng：láng 。

②文白音之間的選擇，沒有固定的規律可循，但也不能任選，都由其代表的詞（凡是詞，都有意義和語法特點）的詞義和詞類來決定。

例如：不敢的 káⁿ 不可唸成勇敢的　kám

光光的 kng 不可唸成光明的　kong

行到的 kiâⁿ不可唸成通行的　hêng

盈昏的 hng 不可唸成黃昏的　hun

轉去的 tńg 不可唸成運轉的　tsóan

另外一方面

阮愛去的 góan不可唸成姓阮的　Ng

③借義字（又稱訓讀字、訓用字）的國臺語發音之間沒有任何規律可循，就是偶而聲調、聲母、或韻母之中有一個或兩個按照對應規律，也是巧合的。借義字和本字之間的分辨多少能由國臺語發音之間的比較得一些線索。（筆者在此再次聲明這些字在社會上通行已久，音韻學者就是找到了本字，再也代替不了通行字。）

如：不　ㄅㄨˋ　　m̄　　　　調、聲、韵都不對應

脚　ㄐㄧㄠˇ　kha　　　調、聲、韵都不對應

人　ㄖㄣˊ　　lâng　　　聲、韵不對應

的　ㄉㄜ　　　ê　　　　調、聲、韵都不對應

　　判斷一個詞所選用的漢字是本字或是借義字較爲妥當的方法是查考韵書和閩南語之間的整個對應關係。很可惜一般人不知道如何查考韵書，就是會查考也不知道如何利用。本書的目的之一乃是靠大家所熟悉的國語發音來判斷本字或借義字之間的分別。

(b)　**國語的韵母**

國語的韵母一共有三十四個。它們的寫法和分類如〔表1〕。

國語韵母沒有韵尾時，主要元音有高中低三個高度的分別，如有韵尾，主要元音只有兩個高度的區別，卽低和非低。在下表裏雖然把ㄧㄣ，ㄧㄥ，ㄨㄣ，ㄨㄥ等放在中元音上，可是實際上的元音音質有時是高元音。又ㄧㄢ，ㄩㄢ雖然放在表裏的低元音位置，可是因ㄧㄣ，ㄩㄣ偏高，這些韵母的主要元音就不必要很低也能與它們區別，終受介音的影響而偏中，（卽由 ian 而〔iɛn〕，甚至〔ien〕）。

國語的介音不參與押韵，因爲兩字是否押韵全看韵（卽主要元音和韵尾是否相同）

表1　國語韵母的分類

介音	主要元音	φ	-i	-u	-n	-ng
φ	高	币 zʅ				
	中	ㄜ ɤ	ㄟ ei	ㄡ ou	ㄣ ən	ㄥ əŋ
	低	ㄚ a	ㄞ ai	ㄠ au	ㄢ an	ㄤ aŋ
ㄧ	高	ㄧ i				
	中	ㄧㄝ ie		ㄧㄡ iou	ㄧㄣ in	ㄧㄥ iŋ
	低	ㄧㄚ ia		ㄧㄠ iau	ㄧㄢ iɛn	ㄧㄤ iaŋ
ㄨ	高	ㄨ u				
	中	ㄨㄛ uo	ㄨㄟ ui		ㄨㄣ un	ㄨㄥ uoŋ
	低	ㄨㄚ ua	ㄨㄞ uai		ㄨㄢ uan	ㄨㄤ uaŋ
ㄩ	高	ㄩ y				
	中	ㄩㄝ ye			ㄩㄣ yn	ㄩㄥ yoŋ
	低				ㄩㄢ yɛn	

而定。有韵尾而主要元音是非低的韵母，不管主要元音的音質是高或中，都可以互相押韵（則ㄣ，ㄧㄣ，ㄨㄣ，ㄩㄣ之間，ㄡ，ㄧㄡ之間，ㄟ，ㄨㄟ之間都可以互押）。低元音韵母之間（如ㄢ，ㄧㄢ，ㄨㄢ，ㄩㄢ之間）互押。低與非低之間截然有別，不能互押。

ㄅㄆㄇㄈ之後不分ㄛ，ㄨㄛ（參看表2）因其圓唇音質（如波ㄅㄛ〔po〕，波ㄆㄛ〔pho〕）歸入ㄨㄛ韵尾。

比起臺語的韵母，國語的韵尾很貧乏，包括零韵尾在內，只有五個（φ，-i，-u，-n，-ng），但介音卻比臺語多，有φ，ㄧ，ㄨ，ㄩ多出了一個ㄩ。

從整個韵母來說，國語把介音保存得比臺語全。但韵尾保留得很差，可說是偏重開頭，而忽略了結尾的保留法。

(c) 國語聲母韻母的結合總表

韻＼聲		ㄅ	ㄆ	ㄈ	ㄇ	ㄉ	ㄊ	ㄋ	ㄌ	ㄍ	ㄎ	ㄏ		ㄓ	ㄔ	ㄕ	ㄖ	ㄗ	ㄘ	ㄙ
		p	ph	f	m	t	th	n	l	k	kh	h	∅	cr	crh	sr	r	c	ch	s
帀	ï												耳	知	遲	施	日	資	此	思
ㄚ	a	巴	怕	法	馬	答	他	拿	拉	(嘎)	(卡)	(哈)	(啊)	札	茶	沙		雜	擦	撒
ㄜ	e					德	特	訥	肋	哥	科	喝	俄	者	車	捨	惹	則	册	色
ㄞ	ai	白	排		買	代	太	乃	來	該	開	海	矮	齋	柴	篩		再	才	賽
ㄟ	ei	杯	佩	肥	梅			內	累	(給)		(黑)		(這)		(誰)		(賊)		(塞)
ㄠ	au	包	跑		毛	刀	桃	腦	老	高	考	好	奧	照	超	燒	饒	早	草	掃
ㄡ	eu		剖	否	謀	斗	頭	耨	樓	鈎	口	後	藕	周	愁	手	肉	走	湊	叟
ㄢ	an	班	盤	凡	滿	單	談	南	藍	干	看	含	安	展	產	陝	然	贊	參	三
ㄣ	en	本	盆	分	門			嫩		根	懇	痕	恩	真	沉	申	人	怎	岑	森
ㄤ	aŋ	邦	旁	房	忙	當	湯	囊	郎	岡	康	杭	昂	張	長	商	讓	葬	藏	桑
ㄥ	eŋ	崩	蓬	風	孟	登	騰	能	冷	耕	坑	亨		正	成	生	扔	曾	層	僧
ㄧ	i	比	皮		米	低	提	泥	利				衣					基	齊	喜
ㄧㄚ	ia								(倆)				牙					加		下
ㄧㄝ	ie	別	撇		滅	碟	帖		列				夜					皆	且	歇
ㄧㄠ	ieu	表	飄		苗	弔	跳	鳥	了				妖					交	巧	孝
ㄧㄡ	ieu				謬	丟		牛	留				由					九	秋	休
ㄧㄢ	ian	編	篇		面	顛	甜	年	廉				鹽					間	錢	現
ㄧㄣ	ien	賓	貧		民			(您)	林				因					今	親	欣
ㄧㄤ	iaŋ							娘	涼				羊					將	強	香
ㄧㄥ	ieŋ	丙	平		明	丁	廷	寧	陵				英					京	青	興
ㄨ	u	布	鋪	夫	母	都	途	奴	魯	姑	苦	虎	烏	朱	除	書	如	租	醋	蘇
ㄨㄚ	ua									瓜	誇	花	蛙	抓		耍				
ㄨㄛ	ue	玻	破	佛	末	多	妥	糯	羅	鍋	括	活	窩		戳	說	若	坐	挫	縮
ㄨㄞ	uai									怪	快	懷	外		揣	帥				
ㄨㄟ	uei					堆	推			歸	虧	回	惟	追	吹	稅	銳	罪	崔	綏
ㄨㄢ	uan					短	團	暖	亂	官	寬	還	彎	專	穿	閂	軟	鑽	竄	算
ㄨㄣ	uen					頓	屯		論	滾	困	昏	温	准	春	純	閏	尊	寸	孫
ㄨㄤ	uaŋ									光	狂	黃	汪	莊	窗	雙				
ㄨㄥ	ueŋ					東	通	農	龍	公	空	紅	翁	中	重		戎	總	葱	松
ㄩ	ü							女	呂				魚					居	去	許
ㄩㄝ	üe							虐	略				月					決	缺	靴
ㄩㄢ	üan												圓					捐	全	宣
ㄩㄣ	üen												雲					君	群	勳
ㄩㄥ	üeŋ												用					窘	窮	兄

(d) **國語聲韵結合的限制和國臺語的對應**

　　國語有22個聲母，34個韵母，若兩者之間都可以自由結合，一共可以有22 × 34 ＝ 748個不同的音節，但是，實際上只有400個左右。

　　聲母和韵母的搭配有一定的限制。有些聲母和韵母的結合並不在國語裏出現，也就不成字音，如ㄓㄚ，ㄅㄩ，ㄊㄤ等等。〔表2〕將所有聲母和韵母的可能搭配 都列出來了，大多數的結合有字，但是也有些結合並沒有字。

　　請注意，下面聲母跟韵母的結合時的各種限制：

　　1.捲舌音〔ㄓㄔㄕㄖ〕，舌根音〔ㄍㄎㄏ〕和ㄈ不能和ㄧ、ㄩ介母結合。唯一的例外是「ㄖ」和「ㄧ」可以結合，但結合後變爲「ㄦ」。

　　2.舌面齒音〔ㄐㄑㄒ〕和舌尖齒音〔ㄗㄘㄙ〕之間，有「對補分佈」（Complementary distribution）的情形：即ㄐㄑㄒ只跟ㄩ和ㄧ介母結合，不可和零介母或ㄨ介母結合；而ㄗㄘㄙ則恰好相反，只跟零介母和ㄨ介母結合，而不跟ㄧ或ㄩ介母結合。因此，ㄐ和ㄗ、ㄑ和ㄘ、ㄒ和ㄙ對音却可以視爲「同位音」（allophone）。

　　3.帀只和ㄓㄔㄕㄖㄗㄘㄙ結合，但帀不在標音中標記出來。

　　4.唇音〔ㄅㄆㄇㄈ〕可以跟韵母ㄨ結合，但是不能跟帶ㄨ介母的複合韵母結合。

　　了解上面國語聲韵結合的限制對國臺語聲母或韵母對應規律的掌握很有幫助。

　　ㄓㄔㄕㄖ不跟ㄧㄨㄩ介母結合，這是因爲過去捲舌音後的介母 "ㄧ" 都消失了，介母ㄩ都變成ㄨ的後果。因爲臺語沒有這種介音的變化，所以國語捲舌音後的韵介母常與臺語的 i 介母對應，如

善	ㄕㄢˋ	siān		甚	ㄕㄣˋ	sīm
詹	ㄓㄢ	tsiam		審	ㄕㄣˇ	sím
照	ㄓㄠˋ	tsiàu		收	ㄕㄡ	siu
昌	ㄔㄤ	tshiong		稱	ㄔㄥ	tsheng
詩	ㄕ	si		兒	ㄦˊ	jî

　　ㄍㄎㄏ不跟ㄧㄩ介母結合，這是因爲過去凡ㄍㄎㄏ出現在ㄧㄩ之前時，都分別變爲ㄐㄑㄒ。臺語沒有這種聲母變化，因此很多ㄐㄑㄒ的字在臺語唸爲 k, kh, h。

基	ㄐㄧ	ki		居	ㄐㄩ	ku
求	ㄑㄧㄡˊ	kiû		區	ㄑㄩ	khu
希	ㄒㄧ	hi		虛	ㄒㄩ	hu

　　原來是精系的聲母（ ts, tsh, dz, s, z ）也受ㄧ和ㄩ的影響變成ㄐㄑㄒ，如在韵母之前則仍保存舌尖音ㄗㄘㄙ（因此ㄗㄘㄙ與ㄐㄑㄒ有互補的關係）。這種聲母的變化過去不曾發生於臺語，也就是古 ts, tsh, dz, s, z 的字在臺語裏還唸爲 ts, tsh, s 系列。於是

ㄗㄘㄙ和臺語的 ts, tsh, s 對應，同時ㄐㄑㄒ也和臺語的 ts, tsh, s 對應。

資	ㄗ	tsu		濟	ㄐㄧˋ	tsè
此	ㄘˇ	tshú		秋	ㄑㄧㄡ	tshiu
私	ㄙ	su		西	ㄒㄧ	se

ㄅㄆㄇㄈ一般不跟介母ㄨ或ㄩ結合（ㄨ韻母是唯一的例外），這是因爲ㄅㄆㄇㄈ後的介音ㄨ、ㄩ都化爲零的結果。這種介音變化却不曾發生於臺語，因此國語ㄅㄆㄇㄈ後的零介音常和臺語的圓唇介音（以ㄩ或∅代表）對應，如

梅	ㄇㄟˊ	moê		叛	ㄆㄢˋ	poān
滿	ㄇㄢˇ	boán, moá		飛	ㄈㄟ	hui
拔	ㄅㄚˊ	poa̍t, poeh		風	ㄈㄥ	hong

(e) 臺語的韻母

臺語有 75 個韻母，可以用幾種不同的方法來分類。韻母的結構如按傳統的聲韻仍可分成介音、主要元音，及韻尾，可是民間實際用韻的情形，介音和主要元音很難分開 。介音不同的字少有押韻的情形，（如 oa 和 ia，和 a 很少押韻。）介音和元音可合爲元音，成爲單元音或複元音。因此臺語全韻母只有兩段：主要元音與韻尾。

韻尾有 φ，i，u，m／p，n／t，ng／k，h，-^{n}，h^n 等 12 個。

元音有 i，u，o，e，io，oe，o•，ia，oa，a 等 10 個。

按照這種韻母兩段法，元音和韻尾邏輯上的組合是 12 × 10 = 120 個，與實際上的 75 個相去不遠。是個較好的音節結構分析。

可是這種分段不便於描述國臺語之間的對應，我們不妨採用傳統的三段法來加以分類。前介音以 i，e 表示，後介音以 u，o 表示 。

表3 臺語韻母的分類

主要元音 韻尾 \ 介音		φ	i , e		u , o	
φ	高		i i^n			u
	中	o	e e^n io		oe	o• o^n
	低	a,a^n		ia ia^n		oa oa^n
-i	非低				ui	
	低	ai,ai^n				oai oai^n
-u	非低		iu iu^n			
	低	au		iau iau^n		
-m／p	非低	m	im(ip)			
	低	am(ap)		iam(iap)		
-n／t	非低		in(it)		un(ut)	
	低	an(at)		ian(iat)		oan(oat)
-ng／k	非低	ng	eng(ek)	iog(iok)	og(ok)	
	低	ang(ak)		iag(iak)		

上表中括號內的是入聲韵，沒有附上入聲韵的韵母也大都可加 h 而變爲入聲韵。不能帶入聲的韵母多半是鼻化元音的韵母 (iu^n, oa^n)。

比起國語只有 5 個韵尾，臺語的韵尾有 12 個之多，這是推測臺語最困難的部份。

如果比較國臺語的介音和主要元音，數目上相差不多，國語介音比臺語多一個。主要元音很難比較，國語有六個（ㄭ，ㄧ，ㄨ，ㄩ，ㄜ，ㄚ），臺語也有六個（ i，u，e，o，o˙，a ）。如比較兩者的結合，國語有 12 個（ Ï，ə，a，i，ie，ia，u，uo，ua，ü，uo，üe），臺語有 10 個（不包括 m，ng 韵的零元音，卽 a，ia，oa，o，e，io，oe，o˙，I˙，u˙）。

爲了以後計算音節總數，我們不妨把韵母分爲兩大類：舒聲（非入聲韵母）和促聲（入聲韵母）。前者音程較長，有五個聲調的分別，後者音程短促，只有兩個聲調的分別。前者的韵尾是 -i，-u，-m，-n，-ng，-φ，$-^n$（ $-^n$ 可和 -u，-i 同時出現，卽 $-i^n$，$-u^n$），後者的韵尾是 -p，-t，-k，-h，$-h^n$（ -h 可和 -u，-i 韵尾同時出現，卽 -uh，-ih；$-h^n$ 亦然，ih^n，$-uh^n$ ）。

表 4　臺語舒聲（非入聲）韵母

介音 ＼ 主要元音 ＼ 韵尾		零 φ	元音韵尾 -i	-u	鼻音韵尾 -m	-n	-ng	鼻化韵尾 $-^n$	$-i^n$	$-u^n$
φ	低	a	ai	au	am	an	ang	a^n	ai^n	
i	中前	e					eng	e^n		
	低	ia		iau	iam	ian	iang	ia^n		
	中後	io								
	高	i		iu	im	in		i^n		iu^n
φ	中央	o								
u	中後	o					ong	o^n		
	低	oa	oai			oan		oa^n	oai^n	
	中前	oe								
	高	u	ui			un			ng	m

例　字

	φ	-i	-u	-m	-n	-ng	$-^n$	$-i^n$	$-u^n$
a	亞	哀	歐	庵	安	紅^5	餡^7	揹^7	
e	裔^3					英	嬰		
ia	野^2		妖	鹽	煙	雙	影^2		
io	腰					央			
i	衣		憂	音	因		圓		樣
o	蠔^5								
o˙	烏					王^5	惡^3		
oa	娃	歪			彎		碗^2	關	
oe	鍋								
u	有	威			溫			央	姆^2

表 5　臺語促聲（入聲）韻母

主音	主要元音＼韻尾	-h			塞音韻尾			-h^{n}		-uh^{n}
		-h	-ih	-uh	-p	-t	-k	-h^{n}	-ih^{n}	
φ	低	ah		auh	ap	at	ak	ah^{n}		auh^{n}
i	中前	eh					ek	eh^{n}		
	低	iah		iauh	iap	iat	iak	iah^{n}		
	中後	ioh					iok			
	高	ih		iuh	ip	it		ih^{n}		
φ	中央	oh								
u	中後	oh					ok			
	低	oah	oaih			oat		oaih^{n}		
	中前	oeh								
	高	uh	uih			ut			ngh	mh

例字

	-h	-ih	-uh	-p	-t	-k	-h^{n}	-ih^{n}	-uh^{n}
a	鴨^{4}		落^{8}	盒^{8}	遏^{4}	握^{4}	sah^{n4}		khauh^{n}
e	阨^{4}					益^{4}	挾^{4}		
ia	頁^{8}		敲^{8}	葉^{8}	謁^{8}		hiah^{n8}		
io	藥^{8}					約^{4}			
i	舌^{8}			揖^{4}	一^{4}		tih^{n}		
o	學^{8}								
o	膜^{8}					惡^{4}			
oa	活^{8}				越^{8}		oaih^{n8}		
oe	月^{8}								
u	吸^{4}	血^{4}			鬱^{4}			ngh^{8}	

(f)　臺語聲母韵母的結合總表

表6　非入聲音節(一)　(m, n, ng, u, i 和零韵尾)

Fin \ Ini		p	ph	b	m	t	th	l	n	k	kh	g	ng	h	φ	ts	tsh	s	j
ㄚ	a	^{1}巴	^{1}抛	^{5}麻	^{2}媽	^{1}礁	^{1}他	l	^{2}那	^{1}家	^{2}巧	^{5}牙	^{2}雅	^{1}哈	^{1}亞	^{1}查	^{1}差	^{1}沙	
ㄚㄧ	ai	^{5}排	^{3}派	^{5}埋	^{7}買	^{7}大	^{1}胎	^{5}來	^{2}乃	^{1}該	^{1}開	^{1}碍	^{7}艾	^{7}害	^{1}哀	^{1}災	^{2}採	^{3}塞	
ㄚㄨ	au	^{1}包	^{2}跑	^{2}卯	^{7}貌	^{3}罩	^{1}偸	^{5}留	^{7}鬧	^{1}交	^{2}口	^{5}賢△	^{5}肴	^{3}孝	^{1}歐	^{2}走	^{1}抄	^{3}掃	
ㄚㄇ	am					^{5}談	^{1}貪	^{5}南		^{1}甘	^{2}坎	^{5}癌		^{5}含	^{1}庵	^{2}斬	^{1}參	^{1}杉	
ㄚㄋ	an	^{1}班	^{1}攀	^{7}萬		^{1}單	^{1}灘	^{5}蘭		^{1}干	^{1}刋	^{5}顏		^{8}漢	^{1}安	^{3}贊	^{1}餐	^{1}山	
ㄚㄫ	ang	^{1}邦	^{1}芳	^{7}夢		^{1}東	^{1}窗	^{7}弄		^{1}江	^{1}孔	^{7}戇		^{7}項	^{1}翁	^{3}粽	^{1}葱	^{1}鬆	
ㄝ	e	^{3}幣	^{3}帕	^{2}馬	^{7}罵	^{3}帝	^{2}體	^{2}禮	^{1}奶	^{1}街	^{1}溪	^{7}藝	^{7}硬	^{7}係	^{3}裔	^{5}齊	^{1}妻	^{1}西	
ㄝㄫ	eng	^{1}兵	^{5}評	^{5}明		^{1}丁	^{1}聽	^{7}令		^{1}耕	^{1}卿	^{5}迎		^{1}兄	^{1}英	^{1}爭	^{1}清	^{1}生	
ㄧ	i	^{1}悲	^{5}皮	^{2}米	^{5}棉	^{1}知	^{2}恥	^{2}里	^{5}尼	^{1}基	^{1}欺	^{5}宜	^{7}硬	^{1}希	^{1}伊	^{1}支	^{1}癡	^{1}詩	^{7}二
ㄧㄚ	ia				^{7}命	^{1}爹			^{5}娘	^{1}迦	^{5}騎	^{5}迎		^{1}靴	^{7}也	^{2}者	^{1}奢	^{2}寫	^{2}惹
ㄧㄚㄨ	iau	^{2}表	^{1}標	^{2}渺		^{1}朝	^{3}跳	^{2}了	^{2}鳥	^{1}嬌	^{3}曉	^{5}堯	(1)	^{2}曉	^{1}夭	^{1}招	^{3}笑	^{1}消	^{3}爪
ㄧㄚㄇ	iam					^{3}店	^{1}添	^{5}廉		^{1}兼	^{1}謙	^{5}嚴		^{2}險	^{5}鹽	^{1}針	^{1}簽	^{2}閃	^{2}染
ㄧㄚㄋ	ian	^{1}編	^{1}篇	^{2}免		^{2}典	^{1}天	^{5}連		^{1}堅	^{5}乾	^{5}言		^{5}賢	^{1}煙	^{1}煎	^{1}千	^{1}先	^{5}然
ㄧㄚㄫ	iang	(7)	(7)			(1)		^{5}涼		(5)	(3)	(3)		^{1}香	^{7}旺△	^{2}掌	^{3}唱	^{1}雙	^{2}嚷
ㄧㄜ	io	^{2}表	^{3}票	^{7}廟		^{7}趙	^{3}糶	^{5}劍		^{2}叫	^{3}扣	^{5}橈			^{1}腰	^{1}招	^{3}笑	^{1}燒	^{7}尿
ㄧㄛㄫ	iong					^{1}中	^{1}衷	^{2}兩		^{1}宮	^{2}恐	^{2}仰		^{1}鄉	^{1}央	^{1}終	^{1}冲	^{1}傷	^{5}絨
ㄧㄨ	iu	^{1}彪		^{7}謬		^{7}宙	^{1}抽	^{5}流	^{7}量	^{5}求	^{1}邱	^{2}拉		^{1}休	^{1}憂	^{1}周	^{1}秋	^{1}收	^{5}柔
ㄧㄇ	im					^{5}沉	^{1}琛	^{5}臨		^{1}金	^{1}欽	^{5}吟		^{1}欣	^{1}音	^{1}斟	^{1}深	^{1}心	^{2}忍
ㄧㄋ	in	^{1}彬	^{2}品	^{2}敏		^{1}珍	^{5}斟	^{5}隣		^{1}斤	^{1}輕	^{5}銀		^{7}恨	^{1}恩	^{1}眞	^{1}親	^{1}新	^{5}仁
ㄛ	o˙	^{1}埔	^{2}普	^{5}模	^{5}魔	^{1}都	^{2}土	^{2}魯	^{2}老	^{1}姑	^{2}苦	^{7}誤	^{2}我	^{1}呼	^{1}烏	^{1}租	^{1}粗	^{1}蘇	
ㄜ	o	^{1}褒	^{1}波	^{5}無		^{1}多	^{2}討	^{5}羅		^{1}哥	^{1}科	^{5}鵝		^{5}河	^{1}窩	^{2}早	^{2}草	^{2}鎖	
ㄛㄫ	ong	^{5}房	^{7}碰	^{7}望		^{1}東	^{1}通	^{5}農		^{1}公	^{1}空	^{7}戇		^{1}風	^{1}翁	^{1}宗	^{1}聰	^{1}霜	
ㄨㄚ	oa	^{3}簸	^{3}破	^{5}磨	^{2}滿	^{7}大	^{1}拖	^{7}賴	^{7}爛	^{3}掛	^{1}誇	^{7}外		^{1}花	^{4}娃	^{5}蛇	^{3}蔡	^{1}砂	^{7}若
ㄛㄚ	oai				^{7}妹					^{1}乖	^{3}快			^{5}懷	^{1}歪	^{7}拽			
ㄛㄚㄋ	oan	^{3}半	^{1}藩	^{2}滿		^{2}短	^{5}團	^{7}亂		^{1}關	^{1}寬	^{7}願		^{1}番	^{5}完	^{5}全	^{2}喘	^{3}算	^{2}軟
ㄛㄝ	oe	^{1}杯	^{3}配	^{7}未	^{7}妹	^{5}兌	^{3}退	^{7}內		^{1}瓜	^{1}魁	^{7}外		^{1}灰	^{2}穢	^{7}罪	^{1}吹	^{1}衰	^{7}銳
ㄨ	u	^{3}富	^{5}浮	^{5}無		^{1}株	^{2}貯	^{2}旅		^{3}句	^{1}區	^{2}語		^{1}夫	^{2}宇	^{1}資	^{3}次	^{1}輸	^{5}如
ㄨㄧ·	ui	^{5}肥	^{3}屁	^{1}微	^{2}每	^{1}堆	^{2}腿	^{5}雷		^{1}規	^{1}虧	^{5}危		^{2}費	^{5}爲	^{3}醉	^{1}吹	^{2}水	
ㄨㄋ	un	^{2}本	^{3}噴	^{5}文		^{1}鈍	^{1}吞	^{5}輪		^{1}君	^{1}坤	^{5}銀		^{2}粉	^{2}穩	^{1}尊	^{1}春	^{1}孫	^{7}靭

表7　非入聲音節（二）　　　　　（鼻化韵尾和 m，ng 韵母）

Fin	Ini	p	ph	b	m	t	th	l	n	k	kh	g	ng	h	φ	ts	tsh	s	j
ㄚ°	aⁿ		3脆△			1擔	2坦			1監	1坩			2哄	7餡	7	(7)	1衫	
ㄚ|°	aiⁿ		7背			2刣	2			(1)	1鏗			1哼△	7背△	2指			
ㄝ°	eⁿ	7病	5彭			7鄭	3撐			1更	1坑			5	5嬰*	1爭	1星	1生	
ㄛ°	o·ⁿ	(1)								(1)				3好*	3惡*				
|°	iⁿ	2扁	1篇			1甜	1天			3見	5擒			1	5圓	1精	1鮮	7鼓	
|ㄚ°	iaⁿ	2餅	5坪			2鼎	3痛			1驚				1兄	2影	3正	2請	1聲	
|ㄚㄨ°	iauⁿ														(1)				
|ㄨ°	iuⁿ					1張				1薑	1腔			1香	2養	2蔣	2搶	2賞	
ㄛㄚ°	oa	1搬	1潘			5彈	3炭			1官	3看			1歡	1鞍	1煎	3問	1山	
ㄛㄚ|°	oaiⁿ									1關				5橫	2	7	7	7	
ㄇ	m													5媒	2姆				
ㄤ	ng	1方	7		5門	1當	1湯	7兩		1光	1糠			5園	5黃	1粧	1倉	1桑	

表8　入聲音節（一）　　　　　　（p，t，k 韵尾）

Fin	Ini	p	ph	b	m	t	th	l	n	k	kh	g	ng	h	φ	ts	tsh	s	j
ㄚㄅ	ap					4答	4塔	8納		4鴿	8磕	8蛤		8合	8盒	8雜	4插	4屑	
ㄚㄉ°	at	4八		8密		8達	4躂	8力		4割	8渴			4喝	8遏	8柴	4察	8殺	
ㄚㄍ	ak	4剝	4覆	8木		8毒	4讀	8六		4角	4硞	8岳		8學	4握	8齷	8鑿	4揀	
ㄝㄍ	ek	4百	4碧	8麥		8敵	4躓	8力		4革	4刻	8逆		8或	4益	8責	8策	4色	
ㄛㄍ	ok	4北	4博	8木		8毒	4託	8鹿		4國	4酷	8鄂		4福	4惡	8族	8簇	4束	
|ㄚㄅ	iap					8蝶	4帖	8捏		4夾	4怯	8業		8脅	8葉	4接	4妾	8涉	
|ㄚㄉ	iat	8別	4撇	8滅		8秩	4撤	8列		4結	4詰	8孽		4血	4謁	4節	4切	4設	8熱
|ㄚㄍ	iak	4	(8)			8彈△				(8)							(8)	4摔	
|ㄛㄍ	iok					4竹	8畜	8六		8局	4曲	8玉		4旭	4約	4祝	4雀	8淑	8肉
|ㄅ	ip						8立			4急	4吸			4翕	4揖	8集	4緝	8十	8入
|ㄉ	it	4筆	4疋	8蜜		8姪	4迭			4結	4乞			4彼	4一	4織	7	4失	8日
ㄛㄚㄉ	oat	8拔	8潑	8末		8奪	8脫	8辣		4決	4缺	8月		8罰	8越	8絕	4	4雪	
ㄨㄉ	ut	4不	4砍△	8物		8突	8禿	8律		4骨	4屈			4忽	4鬱	4卒	4出	8術	

表9　入聲音節（二）　　　　　（h韻尾）

Fin＼Ini	ㄅ p	ㄆ ph	ㄇ b	ㄇ m	ㄉ t	ㄊ th	ㄌ l	ㄋ n	ㄍ k	ㄎ kh	兀 g	兀 ng	ㄏ h	∅	ㄗ ts	ㄘ tsh	ㄙ s	ㄖ j
ㄚ ah	4百	4拍	4肉		8踏	4塔	8獵		4甲	4較△			8合	4鴨	8閘	4插	8煠	
ㄚㄨ auh	4暴△	4雹	4貿	(4)	(8)		8落	4敊	4頰			4		阿				
ㄝ eh	4伯		8麥	8脈	4壓	8提		8躡	4格	4客		8挾		阨	4仄	8冊	8雪	
ㄧ ih	4鱉	4	4覓	8物	8滴	8鐵	8裂	8躡		8缺				8舌	8食	8壓	8閃	
ㄧㄚ iah	4壁	4癖			4摘	4拆	4掠		8屐	4隙	8攑		4額	8頁	8食	4赤	8錫	4跡△
ㄧㄚㄠ iauh								(4)	8敆	4揻	8	4脫△			(8)			
ㄧㄛ ioh					8着		8略			4拾	(8)		4歇	8藥	8石	4尺	8惜	(8)
ㄧㄨ iuh					4				(8)			4		(8)				
ㆦ o͘h				8膜										8(噁)				
ㄛ oh	8薄	4粕			4桌	8魠	8落		4閣				8鶴	8學	4作	4咒△	4索△	
ㄨ uh	4發	(4)			8突	8托									4注	4焠	4吸△	
ㄨㄚ oah	4鉢	4潑	4抹			8拖	8辣		4割	4闊			4喝	8活	8泏	4斜	8煞	8熱
ㄝ oeh	8拔	4沬△	4襪						4郭	4缺	8月	4挾△	8血	8挖		(4)	4說	
ㄚ° ahⁿ																		
ㄚㄨ° auhⁿ										(4)		(4)						
ㄝ° ehⁿ									(8)	(8)		8挾△						
ㄧ° ihⁿ					8要△													
ㄧㄚ° iahⁿ													4					
ㄛㄚㄧ° oaihⁿ														(4)			(8)	
ㄇ mh														(4)				
兀 ngh									(8)					(8)				

　　本節將介紹臺語聲母和韻母的配合表，好讓讀者了解臺語音節結構的全貌。這個配合表分為四表：

　　〔表6〕　非入聲音節第一表（ -m，-n，-ng，-u，-i 和零韻尾）。

　　〔表7〕　非入聲音節第二表（鼻化韻尾和 m，ng 韻母）。

　　〔表8〕　入聲音節第一表（塞音韻尾 -p，-t，-k ）。

　　〔表9〕　入聲音節第二表（喉塞音韻尾 -h ）。

各表都按下列原則排列：

　　1.凡排在同一縱行的字，聲母都相同。例如〔表6〕裏，排在 p 行的字（巴、排、包、班等）聲母都是ㄅ˙，排在 ph 行的字（拋、派、跑、攀等）聲母都是 ph-。

2. 凡排在同一橫行的字，韻母都相同。例如〔表6〕裏,排在 a 行的字（巴、拋、麻、媽等）韻母都是 a,排在 ai 行的字（排、派、埋、買）韻母都是 ai 。

3. 凡是臺語所有的音節都包羅在這四個表之內。因此特殊方言的發音不在這些表裏出現的標音，都需要"調整"，以便能符合本書的標音法。

4. 每一格都代表不同的音節。

5. 收於入聲韻尾的音節（〔表8〕和〔表9〕），各格可能有第四聲（陰入）和第八聲（陽入）兩種。例字盡量選出常用的第四聲。例字的左上角以數字標記該字的聲調。例如〔表8〕的"4"是 pat（第四聲）。

6. 收於非入聲韻尾的音節（〔表6〕和〔表7〕）各格可能有五個不同的聲調（第一、二、三、五、七）聲，即陰平、陽平、上、陰去、陽去）。例字盡量選出較爲常用的第一聲。例字的左上角以數字標記該字的聲調。例如〔表8〕 iaⁿ 行的頭一字"²餅"的發音是 piáⁿ（第二聲）。

7. 以前臺灣的讀書人有所謂「文言音」和「白話音」的分別,（這種分別將於本章4、5 節介紹）。列在〔表6〕（ -i , -u , -m , -n , -ng , -φ 韻尾）和〔表8〕（ -p , -t , -k 韻尾）的音，一部分屬於語音系統的「白話音」，一部分屬於讀音系統的「文言音」。列在〔表7〕（ m , ng 韻母和 aⁿ 等韻母）和〔表9〕（ h 韻尾）的韻母音就只屬於「白話音」。我們在〔表6〕和〔表8〕裏的例字盡量還用「文言音」。如果沒有適當的文言音例字就用白話音，並以下橫槓標示分別，例如〔表6〕"芳 phang""無 bô"等字。〔表7〕和〔表9〕都是白話音的音節，因此我們就不以下橫槓標示。但"惡 óⁿ""異 îⁿ""否 hôⁿ""好 hòⁿ"雖有鼻化元音，一般都視爲文言音，是少有的例外。我們以星號（＊）來表示這些音雖有鼻化韻母卻是文言音。

8. 臺語有很多詞沒有習用的漢字可代表，一般人常選用在文言文或國語裏意義相近的漢字來代替。這就是訓用漢字，我們以在上角的△符號來標示這些訓用漢字。例如〔表7〕裏，phàⁿ 這個詞在北平話裏說"脆"、phāiⁿ 說"背"。如果沒有適當的訓用漢字，我們就逕以數字代表例字的聲調。例如〔表7〕裏，hêⁿ 是橫置的意思，以5標示它的聲調。如果該詞是象聲詞（onomotopoeic word）我們就以( )標示。例如〔表7〕裏的 kaiⁿ (1)是狗叫聲。我們在這裏要特別強調臺語的白話音在漢語語音研究上的重要性。臺語白話音和漢字的訓字截然有別，在福建語語音變遷的歷史上比文言音更能反映上古時期的發音。

9. "媽 má , 那 ná, 雅 ngá, 命 miā"等音節的韻母部分，實際上也都有鼻化，似乎應該寫成 máⁿ, náⁿ, ngáⁿ, miāⁿ 才是。但是我們一律寫成 má, ná, ngá, miā,認爲元音的鼻化是受聲母鼻音的影響而來，因此這些字都排在〔表6〕而不排在〔表7〕。

10. 有些字音是某地方特有的發音，以＜＞標示，如長唸 tiâng 是嘉義一帶的發音。iuⁿ 有些地區（包括臺南）唸 ioⁿ 。有些地方沒有 eⁿ 音，一律唸成 iⁿ（如星 tsheⁿ 唸成

tshi^{n}與鮮 tshi^n 同音）。

(g)　臺語聲韵結合的限制和國臺語對應

國語的總音節，若算聲調的不同，共有 1100 左右，如不管聲調的不同，則有 400 。臺語的總音節若算聲調的不同共有 2200 左右，如不管聲調的不同，則有 794 。就音節數目而言，臺語約爲國語的兩倍，對推測的影響是由臺語推測國語字音容易，由國語推測臺語字音不容易。

非入聲音節（即舒聲韵母）分列兩個表是因爲鼻化韵母和 m, ng 韵母只出現於白話音〔表7〕，而其他的音節文白音都可以出現〔表6〕，（ io 只用於白話音，是唯一的例外）。入聲音節（即促聲韵母）也分兩個表，也是因爲 h 韵尾的音節〔表9〕只用於白話音，而 -p, -t, -k 韵尾的音節則文白音都出現〔表8〕。另外一個不同便是鼻化元音與 -m, -ng 韵母和 h 韵尾的音節表裏空格較多，聲母和韵母之間的結合除了表6內濁聲母和 m, n, ng 韵尾的結合一律沒有例字以外，並沒有什麼規律。

因爲跟國語較接近，對應較有規律的是表6和表8裏的音節，我們將它們跟國語的聲韵母結合總表〔表2〕相比有一個特別的意義：可以看出中古以後來自北方的文言音系統在福建話裏如何和北方的語言系統有了不同的發展。

1. 臺語就是不算白話音的音節也比國語的音節數多。（ 560 對 400 ）於是只就文言音系統來比較也是北方話變得多。因此，由國語推測臺語難於由臺語推測國語。

2. 在這兩表裏臺語的聲母 18 ，韵母 42 ，所以可能的結合音節是 18 × 42 = 756 ，其中 560 個音節實際上用過，不用的音節有 196 個，約佔 26 %。國語有 22 聲母，34 韵母，可能結合的音節總數是 22 × 34 = 748 。實際出現的音節只有 400 左右，不用的音節有 348 ，約佔47%。國語的總音節表裏空格多，表示過去的音變很多是有條件的音變，例如牙喉音(k , k' , gh , ng , x , ph 等) 變化爲舌面齒音只發生於 l 或 ㄩ 之前，介母 l 只在捲舌音之後消失等等。臺語音節表的空格少，表示過去的音變很多是沒有條件的，例如所有捲舌音一律變爲非捲舌音，不特別受某種韵母的影響。臺語總音節表裏唯一較有明顯規律的空缺是鼻音聲母 m , n , ng，不和有輔音韵尾（ m , n , ng , p , t , k ）的韵母結合。這是因爲過去凡是有這種結合時，鼻音聲母都變爲非鼻音的濁聲母（即 b , l , g ）。其實在別的條件下（即沒有輔音韵尾時）m , n , ng 也有變成 b , l , g 的，只是有的變了，有的沒變。在國語裏，中古的 m , n , 還保留爲 m , n , (m音如出現在三等合口之前變成 v，再轉爲介音 u ，如晚 ㄨㄢˇ bóan) 因此在一般條件下 m 和臺語的 b , m 對應，n 和臺語的 l , n 對應，而有輔音韵尾時即只跟 b 和 l 對應。

其他的空格都是中古系統裏的空格，至今還反映在臺語的聲韵結合表裏。即中古音系裏唇音聲母（ p , ph , b , m ）就不能與 m , p 韵尾同時出現於同一個音節裏。j 來自中古日母 ń, 而中古時期的日母只限三等韵母結合，不跟一、二、四等韵母結合。今日在臺語裏 j 也不跟 a , ai , e 等只跟來自一、二等的韵母結合。

(h)　**本章的編排**

　　本章先討論國語各韻母的主要臺語對音。因爲由臺語的入聲韻母和白話音對音都屬少數，因此先處理主要對音，等於先處理文言音的非入聲韻母。這些主要對音分韻尾（ 4.2 ），主要元音（ 4.3 ）和介音（ 4.4 ）討論。這幾節的練習題也就注重國語和文言音之間有規律對音的推測。

　　文言音韻母討論完之後，詳細地討論文白異音的問題，讓讀者有一個基本概念，以便比較文白異同，對選擇文白字音有所參考（ 4.5 ）。

　　然後介紹臺語韻母的文白異音，按國語的韻尾排列：輔音韻尾韻（ㄢ，ㄣ，ㄤ，ㄥ）（ 4.6 ），元音韻尾韻（ㄞ，ㄟ，ㄠ，ㄡ）（ 4.7 ），零韻尾韻（ㄚ，ㄜ，ㄭ，ㄧ，ㄨ，ㄩ）（ 4.8 ）。

　　入聲韻的討論一律放在4.9入聲韻母的對應這一節裏。

　　自4.6節以後的練習題，語料包括人名、俗語和特別詞，常用詞中文言音的判定，文白各音在各詞中的選定，以及本字和非本字的鑑定。文言音有些規律可循的，本章儘量提供。白話音的推測沒有規律可憑，文白之間的選音也沒有規律；習題的回答需靠讀者回憶日常的發音。如對臺語接觸不夠，很多詞無法選對發音；但可以由這些習題培養觀察異音的習慣。

4.1　韻母對應規律 最常見（即文言音）對音

　　國語各韻母的臺語對音可以在附錄裏國臺語字音對照表中看到詳細的情形。這些對照表是按照韻母排列的：凡是國語韻母相同的字都排在同一個表。因此國語哪個字的韻母在臺語裏唸成什麼韻母，在幾個不同的相對韻母之間大概比例如何，所謂 "不規則對應" 所涉及的是哪些字，都可以詳細查出。

　　韻母對應的大致情形，可以分爲韻尾、介音，和主要元音三方面來說明。首先我們看國語各個韻母較常見的臺語對音，以便有一個梗概的了解。

　　表10只列出國語各韻母的臺語主要文言音對音。凡是涉及到十個字音以上的對音，都列在表中。各對應之後所列的數字表示所涉及的字數，（ 數字是根據 "國臺日古今音對照手册" ，其所收字數比本書後的對照表稍多 ）。我們暫時不列白話音的原因是：

　　(1)白話音和國語韻母的對音過分複雜，一時無法掌握。

　　(2)文言音一般較近似國語，對應也較有規律。

　　(3)本章的編排用意是先讓讀者掌握文言音非入聲的國臺語韻母對應，然後分類介紹臺語文白之間的異同。

　　爲了易於比較同類的韻母對應，表10按照國語的介音（同介音韻母排在同一縱行）和韻（同韻韻母排在同一橫行）排列。

因相同的國語介音排在同一縱行，可以很容易地看出ㄧ介音的臺語對應音是 i 或 e；ㄨ的對應介音是 u 或 o；ㄩ的對應介音是 io 或 u；而零介音，如除去特殊條件下的對音，也是零介音臺語韵母。

因為北京話的介音曾因捲舌音或唇音有了改變（在捲舌音之後，ㄧ變為零，ㄩ變為ㄨ；在唇音之後，ㄨ變為零；在ㄈ之後，ㄧ也不可能出現）。所以在零介音，ㄨ介音裏，有些介音以聲母為變化條件。表10 中，

ㄗ	代表	ㄗㄘㄙ
ㄅ	代表	ㄅㄆㄇㄈ
ㄓ	代表	ㄓㄔㄕㄖ

因過去二等開口韵母 a，ap，au，am，an 等如在見系聲母之後（即 k，kh，g，x，ɣ，ng，現已變為ㄐㄑㄒφ），今日北京話變為ㄧㄚ，ㄧㄠ，ㄧㄢ等。因此，在ㄧ縱行有些對音只限於ㄐㄑㄒφ對應臺語的 k，kh，h，ng，g 的條件下才出現。

(G)的意思是該對應只出現於聲母對應是ㄐㄑㄒφ對 k，kh，k，ng，g 的情況。

本書附錄的"國臺字音對照表"按照表 10 的順序，1a（ㄭ），1b（ㄧ），1c（ㄨ），1d（ㄩ），2a（ㄚ），2b（ㄧㄚ）……一直到 13a（ㄥ），13b（ㄧㄥ），13c（ㄨㄥ），13d（ㄩㄥ）。字例請查該對照表，又該表前附有各韵母的文白對音索引。

（註：ㄭ指知、資、思、四（ㄓ，ㄗ，ㄙ，ㄙ`）等音節的韵母，一般認為是零韵母，注音時通常都不寫出來）。

4.2 韵尾的對應

(a)表10裏，第一行到第五行都是沒有韵尾的國語韵母（ㄭ，ㄚ，ㄝ，ㄛ，ㄜ）。所對應的臺語韵母較常見的（字數下有橫槓的表示同條件下佔30％以下的），也是大都沒有韵尾（如：資ㄗ tsu, 智ㄓ` tì, 例ㄌㄧ` lē, 諸ㄓㄨ tsu, 居ㄐㄩ ku）。

(b)六、七行ㄞ，ㄟ兩韵的臺語對應韵母是 ai, oai, ui, oe。（如：再ㄗㄞ` tsài, 歪ㄨㄞ oai, 歸ㄍㄨㄟ kui, 最ㄗㄨㄟ` tsoè）。除了 oe 以外都有韵尾 i。oe 可看成 oei，而 oei 中的韵尾 i 因過分近似 e 而消失。

(c)八、九行ㄠ，ㄡ兩韵的臺語對應韵母是 iau, o, iu, o˙。（如：要ㄧㄠ` iàu, 高ㄍㄠ ko, 修ㄒㄧㄡ siu, 侯ㄏㄡ´ hô˙）。iau 和 iu 都有韵尾 -u。o˙ 沒有韵尾，但可視為 o˙u。而 o˙u 中的韵尾 u，因過近於 o˙ 而消失。o（南部的發音為 [ə]，北部為 [o]）無韵尾，確屬例外。但不管從歷史上的原來發音來看，或從國臺語的對應來看都可視之為 au 的合音。需知ㄠ的最常見對音是 o˙，au 只是次常見對音，如：砲，包，鬧，約佔 o˙ 字的四分之一。又有不少 o˙ 字的白話音韵母是 au, 有 -u 韵尾，如：

表10 國語各韻母之常見臺語文言對音

介音\韻	a	b	c	d
1	帀 ㄗ ㄓ u 57 / i 101 e 10 / u 14 / ek 20 it 21	ㄧ i 205 e 122 / ek 113 it 16 / ip 23	ㄓㄨ u 126 / ㄈㄨ ut 17 ok 23 / iok 29 / ㄨ o' 168 / ut 21 ok 40 / iok 13	ㄩ u 139 / iok 24 / ut 10
2 ㄚ	ㄚ a 51 / ap 13 at 16	ㄧㄚ a 44(G) / ap 9(G) iap 10	ㄨㄚ oa 28	
3 ㄝ		ㄧㄝ iap 29 iat 55 / ia 23 ai 20(G)		ㄩㄝ oat 22 / iok 18
4 ㄛ	ㄅㄛ o 19		ㄨㄛ o 81 / ok 37 uat 1 / ㄓㄨㄛ iok 14 ok 12	
5 ㄜ	ㄓㄜ ia 21 / iat 12 ek 11 / o 59 / ek 54 ok 27 ㄜ			
6 ㄞ	ㄞ ai 137 / ek 16		ㄨㄞ oai 13	
7 ㄟ	ㄟ ui 37 oe 28 / i 21		ㄨㄛ ui 142 oe 48	
8 ㄠ	ㄓㄠ iau 31 / ㄠ o 138 au 31	ㄧㄠ iau 137 / au 27(G)		
9 ㄡ	ㄓㄡ iu 44 / ㄡ o' 90	ㄧㄡ iu 104		
10 ㄢ	ㄓㄢ iam 16 ian 25 / ㄈㄢ oan 49 / ㄢ am 98 an 72	ㄧㄢ iam 67 ian 172 / am 12(G) / an 22(G)	ㄨㄢ oan 117	ㄩㄢ oan 65 / ian 14
11 ㄣ	ㄓㄣ im 37 in 37 / ㄣ un 54	ㄧㄣ im 43 in 95	ㄨㄣ un 81	ㄩㄣ un 57
12 ㄤ	ㄓㄤ iong 61 / ㄤ ong 120	ㄧㄤ iong 86	ㄨㄤ ong 60	
13 ㄥ	ㄈㄥ ong 38 / ㄥ eng 136	ㄧㄥ eng 200	ㄓㄨㄥ iong 31 / ㄨㄥ ong 97 / iong 39	ㄩㄥ iong 30 / eng 13

候	ㄏㄡˊ	Hô˙-hâu
鬥	ㄉㄡˋ	Tò˙-tàu
厚	ㄏㄡˋ	Hō˙-kāu
後	ㄏㄡˋ	Hō˙-āu

(d)十，十一行ㄢ，ㄣ兩韵的臺語對應韵母是 iam, ian, am, an, oan, im, in, un（如：鹽 ㄧㄢˊ iâm，煙 ㄧㄢ ian，三 ㄙㄢ sam，山 ㄕㄢ san，灣 ㄨㄢ oan，陰 ㄧㄣ im，溫 ㄨㄣ un，昆 ㄎㄨㄣ khun， 轉 ㄓㄨㄢˇ tsóan ）。其韵尾不是 m，就是 n，少有例外。

(e)十二，十三行ㄤ，ㄥ兩韵的臺語對應韵母是 iong, ong, 和 eng（ 如：用 ㄩㄥˋ iōng，王 ㄨㄤˊ ông，應 ㄧㄥˋ èng ），韵尾都是 ng。

(f)綜合上面的觀察，我們可以得到下面的韵尾對應規律：

零韵尾（ㄧ ㄨ ㄩ ㄝ ㄛ ㄜ ㄚ） → -ϕ

-i 韵尾（ㄟ，ㄞ） → -i （但 oe 視同 oei ）

-u 韵尾（ㄡ，ㄠ） $\left\{\begin{array}{l} \text{ㄡ，ㄧㄠ} \rightarrow \text{-u} \\ \text{ㄡ} \rightarrow \text{o˙（ o˙視同 o˙u ）} \\ \text{ㄠ} \rightarrow \text{o （沒有韵尾）} \end{array}\right.$

-n 韵尾（ㄣ，ㄢ） → $\left\{\begin{array}{l} \text{-n} \\ \text{-m} \end{array}\right.$

-ng 韵尾（ㄥ，ㄤ） → -ng

練習一：單字韵尾

下列各字的字音都按照國臺語韵尾對應規律，請選出臺語讀音，並加聲調。

A. ia, iau, ian, iong, iong, iam.　　　　　　　　　　答

1. 野 ㄧㄝˇ　　　　iá
2. 用 ㄩㄥˋ　　　　iōng
3. 煙 ㄧㄢ　　　　ian
4. 央 ㄧㄤ　　　　iong
5. 要 ㄧㄠˋ　　　　iàu
6. 鹽 ㄧㄢˊ　　　　iâm

B. pa, pau, pai, pan, pang.

1. 包 ㄅㄠ　　　　pau
2. 邦 ㄅㄤ　　　　pang
3. 霸 ㄅㄚˋ　　　　pà
4. 拜 ㄅㄞˋ　　　　pài

5. 班	ㄅㄢ	pan
6. 把	ㄅㄚˇ	pá

C. tha, thai, tho, thàm, than, thong.

1. 太	ㄊㄞˋ	thài
2. 通	ㄊㄨㄥ	thong
3. 他	ㄊㄚ	tha
4. 攤	ㄊㄢ	than
5. 探	ㄊㄢˋ	thàm
6. 討	ㄊㄠˇ	thó

D. i, iu, im, eng, o˙.

1. 音	ㄧㄣ	im
2. 醫	ㄧ	i
3. 憂	ㄧㄡ	iu
4. 英	ㄧㄥ	eng
5. 烏	ㄨ	o˙

E. u, ui, un, ong, o

1. 運	ㄩㄣˋ	ūn
2. 為	ㄨㄟˊ	ûi
3. 澳	ㄠˋ	ò
4. 王	ㄨㄤˊ	ông
5. 污	ㄨ	ù

F. he, hoe, heng, hun, ho.

1. 回	ㄏㄨㄟˊ	hoê
2. 係	ㄒㄧˋ	hē
3. 興	ㄒㄧㄥ	heng
4. 豪	ㄏㄠˊ	hô
5. 痕	ㄏㄣˊ	hûn

練習二：韻母的韻尾

選出最常見臺語韻母後，在國臺字音對照表裏查尋例字各二。

A. ong, o, oi, am, a 　　　　　　　答　　　　參考例字

ㄚ	a	霸媽
ㄞ	ai	哀耐
ㄠ	o	保告
ㄢ	an	但單
ㄤ	ong	康當

B. i, a, ian, iau, iong, ia

ㄧㄚ	a	佳雅
ㄧㄠ	iau	料條
ㄧㄢ	ian	便憲
ㄧㄤ	iong	央良
ㄧㄝ	ia	野斜

C. oai, o˙, ong, oa, oan

ㄨㄚ	oa	華掛
ㄨㄞ	oai	怪歪
ㄨㄢ	oan	彎端
ㄨㄤ	ong	王窗
ㄨ	o˙	湖蘇

u, oan, iong, o

ㄩㄥ	iong	央凶
ㄩㄢ	oan	怨宣
ㄛ	o	哥科
ㄩ	u	需居

D. oe, eng, o˙, u/i, un

ㄭ	i/u	知詞
ㄟ	oe	每蕾
ㄡ	o˙	侯某
ㄣ	un	分痕
ㄥ	eng	冷等

E. ia, eng, im／in, iu, i／e   答   參考例字

ㄧ	i／e	離例
ㄧㄝ	ia	爺寫
ㄧㄡ	iu	秋求
ㄧㄣ	in	因信
ㄧㄥ	eng	英精

F. ong, ui／oe, un, o, o˙

ㄨ	o˙	租烏
ㄨㄛ	o	多果
ㄨㄟ	ui／oe	堆退
ㄨㄣ	un	論寸
ㄨㄥ	ong	同公

4.3 主要元音的對應

　　國臺韻母之間主要元音的比較，可以先把有韻尾的ㄞㄟ，ㄠㄡ，ㄢㄣ，ㄤㄥ，一對一對地和其臺語對音比較。然後把沒有韻尾的高元音韻母（ㄭㄧㄨㄩ），中元音韻母（ㄧㄝ，ㄩㄝ，ㄛ，ㄨㄛ，ㄜ），低元音韻母（ㄚ，ㄧㄚ，ㄨㄚ），和臺語對音比較。

　　歷史上國語沒有韻尾的韻母，主要元音由低變中（ a →ㄜ，ㄛ，ㄝ），由中變高（ e →ㄧ，o →ㄨ，ㄩ）。有韻尾的韻母，主要元音因受到韻尾的保護沒有這種變化，國臺語對應因而有了不同的規律。又因有韻尾韻母的主要元音只分低和非低，而沒有韻尾韻母的主要元音分低、中、高，因此本節分這兩種韻母進行討論。

(a)　國語韻母有韻尾的情形

（合乎對應原則，可是沒有附加例字的對音，放在括號內）

			例字
低對低	ㄢ	→ an (ian, oan, am, iam)	安幹
	ㄧㄢ	→ ian (an, iam, ian)	煙仙
	ㄩㄢ	→ oan (ian)	全泉
	ㄨㄢ	→ oan	彎端
	ㄧㄠ	→ iau (au)	要蕭
	ㄨㄞ	→ oai	歪快
	ㄞ	→ ai	哀該

	ㄠ → <u>iau</u>, <u>au</u>（非最常見對音）	超包
非低對非低	ㄣ → un (im, in)	本恩
	ㄧㄣ → in (im)	親因
	ㄨㄥ → un	困吞
	ㄩㄣ → un	運訓
	ㄥ → ong, eng	風更
	ㄧㄥ → eng	行英
	ㄨㄥ → ong (iong)	翁公
	ㄩㄥ → iong (eng)	雄永
	ㄧㄡ → iu	優久
	ㄨㄟ → ui (oe)	為貴
	ㄟ → ui (ui, oe, i)	飛雷

例外

低對中	ㄧㄤ → iong	央相
	ㄤ → ong (iong)	岡當
	ㄨㄤ → ong	王光
	ㄠ → o	高刀

國語韵母有韵尾時，國臺語的主要元音都只有兩個音高：低和非低。

主要元音的對應，一般按照低對低，非低對非低的原則。主要的例外是國語低主要元音，如果是韵母ㄧㄤ，ㄤ，ㄨㄤ，ㄠ時，最常見的臺語對音是中元音 iong, ong, o，而不是 iang, ang, au。雖然這些韵母臺語都有，且較接近國語對音的發音。

這種國臺語之差別，來自臺語過去變化中 -ng, -u, 韵尾使主要元音由低變中的緣故。

(b) **國語韵母沒有韵尾的情形**

			例 字
低對低	ㄚ → a (ap, at)		沙，河
	ㄧㄚ → a (ap, iap)		雅，家
	ㄨㄚ → oa		哇，瓜
中對中	ㄛ → o		波，播
	ㄨㄛ → o (ok, iok, ok)		過，羅
	ㄜ → o (ek, ok)		賀，鵝
高對高	ㄗ帀 → u		資，私

ㄓㄞ → i (u, it)		支，是
i → i (it, ip)		里，奇
ㄓㄨ → u (ut)		處，如
ㄈㄨ → u (at)		父，撫
ㄨ → ut（並非最常見對音）		忽，骨
ㄩ → u (ut)		女，須

例外

中對低	ㄧㄝ → ia (iap, iat, ia)		斜，姐
	ㄓㄜ → ia (iat)		者，射
	ㄩㄝ → oat		曰，雪
高對中	ㄨ → o˙ (ok)		補，古
	i → e, ek（都非最常見）		禮，雞，益

沒有韻尾時，國臺語的主要元音都有三個音高：低 (a)，中 (e, o)，高 (i, u)。而低對低，中對中，高對高是一般通則。由於過去國語的音變中介音 i, u 使零韻尾韻母的主要元音由低變中，由中變高的關係，所以今日有中對低，高對中的對應。須注意國語聲母ㄓㄔㄕㄖ之後的韻母，過去一般有介音ㄧ或ㄩ，ㄈ之後有ㄩ，而今日已經消失無遺。可是這些介音卻在消失之前，已使主要元音提高（由低而中，由中而高）。因此，凡有ㄓㄔㄕㄖㄈ聲母的音節應視為具有介母來推測臺語對音。

練習一：單字的主要元音

下面的例字都合乎國臺語主要元音的對應通則，請選出各字的發音。

A. ian, in, oan, un, an, un　　　　　　　答

宣	ㄒㄩㄢ	(s)	soan
新	ㄒㄧㄣ	(s)	sin
山	ㄕㄢ	(s)	san
孫	ㄙㄨㄣ	(s)	sun
先	ㄒㄧㄢ	(s)	sian
熏	ㄒㄩㄣ	(h)	hun

B. eng, iong, ong, ang, eng, iong

央	ㄧㄤ	iong
英	ㄧㄥ	eng
翁	ㄨㄥ	ong

勇　ㄩㄥˇ　　　　　　　ióng

黨　ㄉㄤˇ　(t)　　　　tóng

等　ㄉㄥˇ　(t)　　　　téng

C. ui, oa, i, ui

義　ㄧˋ　(g)　　　　gī

外　ㄨㄞˋ　(g)　　　goā

魏　ㄨㄟˋ　(g)　　　guī

累　ㄌㄟˊ　(l)　　　lūi

D. iu, iau, u ; siau, su, siu

么　ㄧㄠ　　　　　iau

迂　ㄩ　　　　　　u

悠　ㄧㄡ　　　　　iu

需　ㄒㄩ　　　　　su

修　ㄒㄧㄡ　　　　siu

蕭　ㄒㄧㄠ　　　　siau

E. kù, kì, kò, kò•, kà

記　ㄐㄧˋ　　　　kì

句　ㄐㄩˋ　　　　kù

故　ㄍㄨˋ　　　　kò•

個　ㄍㄜˋ　　　　kò

駕　ㄐㄧㄚˋ　　　kà

F. i, u, o•, u, u

資　ㄗ　(ts)　　　　tsu

朱　ㄓㄨ　(ts)　　　tsu

之　ㄓ　(ts)　　　　tsi

租　ㄗㄨ　(ts)　　　tso•

需　ㄒㄩ　(s)　　　su

G. tsiá, tsî, tsiá

姊　ㄓˇ　　　　tsî/tsé

姐　ㄐㄧㄝˇ　　tsiá

者　ㄓㄜˇ　　　tsiá

練習二：主要元音

選出最常見的臺語對應韻母，並舉兩個例字。（例字可在國臺字音對照表中查尋）。

A. an, in, oan, un, ian　　　　　答　　　參考例字

ㄢ		an	安，班
ㄨㄢ		oan	彎，管
ㄧㄣ		in	因，新
ㄩㄣ		un	運，君
ㄨㄣ		un	溫，吞
ㄣ		un	本，分
ㄧㄢ		ian	煙，先

B. eng, ong, iong

ㄧㄥ		eng	英，星
ㄩㄥ		iong	雄，勇
ㄤ		ong	當，方
ㄧㄤ		iong	央，將
ㄨㄤ		ong	王，狂
ㄥ		ong	豐，鄧

C. oai, i, ui, e, ek

ㄨㄟ		ui	為，規
ㄨㄞ		oai	外，快
i		i,e,ek	衣，禮，益

D. iau, iu, u

ㄧㄠ		iau	么，嬌
ㄧㄡ		iu	悠，修
ㄩ		u	于，需

E. a, o, i, u, o˙,

ㄜ		o	賀，鵝
ㄚ		a	啊，他
ㄛ		o	波，頗

ㄓㄨ	u	住，朱
ㄩ	u	余，句
ㄐ	i,e,ek	基，溪，力
ㄩ	o	烏，古

F. i, e, o˙, u

ㄗㄞ	u	資，私
ㄓㄞ	i	知，是
ㄓㄨ	u,u	朱，書
ㄈㄨ	u	赴，富
ㄨ	o˙	恕，庫

G. e, ia, i

ㄐㄝ	ia	也，斜
ㄓㄜ	ia	者，舍
ㄓㄞ	i	知，時

4.4　介音的對應

表10國臺語韵母是按照國語的介音 ϕ，ㄐ，ㄨ，ㄩ 排列的，因此研究各縱行的臺語介音，可了解兩語言之間介音的比較。因為本書採用的羅馬拼音，沒有傳統上介音和主要元音的觀念，我們不妨先討論臺語韵母如何以傳統的介音來分類。

臺語的介音在 an 之前有三種可能情形：卽 ian, oan 和 an 中的 i, o 和零。現在把臺語非入聲文言音韵母按照這三種介音情形分類以便下面的對音推測。

（此表和表3，內容相似，但排列不同。）

主要元音 ＼ 介母	零介母 ϕ	前介音 (扁唇) i	後介音 (圓唇) u
低	am an ang au ai	iam ian iang iau	 oan oai
中 高	(eng) (oe) o (un/in) (ui) (u)	eng e io im/in/iu i	ong iong oe o˙ un ui u

以上的分類裏，韻母 e 和 eng 中的 e，分類在前介（i）裏。oe, oan, ong, oai 的 o（音值是流動的起點可能 u, o, ɔ 等）和韻母 o˙ [ɔ]，分類在後介音 (u) 裏。o 韻母（發音 [ə]）分類在零介裏，和 a 同類。

有括號的部位本是沒有韻母的。其韻母都分類在別類的韻母。也就是該類的韻母不存在，而變爲括號內的韻母。我們可以認爲除了 o [ə] 以外，中、高元音的發音不可能前而不扁唇，或後而不圓唇。也就是不前不後的中高元音（如：ən, əng, əi, i, ə 等韻母），在臺語裏，除了 o 之外，是不存在的。（中古音沒有介音的韻母 əu, ən, əŋ，今日變爲 o˙, un（少數變爲 in），eng，不是向後 (o, un)，便是向前 (in, eng)）。

韻母 iong，爲了對應推測方便起見，可視爲又前又後的介音（但先前扁，後圓唇）。

(a) 一般情形

國語的介音有 ㄧ，ㄨ，ㄩ 和零介音四種情形。這四種情形在臺語裏的一般對應如下：

ㄧ- → i-	沿 ㄧㄢˊ → iân,	野 ㄧㄝˇ → iá
	要 ㄧㄠ → iàu,	央 ㄧㄤ → iong
ㄨ- → o-, u-	彎 ㄨㄢ → oan,	翁 ㄨㄥ → ong
	爲 ㄨㄟˊ → ūi,	哇 ㄨㄚ → oa
ㄩ- → o-, u-	怨 ㄩㄢˋ → uàn,	曰 ㄩㄝ → oat
	運 ㄩㄣˋ → ūn,	譽 ㄩˋ → ū

（但 ㄩㄥ → iong, 勇 ㄩㄥˇ → ióng, 兄 ㄒㄩㄥ → hiong）

零 → 零	啊 ㄚ → a,	愛 ㄞˋ → ài
	奧 ㄜ → ò,	波 ㄛ → o

臺語沒有相等於 ㄩ 的介音，一般以 o 或 u 代替，把 ㄩㄥ 唸成 iong 可說是前扁和圓唇的成分保留在 iong 裏。臺語亦沒有相等於 ㄣ，ㄥ，ㄡ，ㄟ，ㄞ 等韻母的發音，各和 un, eng, o˙, ui/oe, u 對應，因此上表中這些有介音的臺語韻母，除了出現在前介音或後介音以外，也出現在零介音的部位。藉以指出國語零介音的韻母，如何對應臺語韻母。

上面的介音對應屬一般情形，在ㄓㄔㄕㄖㄈ等聲母之後，另有特殊對應。

(b) 在國語捲舌音（ㄓㄔㄕㄖ）之後的介音對應

國語的零介音在ㄓㄔㄕㄖ之後時，臺語的最常見對應介音是 i，如：

ㄓㄜ → ia	（非 o）	者，車
ㄓㄡ → iu	（非 o˙）	周，收
ㄓㄞ → i	（非 u）	知，始

又國語的ㄨ介音在ㄓㄔㄕㄖ之後時，臺語的最常見對應音是 u，而非 o˙。

ㄓㄨ → u	住，朱
ㄓㄨㄥ → iong	中，重

國語音系裏ㄓㄔㄕㄖ聲母之後不能有介音ㄧ或ㄩ，其實中古音裏帶這些聲母的字多半有介音 i 或 y（分別為ㄧ，ㄩ的前身）。這些介音保留於臺語，但消失於國語。今日推測臺語對應時，可把ㄓㄔㄕㄖ之後的零介音視為ㄧ介音，ㄨ介音視為ㄩ介音。

ㄓㄜ → ㄧㄜ → ia	者，車
ㄓㄡ → ㄧㄡ → iu	周，收
ㄓㄨㄥ → ㄩㄥ → iong	中，充

(c)　在唇音聲母（ㄅㄆㄇㄈ）之後的介音對應

在國語聲系裏，ㄈ聲母之後不能有任何介音（ㄈㄨ音節是唯一的例外），其後的零介母都和臺語的介母ㄩ（有時寫成 o）對應。

ㄈㄨ → hu	父，扶
ㄈㄢ → hoan	凡，番
ㄈㄥ → hong	風，峰

在中古音裏，ㄈ聲母的字都屬於三等合口，也就是有介音ㄩ。今日消失於國語，而保留其唇音性質於臺語。因此，推測臺語發音時可在ㄈ後面加ㄩ或ㄨ：

ㄈㄨ → ㄈㄩ　 → hu	父，夫
ㄈㄢ → ㄈㄩㄢ → hoan	番，凡
ㄈㄥ → ㄈㄨㄥ → hong	風，逢
ㄈㄤ → ㄈㄨㄤ → hong	芳，放
ㄈㄣ → ㄈㄨㄣ → hun	分，憤

其他的國語唇音ㄅㄆㄇ跟ㄈ很類似。不同之處是他們可以跟ㄧ介音結合（如：ㄅㄧㄣ，ㄅㄧㄢ，ㄆㄧㄥˊ，ㄇㄧㄠˋ），而ㄈ不能。在國臺語韵母的對應上有些ㄅㄆㄈ聲母的字跟ㄈㄢ 和ㄈㄥ的情形很類似，臺語的韵母是 oan 和 ong，可是數目上不如 an 或 eng 多。也就是 oan，ong 等不是最常見的對音。

(d)　限於ㄐㄑㄒ∅對應 k，kh，h，ng，g 條件下的介音對應

除了上述的ㄓㄔㄕㄖㄈ五個聲母之外，在ㄐㄑㄒ聲母之後的介音對應也有一個特殊的對應。ㄐㄑㄒ如和 ts，tsh，s 對應，介音的對應屬於一般對應；如和 k，kh，h 對應，

那末國語ㄧ介音便跟臺語 φ 介音對應。

ㄐㄑㄒ對應 ts, tsh, s

ㄧ	對	i
姐 ㄐㄧㄝˇ		tsiá
且 ㄑㄧㄝˇ		tshiá^n
小 ㄒㄧㄠˇ		siáu
煎 ㄐㄧㄢ		tsian
煙 ㄧㄢ		ian

ㄐㄑㄒ φ 對應 k, kh, h, ng, g

i	對	φ
家 ㄐㄧㄚ		ka
巧 ㄑㄧㄠˇ		khá
孝 ㄒㄧㄠˋ		hàu
間 ㄐㄧㄢ		kan
雅 ㄧㄚˇ		ngá
諺 ㄧㄢˋ		gān

ia — a, ian — an, iau — au 等對應，只限於聲母ㄐㄑㄒ φ 對應 k, kh, h, ng, g 的條件下。可是有這個聲母對應條件，國語的韻母 iau, ian 並不一定與臺語的韻母 au, an 對應。與 iau, ian 對應的例子甚至比 au, an 還多。

驕 ㄐㄧㄠ	kiau
兼 ㄐㄧㄢ	kiam
堅 ㄐㄧㄢ	kian

練習一：單字介音

選出臺語讀音

A. thian, tsoân, sam, oân, thiam, pan, hoán,
　　tsiàm, tham, siān　　　　　　　　　　　　　　　答

1. 佔 ㄓㄢˋ	(-m)			tsiàm
2. 反 ㄈㄢˇ				hoán
3. 貪 ㄊㄢ				tham
4. 天 ㄊㄧㄢ				thian
5. 添 ㄊㄧㄢ	(-m)			thiam

6. 腕　ㄨㄢˇ　　　　　　oán

7. 全　ㄑㄩㄢˊ　　　　　tsoân

8. 善　ㄕㄢˋ　　　　　　siān

9. 三　ㄙㄢ　　　(-m)　sam

10. 班　ㄅㄢ　　　　　　pan

B. un, in

1. 因　ㄧㄣ　　　　　in

2. 分　ㄈㄣ　　　　　hun

3. 親　ㄑㄧㄣ　　　　tshin

4. 真　ㄓㄣ　　　　　tsin

5. 君　ㄐㄩㄣ　　　　kun

6. 準　ㄓㄨㄣˇ　　　tsún

7. 品　ㄆㄧㄣˇ　　　phín

8. 本　ㄅㄣˇ　　　　pún

9. 振　ㄓㄣˋ　　　　tsìn

10. 新　ㄒㄧㄣ　　　　sin

練習二：韵母的介音

選出最常見的臺語對應韵母。

A. ian, oan, an

ㄧㄢ → 　（煙）　　ian

ㄢ → 　（安）　　an

ㄨㄢ → 　（灣）　　oan

ㄕㄢ → 　（善）　　ian

ㄈㄢ → 　（反）　　oan

in-un

ㄧㄣ → 　（因）　　in

ㄅㄣ → 　（本）　　un

ㄨㄣ → 　（昆）　　un

ㄈㄣ → 　（分）　　un

ㄓㄣ → 　（真）　　in

B. iam, am, im

ㄧㄢ →	（尖簽）	iam
ㄢ →	（甘三）	am
ㄓㄢ →	（占詹）	iam
ㄓㄣ →	（深忍）	im
ㄧㄣ →	（侵心）	im

iau, au, iu, oͅ, o

ㄠ →	（身）高	o
ㄧㄡ →	（朋）友	iu
ㄧㄠ →	（重）要	iau
ㄓㄡ →	（宇）宙	iu
ㄓㄠ →	（執）照	iau
ㄡ →	（諸）侯	oͅ

C. eng, ong, iong, ang, iang

ㄤ →	（康當）	ong
ㄨㄤ →	（光爽）	ong
ㄧㄤ →	（央良）	iong
ㄓㄤ →	（商昌）	iong
ㄥ →	（鄧橫）	eng
ㄧㄥ →	（應丁）	eng
ㄩㄥ →	（勇兇）	iong
ㄓㄨㄥ →	（種重）	iong

D. ai, oai, ui/oe

ㄞ →	（哀該）	ai
ㄨㄞ →	（歪乖）	oai
ㄟ →	（雷配）	ui/oe
ㄨㄟ →	（歸最）	ui/oe
ㄅㄟ →	（費配）	ui/oe

i/e, u, oͅ

ㄧ →	（基系）	i/e

ㄨ →	（古粗）		o˙	
ㄩ →	（居需）		u	
ㄈㄨ →	（夫膚）		u	
ㄓㄨ →	（朱輸）		u	

E. a, ia, oa

ㄧㄚ →G	（家霞）		a	
ㄓㄜ →	（者車）		ia	
ㄚ →	（他媽）		a	
ㄨㄚ →	（掛花）		oa	
ㄧㄝ →	（斜野）		ia	

o, ia, oat

ㄛ →	（婆頗）		o	
ㄨㄛ →	（多果）		o	
ㄜ →	（歌何）		o	
ㄓㄛ →	（舍惹）		ia	
ㄧㄝ →	（爹邪）		ia	

4.5　韵母對應與文白之分 ^附韵母對應總目錄介紹

　　同一個字有文白異讀，通常是差在韵母的不同，聲母或聲調上的不同較少見。因為讀者對國臺語間聲調和聲母的對應已有相當的了解，對文言音韵母也有了基本上的認識，本節擬討論文白之間語音上、詞彙上，和國語的各種不同，並且探討文白異音的成因。

(a)　一般人對文白異音的認識

　　自古以來，中國各地都以各地的方言唸經書。同樣的文字在各地的讀音都不一樣，而各地唸書通常不用所謂白話音或 "土音" 去唸。文、白之分，或叫讀音、語音之分，各地方言都多少有些，可是沒有像閩南語的文白異讀那樣頻多繁雜的，幾乎主要的常用字都有文白異讀。文白異讀的成因很複雜，因地而異。但一般說來，文讀音是唸書人認為正確的發音，白話音不是唸書時可以使用的發音。唸書人有這種觀念，多半來自政治、社會，和歷史的原因。就目前臺灣社會而言，異讀之間能分辨何為文，何為白的，只有五十多歲以上，曾以臺語唸過古文古書的人。沒有這種經驗的人，只有參考詞典字典（如廈門大學編的普通話閩南方言詞典，本書後面的國語臺語字音對照表，作者國語與臺語字音對應規律的研究裏的 "臺語國語字音對照表"）或是專論（如楊秀芳的閩南語文白系統的研究，黃典誠1981閩南單詞語典，……）才能決定。本書國臺字音間的比較希望也能喚起一般讀者對文白異音的興趣和了解。

(b) 文白異音的成因

據一般語言學家的看法，文白異音起因於語言接觸。閩南地區原住居民的漢語與新遷來的移民的漢語接觸後形成新與舊兩個不同的語言層。一般認爲因爲新移民者在文化上較佔優勢，他們的發音於是成爲唸書時的發音，而原住民的語言，或許原來就不用於唸書，或許被取代，而只用於日常的談話中。兩個不同的語言（或方言）演變爲同一語言裏兩個不同的語言層（即文讀層和白話層），很可能經過下列各種改變：

(1)本來不同的語言，由不同的兩群人使用，各說各的。這兩群人經過長久的相處合居，互相學習，而使用彼此的語言，因而這兩種語言都成爲大部份人的共同語言，至少是唸過書的人都能使用的語言。雖然使用的場合有所不同，雙語能力卻是普遍現象。如果新移民的人數很少，可能不足以影響原居民，讓他們都使用新移民的語言。可是因爲其文化地位的優勢，至少可以影響讀書人，唸書時使用新移民的語言，甚至跟他們交談時也使用。後來，這群人連在使用原住民的語言時也經常摻雜新移民者的詞彙；就如臺灣的青年在日治時代經常摻雜日語；近三十年來經常摻雜國語。這種情形傳給下一代就是名副其實的混合語（creole），而不只是臨時混用語（pidgin）。

新移民者的發音不只用於唸書，或跟新移民者交談時，更用於原住民與原住民的交談裏。這種改變是產生新語言的關鍵。

(2)混合後的兩個語言層也和混合前的兩個語言不同。不論在語音、語彙、語法，和語彙的發音（即字音）都重新調整，成爲同一語言裏互有關連的兩套東西。新語言以原住民的語音系統和句法爲基本結構，吸收新移民的詞彙及字音。因此，新語言的語音和語法是原住民語言的延續，詞彙和字音則是新居民和舊居民語言的混合，分別爲移借層和基本層。

當時的新語言的語音系統大致根據原住民語言的語音系統：七個調（有些閩南方言有八個調），十八個聲母（ h 和 f 不分），介音只有三個（即 ϕ, i, u, 沒有 y ），輔音韻尾有m∕p,n∕t, ng∕k 和喉塞音 h 。又有鼻化元音韻母。新移民者原來的語音系統可能有聲母 f ，也有介音 y ，但是在混合的過程中 f 和聲母 h , y 和介音 u 或 i 混淆了。新移民原來的語音系統只有韻尾 -m∕p, -n∕t, -ng∕k，沒有 -h，而新的語音系裏有 -h，可見新語音系是根據原住民的，而不是根據新移民的。現在無論是文讀或是白話詞彙都有連調變化（ tone sandhi, 請參看筆者與鄭謝淑娟1976。）因爲北方方言連調變化很有限，現象也很不一樣，我們可以判定是原住民語言中所有的。輕聲在北方方言中很普徧，且跟閩南話的輕聲有很多類似的地方。閩南語以外的南方方言沒有輕聲現象，因此很可能是受到新移民的影響後產生的。（參見筆者1984論文）

在字音方面，原來兩語之間差異較大的，繼續保存其異音；差異較小的，便合而爲一，（如：車 tshia, 舍 sìa, 布 pò; 苦 khó; 虎 hó· 等字，文白之間發音一致。）前者在混合以後，新語層和舊語層一直保留移借時的差異，但相互有一定的對應關係，各和韵書也有一定的對應關係。

	文	白
放	hòng	pàng
芳	hong	phang
飛	hui	phoe
肥	hûi	pûi

上面這些字原來的發音是 f，因和當時的 h 很接近，便和 h 合而爲一。移借以後 hòng 和 pàng 的發音差異是較大的差異，便一直保留下來。除非整個語音系統有了改變，（例如，所有的 p, ph 都變成 h，所有的 ang 變成 ong）上例 "放" 的文白異音仍將保存下去。（文白發音之一，因少用而完全失傳的情形是可能的，可是這不是音變，只是個別的詞字音數目上的簡化。）

新語言的口語語法大致根舊移住民語言的語法，因爲語法與語音系統一樣，有一定的結構，每部分和其他部分都有密切的關連。一群人守居在鄉土很不容易更改其語言架構的語法和語音系統。語法的改變跟語音的改變一樣，是逐漸的，須要一段相當的時間，才做整個系統的調整。

詞彙就比較容易更改，特別是因爲新移民帶進來的社會、文化、政治上的變遷，必然也帶來新的詞彙。新舊層類似語之間，若能互補的，大多新舊兩詞都能保留下來；重覆而多餘的，或是其中之一被淘汰，或者兩者之間意義範圍重新劃分。

(3)就音變而言，新舊語層因爲都是同一群人的語言系統，也就按照同一個規律演變。而新語層的語音系統漸漸和原先尙未接觸前的語音系統產生差異，也不按原地域的音變規律而變化。以現在臺灣的情形來說，如果以後陰入和陽入變成同一聲調，那末這個變化應該發生在文言字音，也發生於白話字音。而這個變化與北方官話無關。也跟福建地域的閩南話無關。

其實我們已經觀察到有一些變化同時發生於文白語彙，例如，本來 l 和 j 是兩個不同的聲母，l 來自 "來" 母，j 來自 "日" 母。現在很多地方還保留這種區別。可是臺北、臺南、廈門等方言混雜的大城市，現在都不分 l，j。文讀詞彙如此，白話詞彙也如此。

		中古音	臺北，臺南等	歸仁，臺中等
文	如	ńʑiwo	lû	jû
	儒	ńʑiu	lû	jû
	兒	ńʑie	lî	jî

入	n̂ʑiəp⌐	lip	jip
熱	n̂ʑiat⌐	liat	jiat
壤	n̂ʑiang	lióng	jióng
尿	nieu⌐	liau	jiau
白 熱		loah	joah
壤		liáng	jiáng
尿		liō	jiō
文 立	liəp⌐	lip	lip

以上所說的是語音系統變化時，文白的一體性。須與各字字音上文白差異性有所分別，也須和文人們書面語、口語的分離，有所分別。文人們並不是不再使用憑以審音的韵書，或斷絕與其他地區的文人往來。相反的，讀書人一直利用韵書來決定正確的文讀音，可是韵書裏的反切是利用本地話來切音的，而不是根據原先的，或別地方的語音系統來切音的。例如：

		臺中，高雄	臺北，臺南，廈門
入	人執切	jîn + tsip → jip	lîn + tsip → lip
立	力入切	lek + jip → lip	lek + lip → lip
儒	人朱切	jîn + tsu → jû	lîn + tsu → lû
驢	力居切	lek + ku → lû	lek + ku → lû

因爲靠韵書，文人總有辦法把所有的字定音。另一方面，凡是說同一個文讀語言系統的文人，都因韵書而有共同的標準。

文人確也跟其他地區的文人官吏（特別是省城、首都的人士）往來，可是往來主要靠書信，如有口頭上的接觸，互相用文言文的句法和詞彙，及文讀發音，則大概不必請人翻譯也勉強可以交談。南方的文人因此絲毫也不覺得自己的發音不標準。對北京人語音上劇烈的變化，反倒視爲不應該。例如：交易的易（ek），和容易的易（i），韵書上明明規定一個唸入聲，一個唸去聲，北方人卻都唸成去聲；禮 lé 和理 lí，書 su 和疏 so，應該不同韵，北方人不知所分，常爲他們的審音能力低落而哀嘆。

(4)以上是兩個不同的語言接觸後形成文白兩個語層的情形。也可能有兩個以上不同的語言同時接觸的情形，這種情況在閩南語的歷史上可能發生過，可是就目前的資料看來，好像每個時期的文人心目中，大家共同接受爲標準的文讀音，傾向於單一系統。

(5)有史以來，新移民和舊移民的語言接觸，可能不止只發生過一次。每次有文化優勢語言來侵時，書面語原來的文讀音，便被新移民的文讀音取代。因爲來自北方的新移民的語言，常跟北方當政者的語言相同或相似，他們又是懂得唸書，懂得應付當前考舉制度的一群人，已經介入口語的舊文讀音詞彙，如和新文讀音不同便被第二代文人視爲白話音詞彙。現在臺灣的年輕人不知道臺語裏有文白之分，唸書時也不像以前用臺語的文讀音唸書。他們的臺語裏常常夾入國語，久而久之，目前老一輩人所了解的文讀音，對他們也只不過是口語裏的詞彙，對唸書用的國語而言，也就算爲一種"白話音"了。

(c) 文讀音和白話音之間的界限

新舊移民的語言混合爲同一語言的兩個語言層以後，書面語和口語之間很可能有下列的關係：新移民所遺留下來的文讀層也好，原住民所留下來的白話層也好，音變都按照調整以後的新語音系統演變。可是書面語的語法和語彙則繼續和日常用語脫節，因爲讀書所唸的典範著作是大致不改變的。文法和語詞也就來自古典裏的文法和句法，這是閱讀的情形。寫作的傳統也是模仿古典裏的句法、詞彙，和習用語。雖然免不了受日常口語的影響，可是讀書人都能意識到一個原則：書面語按照古典上的文言文，唸書的發音按照文讀音。

儘管如此，我們不難想像當時的文人不能不使用新的詞彙。因爲古典裏的詞彙總不夠用，官職、機構、制度的名稱，人名、地名、物名，都是隨着時代而變的。這些因爲文化的變遷而新起的詞彙，出現於書面語，也出現於口語，並且很多是靠書面語來傳播，影響到口語詞彙的改變。口語詞彙和書面語詞彙因而不能截然分開。

另一方面，口語的演變少受古典語法、詞彙的拘束，而按照一般規律，隨着新的社會和文化情況改變。由於文人的社會地位高，他們口語中所用的書面語詞彙也很容易地傳到一般大衆。

至於字音，書面語和口語之間也互相借用，互相影響。書面語按照新的語音系統，以文讀音唸書面語，口語也按照新的語音系統，如是從書面語借入口語的詞語，就用文讀音說，如是原來的詞彙，或是完全經過民間創造或口頭借進的詞彙，便用白話音發音，這應該是一般通則。可是介入口語的書面語詞彙的文讀音，有時也會被白話音取代（如：大學 tāi-ha̍k，被 toā-o̍h 或 tāi-o̍h 所代）；唸書時書面語詞彙，有時也會用白話音代替文讀音（如把客觀 khek-koan 唸爲 kheh-koan，計劃 kè-he̍k 唸爲 kè-e̍k）。

(d) 文白之間語音上的差異

聲調方面，文白一般沒有什麼分別，只是古次濁上聲字，文言音一般都保留上聲，白話音中有一部分字變成陽去（參看2.3節）。如：

	文	白	國語
雨	ú	hō˙	ㄩˇ
有	iú	ū	ㄧㄡˇ
五	ngó˙	gō˙	ㄨˇ
與	ú	hō˙	ㄩˇ
遠	oán	hn̄g	ㄩㄢˇ

　　聲母方面，文白之間的不同比聲調上的不同稍多些，可是比起韻母上的不同，還是少得多。

	文	白			
ㄈ	h	p	放	hòng	pàng
	h	ph	芳	hong	phang
ㄙ	s	tsh	松	siông	tshêng
ㄕ	s	tsh	樹	siū	tshiū
		ts	書	su	tsu
ㄒ	s	tsh	斜	siâ	tshiâ
		ts	謝	sia	tsiā
ㄒ	h	kh	許	hú	khó˙
		k	行	hêng	kiâⁿ
		φ	下	hā	ē (hē)
ㄏ	h	kh	環	hoân	khoân
		k	寒	hân	koâⁿ
		φ	紅	hông	âng
φ	φ	h	遠	oán	hn̄g

　　韻母方面的不同佔文白異讀的絕大部分，比聲調、聲母的不同多而繁雜。（詳細情形可看 4.6 — 4.9 ）。這裏先歸納下面幾個特點。

　　1. 凡是韻尾是 h, -ⁿ, hⁿ 的音節，都可算是白話音。韻尾 h 的文言對音是 p, t, k。鼻化元音多半都和文言音的 m，n, ng 韻尾相對應。

　　2. 凡是鼻輔音韻母 m, ng 的音節也都可算是白話音。

　　3. 白話音的主要元音一般低於文言音的主要元音。（參見 4.3 ）

(e)　和國語對應上的不同

　　無論是調、聲、韻，文言音都比白話音發音上較爲接近國語，且對應上較有規律。

　　上面(d)所提到的文白之間語音差異都是文言音的發音較接近國語，聲調、聲母、韻母三方面都是如此。只有少數例外，主要的是國語韻母ㄠ，ㄧㄤ，ㄤ，都近於臺語白話音（ an, iang, ang ）而遠於文言音（ o, iong, ong ）。（另一個例外請看 4.7 ）

　　這些特殊現象可以證明把文言音帶到福建的那批移民不是從北京移去的。因爲就這些韻母而言，福建的白話音旣跟北京的發音相同，如果是從北京帶來的話，這些韻母不應該有文白異讀現象。

　　凡今日有文白異讀的字，來自新舊移民當時語音上的不同，一直保留下來。文讀詞帶進以後，雖然也會按照音變規律變化，可是不可能當時沒有異讀，而今日產生了異讀；

然而異讀之間又是文言音比白話音更近於北京音。

　　北京的ㄠ，ㄤ發音是中古以來一直沒有變化的，很不可能在北京本地由 au 變 o，又變回 au；由 ang 變爲 ong，又變回 ang。這批移民到福建的移民既是由 au 變 o、ang 變 ong 的地區遷來，而這個地區不可能還保留着 au，ang 的北京（其實那時的北京還不是政治中心），那末是什麼地區呢?在導論中已經討論過了，很可能是河南東南端的光州固始。

(f)　詞彙上的不同

　　上面所討論的文白之間語音上和對應上的不同，可以幫助我們判斷某字不同的發音之間（如 "學" 的兩個發音 hak 和 oh 之間；"三" 的兩個發音 sam 和 san 之間）哪個是文言音，哪個是白話音。如果要判斷在各詞裏某字的發音應唸成白或文，已經不是語音或語音對應的問題，而完全是臺語裏各詞的兩個發音間選擇的問題。要解答這個問題須看整個臺語過去各種詞彙的淵源，以及各時代的語言接觸所引起的各種詞彙的增長與失落，及它們應用範圍的增失。並非短短一節可圓滿討論完的。本節只提供一些觀察，讓以後從事研究的人參考，也讓讀者在選擇文白時做參考。

　　1. 虛詞詞彙通常是白話音，實詞（包括名、動、形容詞）詞彙則文白都可能。

　　虛詞指名、動、形容詞以外的詞（介，連，副，代名，助動，量，感嘆，結構標誌等詞類）。虛詞不容易移借，多半是在同一個語言裏代代相傳，或內部發展，因而多半用白話音。向外移借的多半屬於實詞，而向外借用多半是靠文人從書面語借用，因此多半用文讀音。

虛			實		
無	bô	無地看，無愛去	bû	無線電	
通	thang	好通去	thong	交通	
小	sió	小看咧，小粒子	siáu	小人	
傷	siuⁿ	傷近，傷大 { 太近，太大 }	siong	傷害，重傷	
誠	tsiáⁿ	誠好，誠大	sêng	誠實，誠意	
會	ē	會使，會曉	hoē	會議，機會	
下	ē	三下，一下手	hā	部下	
我	goá	你及我	ngó˙	自我意識	
敢	káⁿ	敢有這號代誌？{ 有這種事嗎 }	kám	勇敢	
未	boē	食飽未	bī	未來	

　　例外的情況，一般屬於雙音連接詞或副詞。這類詞彙，都是現在中文通用的。很明顯是經過書面語借入臺語的。

一定	it-tēng	的確	tek-khak	反正	hoán-tsèng
已經	í-keng	不幸	put-hēng	故意	kò͘-ì
不止	put-tsí	尤其	iû-kî	永遠	éng-oán
除非	tû-hui	不管	put-koán	果然	kó-jiân
可比	khó-pí	旣然	kì-jiân	不必	put-pí
只要	tsí-iàu	儘管	tsīn-kòan	假使	ká-sú
或者	he̍k-tsiá	何況	hô-hòng	設使	siat-sú
以及	í-ki̍p	而且	jî-tshiáⁿ		

2. 單音詞傾向於白話音，多音詞或文或白。古時候漢語中單音詞佔絕大多數。後來因語音簡化，同音字增加，多音詞也隨著增加。因此單音詞多半是代代相傳下來的，多音詞多半是後起的。而後起的多音詞彙中，很多又是因爲新制度、新品物、新文化而產生的。這些詞語因多半經過書面語，靠文人由他地移借，所以傾向於文讀音，多音節如是內部發展的，就傾向於白話音。

	單音節詞		雙音節詞		雙音節詞
擔	taⁿ	擔（葱仔）	糞擔	tam	擔心，擔任
看	khoàⁿ	看牛	看命仙	khàn	看護，看守
問	mn̄g	問（人）	佛問	būn	問題，學問
放	pàng	放（手）	放生	hòng	開放，放蕩
馬	bé	馬	馬車	má	馬上，出馬
下	hē	下（落去）	下落	hā	下山，陛下
利	lāi	（真）利，（生）利		lī	利益，勝利

3. 雙音詞中帶有附加成分（affix），不管是詞幹（stem）或是附加成分（分前附成分 prefix，中插成分 infix，和後附成分 suffix）都傾向於白話音，複合詞便可能文，可能白。

	前附成分 prefix			複合詞
初：	tshe̍	初三，初十，初四	tsho͘	起初，初審
三：	saⁿ		sam	三郎，無三不成禮
老：	láu	老大，老細，老陳	nó͘	敬老，元老
（大：	toā	大細	tāi	大學，成大）

	中插成分 infix			
會：	ē	看會着，行會到	hoē	會議
（看：	khoàⁿ	讀看見	khàn	看護）

有：ū　食有飽，看有人　　　　　iú　　國有，有機體

（食：tsiah　　　　　　　　　　sit　　糧食）

猶未：iáu-boē　食猶未飽　　　　　bī　　未來

　　　　　　行猶未到位

（行：kiâⁿ　　　　　　　　　　hêng　行動）

　　　後附成分　suffix

仔：á　　囝仔，師仔　　　　　　tsú　　仔細

（師：sai　出師｛完全徒弟課程｝　　su　　教師）

頭：thâu　看頭，甜頭　　　　　　thô͘

兄：hiaⁿ　二兄　　　　　　　　　heng　父兄

4. 姓氏傾向於白話音，名字傾向於文言音。姓是代代相傳，來源古於移民遷來時的移借字，因此傾向於白話音。名字通常請文人起名，因此傾向於文言音。值得注意的一點是姓氏一般是單音詞，名字一般是雙音詞。

	姓（白話音）		文讀音
陳	Tâⁿ	陳列	tîn-liat
康	Khng	健康	kiān-khong
洪	Âng	洪水	hông-súi
謝	Tsiā	感謝	kám-siā
翁	Ang	主人翁	tsú-jîn-ong
白	Peh	表白	pián-pék
許	Khó͘	許可	hú-khó
鄭	Teⁿ	鄭重	tēng-tiōng
唐	Tn̂g, Thn̂g	唐朝	Tông-tiâu
歐	Au		o͘
傅	Pò͘	師傅	su-hū

但是下列的姓氏通常唸文讀音。

	文		白
林	Lîm	樹林內	tshiu-nâ-lāi
上官	siōng-koan	上山	tsiūⁿ soaⁿ
司馬	su-má	司公	sai-kong

名字	文	白
súi	金水，水木	tsúi 水土，水
bȯk	水木，木生	bȧk 做木
goȧt	月霞，月桃	goėh 月娘，月色
kong	光明，光輝	kng 日光，光明
ú	雨新，添雨	hō˙ 落雨
hoa	麗花，美花	hoe 花蕊

5. 民間的日常用語傾向白話音，古典內的詞語、外語譯語、學術、科技、官方用語傾向於文讀音。這也與是否由文人做媒介有關。後者雖然不一定是當時新移民的用語，可是常由文人介紹進入大眾語言。白話詞彙有兩種情況：一是早期文讀層尚未介入以前就有的詞彙留傳下來的；二是從那時以後內部發展出來的，也就是因爲日常使用上的需要，大眾自然創造傳用的語彙。創造的過程通常是用白話層的字音結合成複合語（compounds）或衍生語（derived words，包括帶有附加成分的詞語）。這種詞彙不由文人做媒介，因此，多唸白話音。

由文人介引進來的詞彙，有的也變成日常用語。並且也有粗野的罵語。小孩子們用自己的語言罵人，凡是有教養的長輩都能立刻管束糾正。用別人的語言罵人，就是很粗野，長輩就是有心管教，也不知如何管起，因爲長輩一般不很精通新語言，也缺少應有的語感來排斥這些粗話，有時自己用了也不覺得怎樣。我們不妨比較今日臺灣的孩子說"個娘咧"，父母都隨時會管教，說"他媽的"，不懂國語的父母則很多不知管教的。

老不修	lāu-put-siu
夭壽	iáu-siu
路旁屍	lō˙-pông-sī
不死鬼	put-sú-kúi

"老不修"的"老"唸白話音，是同詞裏文白混用的例字。

6. 數字中電話號碼、年代，用文言音；跟量詞連接的用白話音。

	文	白
一	it	tsı̍t
二	ji	nn̄g （兩）
三	sam	saⁿ
四	sù	sì
五	ngó˙	gō˙
六	liȯk	lȧk

七	tshit	tshit
八	pat	peh
九	kiú	kaú
零／空	lîng, khòng	

二二如四	三月，三年前，四禮拜
1985，1931，1900	三枝，十三，三萬
308-2916	八隻，九條

白話詞彙裏，在單位數詞（十，百，千，萬等）之後，用 it, jī, 而不用 tsit, mīg 。如：十二，十一，萬一，萬二。

上述的稱數傳統已經相當固定。文言文中沒有量詞，這和數字不加量詞時唸文音可能有關係。

上面以不同的角度看文白異音。它起於有過接觸的不同語言。文讀音本土化之後，靠文人把文讀音詞彙擴大，系統化而繼承下來。可見文白之分跟文人的活動關連很密切。

4.6 ㄢㄣㄤㄥ 的對應

本節要討論的ㄢㄣㄤㄥ韻的對應有一個很明顯的特點：國語的韻母有鼻音韻尾 n，ng，臺語的對音若是文言音卽 M, N, NG；若是白話音便是 m, n, ng 和 -^{n} 。國臺語之間的對應在韻尾方面很有規律。

ㄢㄣㄤㄥ韻共有ㄢ，ㄧㄢ，ㄨㄢ，ㄩㄢ，ㄣ，ㄧㄣ，ㄨㄣ，ㄩㄣ，ㄤ，ㄧㄤ，ㄨㄤ，ㄥ，ㄧㄥ，ㄨㄥ，ㄩㄥ 等 15 個韻母。臺語有 M, N, NG 韻尾的韻母共有 am, iam, im, an, ian, in, oan, un, ang, eng, iang, ong 等十二個，比國語少三個。有 -^{n} 鼻化元音的韻尾共有九個：a^n, e^n, ia^n, i^n, o^n, oa^n, ai^n, oai^n, iu^n ，一般只出現於白話音。 ng 韻母也只出現於白話音，它的文言音對音通常是 ONG 和 OAN 。

本節以後到 4.9 節，凡是文言音韻母皆以大寫字母書寫（如：ONG, OAN ）。

爲了節省篇幅，本節到 4.9 節，國臺語之間的對應規律，不用 "在某某條件之下" 的方式，而只用 "限於某某條件之下" 的方式。前者須列出各種條件下的每一個對音；後者只須指出在某條件下才有某對音，而某對音也可能出現在其他條件下。

例如：

ㄧㄢ　ㄐ—G 時	AN
	AM
其他條件時	I AN
	I AM
	AN
	AM

一律改寫爲：

ㄧㄢ			IAN
			IAM
（限於ㄐ―G）			AN
			AM

限於（ㄐ―G）的意思是ㄐㄑㄒ對應 k, kh, k 時才有 AN, AM 對音。該條件不可能有 IAN, IAM 對音，而 AN, AM 也可能在別的聲母對應條件下出現。

4.6.1 文言音對音

ㄢ	AN	安	ㄢ	an	班殘罕產
	AM	貪	ㄊㄢ	tham	甘斬杉參
（限於ㄈ）	OAN	凡	ㄈㄢˊ	hoân	滿泛反藩
（限於ㄓ）	IAN	善	ㄕㄢˋ	siān	禪扇棧戰
（限於ㄓ）	IAM	閃	ㄕㄢˇ	siám	佔詹染暫
ㄧㄢ	IAN	仙	ㄒㄧㄢ	sian	延沿鉛貶
	IAM	簽	ㄑㄧㄢ	tshiam	聰謙嚴減
（限於ㄐ―G）	AN	姦	ㄐㄧㄢ	kan	間眼簡奸
（限於ㄐ―G）	AM	監	ㄐㄧㄢ	kàm	銜咸艦陷
ㄨㄢ	OAN	灣	ㄨㄢ	oan	丸圍川貫
（限於φ―b）	AN	萬	ㄨㄢˋ	bān	
ㄩㄢ	OAN	全	ㄑㄩㄢˊ	tsoân	宣員權元
	IAN	緣	ㄩㄢˊ	iân	軒
ㄣ	UN	本	ㄅㄣˇ	pún	奔門盆分
（限於ㄓ）	IN	真	ㄓㄣ	tsin	陣診振認
（限於ㄓ）	IM	深	ㄕㄣ	tshim	沉森審忍
ㄧㄣ	IN	賓	ㄅㄧㄣ	pin	品鄰觀銀
	IM	臨	ㄌㄧㄣˊ	lîm	侵今音欣
ㄨㄣ	UN	溫	ㄨㄣ	un	敦準昆倫
ㄩㄣ	UN	君	ㄐㄩㄣ	kun	雲訓巡
	IN	孕	ㄩㄣˋ	īn	訊迅

ㄤ	ONG	防	ㄈㄤˊ	hông	黨訪旁
	ANG	邦	ㄅㄤ	pang	棒港龐
（限於ㄓ）	IONG	昌	ㄔㄤ	tshiong	盎倡商
ㄧㄤ	IONG	良	ㄌㄧㄤˊ	liông	詳疆央
（限於ㄐ—Ｇ）	ANG	江	ㄐㄧㄤ	kang	巷項降
ㄨㄤ	ONG	光	ㄍㄨㄤ	kong	爽荒況往
ㄥ	ENG	程	ㄔㄥˊ	thêng	征登恒升
（限於ㄅ）	ONG	風	ㄈㄥ	hong	豐鳳封奉
ㄧㄥ	ENG	英	ㄧㄥ	eng	丁興慶兵
ㄨㄥ	ONG	宗	ㄗㄨㄥ	tsong	鴻總統農
ㄩㄥ	IONG	兇	ㄒㄩㄥ	hiong	窮雄庸擁
	ENG	瓊	ㄑㄩㄥˊ	khêng	炯永泳詠

上面ㄢㄣㄤㄥ國語四韵的臺語文讀對音有幾個特點：

1. ㄢㄣ兩韵的臺語對音一定有韵尾 N 或 M，而 N 韵尾字又多於 M 韵尾字。

2. ㄤㄥ的臺語對音絕大多數有韵尾 NG。

3. 就韵母主要元音的高低而言，ㄢ的對音是 AN 韵母（包括 AN，IAN，OAN）或 AM（包括 AM，IAM）。ㄣ的對音是 IN，UN 兩韵母；低對低，高對高，很有規律。ㄤㄥ 的情形就不然了。一般而言，在臺語裏的韵尾 NG 有使主要元音向中移（即高向中，低亦向中）的傾向。ㄤ，ㄧㄤ，ㄨㄤ的最常見對音是 ONG，IONG 而不是 ANG 或 IANG。（IANG 的發音雖然出現於臺語，卻只出現於白話音。）ㄥ，ㄧㄥ，ㄨㄥ，ㄩㄥ的常見對音是 ONG，IONG 及 ENG，也都是中元音。

4. 若只就最常見對音來論，ㄤㄥ之差在臺語轉化爲ONG，ENG之差。ㄨㄥ 因有ㄨ而和ONG對應。ㄩㄥ因有ㄩ而與 IONG對應。

ONG	←	ㄤ	ㄨㄤ
IONG	←	ㄧㄤ	ㄩㄥ
ENG	←	ㄥ　ㄧㄥ　ㄨㄥ	

5. 上面的臺語對應音不包括因連續而產生的發音變化，如：

身邊　　sin-piⁿ → sim + piⁿ

身軀　　sin-khu → seng + khu

頇慢　　han-bān → ham + bān

新婦　　sin-pu → sim + pū

乾貝　　kan-phoe → kam + phòe

連鞭　　liân-piⁿ → liam + piⁿ → liâm-mi

散步　sàn-pō˙ → sàm + pō˙

芎蕉　keng-tsio → kin + tsio

今年　kim-nî → kin + nî

　　這些詞第一個字的韻尾（如：身 sin 的 -n因受到第二字聲母的影響，變爲近於後者韻尾（舌尖前音 n 變爲雙唇音 m，是受雙唇音 p 的影響）語音學上稱之爲同化作用（assimilation）。我們標音時，在所知的範圍內儘可能標本音，爲的是追究本字，顯示字與字之間的異同。

4.6.2　文白異音

(a)　ㄢ，ㄧㄢ，ㄨㄢ，ㄩㄢ 的對音

AM-aⁿ　擔 Tam-taⁿ　三參敢膽斬監（衫）籃藍

　- oaⁿ　散 Sàm-soàⁿ

AN- oaⁿ　山 San-soaⁿ　散肝單寒竿干杆乾看汗旱攤壇癱（灘）鞍懶岸（鼻）（盞）（汕）

　- ian　疝 Sàn-siàn（扇）

　- eng　間 Kan-keng 閒

I AM- iⁿ　添 Thiam-thiⁿ　簽

I AN- iⁿ　天 Thian-thiⁿ　邊編變鞭鮮見燕年甜院鉗（箭）（氈）（纏）棉綿麵

　- iaⁿ　健 Kiān-kiāⁿ　顯（件）倩靛

　- oaⁿ　煎 Tsian-tsoaⁿ　賊

　- eng　研 Gián-géng　前千肩

　- in　面 Biān-bīn　眩

　- an　（牽）（Khian）-khan

　- un　顛 Tsiàn-tsùn　〔烟〕〔煙〕〔塡〕〔前〕

OAN- oaⁿ　半 Poàn-poàⁿ　盤販叛（潘）（般）泉官棺段端歡款腕碗

　- oaiⁿ　關 Koan-koaiⁿ　縣

　- ng　晚 Boán-mńg　轉算阮斷勸遠全券（捲）穿（飯）酸卵管竄（鑽）園軟

　- eng　還 Hoân-hêng　穿

　- an　挽 Oán-bán　頑還輓

　- un　拳 Koân-kûn　（船）

　- iⁿ　圓 Oân-îⁿ

　- in　絹（Koàn）-kìn

(b) ㄣ，ㄧㄣ，ㄨㄣ，ㄩㄣ 的對音

IM-in 今 Kim-kin 斟認

　　-iam 沉 Tîm-tiâm

　　-a^n 林 Lîm-nâ

　　-ia^n～a^n 甚 Sím-siá^n 林（nâ）

　　-am 淋 Lîm-lâm

IN-an 陳 Tîn-tân 瓶呻鱗

　　-un 陣 Tin-tsūn 伸閔

UN-ng 問 Būn-mn̄g 孫損門頓褪

　　-un 分 Hun-pun 存聞輪

　　-in 允 Ún-ín 恨銀斤均根巾

　　-ang 蚊 Bún-báng

(c) ㄤ，ㄧㄤ，ㄨㄤ，ㄥ，ㄧㄥ，ㄨㄥ，ㄩㄥ 的對音

ONG-ng 當 Tong-tng 方光霜賬桑荒艙倉床牀黃廣狀缸鋼康糠（湯）堂（糖）郎
　　　　　　　　　　　榔榜（燙）妝粧莊瘡

　　-ang 房 Pông-pâng 枋芳忙放缸鋼郎綁螂蜂翁馮捧多東苳通棕鬃肨葱鬆空公工
　　　　　　　　　　　蚣（烘）哄同銅膿（籠）聾（胖）（航）（紡）（骯）叢
　　　　　　　　　　　洪紅懂董（桶）筒凍棟動痛弄送窗網望

　　-iang （乓）（Phong）-piang

　　-eng 框 Khong-kheng 匡筐虹

IONG-iang 常 Siông-tshiâng 漳彰腸長廠掌唱亮諒量（涼）响響享双雙傷

　　-iu^n 張 Tiong-tiu^n 樟章場裳長廠賞脹漲帳文唱鯧上尚讓（漿）鎗槍
　　　（=io^n） 　　　　　（箱）薑（薑）腔鄉香量想鴦（娘）樑（糧）養癢
　　　　　　　　　　　醬相像象樣楊洋羊牆墻薔鎔熔溶傷

　　-eng 鐘 Tsiong-tseng 鍾松宮弓龔龍寵壟種腫重衆銃沖供胸甕窮用

　　-ia^n 娘（Liông）-niâ

　　-ng 腸 Tiông-tn̂g 長寸杖央秧

　　-ang 蟲 Thiông-thâng 共重

　　-im 熊 Hiông-hîm

ENG-an 等 Téng-tán 曾蜻零

　　-e^n 生 Seng-se^n 爭撐牲更庚羹坑省鄭青星腥坪平柄井醒病姓嬰嬰（繃）
　　（≡i^n） 　　　　　（彭）（澎）（棚）（硬）冥

　　-in 承 Sêng-sîn 升藤秤輕楹蠅稟應屏憑

-ia^n　聲 Seng-sia^n　成誠城程埕正聖廳聽京驚（坪）庭情行營贏炳丙餅鼎嶺領請（鏡）影併定錠訂併命兄名

-oai^n　（橫）（Hêng）-hoâi^n

-ia　迎 Gêng-giâ

-ang　（崩）（Peng）-pang

ANG-ang　航 Hâng-phâng

ANG-ong　講 Káng-kóng

有鼻音韵尾（M，N，NG）的臺語文言韵母和它們的白話音有異，其間的異同可以歸納如下：

1. 唯有白話音有鼻化元音（如 i^n, a^n, oa^n）或 ng 等韵母。因此，若看到這韵母便可判定為白話音。（例外：好 ho^n，惡 o^n 皆為文言音，它們的國語發音都沒有鼻音韵尾。）鼻化元音韵母所對應的文言音韵母都有韵尾 M，N 或 NG。

2. 臺語裏有鼻韵尾的發音，可能是文言音，也可能是白話音（如：AN-eng，IN-an)。文白之間韵尾不同的情形很少，如果有，都是文言音較接近於國語。如：

			文	白
IAN-eng	千	ㄑㄧㄢ	tshian	tsheng
OAN-eng	還	ㄏㄨㄢˊ	hoân	hêng
ENG-in	輕	ㄑㄧㄥ	kheng	khin
-an	等	ㄉㄥˇ	téng	tán
IONG-im	熊	ㄒㄩㄥˊ	hiông	hîm

下面的情形算是白話音近於國語，可是文言音M韵尾在國語中一律是 n 韵尾。

IM-in	認	ㄖㄣˋ	j$\bar{\text{i}}$m	j$\bar{\text{i}}$n
	忍	ㄖㄣˇ	jím	lún

NG 對 n 的情形都來自中古曾挭兩攝，這兩攝有些學者認為中古韵尾是上顎音（palatal）。在文言音裏由上顎音變成後舌音 ng，在白話音裏由上顎音變為舌尖音 n。

3. 就主要元音來說，文白之間一般都是文言音比白話音近於國語。少有的例外是 ㄤ → ONG-ang，ㄧㄤ → IONG-iang 裏，近於國語 ㄤ，ㄧㄤ 的 ang, iang 韵母反而是白話音，異於國語 ㄤ，ㄧㄤ 的 ONG, IONG 反而是文言音。

ㄤ：ONG-ang

			文	白
芳	ㄈㄤ		hong	phang
房	ㄈㄤˊ		pông	pâng
放	ㄈㄤˋ		hòng	pàng
郎	ㄌㄤˊ		lông	lâng

ㄧㅊ/ㅊ ： IONG-iang

掌	ㅂㅣㅊˇ	tsióng	tsiáng
唱	ㄔㅣㅊˋ	tshiòng	tshiàng
量	ㄌㅣㅊˋ	liōng	liāng
享	ㄒㅣㅊˇ	hióng	hiáng

4. 除了上述情形之外，臺語文言音的主要元音都比白話音近於國語，如：

ㄨㄥ ： ONG-ang

		文	白
東	ㄉㄨㄥ	tong	tang
動	ㄉㄨㄥˋ	tōng	tāng
紅	ㄏㄨㄥˊ	hông	âng

ㄨㄥ ： IONG-ang

| 蟲 | ㄔㄨㄥˊ | thiông | thâng |

5. 值得注意的是文、白之間，白話音偏於低元音。

6. 還有文白音兩者都不像國語韵母，不過在程度上還是文言音較近於國語韵母的情形有：

ㅊ	： ONG-ng	當
ㄨㅊ	： ONG-eng	框
ㄨㄥ	： IONG-eng	鐘
ㅊ	： IONG-ng	腸

7. 有些字音的韵母本應爲鼻化元音，可是因聲母是鼻音（m，n，ng）就把鼻化元音符號省去，上面都歸入鼻化元音內，如：麵 mī, 年 nī, 歸入 IAN-i^n 內；名 miâ, 命 miā 歸入 ENG-ia^n 內。

8. UN ≡ in

"恨，銀，斤，均，根，巾" 等國語是 ㄩㄣ 或 ㄣ 韵母的字，閩南話各地的分布相當複雜，我們暫時認爲：

	文	白
臺北	UN	un
臺南	UN／IN	in

練習一：人　名

以下是臺灣文化界的人士，請將臺語的韻尾塡入空格中。（註："鄭"字當姓氏時唸成鼻化元音。）

答

1. 黃春明　ㄏㄨㄤˊ ㄔㄨㄣ ㄇㄧㄥˊ　（φ, tsh, b）　Ng̍ Tshun-bêng
2. 康寧祥　ㄎㄤ ㄋㄧㄥˊ ㄒㄧㄤˊ　（kh, l, s）　Khng Lêng-siông
3. 陳永興　ㄔㄣˊ ㄩㄥˇ ㄒㄧㄥ　（t, φ, h）　Tân Éng-heng
4. 呂炳川　ㄌㄩˇ ㄅㄧㄥˇ ㄔㄨㄢ　（l, p, tsh）　Lū Péng-tshoan
5. 王詩琅　ㄨㄤˊ ㄕ ㄌㄤˊ　（φ, s, l）　Ông Si-lông
6. 吳三連　ㄨˊ ㄙㄢ ㄌㄧㄢˊ　（ng, s, l）　Ngô͘ Sam-liân
7. 莊永明　ㄓㄨㄤ ㄩㄥˇ ㄇㄧㄥˊ　（ts, φ, b）　Tsng Éng-bêng
8. 甘為霖　ㄍㄢ ㄨㄟˊ ㄌㄧㄣˊ　（k, φ, l）　Kam Uî-lîm
9. 楊雲萍　ㄧㄤˊ ㄩㄣˊ ㄆㄧㄥˊ　（φ, h, p）　Iûⁿ Hûn-pêng
10. 向　陽　ㄒㄧㄤˋ ㄧㄤˊ　（h, φ）　Hiòng Iông
11. 楊青矗　ㄧㄤˊ ㄑㄧㄥ ㄔㄨˋ　（φ, tsh, tshiok）　Iûⁿ Tseng-tshiok
12. 林宗源　ㄌㄧㄣˊ ㄗㄨㄥ ㄩㄢˊ　（l, ts, g）　Lîm Tsong-goân

練習二：俗語和特別詞

1. 請將臺語韻尾塡入空格中。

答

1. 趁錢　ㄔㄣˋ ㄑㄧㄢˊ　thà __ tsî __　n, N　(c)
2. 生理　ㄕㄥ ㄌㄧˇ　se __ -lî　ng　(i)
3. 唐山　ㄊㄤˊ ㄕㄢ　t ^ -soa　ng, N　(f)
4. 見笑　ㄐㄧㄢˋ ㄒㄧㄠ　kià __ -siàu　n,　(e)
5. 頇慢　ㄏㄢ ㄇㄢˋ　hâ __ -bā __　n/m, n　(h)
6. 無影　ㄨˊ ㄧㄥˇ　bô iá __　N　(a)
7. 轉來去　ㄓㄨㄢˇ ㄌㄞˊ ㄑㄩ　t ´ lâi khì　ng　(b)
8. 臭柑度籠　ㄔㄡˋ ㄍㄢ ㄉㄨˋ ㄌㄨㄥˊ　tshàu ka __ tō͘ lá __　m, ng　(j)
9. 搓圓仔湯　ㄔㄨㄛ ㄩㄢˊ ㄗˋ ㄊㄤ　so î __ -á th __　N, ng　(d)
10. 半斤八兩　ㄅㄢˋ ㄐㄧㄣ ㄅㄚ ㄌㄧㄤˇ　poã __ ki __ peh niú　N, n　(g)

2.配合：以下各詞與上面俗語中何者意義相似，請選出來。

___ a.實無其事　　　　___ b.回去　　　　　___ c.賺錢

___ d.通謀共利　　　　___ e.可羞　　　　　___ f.中國大陸

___ g.不相上下　　　　___ h.笨拙無能　　　___ i.生意

___ j.禍根要早斷

練習三：詞語異音中的文言音

下面異音之間哪個是文言音？　　　　　　　　　　　答

1.	新鮮	sin-sian	鮮魚	tshin-hî	sian
2.	被單	phoe-toan	簡單	kán-tan	tan
3.	寒天	koân-tin	寒假	hân-ká	hân
4.	四散	sì-soàn	散步	sàn-pō˙	sàn
5.	山頂	soan-téng	山水	san-súi	san
6.	勇敢	ióng-kám	毋敢	m̄-kán	kám
7.	三國	sam-kok	三枝	san-ki	sam
8.	膽汁	tán-tsiap	膽量	tám-liōng	tám
9.	半仙	poàn-sian	半暝	poàn-mê	poàn
10.	算盤	sǹg-poân	盤古	phoân-kó˙	phoân
11.	妙算	biāu-soàn	算盤	sǹg-poân	soàn
12.	斷種	tng-tséng	斷絕	toān-tsoàt	toān
13.	遠足	oán-tsiok	遠路	hng-lō˙	oán
14.	款待	khoán-tāi	存款	tsûn-khoán	khoán
15.	泉州	tsoân-tsiu	泉水	tsoân-tsúi	tsoân

練習四：兩詞異音中的文與白

下面的異音之間，文言音以大寫表示，白話音以小寫表示。請選出各詞的適當發音。

A1　Thiam∕thin, Tîm∕tiâm, Lîm∕nâ, Jîm∕jiñ, Tsîm∕thin　　答

添丁___-teng　　　添飯___-pn̄g　　　thiam, thin

沈底___-té　　　　沈重___-tāng　　　tiâm∕, tîm

樹林 tshiū-___　　姓林 sen-___　　　nâ, lîm

承認 sêng-___　　認人___-lâng　　　jîm, jīn

斟酌___-tsiok　　斟酒___-tsiú　　　tsîm, thin

A2. Tam／tàⁿ, Sam／saⁿ, Kám／káⁿ, Kam／kaⁿ, Tám／táⁿ　　　　　答

擔任＿＿＿-jīm　　　　　重擔 tāng＿＿＿　　　　tam, tàⁿ

三八＿＿＿-pat　　　　　十三 tsap＿＿＿　　　　sam, saⁿ

勇敢 iong-＿＿＿　　　　呒敢 m̄-＿＿＿　　　　kám, káⁿ

監獄＿＿＿-ga̍k　　　　　舍監 Sià-＿＿＿　　　　kaⁿ, Kam

有膽 ū-＿＿＿　　　　　膽量＿＿＿-liōng　　　　táⁿ, tám

B1. Tîn／tân, Tan／toaⁿ, Soàn／sǹg, Khàn／khoàⁿ, Sàn／sòaⁿ　　　　答

姓陳 seⁿ-＿＿＿　　　　陳列＿＿＿-lia̍t　　　　tân, tîn

被單 phoē-＿＿＿　　　　簡單 kán-＿＿＿　　　　toaⁿ, tan

妙算 biāu-＿＿＿　　　　算盤＿＿＿-poâⁿ　　　　soàn, sng

看守＿＿＿-siú　　　　　看顧＿＿＿-kò˙　　　　khàn, khoàⁿ

散步＿＿＿-pō˙　　　　　四散 sì-＿＿＿　　　　sàn, soàⁿ

B2. Tin／tsûn, Tsiân／tsêng, Gián／géng, Hoân／hêng, Kiàn／kiⁿ　　　答

頭前 thâu-＿＿＿　　　　前途＿＿＿-tô˙　　　　tsêng, tsiân

研究＿＿＿-kiù　　　　　研藥(仔)＿＿＿-io̍h(á)　　gián, géng

還俗＿＿＿-sio̍k　　　　還錢＿＿＿-tsîⁿ　　　　hoân, hêng

見面＿＿＿-bin　　　　　發見 hoat-＿＿＿　　　kìⁿ, kiàn

陣勢＿＿＿-sè　　　　　時陣 sî-＿＿＿　　　　tin, tsûn

B3. Sian／tshiⁿ, Oân／îⁿ, Piàn／piⁿ, Pian／piⁿ, Thian／thiⁿ　　　　答

新鮮 sin-＿＿＿　　　　鮮魚＿＿＿-hî　　　　sian, tshiⁿ

圓滿＿＿＿-boán　　　　圓山＿＿＿-soaⁿ　　　　oân, îⁿ

變通＿＿＿-thong　　　　變面＿＿＿-bīn　　　　pián, piàⁿ

唇邊 tshù-＿＿＿　　　　邊界＿＿＿-kài　　　　piⁿ, pian

天良＿＿＿-liông　　　　好天 hó-＿＿＿　　　　thian, thiⁿ

B4. Toan／toaⁿ, Hoan／hoaⁿ, Goán／ńg, Toān／tn̄g, Boán／mńg　　　　答

開端 khai-＿＿＿　　　　因端 in-＿＿＿　　　　toan, toaⁿ

歡樂＿＿＿-lo̍k　　　　　歡喜＿＿＿-hí　　　　hoan, hoaⁿ

阮厝＿＿＿-tshù　　　　姓阮 seⁿ-＿＿＿　　　　goán, ńg

切斷 tshiat-＿＿＿　　　斷絕＿＿＿-tsoa̍t　　　　tn̄g, toān

晚安＿＿＿-an　　　　　晚種＿＿＿-tséng　　　　boán, mńg

B5. Sún／sńg, Loán／nńg, Hun／pun, Bún／mńg, Oán／hng 　　　答

損害____-hāi	拍損 pah-____	sún, sńg
伙弱____-jiȯk	軟脚____-kha	loán, nńg
分解____-kái	分錢____tsî^n	hun, pun
學問 ha̍k-____	問路____lō˙	būn, mn̄g
遠足____-tsiok	遠路____lō˙	oán, hn̄g

C1. Tshéng／tshiá^n, Iōng／ēng, Tsèng／tsià^n, Tēng／tiā^n, Sêng／tsiâ^n 　　　答

請人客____-lâng-kheh	申請 sin-____	tshiá^n, tshéng
用心____-sim	用錢____-tsî^n	iōng, ēng
正義____-gī	正牌____-pâi	tsèng, tsià^n
定金____-kim	決定 koat-____	tiā^n, tēng
成功____-kong	呒成物 m̄-____-mi̍h	sêng, tsiâ^n

C2. Hòng／pàng, Hong／phang, Ong／ang, Bêng／miâ, Kiong／keng 　　　答

放手____-tsiú	開放 khai-____	pàng, hòng
芬芳 hun-____	真芳 tsin ____	hong, phang
姓翁 sì^n ____	主人翁 tsú-jîn-____	ang, ong
名譽____-ū	出名 tshut-____	bêng, miâ
媽祖宮 má-tsó-____	皇宮 hông-____	keng, kiong

C3. Tiōng／tēng, Têng／tiâ^n, Kóng／kńg, Tòng／tǹg, Èng／ìn 　　　答

重做____-tsò	重複____-ho̍k	têng, tiōng
朝廷 tiâu-____	后壁庭 āu-piah-____	têng, tiâ^n
廣東____-tang	推廣 thui-____	kńg, kóng
妥當 thò-____	當店____-tiàm	tòng, tǹg
應答____-tap	應當____-tong	ìn, èng

C4. Liōng／niū, Tshiàng／tsiù^n, Tsiòng／tsèng, Tióng／tiú^n,

Tiōng／teng, Tsióng／tséng 　　　答

肚量 tō˙-____	量米____-bí	liōng, niū
唱歌____-koa	唱名____miâ	tshiù^n, tshiàng
大眾 tāi-____	眾人____-lâng	tsiòng, tsèng
長輩____-pòe	校長 hāu-____	tióng, tiú^n

三重 saⁿ-＿＿＿　　重複＿＿＿-ho̍k　　　têng, tiông

絕種 tse̍h-＿＿　　種類＿＿＿-lūi　　　tséng, tsióng

練習五：各詞中的文與白

下列各詞中，何詞讀白話音，何詞讀文言音？

白　　文

1. taⁿ　tam　擔心，擔當，擔柴，扁擔，擔任，擔蔥賣菜，分擔
2. khoàⁿ　khàn　看牛，看守，看顧，看戲，對看（相親）
3. toaⁿ　tan　被單，單獨，簡單，單純，藥單，單身，孤單
4. thiⁿ　thian　天氣，天良，天文，天頂，猴齊天（孫悟空），好天
5. soaⁿ　san　鳳山，旗山，岡山，圓山，落山，下山
6. bīn　biān　體面，面子，面皮，見面，面會，面試
7. pìⁿ　piàn　變鬼，變通，變面，變化，變魔術，變把戲，千變萬化
8. mn̄g　būn　問題，問路，學問，問世，問話，審問
9. tn̄g　toān　判斷，斷種，斷絕，切斷，斷交，斷奶
10. soàⁿ　sàn　解散，四散，散市，疏散，散裝，散亂，散氣
11. kaⁿ　kàm, kam　監獄，監視，監督，舍監，監牢，監事，坐監
12. pàng　hòng　開放，放屁，放心，放手，放蕩，放線，放領
13. miā　bēne　生命，命令，相命，革命，性命，長命，命運，好命，天命，人命
14. kng　kong　光復，光線，月光，光榮，光度，日光
15. phong　hong　芳水（香水），芬芳，芳味，米芳，芳名，萬古流芳
16. tiúⁿ　tióng　校長，長輩，家長，長大，市長，長子，長壽，生長
17. ēng　iōng　用意，用錢，用途，用功，用人，無路用，不中用
18. tāng　tiōng　重要，重量，沉重，傷重，重傷，重擔，注重
19. tshiáⁿ　tshéng　請安，請佛，請人客（請客），申請，請示，邀請
20. tséng　tsióng　種類，斷種，絕種，各種，種種，種子

答：

1. taⁿ　擔柴，扁擔，擔蔥賣菜　　　　tam　擔心，擔當，擔任，分擔
2. khoàⁿ　看牛，看顧，看戲，對看（相親）　khàn　看守，看護
3. toaⁿ　被單，藥單，單身，孤單　　　tan　單獨，簡單，單純
4. thiⁿ　天氣，天頂，好天　　　　thian　天良，天文，猴齊天（孫悟空）
5. soaⁿ　鳳山，圓山，落山　　　　san　岡山，旗山，下山

6. bīn　面子，見面，面皮，面試　　　biān　體面，面會，面試

7. pìⁿ　變面，變把戲，變鬼（搞鬼）　　piàn　變通，變化，變魔術，千變萬化

8. mn̄g　問路，問話，審問　　　　　　būn　問題，問世，學問

9. tn̄g　斷種，切斷，斷奶　　　　　　toān　判斷，斷絕，斷交

10. soàⁿ　四散，散裝，散市　　　　　　sàn　解散，疏散，散亂，散氣

11. kaⁿ　監獄，監牢，坐監　　　　　　kàm　監視，監督，監事，kam 舍監

12. pàng　放屁，放手，放線（拆線）　　hòng　開放，放心，放蕩，放領

13. miā　生命，相命，好命，命運，長命　bēng　命令，革命，性命，天命，人命

14. kng　光線，月光，光度，日光　　　kong　光復，光榮，日光

15. phang　芳水(香水)，芳味，米芳(爆米花)　hong　芬芳，芳名，萬古流芳

16. tiúⁿ　校長，家長，市長　　　　　　tióng　長輩，長大，長子，長壽，生長

17. ēng　用錢，無路用（不中用），用人　iōng　用意，用途，用功，不中用

18. tāng　重量，重傷，沈重，重擔　　　tiōng　重要，注重，傷重，重量

19. tshiáⁿ　請佛，請人客，邀請　　　　tshéng　請安，申請，請示

20. tséng　種類，斷種，絕種，種子　　　tsióng　種類，各種，種種

練習六：本字及借義字之間

　　請利用國語與臺語之間的聲調，聲母，韵母的對應關係，排除借義字，選出本字。有些臺語詞，沒有本字。

		答
1. Chin 濟少年人臺灣話講 繪 輪轉。	（真，誠，很）	真
2. 伊最近 tńg 去度假。	（回，返，轉）	轉
3. 阮 lóng 是做田人。	（攏，都，皆）	攏
4. 多謝你 tàu 相共。	（鬥，套，幫，湊）	鬥
5. 這間公寓上 tsán。	（讚，好，頌）	讚
6. 阮呒知iàⁿ 啦。	（道，影，也）	影
7. 好酒一大 kan。	（瓶，矸）	矸
8. 親 tsiâⁿ 趕緊共阮做。	（情，戚）	情
9. 呒 thang 害兄頭暈拍歹目瞤。	（通，可要）	通
10. Kiaⁿ 某大王。	（驚，怕，懼）	驚
11. Thàn錢呒驚日頭炎。	（趁，賺）	趁
12. 這款 kóng 法繪成立。	（講，說）	講
13. 呒免 siuⁿ 過頭煩惱。	（傷，太，尚）	傷
14. 伊的人真好 tsham-siôⁿ。	（參詳，商量）	參詳
15. 鋤頭管畚箕，téng 司管下司。	（上，頂）	頂

16. Tsēng 細漢就無爸母。　　　　　　　（自，從，對）　　　　從

17. Hâm 我都拖拖落去。　　　　　　　　（含，參，連）　　　　含

18. Tán 欲按怎？　　　　　　　　　　　（今，茲）　　　　　　φ

19. Siōng 好今仔日做。　　　　　　　　（最，上，蓋，很）　　上

20. 明知失戀真艱苦，偏偏kiáⁿ對這條路。（行，走）　　　　　行

4.7　ㄞㄟㄠㄡ 的對應

本節要討論的ㄞㄟㄠㄡ韻，都有元音韻尾 i 或 u。臺語的文言音對音通常有 i,u 韻尾。白話音對音雖有很多帶韻尾 i, u 的，可是不帶的也不少。

ㄞㄟㄠㄡ韻一共有ㄞ，ㄨㄞ，ㄟ，ㄨㄟ，ㄠ，ㄧㄠ，ㄡ，ㄧㄡ八個韻母，而所對應的臺語文言音韻母有 AI，OAI，UI，OE，O，AU，IAU，Oˑ，IU等九個。至於白話音的主要對音有 ai, oe, oai, ui, au, io, iu, iau 等八個韻母。其他 a 可做ㄠ，ㄧㄠ的白話音對音（可是 a 同時又是ㄚ的文言音對音）。

4.7.1　文言音對音

國語ㄞㄟㄠㄡ（ai, ei, au, ou）四韻的八個韻母，其臺語的文言音對音如下：

ㄞ	→ AI$_{137}$	來	ㄌㄞˊ	lâi	該牌排齊
ㄨㄞ	→ OAI$_{13}$	乖	ㄍㄨㄞ	koai	懷怪快歪
ㄟ	→ UI$_{37}$	類	ㄌㄟˋ	lūi	吠雷累淚
	→ OE$_{28}$	貝	ㄅㄟˋ	poè	梅配廢內
	→ I$_{21}$	悲	ㄅㄟ	pi	美備卑啡
	→ AI$_3$	沛	ㄆㄟˋ	phài	昧德
ㄨㄟ	→ UI$_{143}$	歸	ㄍㄨㄟ	kui	危虧為追
	→ OE$_{48}$	衛	ㄨㄟˋ	oē	罪灰回悔
	→ I$_6$	微	ㄨㄟˊ	bî	尾味維薇
ㄠ	→ O$_{138}$	刀	ㄉㄠ	to	褒曹高逃
	→ AU$_{49}$	包	ㄅㄠ	pau	砲鬧抄矛
（限於ㄓ）	→ IAU$_{31}$	超	ㄔㄠ	tshiau	朝昭少爪
ㄧㄠ	→ IAU$_{137}$	妖	ㄧㄠ	iau	苗蕉嬌條
（限於ㄐ—G）	→ AU	交	ㄐㄧㄠ	kau	巧狡教郊
ㄡ	→ Oˑ$_{40}$	某	ㄇㄡˇ	bóˑ	謀侯否搜
	→ AU$_3$	兜	ㄉㄡ	tau	甌樓鉤溝

（限於ㄓ）→ IU₄₄　　　授　ㄕㄡˋ　　　siū　　　醜收臭柔

　　　ㄧㄡ → IU₁₀₄　　　秋　くㄧㄡ　　　tshiu　　　謬幽幼修

ㄞㄟ（ai, ei）兩韵的特徵是帶有韵尾 i。另一方面ㄠㄡ（au, ou）兩韵的特徵是帶有韵尾 u。臺語文言音較常見的對音也都有 i 或 u 的韵尾。下面是一些說明。

1. oe 可視爲 oei 的簡略。

UI 和 OE 之間如何選擇，毫無線索可尋。是個學習上的難點，只有逐字記憶。

2. ㄠ的文言對音是 o。福建話所借入的文言音。當時已經由 au 變爲 o〔ə, o〕，正如日語舊假名注音中注 au 的字（如：核ㄉㄠ kau, 刀ㄉㄠ tau），今日都唸爲 ō（kō, tō）。

3. ㄡ的文言對音是 oʼ，可視爲 ou 的簡略。

4. ㄧ，一般視爲零韵尾。本節所涉及的字很少。

4.7.2　文白異音

AI -e 胎 Thai-the　　奶戴袋債

　　-ẹ 賣 Māi-bē　　買矮改稗

　　-oa 蓋 Kài-koà　　帶蔡大賴瀨

　　-ui 開 Khai-khui

　　-a 柴 Tshâi-tshâ

　　-ai 埋 Bâi-tâi　　篩才材癩

　I -ẹ　胚 phi-phẹ

　　-ai 眉 Bî-bâi　　楣昧

　　-oe 未 Bī-boe　　被尾批坯皮

　　-ui 唯 Î-ûi

OE -oe 歲 Sòe-hòe　　佩糜陪倍賠灰

　　-oa 外 Gōe-goā

　　-ai 內 Lōe-lāi

　　-aiⁿ 背 Pōe-phāiⁿ

　　-e 退 Thòe-thè

UI -oe 飛 Hui-poe　　吹炊髓

　　-ui 肥 Hûi-pûi　　粹吠誰鎚水嘴

　　-e 脆 Tshùi-tshè　傀

　　-oe 衰 Sui-soe　　垂每兌誨

　　-u 龜 Kui-ku

　O -a 早 Tsò-tsà

　　-oʼ 土 Thó-thóʼ　　鎬

-au 草 Tshó-tsháu 糟操惱腦瑙老佬到掃

-iu 稻 Tō-tiū

-oa 剖 Phò-phoà

AU-a 拋 Phau-pha 飽罩教膠絞咬孝

-o 抱 Phāu-phō 勾奧澳懊

-au 鬧 Nàu-làu

-m 茅 Mâu-hm̂

IAU-io 招 Tsiau-tsio 燒少照標描瞄票尿釣小橋轎搖叫邵趙姚椒窰廟挑蕉腰么表錶
秒醮笑耀

-a 巧 Khiáu-khá

-iau 鳥 Niáu-tsiáu 僥

O˙-au 厚 Ho˙-kāu 偸投猴侯喉鬧透漏奏嗽垢夠扣斗走寶狗苟豆痘荳吼嘔藕后後候

-iau 搜 So˙-tshiau 皺

-o 傲 Ngō˙-gō 敖

-ng 毛 Mô˙-mn̂g

-an [瘦] Só˙-sán

O˙ⁿ-o 好 Hò˙ⁿ-hó

IO-au 頭 Thiô-thâu

IU-iu 守 Siú-tsiú 糾抽手羞

-au 九 Kiú-káu 玖晝臭劉

-u 久 Kiú-kú 丘邱韮牛有莠舅舊臼樞

　　本節所處理的文白異音之間有幾個特色値得注意：

1. 較常見的文白韻母對應有下面三組。其他可視爲個別現象。

甲　組	乙　組	丙　組
AI-e	O-au	IU-au
AU-a	O˙-au	
IAU-io		
IU-u		

2. 上面甲組的文白對應情形：文言音是雙元音，白話音是單元音，或是文言音是三元音，
白話音是雙元音，有四個韻母。

　　乙組恰好相反，只涉及兩個韻母。

　　一般說來，雙元音的單元音化多見於白話音，而少見於國語和文言音。

3. 文白異音和國語韻母的一般通則是文言音比白話音近於國語。唯有乙組的 O-au 對ㄠ，

O˙-au 對又是兩個很特別的例外。可見福建話所接受的文言音來自當時的北方方言，很可能近於當時的首都長安一帶，而跟北京話的祖語音系有點分別。（請參看 4.5e）

4. 凡是雙元音，經過單元音化，都會使元音升高：au → o, iau → io。

5. 除去雙元音變單元音的情形，一般說來，白話音的元音比文言音的元音低。

$$AU - a$$
$$IU - au$$
$$O \ - au$$
$$O˙ - au$$

6. 若將白話韵母和國語韵母比較，我們可以推定過去兩個音系的變遷各有一個特色：白話音傾向單元音化，北京話傾向元音的升高。這個傾向存在於文言音滲入福建話之前，以致產生今日文高白低和文雙白單的趨勢。

7. 臺灣各地的福建方言粗略可分漳泉兩類。現在且以臺南方音代表漳州腔，臺北方音代表泉州腔。這兩種地方腔就 oe 和 e 兩個韵母來論，有下列四種情形。（更詳細的說明請看臺灣福建話的語音結構及標音法（學生書店）9.5.3 節）。本書把 I 類寫為 e，II 類寫為 e̱，III 類寫為 o̱e，IV 類寫為 oe。

	臺南市系 （漳州腔）	臺北市系 （泉州腔）	例　　　　字
I	e	e	馬、（枇）把、（三）把、（老）父爬、（姓）戴、弟、第、茶帝袋胎退梨麗例劑祭債制寨(夫)妻（雙）叉切脆勢西世加（大）家假低繼計塊啓稽牙毅底藝短係系蝦契禍
II	e̱	oe	買賣題替初梳洗細街鷄地鞋倭齊會香濟｛多｝
III	o̱e	e	飛灰伙歲貨過炊餜稅（骨）髓尾妹（mōe≡bē）糜（môe≡bê）菠賠皮倍背（棉）被火鍋稜未
IV	oe	oe	（酒）杯陪配最衰袋、（萬）歲、（西）瓜會(hōe)劃話悔回花垂稜

練習一：人　名

請將臺語對應韵母所缺的字母填入空格中。　　　　　　　　　　　　答

1. 蔡培火　ㄘㄞˋ ㄆㄟˊ ㄏㄨㄛˇ　　Tshōa Pō __ -hoé　　　　e
2. 吳濁流　ㄨˊ ㄓㄨㄛˊ ㄌㄧㄡˊ　　Ngô˙ Tòk-lî __　　　　　u

3. 宋澤萊　ㄙㄨㄥˋ ㄗㄜˊ ㄌㄞˊ　　　Sòng Tek - lâ__　　　　　i

4. 鍾肇政　ㄓㄨㄥ ㄓㄠˋ ㄓㄥˋ　　　Tsiong tiā__ -tsèng　　　u

5. 李筱峰　ㄌㄧˇ ㄒㄧㄠˇ ㄈㄥ　　　Lí Siá__ -hong　　　　　u

6. 葉石濤　ㄧㄝˋ ㄕˊ ㄊㄠ　　　　Iȧp Sȧk-t__^　　　　　o

7. 周宗賢　ㄓㄡ ㄗㄨㄥ ㄒㄧㄢˊ　　　Tsi__ Tsong - hiân　　　u

8. 郭秋生　ㄍㄨㄛ ㄑㄧㄡ ㄕㄥ　　　Koeh Tshi__ - seng　　　u

9. 陳明臺　ㄔㄣˊ ㄇㄧㄥˊ ㄊㄞˊ　　　Tân Bêng - tâ__　　　　i

10. 鄭良偉　ㄓㄥˋ ㄌㄧㄤˊ ㄨㄟˇ　　　Tēⁿ Liông - ú__　　　　i

練習二：俗語與特別詞

(1)填空：請將適當臺語韻尾填入下面空格中。　　　　　　　　　　　　答

1. 討海　　ㄊㄠˇ ㄏㄞˇ　　　　th´ -há__　　　　　o, i　　d

2. 碗糕　　ㄨㄢˇ ㄍㄠ　　　　oáⁿ-k__　　　　　　o　　　c

3. 歡彩　　ㄑㄧㄢˋ ㄘㄞˇ　　　khiàm - tshá__　　　i　　　g

4. 古錐　　ㄍㄨˇ ㄓㄨㄟ　　　kó˙ - tshu__　　　　i　　　h

5. 枵鬼　　ㄒㄧㄠ ㄍㄨㄟˇ　　　ia__ - kú__　　　　u, i　　i

6. 無銷　　ㄨˊ ㄒㄧㄠ　　　　bô - sia__　　　　　u　　　j

7. 幼秀　　ㄧㄡˋ ㄒㄧㄡˋ　　　ì__ - sì__　　　　　u, u　　a

8. 翁某　　ㄨㄥ ㄇㄡˇ　　　　ang - b´__　　　　　o˙　　　b

9. 看人潑油　ㄎㄢˋ ㄖㄣˊ ㄆㄛ ㄧㄡˊ　khoàⁿ lâng phoah - î__　u　　　e

10. 鼻流鼻滴　ㄅㄧˊ ㄌㄧㄡˊ ㄅㄧˊ ㄉㄧ　phīⁿ lâ__ phīⁿ tih　u　　　f

(2)配合：以下各詞與上面俗語中何者意義相似，請選出來。

__ a. 纖細秀氣　　　　__ b. 夫妻　　　　　__ c. 沒有其事

__ d. 捕魚　　　　　__ e. 另眼相看　　　__ f. （情況）無法收拾

__ g. 也許　　　　　__ h. 可愛　　　　　__ i. 罵人貪吃

__ j. 無人問津

練習三：詞語異音中的文言音

下面各字的異音中，哪個是文言音？　　　　　　　　　　　　　答

1. 開門　　kui-mn̂g　　　　開始　khai-sí　　　　　khai

2. 依賴　　i-lāi　　　　　　賴先生 Loā-sian-siⁿ　　lāi

3. 輪胎　　lûn-thai　　　　流胎　làu-the　　　　　thai

4.	愛戴	ai-tài	戴太太 Tè-thài-thài		tài
5.	大同	tāi-tông	大細 toā-sè		tāi
6.	河流	hô-liû	流真緊 làu tsin kín		liû
7.	有機體	iú-ki-thé	有抑無 ū ah bô		iú
8.	拋網	pha bāng	拋物線 phau-bu̍t-sòaⁿ		phau
9.	少年	siàu-liân	真少 tsin tsió		siàu
10.	忠厚	tiong-hō͘	厚薄 kāu-po̍h		hō͘
11.	教冊	kà tsheh	教育 kàu-io̍k		kàu
12.	標會仔	pio hoē-á	標準 piau-tsún		piau
13.	奇巧	kî-khá	巧新婦 khiáu sin-pū		khiáu
14.	小人	siáu-jîn	大小 toā-sió		siáu
15.	敬老	kèng-ló	老人 lāu-lâng		ló

練習四：韵脚的文與白

請選出望春風第二首中各韵脚的正確發音，並指出該發音是文言音，是白話音，還是借義字。

答

想欲郎君做翁婿	ㄒㄩˋ	(sè／sài)	sài（白）
意愛在心內	ㄋㄞˋ	(loē／lai)	lāi（白）
等待何時君來採	ㄘㄞˇ	(tshái)	tshái（文）
青春花當開	ㄎㄞ	(khai／khui)	khai（文）
聽去外面有人來	ㄌㄞˊ	(lâi)	lâi（文）
開門共看覓	ㄇㄧˋ	(be̍k／māi)	māi（非）
月娘笑阮戇大呆	ㄉㄞ	(tai)	tai（文）
互風騙呼知[1][2]	ㄓ	(ti／tsai)	tsai（非）

註：(1)互是 hō͘ 的借音字。本字可能是與。

　　(2)知是 tsai 的俗字。本字有人寫眤。

練習五：兩詞中的文與白

請選出適當的發音。

A.　Siáu／sió, Piáu／pió, Hō͘／kāu, Kàu／kà, Tò／kàu 　　　　答

小可＿＿＿-khoá	大小 tāi-＿＿＿	sió, siáu
表小弟＿＿＿ sió-tī	填表 thiam-＿＿＿	piáu, pió
忠厚 tiong-＿＿＿	厚茶＿＿＿ tê	hō͘, kāu

教示＿＿＿-si　　　　　教育＿＿＿-iȯk　　　　　kà, kàu

到位＿＿＿-ūi　　　　　報到 pò-＿＿＿　　　　　kàu, tò

B. Tài／tì／tè, Kái／ké, Tài／toà, Hui／poe, Tshui／tshoe　　　　答

戴小姐＿＿＿-sió-tsiá　　　愛戴 ài-＿＿＿　　　　　tè, tài

改薰＿＿＿-hun　　　　　修改 siu-＿＿＿　　　　ké, kái

熱帶 jiȧt-＿＿＿　　　　　皮帶 phoê＿＿＿　　　　tài, toà

飛走＿＿＿-tsáu　　　　張飛 Tiuⁿ＿＿＿　　　　poe, Hui

鼓吹 kó͘＿＿＿　　　　　吹餜＿＿＿koe　　　　　tshui, tshoe

練習六：各詞中的文與白

下面各詞中，何詞讀文言音？何詞讀白話音？

	白	文	
1.	lāi	loē	內面，腹內，內助，厝內，內閣，心內，內心
2.	poe	hui	飛鳥，飛行，風飛砂，飛出去，飛行機（飛機）
3.	goā	goē	外面，外甥，國外，員外，外省，外滙
4.	káu	kiú	九月，天九牌，九龍（地名），九十，一九八六
5.	mn̂g	mô͘	頭毛，毛筆，毛管，毛小姐，毛織
6.	kú	kiú	久長，久遠，永久，拖久，久見（久違），無外久（沒多久）
7.	tsiú	siú	守寡，守衛，守做夥，防守，保守，守空房。
8.	thâu	thiô	頭腦，三頭六臂，頭殼，兔頭蛇眼，工頭，垂頭喪氣
9.	soe	sui	衰弱，衰運，真衰（真倒楣），未老先衰，落衰，衰 bái
10.	tsúi	súi	山水，藥水，風水，水鷄，海水，消毒水，落花流水
11.	phoē	pī	被單，被害，棉被，被告，被動
12.	khui	khai	開門，開放，開槍，開殺，開會，開始，開錢，開支票
13.	boē	bī	未曾，未來，未婚妻，猶未（尚未），未卜先知
14.	tshiò	tshiàu	笑話，笑談，笑死人，含笑歸土，好笑
15.	hó	hò͘ⁿ	好勢，好色，好日，好奇，好人，好賢
16.	sió	siáu	小心，小人，小說，小姐，小丑仔
17.	tsháu	tshó	草地（鄉下），甘草，花草，草稿，靑草，潦草
18.	pió	piáu	表示，表格，發表，報表，代表，領表，表兄
19.	lāu	ló	老師，父老，老爺，老阿伯
20.	toā	tāi	大陸，大頭，大臣，大兄，大人，重大，天大地大

答：

1.	lāi	內面，腹內，厝內，心內，內閣，內心	loē	內助，內閣，內心
2.	poe	飛鳥，風飛砂，飛出去	hui	飛鳥，飛行，飛行機（飛機）
3.	goā	外面，國外，外省，外滙	goē	外甥，員外
4.	kaú	九月，九十	kiú	天九牌，九龍（地名），一九八六
5.	mn̂g	頭毛，毛管，毛織	mô͘	毛筆，毛小姐
6.	kú	久長，拖久，無外久（沒多久）	kiú	久遠，永久，久見（久違）
7.	tsiú	守寡，守做夥，守空房	siú	守衞，防守，保守
8.	thâu	頭腦，頭殼，工頭	thiô	三頭六臂，兔頭蛇眼，垂頭喪氣
9.	soe	衰運，眞衰（眞倒楣），衰bái（倒楣）	sui	衰弱，未老先衰，落衰（走下坡）
10.	tsúi	藥水，海水，消毒水	súi	山水，風水，水鷄，落花流水
11.	phoē	被單，棉被	pī	被害，被告，被動
12.	khui	開門，開槍，開會，開支票	khai	開放，開殺，開始，開錢
13.	boē	未曾，猶未（尙未）	bī	未來，未婚妻，未卜先知
14.	tshiô	笑話，笑死人，好笑	tshiàu	笑談，含笑歸土
15.	hó	好勢（妥當），好日，好人	hò͘n	好色，好奇，好賢
16.	sió	小心，小說，小弟	siáu	小人，小說，小丑仔
17.	tsháu	草地（鄉下），花草，青草	tshó	甘草，草稿，潦草
18.	pió	表格，報表，領表	piáu	表示，發表，代表，表兄
19.	lāu	老師，老爺（老主人），老阿伯	ló	父老，老爺（縣太爺）
20.	toā	大頭，大兄，天大地大，大人	tāi	大陸，大臣，重大，大人

練習七：本字及借義字之間

　　請利用國語與臺語之間，調、聲、韵的對應關係排除借義字，選出本字。有些臺語詞無本字。

答

1. 伊講的話我 ē 了解。	（會，能）		會
2. 多謝你 tàu 相共。〔幫忙〕	（鬥，套，湊）		鬥
3. 果子 ká 汁，卡好啉。（ lim 飲）	（絞，加）		絞
4. 你 ài 食我來去買。	（要，欲，愛）		愛
5. 敢 iáu 有別項？	（又，還，猶，也，尙）		猶
6. 中 tàu 時，逐個攏哪歇睏。	（晝，午）		晝
7. 伊無張無持起 siáu。	（瘋，狂）		φ (1)
8. kui 本册讀了了。	（整，全，歸）		歸(2)
9. 後 pái 請一定來互阮請。	（次，屆，擺）		擺
10. 請行 tùi 頭前去。	（對，由，向）		對

11. kàu 時才看覓咧。　　　　　　　　（夠，到）　　　　　夠

12.阮來 tī 臺北讀冊。　　　　　　　　（在，於）　　　　　∅

13.繪　hiáu 駛船嫌溪歪。　　　　　　（夠，曉）　　　　　曉

14. Gau 新婦。　　　　　　　　　　　（賢，能）　　　　　φ

15.咱 mài 去做彼號代誌。　　　　　　（勿，不要，莫）　　φ

　　(1)普閩詞典用 "小" 代表 siáu。有人用俏或痟

　　(2)普閩詞典用 "規" 代表 kui

4.8　零韵尾韻母（ㄚㄛㄜㄝㄞㄧㄨㄩ）的非入聲對音

　　本節要討論的ㄚㄛㄜㄝㄞㄧㄨㄩ各韵都沒有韵尾。這些韵的臺語文言音對音可分兩類：一類是零韵尾的非入聲韵母，另一類是有韵尾-P，-T，-K 的入聲韵母。白話音對音也可以分兩類：非入聲韵母，大多沒有韵尾，帶有 -i 或 -u 韵尾的對音算是少數。第二類帶有 -p, -t, -k 或 -h。無論是文言音或白話音，都不應該有鼻音韵尾 -m, -n, -ng 或 -ⁿ。本節不討論帶有 -p, -t, -k, -h 韵尾的入聲韵母對音。（入聲韵母和非入聲韵母的分辨，請看4.9節和2.7節。）

　　國語的ㄛㄜㄝ，依音位觀點，可以合併，ㄛ只出現於介音ㄨ，或聲母ㄅㄆㄇㄈ之後；ㄝ只出現於介音ㄧ或ㄩ之後：ㄜ出現於其他音之後。

　　零韵尾共有ㄞ，ㄧ，ㄨ，ㄩ，ㄚ，ㄧㄚ，ㄨㄚ，ㄧㄝ，ㄩㄝ，ㄜ/ㄛ，ㄨㄛ，等十一個韵母，而所對應的臺語文言音非入聲韵母有U，I，E，Oˑ，A，OA，IA，和ㄟ等八個。如不考慮入聲韵母，對應推測應該不很困難。

4.8.1　文言音對音

ㄞ	U		私	ㄙ	su	斯資滋賜
			士	ㄕˋ	sū	史使師事
（限於ㄓ）	I		支	ㄓ	tsi	持知治試
（限於ㄓ）	E		制	ㄓˋ	tsè	世誓製勢
ㄧ	I		衣	ㄧ	i	脾奇宜泥
	E		迷	ㄇㄧˊ	bê	棲溪例麗
ㄨ	Oˑ		古	ㄍㄨˇ	kóˑ	鋪都畝戊
（限於ㄈ，ㄓ）	U		除	ㄔㄨˊ	tû	初助楚數

ㄩ	U	句 ㄐㄩˋ	kù	雨矩取旅
ㄜ	O	賀 ㄏㄜˋ	hō	哥餓可戈
ㄛ	O	波 ㄅㄛ	pho	頗坡婆
	O˙	模 ㄇㄛˊ	bô˙	摩魔謀摸
ㄨㄛ	O	果 ㄍㄨㄛˇ	kó	禍貨多做
	O˙	所 ㄙㄨㄛˇ	só˙	錯措穫我
ㄧㄝ	IA	野 ㄧㄝˇ	iá	些斜爺爹
（限於ㄐ-G）	AI	皆 ㄐㄧㄝ	kai	解靴諧械
ㄩㄝ	（無非入聲字）			
ㄚ	A	他 ㄊㄚ	tha	查詐那阿
ㄧㄚ	A	嘉 ㄐㄧㄚ	ka	霞下佳牙
ㄨㄚ	OA	瓜 ㄍㄨㄚ	koa	誇花華娃

1. 這些韵母中有三個韵母（ㄩㄝ,ㄧㄝ,ㄨㄛ）的臺語最常見對音是入聲韵母。入聲韵母對音因在 4.9 節集中討論，所以本節不重複列出。

2. 過去國語的主要元音在某種情況下由低變中，由中變高。因此國臺之間有下列的對應現象：

	國	臺
中對低	ㄧㄝ	IA, AI
高對中	ㄧ	E, i
	ㄨ	O˙

其餘便是低對低，中對中，高對高的情形。

3. 前對前（ㄧ—IE），央對央（ㄜ—O，ㄚ—A），後對後（ㄨ—O˙）是一般通則。至於前圓唇音ㄩ和央音ㄪ則皆對後音（ㄩ—U，ㄪ—U）。

4. 在ㄓㄔㄕㄖㄗㄘ等特殊環境下，ㄪ可視為ㄧ，ㄨ可視為ㄩ，來推測臺語韵母。

4.8.2 文白異音

A-e	罵 Mā-mē	紗把馬瑪碼爸帕家蝦假價架下廈夏紗茶
-oa	沙 Sa-soa	砂麻麻蔴
-o	莎 Sa-so	
IA-oa	蛇 Siâ-tsoâ	
-a	也 Iá-á	
AI-e	解 Kái-ké	街鞋疥
-oa	大 Tāi-toā	
OA-oe	瓜 Koa-koe	花話劃畫

-ui　掛 Kòa-kùi

-ia　瓦 Óa-hiā

-o　蝸 Oa-o

O-oa　歌 Ko-koa　　磨籤破柯可拖

-e̤　倭 Ó-é̤　　　坐

-e　禍 hō-ē

-u　母 Bó-bú　　　拇

-oe　科 Kho-koe　　過菠菓果餜

-ai　跛 Phó-pái

-o˙　播 Bò-bò˙

-ia　鵝 Gô-giâ

Oⁿ-oe　火 Hóⁿ-hóe　　夥，伙

U-ai　駛 Sú-sái　　使事似

-oa　住 Tsū-toà　　徙

-i　子 Tsú-tsí　　辭紫死四汝閭呂舉莒矩虛徐據鋸去女旅思司豬

-oe　黍 Sú-soé

-iau　柱 Tsū-thiāu

-iu　蛀 Tsù-tsiù　　鬚

-u　浮 Hû-phû　　書殊芙

-ui　縷 Lú-lúi　　褸

-o　無 Bû-bô　　　葡母

-o˙　扶 Hû-phô˙　　斧脯甫輔傅許雨芋夫

-aiⁿ　負 Hū-phāiⁿ

I-ai　知 Ti-tsai　　利

-aiⁿ　指 Tsí-tsáiⁿ

-ia　奇 Kî-khiā　　騎蟻寄倚

-i　支 Tsi-ki　　咬齒雉痣試彌尼你

-u　抵 Tí-tú

-oe　皮 Phî-phôe　批

-ui　幾 Kí-kúi　　氣屁

E-i　世 Sè-sì　　勢凄迷謎啼璃薺地剃弟

-ai　西 Se-sai　　犀梨臍婿

-oa　誓 Sē-tsoā

　　-a 蜊 Lê-lâ

　E-e̠ 鷄 Ke-ke̠ 細題蹄底洗地妻

　　-ui 梯 The-thùi 替

　　-iⁿ 悽 Tshe-tshiⁿ

O˙ -o˙ 湖 Hô˙-ô˙ 午五伍肚悟呼塗涂瑚糊餬吳吾梧蜈

　　-e̠ 初 Tsho˙-tshe̠ 梳蔬疏疎

　　-ia 蜈 Ngô˙-giâ 瓠

　　-e 螺 Lô˙-lê

　　-o 楚 Tshó˙-tshó

　　-iau 數 Sò˙-siàu 柱

　　-ong 墓 Mo˙-bong 摸

　　上面文白異讀之間的差異相當複雜，現在把主要異音韻母略做分類：

1. 就主要元音的高低而言，白低文高是一般通則。本節的文白異讀屬於這個通則的有 I-ia, u-o˙, O-oa。不合乎這個通則的也有三個 E-i, A-e, UA-oe。

2. 就介音的圓唇扁唇而言，文言音圓唇，白話音扁唇的有兩對：O˙-e, U-i。 文言音扁唇，白話音圓唇的也有兩對：A／O-oa, O-oe。前一類的字數比後一類的字數多。值得注意的是後一類的異音都是白話音是雙元音，文言音是單元音。

3. 就介音的有無而言，文白有這類差異的都是文言音是零介音，白話音有介音。有一對是文白都有介音的。（UA：oe）

　　　　I　—　ia

　　　　O　—　oa

　　　　A　—　oa

　　　　O　—　oa

　　　　O　—　oe

在 4.7 節裏我們觀察到元音韻尾文白異音的情況，有時候文言音保留得好（AI-e, AU-a, IAU-io, IU-u），有時候白話音保留得好（O-au, O˙-au）。但就一般趨勢而言，文言音的韻尾保留得較全。可是就介音而言，文言音不如白話音保留得好。這個差異恰和整個漢語的介音和韻尾的保留的地理分佈趨勢相反。以北京話爲主的北方方言都是介音保留得好，韻尾保留得差。南方恰巧相反，介音保留得差，韻尾保留得好。越是南方的方言，越是如此。閩南話的文言音就這一點而言近於南方方言，而白話音近於北方方言。過去音變的一般動向值得再探討。

4. 臺語有些字音有方言差異的，一般而言是臺南方音（漳州腔）比臺北方音近於國語，像 E-e̠ 的文白對應是臺南音文白同音，臺北音文白異音，E-oe。

	國　語	文言音	臺　南	臺　北	本書標記法
細	ㄒㄧˋ	Sè	sè	soè	s<u>è</u>
鷄	ㄐㄧ	Ke	ke	koe	ko<u>e</u>
初	ㄔㄨ	Tsho˙	tshē	tshoe	tsh<u>e</u>
過	ㄍㄨㄛˋ	Kò	koè	kè	ko<u>è</u>
街	ㄐㄧㄝ	Ke	ke	koe	k<u>e</u>
火	ㄏㄨㄛˇ	Hóⁿ	hoé	hé	ho<u>é</u>

相反的情形，卽臺北音比臺南音近於文言音，亦近於國語的情形，並不多。

| 皮 | ㄆㄧˊ | Phî | phoê | phê | ph<u>oê</u> |

練習一：人　名

A.

ㄚ → a（白 e）

ㄛ → o（白 oa, <u>oe</u>）

ㄞ → { i（白 ai, ia）

　　 { u（白 i, o˙）

請將臺語對應韵母塡入空格中。（"柯"字當姓氏時唸白話音。）

				答
1. 王幼華	ㄨㄤˊ ㄧㄡˋ ㄏㄨㄚˊ	Ong Iù - h__		oâ
2. 曹永和	ㄘㄠˊ ㄩㄥˇ ㄏㄜˊ	Tsô Eńg - h__		ô
3. 施明正	ㄕ ㄇㄧㄥˊ ㄓㄥˋ	S__ Bêng - tsèng		i
4. 呂則之	ㄌㄩˇ ㄗㄜˊ ㄓ	Lū Tsek - ts__		i
5. 柯文質	ㄎㄜ ㄨㄣˊ ㄓˊ	K__ Bûn - tsit		oa
6. 高賢治	ㄍㄠ ㄒㄧㄢˊ ㄓˋ	Ko Hiân - t__		ī
7. 郭馬亞	ㄍㄨㄛ ㄇㄚˇ ㄧㄚˇ	Koeh M__ - á		á
8. 何春喜	ㄏㄜˊ ㄔㄨㄣ ㄒㄧˇ	H__ tshun - hí		ô
9. 洪麗花	ㄏㄨㄥˊ ㄌㄧˋ ㄏㄨㄚ	Ang Lē - h__		oa
10. 陳賜文	ㄔㄣˊ ㄙˋ ㄨㄣˊ	Tân S__ - bûn		ù

B.

ㄧ → { E（白 i, ai）

　　 { I（白 ai, ia）

ㄧㄚ → Ga

ㄧㄝ → ia, (G)ai

請將臺語對應韵母塡入空格中。（"麗"字在臺語中保留其古非高元音的特點。）

答

			答
1. 陳若曦	ㄔㄣˊ ㄖㄨㄛˋ ㄒㄧ	Tân Jiŏk - h__	i
2. 賴碧霞	ㄌㄞˋ ㄅㄧˋ ㄒㄧㄚˊ	Loā Phek- h__	â
3. 林階堂	ㄌㄧㄣˊ ㄐㄧㄝ ㄊㄤˊ	Lîm K__ -Tông	ai
4. 鄭豐喜	ㄓㄥˋ ㄈㄥ ㄒㄧˇ	Tīⁿ Hong - h__	i
5. 連雅堂	ㄌㄧㄢˊ ㄧㄚˇ ㄊㄤˊ	Liân Ng__ -tông	á
6. 謝萬安	ㄒㄧㄝˋ ㄨㄢˋ ㄢ	S__ bān - an	iā
7. 陳奇雲	ㄔㄣˊ ㄑㄧˊ ㄩㄣˊ	Tân K__ - hûn	î
8. 呂亞力	ㄌㄩˇ ㄧㄚˋ ㄌㄧˋ	Lū __ - lěk	á
9. 匡人也	ㄎㄨㄤ ㄖㄣˊ ㄧㄝˇ	Khong Jîn - __	iá
10. 高李麗珍	ㄍㄠ ㄌㄧˇ ㄌㄧˋ ㄓㄣ	Ko L__ L__ - tin	i, ē

C.

$$\left.\begin{matrix}ㄛ\\ㄨㄛ\end{matrix}\right\} \rightarrow \quad O（白 oa）$$

$$ㄨ \rightarrow u, o（白 e̖）$$

$$ㄩ \rightarrow u（白 i）$$

$$ㄩㄝ \rightarrow iok$$

請將臺語對應韵母填入空格中。

（註："古"字在臺語裡保留古時的非高之音）

答

			答
1. 林合波	ㄌㄧㄣˊ ㄏㄜˊ ㄅㄛ	Lîm Hǎp - ph__	o
2. 黃武東	ㄏㄨㄤˊ ㄨˇ ㄉㄨㄥ	Nĝ B__ - tong	ú
3. 朱點人	ㄓㄨ ㄉㄧㄢˇ ㄖㄣˊ	Ts__ Tiám -jîn	u
4. 呂亞力	ㄌㄩˇ ㄧㄚˋ ㄌㄧˋ	L__ Á - lěk	ū
*5. 薛果堂	ㄒㄩㄝ ㄍㄨㄛˇ ㄊㄤˊ	Sih K__ - tông	ó
6. 巫永福	ㄨ ㄩㄥˇ ㄈㄨˊ	B__ Eńg - hok	ū
*7. 羅萬俥	ㄌㄨㄛˊ ㄨㄢˋ ㄐㄩ	L__ Bān - k__	o, u
8. 陳虛谷	ㄔㄣˊ ㄒㄩ ㄍㄨˇ	Tân H__ - kok	i
9. 楊守愚	ㄧㄤˊ ㄕㄡˇ ㄩˊ	Iûⁿ Síu - g__	û
10. 古　山	ㄍㄨˇ ㄕㄢ	K__ San	ó˙

練習二：A. 臺語俗語和特別詞（一）

(1)填空：請將臺語韵母填入空格中

1. 歪哥	ㄨㄞ ㄍㄛ	oai-k__

2. 頭家　　　　　ㄊㄡˊ ㄐㄧㄚ　　　　　thâu-k__

3. 柴鈀　　　　　ㄔㄞˊ ㄅㄚˊ　　　　　tshâ-p__^

4. 好鼻獅　　　　ㄏㄠˇ ㄅㄧˊ ㄕ　　　　hó•phi^n s__

5. 歌仔戲　　　　ㄍㄜ ㄗㄞˇ ㄒㄧˋ　　　k__ -á-hi^n

6. 濟囝餓死爸　　ㄐㄧˋ ㄐㄧㄢˇ ㄜˋ ㄙˇ ㄅㄚˋ　　tsē kiá^n g__ s__ p__

7. 緊紡無好紗　　ㄐㄧㄣˇ ㄈㄤˇ ㄨˊ ㄏㄠˇ ㄕㄚ　　kín pháng, bô hó s__

8. 剃頭店罷工　　ㄊㄧˋ ㄊㄡˊ ㄉㄧㄢˋ ㄅㄚˋ ㄍㄨㄥ　　thì-thâu-tiàm p__ kang

9. 孔子公不值錢　ㄎㄨㄥˇ ㄗ ㄍㄨㄥ ㄅㄨˋ ㄓ ㄑㄧㄢˊ　khóng-ts__ -kong m̄ ta̍t tsi^n

10. 一時風駛一時船　ㄧˋ ㄕ ㄈㄥ ㄕ ㄧˋ ㄕ ㄔㄨㄢˊ　tsi̍t s__^ hong s__ tsi̍t s__^ tsûn

(2)配合：以下各詞與上面俗語中何者意義相似，請選出來。

___ a. 己妻卑稱　　　　___ b. 見風轉舵　　　　___ c. 文人末路

___ d. 拿你無法　　　　___ e. 多子難養　　　　___ f. 行為不正

___ g. 慢工出細工　　　___ h. 老闆或丈夫　　　___ i. 臺灣戲劇

___ j. 嗅覺特敏

答： 1.   o   (f)　　　　6.   o, i, e (e)

    2.   e   (h)　　　　7.   e   (g)

    3.   e   (a)　　　　8.   a   (d)

    4.   ai   (j)　　　　9.   u   (c)

    5.   oa   (i)　　　　10.   i, ai, i (b)

練習二： B. 俗語和特別詞（二）

(1)填空：請將適當的臺語韻母填入空格中　　　　　　　　　　解答

1. 佳哉　　　ㄐㄧㄚ ㄗㄞ　　　　K__ - tsài　　　　　a (f)

2. 草地　　　ㄘㄠˇ ㄉㄧˋ　　　　tsháu - t__　　　　e (b)

3. 細膩　　　ㄒㄧˋ ㄋㄧˋ　　　　S__ - j__　　　　　e,i (e)

4. 阿爹　　　ㄚ ㄉㄧㄝ　　　　　Ah - t__　　　　　ia (i)

5. 蠻皮　　　ㄇㄢˊ ㄆㄧˊ　　　　bân - ph__^　　　　o̲e (a)

6. 生理人　　ㄕㄥ ㄌㄧˇ ㄖㄣˊ　　seng - l__ - lâng　　i (h)

7. 西北雨　　ㄒㄧ ㄅㄟˇ ㄩˇ　　　s__ - pak - hó•　　　ai (c)

8. 野和尚　　ㄧㄝˇ ㄏㄜˊ ㄕㄤ　　__ - hôe - siu^n　　ia (j)

9. 雨夜花　　ㄩˇ ㄧㄝˋ ㄏㄨㄚ　　ú - __ - hoe　　　　ia (g)

10. 出口加工　ㄔㄨ ㄎㄡˇ ㄐㄧㄚ ㄍㄨㄥ　tshut - kháu k__ -kang　a• (d)

(2)配合：以上各詞與上面俗語中何者意義相似，請選出來

　　　__ a. 頑梗　　　　　　__ b. 農村　　　　　__ c. 雷陣雨

　　　__ d. 製品外銷　　　　__ e. 客氣，小心　　　__ f. 幸好

　　　__ g. 飽受摧殘的　　　__ h. 商人　　　　　　__ i. 父親

　　　__ j. 不守戒律之和尚

練習二：C. 俗語和特別詞 (三)

(1)填空：請將適當的臺語韻母填入空格中

1. 古意　　　　　ㄍㄨˇ ㄧˋ　　　　　　　　　　k__ -ì
2. 柴梳　　　　　ㄔㄞˊ ㄕㄨ　　　　　　　　　tshâ-s__
3. 奴欺主　　　　ㄋㄨˊ ㄑㄧ ㄓㄨˇ　　　　　l__ khi ts__
4. 羅漢腳　　　　ㄌㄨㄛˊ ㄏㄢˋ ㄐㄧㄠ　　　l__ -han-khá
5. 顧人怨　　　　ㄍㄨˋ ㄖㄣˊ ㄩㄢˋ　　　　k__ lang oàn
6. 內山舉人　　　ㄋㄟˋ ㄕㄢ ㄐㄩˇ ㄖㄣˊ　lāi-soaⁿ k__ -jîn
7. 耳空塞破布　　ㄦˇ ㄎㄨㄥ ㄙㄞ ㄆㄛˋ ㄅㄨˋ　hīⁿ-khang seh ph__ -p__
8. 吊魚跋死貓　　ㄉㄧㄠˋ ㄩˊ ㄅㄚˊ ㄙˇ ㄇㄠ　tiàu-h__ poa̍h sí niau
9. 平地起風波　　ㄆㄧㄥˊ ㄉㄧˋ ㄑㄧˇ ㄈㄥ ㄆㄛ　pêⁿ-tē khí hong-ph__
10. 飼老鼠咬布袋　ㄙˋ ㄌㄠˇ ㄕㄨˇ ㄧㄠˇ ㄅㄨˋ ㄉㄞˋ　tshī niáu-tsh__ kā p__ -tē

答：
1.	o˙	(e)	6.	u	(b)
2.	e	(i)	7.	oa, o˙	(f)
3.	o˙, u	(j)	8.	i	(c)
4.	o	(a)	9.	o	(h)
5.	o˙	(g)	10.	u, o˙	(d)

(2)配合：以下各詞與上面俗語中何者意義相似，請選出來

　　　__ a. 單身漢　　　　　__ b. 鄉下佬　　　　　__ c. 見而不得

　　　__ d. 養自家盜　　　　__ e. 厚道　　　　　　__ f. 置之不聞

　　　__ g. 惹人討厭　　　　__ h. 無風起浪　　　　__ i. 木梳子

　　　__ j. 惡僕欺上

練習三：詞語異音中的文言音 (一)

下列異音中哪個是文言音？

答

1. 子弟	tsú-tē	小弟 sió-tī	tē
2. 可能	khó-nêng	小可 sio-khoá	khó
3. 笑科	tshiò-khoe	科學 kho-ha̍k	kho
4. 使用	sú-iōng	會使 ē-sái	sú
5. 辭職	sî-tsit	辭典 sû-tián	sû
6. 死人	sí-lâng	不死鬼 put-sú-kúi	sú
7. 姓許	sèⁿ khó͘	許可 hú-khó	hú
8. 世界	sè-kài	出世 tshut-sì	sè
9. 宣誓	soan-sè	咒誓 tsiù-tsoā	sè
10. 數學	sò͘-ha̍k	算數 sǹg-siàu	sò͘
11. 清楚	tsheng-tshó	楚國 tshó͘-kok	tshó͘
12. 把握	pá-ak	兩把米 nn̄g-pé bí	pá
13. 阿爸	A-pà	老爸 lāu-pē	pà
14. 水果	tsúi-kó	果子 koé-tsí	kó
15. 扶養	hû-ióng	扶挺 phó͘-tháⁿ	hû

練習四：韵脚的文與白

請選出望春風第一首中各韵腳的發音，並指出該發音是白話音、文言音，或是借義字。

答

孤夜無伴守燈下	ㄒㄧㄚˋ	ē/hā	ē (白)
清風對面吹	ㄔㄨㄟ	tshoe/tshui	tshoe (白)
十七八歲未出嫁	ㄐㄧㄚˋ	kà/kè	kè (白)
見著少年家	ㄐㄧㄚ	ke/ka	ke (白)
果然標緻面肉白	ㄅㄞ	pe̍h/pe̍k	pe̍h (白)
誰家人子弟	ㄉㄧˋ	tī/tē	tē (文)
想欲問伊驚歹勢	ㄕˋ	sè/sì	sè (文)
心內彈琵琶	ㄆㄚˊ	pa/pê	pê (白)

練習五：各詞中的文與白

下列各詞中，何詞讀文言音？何詞讀白話音？

白　文

1. bé　　má　　白馬，馬上，兵馬，駙馬，馬鞍，出馬，馬車

2. ke　　ka　　家庭，家后（妻室），大家，家政，出家，作家

3. ē, hē　hā　　下面，下山，下輩，陛下，下司，下落，在下，下流

4. ké　　kái　　解決，解說，分解，調解，誤解

5. hoe　　hoa　　花蕊，花花公子，紅花，楊麗花，花叢，樊梨花

6. koa　　ko　　唱歌，山歌，歌譜，鶯歌，國歌

7. koè　　kò　　記過，經過，不過，過失，過身（去世）

8. sì　　sù　　四月，四川，四層溪（地名），四通八達，四季，四物

9. lāi　　lī　　利劍，利用，不利，利益，利害，利息

10. sai　　se　　西洋，看西，西藏，西旁，西方，西北雨，西班牙

11. sì　　sè　　出世（出生），世界，一世人（一輩子），問世，世間，後世人（下輩子）

12. tshe̱　tsho˙　初中，起初，初十，初戀，當初，初一十五

13. gō˙　　gó˙ⁿ　五月，五洲，初五，五龍，三五，五穀，五十

14. khùi　khì　　喘氣，空氣，斷氣，火氣，氣口（口氣），氣氛，激氣（擺架子），運氣

15. si　　su　　公司，司儀，頂司，司法，下司，司機

1. bé　白馬，兵馬，馬鞍，馬車，出馬　　　　má　　馬上，兵馬，駙馬，出馬

2. ke　家后（妻室），大家，出家，家庭　　　ka　　家庭，家政，作家

3. ē　下面，下輩，下司，下落　　　　　　　hā　　下山，陛下，在下，下流

4. ké　解說　　　　　　　　　　　　　　　kái　　解決，解說，分解，調解，誤解

5. hoe　花蕊，紅花，花叢　　　　　　　　　hoa　　花花公子，楊麗花，樊梨花

6. koa　唱歌，歌譜，國歌　　　　　　　　　ko　　山歌，鶯歌（鳥名）

7. koè　經過，過失，過身（去世）　　　　　kò　　記過，不過

8. sì　四月，四層溪（地名）　　　　　　　　sù　　四川，四通八達，四季，四物

9. lāi　利劍　　　　　　　　　　　　　　　lī　　利用，不利，利益，利害，利息

10. sai　看西，西旁，西北雨　　　　　　　　se　　西洋，西藏，西方，西班牙

11. sì　出世，一世人（一輩），後世人（下輩子）　sè　世界，問世，世間

12. tshe̱　初十，初一十五　　　　　　　　　tsho˙　初中，起初，初戀，當初

13. gō˙　五月，初五，五十　　　　　　　　　gó˙ⁿ　五洲，五龍，三五，五穀

14. khùi　喘氣，斷氣，氣口（口氣），激氣（擺架子）　khì　空氣，火氣，氣氛，運氣

15. si　公司，頂司，下司　　　　　　　　　su　　司儀，司法，司機

練習六：本字及借義字之間

　　請利用國臺語之間調、聲、韵的對應關係，排除借義字，選出本字。有些臺語詞無本字。

答
濟

1. 物少人 tsē 食無份。　　　　　　　（濟，多）　　　　　濟

2. Ka 己講 ka 己笑。　　　　　　　　（家，自）　　　　　家

3. 我 ē 代誌你 ᵍ繪管。　　　　　　　（的，之）　　　　　φ

4. 一 ē 某卡好，三 ē 天公祖　　　　　（個，的）　　　　　φ

5. 伊臺灣話愈來愈講 bē 輪轉。　　　　（不，無，沒）　　　φ

6. Sè 漢偷挽匏 [pū]，大漢偷牽牛。　（小，細）　　　　　細

7. 伊無 goā/joā/loā 久就會轉來。　　（外，多）　　　　　φ

8. 我 kā 你寄批。　　　　　　　　　　（共，加，為）　　　φ

9. 阮來 tī 臺北討趁。　　　　　　　　（在，於，置）　　　φ

10. 欲哭無目 sài 。　　　　　　　　　（屎，淚）　　　　　屎

11. 咱ᵍ繪 o˙ 白講。　　　　　　　　　（胡，黑）　　　　　胡

12. 天 o˙ o˙ 欲落雨。　　　　　　　　（烏烏，黑黑）　　　烏烏

13. 日頭暗 tshoē 無路。　　　　　　　（找，尋）　　　　　φ

14. 甘願 hō˙ 君插花瓶。　　　　　　　（互，被，給，與）　互,與

15. 姑不而將罔 tín 動。　　　　　　　（振，行，走）　　　振

16. 欲哭 bô 目屎。　　　　　　　　　　（無，沒）　　　　　無

17. 四 koè 行，那行那念歌。　　　　　（界，處，過）　　　過,界

18. O-ló 新婦乖閣巧閣認真。　　　　　（讚美，阿咾，阿諛，譽勞）　阿咾

4.9　零韵尾韵(ㄚㄛㄜㄝㄞㄧㄨㄩ)的入聲韵母對音

　　本節要討論的ㄚㄛㄜㄝㄞㄧㄨㄩ各韵的對音，在國語沒有韵尾，在臺語卻有韵尾 -p, -t, -k, -h. 如何判斷是否入聲的問題已在第二章（2.7）討論過，本章只討論 -p, -t, -k, -h 之間如何選擇的問題（4.9.1(c)）。

　　本節所牽涉的韵母國語有十一個（ㄞ，ㄧ，ㄨ，ㄩ，ㄧㄚ，ㄨㄚ，ㄧㄝ，ㄩㄝ，ㄜ/ㄛ，ㄨㄛ），臺語文言音有十一個（AP，AT，AK，EK，IAP，IAT，IP，IT，OK，OAT，UT），白話音有二十八個（見表7），數目懸殊，是最難推測的一組。

4.9.1　文言音對音

(a)　國語零韵尾的入聲字

ㄚ		→AP	答	ㄉㄚˊ	tap	納雜
		AT	達	ㄉㄚˊ	tȧt	擦察殺八
（限於ㄈ）		OAT	法	ㄈㄚˇ	hoat	乏拔發罰

ㄧㄚ	→ IAP	俠	ㄒㄧㄚˊ	kiap	挾夾峽
（限於ㄍ）	AP	匣	ㄒㄧㄚˊ	a̍p	
	AT	轄	ㄒㄧㄚ	hat	
ㄨㄚ	→ OAT	刷	ㄕㄨㄚ	soat	刮
ㄜ/ㄛ	→ EK	核	ㄏㄜˊ	he̍k	格則克魄
	OK	各	ㄍㄜˋ	kok	樂惡博
	AK	殼	ㄎㄜˊ	khak	剝駁
	AT	割	ㄍㄜ	kat	葛
	AP	合	ㄏㄜˊ	ha̍p	盒鴿
	UT	沒	ㄇㄛˊ	bu̍t	佛
（限於ㄓ）	IAT	哲	ㄓㄜˊ	Thiat	折舌徹
（限於ㄓ）	IAP	涉	ㄕㄜˋ	sia̍p	攝
（限於ㄷ）	OAT	潑	ㄆㄜ	phoat	末撥沫
ㄧㄝ	→ IAP	接	ㄐㄧㄝ	tsiap	帖業刼
	IAT	烈	ㄌㄧㄝˋ	lia̍t	節傑岁
ㄨㄛ	→ OK	託	ㄊㄨㄛ	thok	作國
	AK	沃	ㄨㄛ	ak	
	OAT	脫	ㄊㄨㄛ	thoat	説括活
	EK	或	ㄏㄨㄛˋ	he̍k	惑碩獲
（限於ㄓ）	IOK	弱	ㄖㄨㄛˋ	jio̍k	若綽捉着
ㄩㄝ	→ OAT	雪	ㄒㄩㄝˇ	soat	決缺月
	IOK	略	ㄌㄩㄝˋ	lio̍k	雀約
	AK	確	ㄑㄩㄝˋ	khak	嶽學覺
	IAT	血	ㄒㄩㄝˇ	hiat	悦閱穴
	UT	掘	ㄐㄩㄝˊ	ku̍t	倔崛
帀	→ EK	釋	ㄕˋ	sek	
	IT	直	ㄓˊ	tit	姪質失職
	IP	執	ㄓˊ	tsip	溼拾十
	IAT	秩	ㄓˋ	tiat	恍
	IAP	汁	ㄓ	tsiap	
ㄧ	→ EK	役	ㄧˋ	E̍k	極逼憶息
	IT	筆	ㄅㄧˇ	pit	七乙乞匹
	IP	立	ㄌㄧˋ	lip	集吸
	IAT	吉	ㄐㄧˊ	kiat	契咭

ㄨ	→UT	骨	ㄍㄨˇ	kut	辛勿物術
	OK	速	ㄙㄨˋ	sok	獨屋樸福
	IOK	足	ㄗㄨˊ	tsiok	俗築祝促
ㄩ	→IOK	菊	ㄐㄩˊ	kiok	蓄育局續
	UT	律	ㄌㄩˋ	lu̍t	屈鬱
	EK	域	ㄩˋ	he̍k	劇

(b) 散見於ㄞㄟㄠㄡ各韵的入聲字

ㄞ	EK	白	ㄅㄞˊ	pe̍k	摘宅拍拆
ㄠ	IOK	着	ㄓㄠˊ	tio̍k	勺芍杓
	OK	郝	ㄏㄠˇ	hok	貉落烙
ㄧㄠ	IOK	藥	ㄧㄠˋ	io̍k/io̍h	脚鑰躍
	AK	角	ㄐㄧㄠˇ	kak	覺
ㄟ	OK	北	ㄅㄟˇ	pok/pak	
	EK	得	ㄉㄟˇ	tek	勒賊黑
ㄡ	EK	軸	ㄓㄡˊ	tio̍k/te̍k	
	IOK	肉	ㄖㄡˋ	jio̍k	熟粥
	IOK	六	ㄌㄧㄡˋ	lio̍k/la̍k	

(c) 推測臺語韵尾 -p，-t，-k 的線索

國語零韵尾韵母的對應有一個很明顯的特色，便是每一個國語韵母都有好幾個臺語對音，而構成這種對應的原因是保留於臺語的 -p, -t, -k 韵尾，在國語裏已完全消失。縱然如此，臺語的 -p, -t, -k 韵尾之間的選擇並非全無線索可憑。這些線索有的靠臺語的音節結構，有的來自國語過去的音變：

㈠自從中古以來，圓唇介音一直不和唇音韵尾 -m, -p 結合。因此，如果某字的國語或臺語介音是圓唇的，我們卽可判斷該字的韵母不可能是 -m 或 -p 韵尾。

下面是國語中有介音ㄨ與ㄩ韵母的臺語對音：

$$ㄨ \rightarrow ut, ok, iok$$
$$ㄨㄚ \rightarrow oat$$
$$ㄨㄛ \rightarrow oat, ok, iok$$
$$ㄩ \rightarrow ut, iok$$
$$ㄩㄝ \rightarrow iok, ak, oat, iat$$

從本章表 4.5 可以看出以 -p 或 -m 收尾的母音只有三個韵母 ap, iap, 及 ip。因此，韵母的介音如果是圓唇音（卽 o˙, oa, 或 u），那末韵尾一定不是 -p。

㈡臺語的 -p, -m 韵尾不跟聲母 p, ph, b, m 結合。因此，如果有這種臺語聲母或國語

聲母ㄅㄆㄇㄈ的字，臺語的韻尾不可能有 -p 或 -m 。所以，*pap, *miap, *bip 等都是不可能有的音節。

㈢臺語韻尾 -p/m, -t/n 只跟高元音或低元音結合，不跟 io, o, e 等中元音搭配。有這種韻母時，韻尾是 k 。*iop, *ep, *et, *iot, *ot 都是不可能的韻母。

㈣國語ㄚ,ㄧㄚ,ㄧㄝ的臺語對音可能有 -p 或 -t ，不可能有 k 。

㈤國語ㄭ韻的臺語對音可能有 ek, it ，很少有 p 。（汁十拾什是韻尾 p ，國語ㄭ韻的唯有的幾個）

㈥凡是入聲字國語唸ㄞㄟㄠㄡ的都是 -k 韻尾字變來的，因此，入聲字唸爲ㄧㄠ,ㄠ,ㄞ,ㄟ,ㄡ,ㄧㄡ的，臺語文言音一定是K韻尾。（參看4.9.1 b）

練習一

請將臺語韻尾塡入下列各題空格中。

			答
1.魄力	ㄆㄛˋ ㄌㄧˋ	phe__-le̍__	k, k
2.食物	ㄕˊ ㄨˋ	si̍__ -bu̍__	t, t
3.墨汁	ㄇㄛˋ ㄓ	ba̍__ -tsia__	k,p
4.血壓	ㄒㄧㄝˇ ㄧㄚ	hia__ -a__	t,p
5.發熱	ㄈㄚ ㄖㄜˋ	hoa__ -jia̍__	t,t
6.特別	ㄊㄜˋ ㄅㄧㄝˊ	te̍__ -pia̍__	k,t
7.複習	ㄈㄨˋ ㄒㄧˊ	ho̍__ -si̍__	k,p
8.目的	ㄇㄨˋ ㄉㄧˋ	bo̍__ -te̍__	k,k
9.石室	ㄕˊ ㄕˋ	tsio̍__ -se__	h,k
10.缺嘴	ㄑㄩㄝ ㄗㄨㄟˇ	khi__ -tshùi	h
11.德國式	ㄉㄜˊ ㄍㄨㄛˊ ㄕˋ	te__ -ko__ -se__	k,k, t
12.節力	ㄐㄧㄝˊ ㄌㄧˋ	tsa__ -la__	t,t
13.節約	ㄐㄧㄝˊ ㄩㄝ	tsia__ -io__	t,k
14.惡劣	ㄜˋ ㄌㄧㄝˋ	o__ -lia̍__	k,t
15.叔伯	ㄕㄨˊ ㄅㄛˊ	tse__ -pe__	k,h
16.鹿谷鄉	ㄌㄨˋ ㄍㄨˇ ㄒㄧㄤ	lo̍__ -ko__ -hiong	k,k
17.無骨無屑	ㄨˊ ㄍㄨˇ ㄨˊ ㄒㄧㄝˋ	bô-ku__ -bô-su__	t,t
18.無的確	ㄨˊ ㄉㄧˊ ㄑㄩㄝˋ	bô-te̍__ -kha__	k,k
19.出入	ㄔㄨ ㄖㄨˋ	tshu__ -ji̍__	t,p
20.曝日	ㄆㄨˋ ㄖˋ	po̍__ -ji̍__	k,t

4.9.2 文白異音

ㄚ,ㄧㄚ,ㄨㄚ,ㄛ,ㄜ,ㄧㄝ,ㄨㄛ,ㄩㄝ,ㄦ,ㄧ,ㄨ,ㄩ的對音。

(A) **AP-ah** 插 Tshap-tshah　合答塔搭盒壓押鴨甲胛鉀踏匣閘

 IAP-ah　疊 Thiap-thah　獵

  -eh　挾 Hiap-ngeh

  -eh　狹 Hiap-eh

  -iah　蝶 Tiap-iah

  -ih　接 Tsiap-tsih

  -ioh　葉 Iap-hioh

 IP-ap　拾 Sip-tsap　十及

  -iap　粒 Lip-liap　澀

(B) **AT-eh** 八 Pat-peh

  -oah　喝 Hat-hoah　渴割煞撒獺

  -ah　臘 Lat-lat　喇（喝）

 IAT-oeh　襪 (Biat)-boeh

  -ih　舌 Siat-tsih　摘折（薛）鐵揳

  -oah　熱 Jiat-Joah

  -oat　撒 Phiat-phoat

  -ah　貼 Thiap-tah　截

  -at　別 Piat-pat　節結

  -ioh　歇 Hiat-hioh

  -eh　節 Tsiat-tseh

  -oeh　血 Hiat-hoeh≡huih

 OAT-oah　潑 Phoat-phoah　撥鈸末活脫闊

  -oeh　月 Goat-goeh　說

  -oeh　拔 Poat-poeh≡huih

  -eh　絕 Tsoat-tseh　雪

  -ih　缺 Khoat-khih

  -uh　發 Hoat-puh

  -iat　閱 Oat-iat

 IT-ih　蝕 Sit-sih

  -at　值 Tit-tat　實密

　　-iah　食 Si̍t-tsiah

UT-uh　禿 Thut-thuh

　　-ap　屑 (Sut)-sap

　　-ih　物 Bu̍t-mi̍h

(C)　OK-ak　目 Bo̍k-ba̍k　駁殼琢落鑿曝族木腹覆仆朴毒讀獨（幅）（縛）

　　-oh　薄 Po̍k-po̍h　昨作卓擱閣（鶴）卜落駱

　　-uh　托 Thok-thuh

　　-oeh　郭 Kok-ko̍eh

IOK-ak　陸 Lio̍k-la̍k　六麴

　　-ek　曲 Khiok-khek　促畜蓄燭鐲叔粟虐雀浴玉劇綠

　　-ok　錄 Lio̍k-lo̍k　（碌）鹿縮肅

　　-iah　掠 Lio̍k-lia̍h　（削）

　　-ioh　着 Tio̍k-tio̍h　略

EK-eh　伯 Pek-peh　柏脈冊客厄呃扼

　　-ah　墨 Be̍k-ba̍k　漠

　　-at　笛 Te̍k-ta̍t　賊（踢）剔力鎹嚇

　　-it　得 Tek-tit　式疾嫉翼

　　-oh　索 Sek-soh

　　-iah　赤 Tshek-tsiah　隻跡亦癖（壁）（僻）抑驛脊

　　-ioh　石 Se̍k-tsio̍h　尺借惜憶螫蓆席

　　-oeh　劃 He̍k-o̍eh≡ui̍h

AK-oh　學 Ha̍k-o̍h

　　文白之間的差異可分下列幾種：

1. 白話音 h 對文言音 P，T，K 的情形是最普通、最有規律的情形。幾乎每個常用的文言韻母都有這種對應。有些異音整個韻母的差別，只差在這種韻尾差別，下面只列有例字三個以上的文白異音韻母。

　　AP-ah，AT-oah，IAT-ih，OAT-oah，OK-oh，IOK-iah，EK-iah-ioh-e

2. 另外一個韻尾的差別是 K 對 t 的情形都來自中古曾梗兩攝，這攝的韻有些學者認為中古韻尾是上顎音（palatal）。 在國語裏有些字的語音有韻尾 i（ㄞ，ㄟ）。

　　　　　得　ㄉㄜˊ　　　ㄉㄟˊ　　　　Tek-tit

　　　　　賊　ㄗㄜˊ　　　ㄗㄟˊ　　　　Tse̍k-tsha̍t

　　　　　塞　ㄙㄜˋ　　　ㄙㄞ　　　　　Sek-that

3. 文白之間如在主要元音有所不同時，一般都是文高白低而文近於國語。

       IP-ap, OK-ak, IOK-ak-iah, EK-at-iah.

唯一的主要例外是 IAT-ih.

4. 文白之間如在介音有所不同時，都是文言音有介音，白話音沒有介音，而文言音近於國語對音。

       IAT-at, IOK-ak-ok, EK-at.

5. 臺語有些白話音有方言差的，一般是臺南方音（漳州腔）比臺北方音（泉州腔）近於文言音也近於國語。

	國　語	文言音	臺　南	臺　北	本書標記法
月	ㄩㄝˋ	Goat	goeh	geh	<u>goeh</u>
郭	ㄍㄛ	Kok	koeh	keh	<u>koeh</u>
血	ㄒㄩㄝˇ	Hiat	hoeh	huih	
劃	ㄏㄨㄚˋ	Hek/Ek	oeh	uih	

<h3 style="text-align:center">練習一： 人 名（一）</h3>

    a（ㄚ）→ oat, ap, at

    e（ㄜ）→ iat, iap, ek

    ï（ㄭ）→ it,(ip), ek

請將臺語對應韻母所缺的字母填入空格中。   答

1. 吳錦發	ㄨˊ ㄐㄧㄣˇ ㄈㄚ	Ngô˙ Kím - ho＿＿t	a
2. 徐德進	ㄒㄩˊ ㄉㄜˊ ㄐㄧㄣˋ	Tshî T＿k - tsin	e
3. 許達然	ㄒㄩˇ ㄉㄚˊ ㄖㄢˊ	Khó˙ T＿＿t - jiân	a
4. 劉克襄	ㄌㄧㄡˊ ㄎㄜˋ ㄒㄧㄤ	Lâu Kh＿k - siong	
5. 林文察	ㄌㄧㄣˊ ㄨㄣˊ ㄔㄚˊ	Lîm Bûn - tsh＿＿t	a
6. 劉明哲	ㄌㄧㄡˊ ㄇㄧㄥˊ ㄓㄜˊ	Lâu Bêng - t＿＿t	ia
7. 呂鶴巢	ㄌㄩˇ ㄏㄜˋ ㄔㄠˊ	Lū H＿k - tsaû	e/hoh
8. 張良澤	ㄓㄤ ㄌㄧㄤˊ ㄗㄜˊ	Tiuⁿ Liông - t＿＿k	è
9. 呂赫若	ㄌㄩˇ ㄏㄜˋ ㄖㄨㄛˋ	Lū H＿k - jiòk	e
10. 黃得時	ㄏㄨㄤˊ ㄉㄜˊ ㄕˊ	Nĝ T＿k - sî	e
11. 柯文質	ㄎㄜ ㄨㄣˊ ㄓˊ	Koā Bûn - ts - t	i

人　名（二）

i（ㄧ）　→　ek, it, ip；iat, iap

ia（ㄧㄚ）　→　ap, at, iap

ie（ㄧㄝ）　→　iap, iat, ek

請將臺語對應韵母所缺的元音塡入空格中。　　　　　　　　答

1.趙樞馬	ㄓㄠˊ ㄉㄧˋ ㄇㄚˇ	Tiō L__k-má	e̍
2.邱逢甲	ㄑㄧㄡ ㄈㄥˊ ㄐㄧㄚˇ	Khu Hông-k__h	a
3.葉石濤	ㄧㄝˋ ㄕˊ ㄊㄠˊ	__p Sik-tô	Ia̍
4.蔡平立	ㄘㄞˋ ㄆㄧㄥˊ ㄉㄧˋ	Tshoà Pêng-l__p	i̍
5.林江洽	ㄌㄧㄣˊ ㄐㄧㄤ ㄑㄧㄚˋ	Lîm Kang-h__p	a̍
6.周榮杰	ㄓㄡ ㄖㄨㄥˊ ㄐㄧㄝˊ	Tsiu Êng-k__t	ia̍
7.七等生	ㄑㄧ ㄉㄥˇ ㄕㄥ	Tsh__t Těng-seng	i
8.劉慶業	ㄌㄧㄡˊ ㄑㄧㄥˋ ㄧㄝˋ	Lâu Khèng-g__p	ia̍
9.李日列	ㄌㄧˇ ㄖˋ ㄉㄧㄝˋ	Lí Jit-l__t	ia̍
10.楊碧川	ㄧㄤˊ ㄅㄧˋ ㄔㄨㄢ	Iûⁿ Ph__k-tshuan	e
11.楊傑美	ㄧㄤˊ ㄐㄧㄝˊ ㄇㄟˇ	Iûⁿ K__t-bí	ia

人　名（三）

u（ㄨ）　→　ut, ok, iok

uo（ㄨㄛ）　→　uat, ok, iok

u（ㄩ）　→　uat, ok, iok

üe（ㄩㄝ）　→　iok, ak, ok, uat, iat

請將臺語對應韵母所缺元音塡入空格中。　　　　　　　　答

1.林雙福	ㄌㄧㄣˊ ㄕㄨㄤ ㄈㄨˊ	Lîm Siang-h__k	o
2.黃國隆	ㄏㄨㄤˊ ㄍㄨㄛˊ ㄌㄨㄥˊ	N̂g K__k-liông	o
3.徐玉書	ㄒㄩˊ ㄩˋ ㄕㄨ	Tshî G__k-su	io̍
4.陳冠學	ㄔㄣˊ ㄍㄨㄢˋ ㄒㄩㄝˊ	Tân Koàn-h__k	a̍
5.施淑青	ㄕ ㄕㄨˊ ㄑㄧㄥ	Si S__k-tsheng	io
6.吳濁流	ㄨˊ ㄓㄨㄛˊ ㄌㄧㄡˊ	Ngô͘ T__k-lîu	o̍
7.毓文	ㄩˋ ㄨㄣˊ	__k bûn	Io̍
8.林越峰	ㄌㄧㄣˊ ㄩㄝˋ ㄈㄥ	Lîm __t-hong	oa̍
9.蔡泊汾	ㄘㄞˋ ㄅㄛˊ ㄈㄣˊ	Tshoà P__k-hun	o

10. 林雙不　ㄌㄧㄣˊ ㄕㄨㄤ ㄅㄨˋ　　Lîm Siang - p__t　　　　u

11. 巫永福　ㄨ ㄩㄥˇ ㄈㄨˊ　　Bû Eńg - h__k　　　　　o

<h2 style="text-align:center">練習二：　俗語和特別詞（ㅠ，ㄚ，ㄜ）</h2>

(1)填空：請將適當的臺語對應韵母填入空格中。　　　　　　　　　答

1. 懾膽　　ㄕㄜˋ ㄉㄢˇ　　　l__p - táⁿ　　　　ia (d)

2. 心適　　ㄒㄧㄣ ㄕˊ　　　sim - s__k　　　　e (f)

3. 日頭　　ㄖˋ ㄊㄡˊ　　　j__t - thâu　　　　i̍ (i)

4. 三八　　ㄙㄢ ㄅㄚ　　　sam - p__t　　　　a (j)

5. 鬧熱　　ㄋㄠˋ ㄖㄜˋ　　　lāu - j__t　　　　ia̍ (c)

6. 發落　　ㄈㄚ ㄌㄨㄜˋ　　hoat - l__h　　　　o̍ (a)

7. 無法度　ㄨˊ ㄈㄚˇ ㄉㄨˋ　　bô - h__t - tō•　　oa (h)

8. 雜念大家　ㄗㄚˊ ㄋㄧㄢˋ ㄉㄚˋ ㄐㄧㄚ　　ts__p - liām tā -ke　　a̍ (g)

9. 不答不七　ㄅㄨˋ ㄉㄚˊ ㄅㄨˋ ㄑㄧ　　put t__p put tshit　　a (b)

10. 一時一刻　ㄧˋ ㄕˊ ㄧˋ ㄎㄜˋ　　tsi̍t sî tsi̍t kh__k　　e (e)

(2)配合：以下各詞與上面俗語中何者意義相似，請選出來。

___ a. 籌措　　　　　___ b. 不成事體　　　___ c. 熱鬧

___ d. 畏懼而縮退　　___ e. 隨時　　　　　___ f. 趣味風雅

___ g. 嘮叨的婆婆　　___ h. 沒辦法　　　　___ i. 太陽

___ j. 嘲女輕浮

<h2 style="text-align:center">俗詞和特別詞（ㄧ，ㄧㄚ，ㄧㄝ）</h2>

(1)填空：請將適當的臺語對應韵母填入空格中。　　　　　　　　　答

1. 分別　　ㄈㄣ ㄅㄧㄝˊ　　hun-p__　　　　ia̍t (e)

2. 接脚　　ㄐㄧㄝ ㄐㄧㄠˇ　　ts__-kha　　　　iap (i)

3. 抵恰　　ㄉㄧˇ ㄑㄧㄚˇ　　tú-kh__　　　　ap (b)

4. 乞食　　ㄑㄧˇ ㄕˊ　　　kh__-tsia̍h　　　it (h)

5. 急逼逼　ㄐㄧˊ ㄅㄧ ㄅㄧ　　k__-pek-pek　　ip (a)

6. 雙頭夾　ㄕㄨㄤ ㄊㄡˊ ㄐㄧㄚˊ　siang-thâu-k__　　iap (g)

7. 七月半鴨　ㄑㄧ ㄩㄝˋ ㄅㄢˋ ㄧㄚ　tsh__ goe̍h-poàⁿ-ah　　it (j)

8. 無好結果　ㄨˊ ㄏㄠˇ ㄐㄧㄝˊ ㄍㄨㄛˇ　bô hó k__ -kó　　iat (f)

9. 刼數難逃　ㄐㄧㄝˊ ㄕㄨˋ ㄋㄢˊ ㄊㄠˊ　k__-sò• lân tô　　iap (d)

10. 路遙知馬力　ㄌㄨˋ ㄧㄠˊ ㄓ ㄇㄚˇ ㄌㄧˊ　lō• iâu ti má-l__　　e̍k (c)

(2)配合

　　　__ a. 事情緊迫　　　　__ b. 剛好　　　　　　__ c. 事久見人心

　　　__ d. 災難注定　　　　__ e. 離開　　　　　　__ f. 下場不好

　　　__ g. 兩面夾攻　　　　__ h. 要飯的　　　　　__ i. 再婚

　　　__ j. 不知死活（七月十五民間大量殺鷄鴨祭鬼神）

俗語和特別詞（ㄨ,ㄨㄛ,ㄩ,ㄩㄝ）

(1)填空：請將適當的臺語對應韵母填入空格中　　　　　　　　　　　　答

1. 骨力	ㄍㄨˇ ㄌㄧˋ	k__ - la̍t	ut	(e)
2. 卜卦	ㄅㄨ ㄍㄨㄚˋ	p__ - koà	ok	(h)
3. 斡頭	ㄨㄛ ㄊㄡˊ	__ - thâu	oat	(b)
4. 各憋	ㄅㄨㄛˊ ㄅㄧㄝ	k__ -pih	ok	(i)
5. 曲折	ㄑㄩ ㄓㄜˊ	kh__ - tsiat	iok	(j)
6. 絕種	ㄐㄩㄝˊ ㄓㄨㄥˇ	ts__ - tséng	e̍h (oa̍t)(c) e̍h/oa̍t (z)
7. 約略	ㄩㄝ ㄌㄩㄝˋ	__ - l__	iok / io̍k (g)
8. 不三不四	ㄅㄨˋ ㄙㄢ ㄅㄨˋ ㄙˋ	p__ sam p__ sù	ut	(a)
9. 入鄉隨俗	ㄖㄨˋ ㄒㄧㄤ ㄙㄨㄟˊ ㄙㄨˊ	jip hiong suî s__	io̍k	(f)
10. 聰明在耳目	ㄘㄨㄥ ㄇㄧㄥˊ ㄗㄞˋ ㄦˇ ㄇㄨˋ	tshong - bêng tsāi ni-b__	o̍k	(d)

(2)配合：以下各詞與上面俗語中何者意義相似，請選出來。

　　　__ a. 不成體統　　　　__ b. 回首　　　　　　__ c. 絕子絕孫

　　　__ d. 耳聰目明　　　　__ e. 努力操作　　　　__ f. 入境隨俗

　　　__ g. 大概　　　　　　__ h. 占卜　　　　　　__ i. 古怪，乖戾

　　　__ j. 複雜的情節

練習三： 詞語異音中的文言音

A. 下列異音中哪些是文言音？　　　　　　　　　　　　　　　　答

1. 合理	ha̍p-li	合味	ha̍h-bī		ha̍p
2. 回答	hôe-tap	答應	tah-èng		tap
3. 接收	tsiap-siu	接接	tsih-tsiap		tsiap
4. 活潑	hoat-phoat	潑水	phoah-tsúi		phoat
5. 選拔	soán-poa̍t	拔劍	poe̍h- kiàm		poa̍t

6.打折	táⁿ-tsiat	骨折去 kut tsíh-khì	tsiat
7.結婚	kiat-hun	拍結 phah kat	kiat
8.食薰	tsiàh hun	食食 tsiàh-sìt	sit
9.拒絕	kū-tsoàt	會死會絕 ē sí ē tsèh	tsoàt
10.當值	tong-tit	值錢 tàt-tsîⁿ	tit
11.心腹	sim-hòk	剖腹 phoà pak	hok
12.單獨	tan-tòk	孤獨癖 ko•-tak-phiah	tòk
13.割禮	kat-lé	割稻仔 koah tiū-á	kat
14.截止	tsiat-tsí	截車 tsah tshia	tsiat
15.工作	kang-tsok	種作 tsèng-tsoh	tsok

B. 下列異音中哪個是文言音？　　　　　　　　　　　　　　答

1.插嘴	tshap-tshùi	插針 tshah-tsiam	tshap
2.菜葉	tshài-hiòh	葉先生 Iàpsian-sin	iàp
3.十歲	tsàp-hoe	十全 sìp-tsoân	sìp
4.八十	peh-tsàp	三八 sam-pat	pat
5.打折	táⁿ-tsiat	折被 tsih phoē	tsiat
6.貧血	pîn-hiat	豬血 ti-hoeh	hiat
7.月娘	goèh-niûⁿ	月臺 goàt-tâi	goàt
8.末日	boàt-jìt	粉末 hún-boàh	boàt
9.活動	hoàt-tōng	生活 seng-oàh	hoàt
10.雪鄉	soat-hiong	落雪 lòh seh	soat
11.值日	tìt-jìt	值錢 tàt-tsîⁿ	tìt
12.動物	tòng-bùt	好物 hó mìh	bùt
13.駁話	pak-oē	駁回 pok-hoê	pok
14.落霜	lòh-sng	落花 lòk-hoa	lòk
15.六神	liòk-sîn	六斤 làk-kin	liòk
16.老阿伯	laū-a-peh	梁山伯 Niû-san-pek	pek
17.冊封	tshek-hong	讀冊 thàk-tsheh	tshek
18.學歹	òh phái	學生 hàk-seng	hàk
19.得失	tek-sit	得儌伙 tit ke-hoé	tek
20.蔣介石	Tsiúⁿ-kài-sèk	鑽石 soàn-tsiòh	sèk

練習四：　文白之間的選擇

Háp／hàh, Sı̍p／tsa̍p, Pat／pe̍h, Le̍k／la̍t, But／mı̍h　　　答

合作＿＿-tsok	合意＿＿-ì	háp, hàh
拾萬＿＿-bān	收拾 siu-＿＿	tsa̍p, sı̍p
八仙＿＿-sian	八千＿＿-tsheng	pat, pe̍h
出力 tshut-＿＿	能力 lêng-＿＿	la̍t, le̍k
物理＿＿-lí	物件＿＿-kiāⁿ	but, mı̍h

Tshap／tshah, Siat／tsı̍h, Pia̍t／pa̍t, Sek／sit, Ha̍k／o̍h　　　答

插花＿＿-hoe	插手＿＿-tshiú	tshah, tshap
豬舌 ti-＿＿	口舌 khió-＿＿	tsı̍h, sia̍t
分別 hun-＿＿	別人＿＿-lâng	pia̍t, pa̍t
公式 kong-＿＿	美國式 bí-kok-＿＿	sek, sit
留學 liû-＿＿	放學 pàng-＿＿	ha̍k, o̍h

Thia̍p／ta̍h, Jia̍t／joa̍t, Tsia̍t／tsa̍h, Phoat／phoah, Tek／tit　　　答

疊柴＿＿-tshâ	疊樓仔＿＿-lâu-á	tsia̍p, ta̍h
熱天＿＿-thiⁿ	熱心＿＿-sim	joa̍h, jia̍t
攔截 nâ-＿＿	截止＿＿-tsí	tsa̍h, tsia̍t
活潑 hoa̍t-＿＿	潑水＿＿-tsúi	phoat, phoah
得意＿＿-ì	得罪＿＿-tsoē	tit, tek

Ia̍p／hio̍h, Tsiat／tse̍h, Bo̍k／ba̍k, Tsok／tsoh, Lio̍k／la̍k　　　答

樹葉 tshiū-＿＿	姓葉 sèⁿ-＿＿	hio̍h, ia̍p
節約＿＿-iok	節日＿＿-jı̍t	tsiat, tse̍h
目睭＿＿-tsiu	目標＿＿-piau	ba̍k, bo̍k
作田＿＿-tshân	工作 kang-＿＿	tsoh, tsok
六合＿＿-ha̍p	六十＿＿-tsa̍p	lio̍k, la̍k

Hiat／hoeh, Soat／soeh, Bo̍k／ba̍k, Po̍k／po̍h, Gio̍k／ge̍k　　　答

血壓＿＿-ap	流血 lâu-＿＿	{hoeh / hiat,} hoeh
解說 ké-＿＿	小說 sió-＿＿	soeh, soat
木工＿＿-kang	木材＿＿-tsâi	ba̍k, bo̍k
薄情＿＿-tsêng	薄紙＿＿-tsoá	po̍k, po̍h
玉仔＿＿-á	玉山＿＿-san	ge̍k, gio̍k

（註 hoeh = hoeh≡huih）

Hat/hoah, Phiat/phoat, Poa̍t/poe̍h, Lo̍k/lo̍h, To̍k/ta̍k　　答

恐喝 khióng-____	喝聲____-siaⁿ	hat, hoah
無半撇 bô-poàⁿ-____	撇出____-tshut	phiat, phoat
拔釘仔____-teng-á	選拔 soán-____	poe̍h, poa̍t
落第____-te	落山____-soaⁿ	lo̍k, lo̍h
孤獨 ko͘-____	獨身____-sin	ta̍k/to̍k, to̍k

練習五：各詞中的文與白

下面各詞中，何詞讀文言音？何詞讀白話音？

白	文	
1. tshah	tshap	插花，插嘴，插針，插手，插牌（洗牌），好花插牛屎
2. tsa̍p	si̍p	十月，十字架，十八姑娘，十全十美，十萬，十字路，十信，雙十節
3. pe̱h	pat	八月，八仙，三八查某，四維八德，八千，正月初八
4. hoeh	hiat	貧血，流血，血戰，白血球，豬血，血跡，血壓
5. goe̱̍h	goa̍t	月娘（月亮），月初，月俸，美月（女子名），正月，月下老人，月臺
6. boa̍h	boa̍t	粉末，週末，藥末，末日，末世
7. oa̍h	hoa̍t	活動，生活，活命，活潑，死活，活跳蝦
8. ta̍t	ti̍t	當值（值班），值錢，值日，眞不值，價值
9. mi̍h	bu̍t	物件，動物，物理，好食物，食物
10. tit	tek	得罪，得人寵，得失，得傢伙（得財產），求之不得，得意
11. la̍k	lio̍k	六月，六畜，六龜鄉，六合，六味丸，六神丹，六千萬
12. o̍h	ha̍k	學生，學功夫，留學，習歹，學習，放學，學堂，大學
13. ha̍h	ha̍p	合意，合作，聯合，合寸尺，適合，合口味
14. joa̍h	jia̍t	熱心，熱天，熱烈，熱帶，大熱（大暑），發熱，寒熱
15. sit	sek	公式，中國式，儀式，美國式，舊式，正式，新式
16. tse̱h	tsiat	節日，節省，中秋節，過年過節，節約
17. pa̍t	pia̍t	分別，別人，特別，離別，別款（別樣），性別，別種，別位（他處）
18. la̍t	le̍k	力量，能力，出力，電力，揹力（勤奮），協力，無力
19. ba̍k	bo̍k	目睭，目標，目鏡（眼鏡），項目，目屎（眼淚），目前
20. lo̍h	lo̍k	落第，落山（下山），落地（着地），落車（下車），部落，落花流水

1. tshah	插花，插針，好花插牛屎	tshap	插嘴，插手，插牌（洗牌）
2. tsa̍p	十月，十八姑娘，十萬，十信	si̍p	十字架，十全十美，十字路，雙十節
3. pe̱h	八月，八千，正月初八	pat	八仙，三八查某，四維八德

4. hoeh 流血，豬血，血跡，血壓，白血球 hiat 貧血，血戰，白血球，血壓

5. goeh 月娘（月亮），月初，月俸，正 goat 美月（女子名），月下老人，月臺
　　　 月，月臺

6. boah 粉末，藥末 boat 週末，末日，末世

7. oah 活動，生活，活命，死活，活跳蝦 hoat 活動，活潑

8. tah 值錢，眞不值，價值 tit 當值（值班），值日

9. mih 物件，好食物，食物（eating） but 物理，動物，食物（food）

10. tit 得意，得人寵，得傢伙（得財產） tek 得罪，得失（得罪），求之不得

11. lak 六月，六龜鄉，六千萬 liak 六畜，六合，六味丸，六神丹

12. oh 學功夫，學歹，放學，學堂 hak 學生，留學，學習，大學

13. hah 合意，合寸尺（合尺寸），合口味 hap 合作，聯合，適合

14. joah 熱天，大熱（大暑），寒熱 jiat 熱心，熱烈，熱帶，發熱

15. sit 中國式，美國式，舊式，新式 sek 公式，儀式，正式

16. tseh 節日，中秋節，過年過節 tsiat 節省，中秋節，節約

17. pat 別人，別款（別樣），別種， piat 分別，特別，離別，性別
　　　 別位（他處）

18. lat 力量，出力，揣力（勤奮），無力 lek 力量，能力，電力，協力

19. bak 目睭，目鏡（眼鏡），目屎（眼淚） bok 目標，項目，目前

20. loh 落山（下山），落地（着地）， lok 落第，部落，落花流水
　　　 落車（下車）

練習六： 本字及借義字之間

　　請利用國臺語之間調、聲、韻的對應關係，排除借義字，選出本字。有些臺語詞無本字。

		答
1. 我 bat/pat 遲到過。	（曾，捌）	捌
2. 咱 tioh 愛勇敢承認錯誤。	（當，得，着）	着
3. 你有 phah 算欲去無？	（拍，打）	拍
4. Koh 再來。	（復，又，閣，更）	閣
5. Poah 一倒顛倒好。	（跋，跌）	跋
6. 欲想問君，哪知通 iah 哪通。	（抑，也，或）	抑
7. 伊 kap 我無緣。	（和，及，與）	及
8. Hit 個人膾超生。	（那，彼）	φ
9. 三 liap柑仔。	（粒，顆，個）	粒
10. 你不時 chiah 無閒。	（這，即，這樣）	即

11. Pák 粽。　　　　　　　　　　　（縛ㄅㄛˊ，綁ㄅㄤˇ）　　　縛

12. 溫度隨時降 lòh 來。　　　　　　　（下，落）　　　　　　　　落

13. Ták 所在攏有好人及歹人。　　　　（每，各，逐）　　　　　　逐

14. 草地人驚 liàh，市內人驚食。　　　（捉，掠）　　　　　　　　掠

15. Lióh 仔去傷着手。　　　　　　　　（少，略，稍）　　　　　　略

16. 好額人愛 kek 氣。　　　　　　　　（激，神）　　　　　　　　激

17. 做官人愛 kek 身價。　　　　　　　（格，裝）　　　　　　　　格

18. 一 tsiah 車。　　　　　　　　　　（隻，輛）　　　　　　　　隻

4.10　綜合練習

一猜謎。下面猜謎取自吳瀛濤的臺灣民俗。請舉出所有的借義字和每字尾字的韻腳。

a.　人體：目睭，耳孔，喙齒，一個人，頭毛，奶仔，人影，放尿，喙鬚，屁，尿，
屎。

1. 山頂一抱笢　　　　　　　　　Soaⁿ-téng tsı̍t phō tshéng

　山下一對燈　　　　　　　　　Soaⁿ-ē tsı̍t-tùi teng

　燈下一門墓　　　　　　　　　Tēng-ē tsı̍t-m̂g bōng

　墓下一個窟　　　　　　　　　Bong-ē tsı̍t-ê khut

　窟下一個鼓　　　　　　　　　Khut-ē tsı̍t-ê kó͘

　鼓下一條雙叉路　　　　　　　Kó͘-ē tsit-tiau siang tshe lō͘

2. 天頂一抱秧　　　　　　　　　Thiⁿ téng tsı̍t-phō ng

　無水無汁家己長　　　　　　　Bô tsúi bô tsiap ka-ki tn̂g

3. 一欉樹，兩片葉　　　　　　　Tsı̍t tsâng tshiū, nn̄g-phìⁿ hiòh

　越來越去，看繪着。　　　　　Oa̍t lâi oa̍t khì, khoaⁿ-bē-tiòh

4. 池外起柳絲　　　　　　　　　Ti-goā khí liú si

　池中小孩兒　　　　　　　　　Tî-tiong sió-hâi jî

　心清池無水　　　　　　　　　Sim tsheng tî bô tsúi

　心煩水滿池　　　　　　　　　Sim hoân tsúi moá tî

5. 溪口一抱草　　　　　　　　　Khe-kháu tsı̍t-phō tsháu

　囝仔背繪行　　　　　　　　　Gín-á phāiⁿ -bē-kiaⁿ

　老人背得走　　　　　　　　　Lāu-lang phāiⁿ-teh-tsáu

6. 紅棗面　　　　　　　　　　　Ang-tsó-bīn

　豬肚身　　　　　　　　　　　Tī-tō͘-sin

　會使得食　　　　　　　　　　Ē-sái-tit tsiàh

　　　　繪 使得稱斤　　　　　　　Bē-sai-tit tshìn kin

　7. 有聲無影　　　　　　　　　Ū siaⁿ bô iáⁿ

　　　有味素，無鹹淡　　　　　　Ū bī sò•, bô kiâm Tsiáⁿ

　8. 烏面賊，打繪死，埋繪密　　　O•-bīn tshat phah-bē-sí tâi-bē-bàt

　9. 頂石合下石　　　　　　　　Téng-tsioh hah ē-tsioh

　　　會生根，繪發葉　　　　　　Ē seⁿ kin, bē hoat hiòh

10. 一陣風，一陣雨　　　　　　　Tsìt-tīn hong tsìt hō•

　　　一陣菜瓜下落土　　　　　　Tsit-tīn tshái-koe he lòh thô•

　　　給你猜三項物　　　　　　　Hó• lí tshai saⁿ-hāng mìh

答：1.一個人　2.頭毛　　3.耳孔　　4.目睭｛眼睛｝　　5.喉瓚

　　6. 奶仔　　7.尿　　8.人影　　9.喙齒｛牙齒｝　　10.屁，尿，屎

下面的國語詞各爲哪個特別詞的相等詞？

1.自己　　　　2.轉頭　　3.天上　　4.埋也埋不了　　5.掉落在地上

6.長不出葉子　7.背着跑　8.看不到　9.小孩子　　　　10.可以食

答：1.家己　　　2.越　　　3.天頂　　4.埋繪密　　　　5.下落土

　　6. 繪發葉　　7.背得走　8.看繪着　9.囝仔　　　　　10.會使食

韵腳：1.筧—燈　　2.鼓—路　　3.秧—長　　4.葉—着　　5.絲—兒—（水）—池

　　　6. 草—走　　7.面—身—斤　8.影—淡（饜）　9.石—葉　　10.雨—土

借義字：淡是淡薄的 tām。　tsiáⁿ 的本字是饜。

　　　　土是本土的 thó•。　唸成 thô•是俗字。

　　　　thô•的本字是塗。

　　　　給是配給的 kip，　hō• 的本字可能是與。

參考書目

丁聲樹　1981　　古今字音對照手冊，中華書局，民國70年，台北。

王育德　1969　　福建的開發與語言的建立，日本中國學會報21集，東京。

甘爲霖　（ W. Campbell ）1913　　廈門音新字典，台灣敎會公報社，民國 2 年，台南。

村上嘉英　1981　　現代閩南語辭典，天理大學 おやさと 研究所，1981

林進輝（編）　1983　　台灣語言問題論集，台灣文藝雜誌社，民國72年

張振興　1983　　台灣閩南方言記略，福建人民出版社

黃典誠　1982　　閩南方言中的上古音殘餘，語言研究，第二期 172 - 187

　　　　1981　　閩南單詞語典，廈門大學。手稿。

楊秀芳　1982　　閩南文白系統的研究，台大博士論文，民國71年，台北。

鄭良偉　（ 1987 ）國語常用虛詞及其台語對應詞釋例，文鶴書局，台北。

　　1985 "從社會語言學和語言敎育的觀點看北平口語和台灣話輕重音的異同 "，世界華文敎學研究會論文集 369 — 381

　　1973 "論雙語式語言統一的理論與實際——兼論台灣需要「語言計劃」"，大學雜誌 68期，又收於林進輝編台灣語言問題論集，台灣文藝雜誌社（ 1983 ）

鄭良偉、鄭謝淑娟　1977　　台灣福建話的語言結構及標音法，學生書局，民國68年，台北。

蔡茂豐　1969　　"國語化的日語，及台語化的日語研究"，日語文諸問題的研究，大新 1969 ， 82 — 107

魏岫明　1984　　國語演變之研究，文史叢刊之67，台大，民國73年，台北。

台灣總督府　1931，1932　　台日大辭典

廈門大學　1981　　普通話閩南方言詞典，福建人民出版社 1981

Cheng, Robert L. 1973 . Some Notes on Taiwanese Tone Sandhi. In Linguistics;100 ,PP. 5-25

Cheng, Susie S. 1981. A Study of Taiwanese Adjectives. Taipei;Student Book Co. Ltd.

Cheng, Tsai-fa. 1983. The Tonal Features of Proto-South-Min.In Papers in East Asian Languages. Vol 1.

Embree, Bernard. 1973. A Dictionary of Southern Min.Taipei; Taipei Language Institute.

Hashimoto, Mantaro J. 1982. The So-called "Original"and "Changed" Tones in Fukienese -- A Case Study of Chinese Tone Morphophonemics

Hsieh, Hsin-I. 1976. On the Unreality of Some Phonological Rules.In Lingua;3 8, PP. 1-19

Maryknoll Fathers 1979. English Amoy Dictionary.

Maryknoll Fathers 1976. Amoy-English Dictionary.

附錄一：**國臺字音對照表**(Table of Mandarin and Taiwanese Readings) **查字查音法**

本附錄國台字音對照表收集大約5000個漢字的國、台語發音。
下面介紹這些漢字如何安排、發音如何標示。

漢字的排列

　　對照表的漢字根據國語的發音，排入36個國語韻母組裡（從韻母組ㄧㄨㄩㄚ……到ㄅㄥㄦ）。每個韻母組再按四聲分成四個韻母。（如韻母組ㄨ分成韻母ㄨㄨˊㄨˇㄨˋ）。

　　韻母組的順序除ㄧㄨㄩㄞ排在最先ㄦ排在最后，其餘先按韻尾（φ、-i、-u、-n、-ng）再按介音（φㄧㄨㄩ）排列，同韻尾的低元音先於高元音。也就是以ㄚㄛㄜㄝㄞㄟㄠㄡㄢㄣㄤㄥ的次序排列。讀者需熟悉這個次序才能迅速地查出某漢字，然後查出某漢字在台語的發音。

　　每個韻母（如ㄞ）裡的漢字再按聲母的異同排列，凡是國語同韻母，同聲母的字都排在一起，每頁都自上而下按ㄅㄆㄇㄈㄉㄊㄋㄌ……的次序排列，如ㄅㄞ、ㄆㄞ、ㄇㄞ、ㄈㄞ一直到ㄏㄞ、ㄞ。

　　根據上述的漢字排列法，可查出漢字在對照表的位置。而對照表的位置也就是漢字在國語裡的發音。凡是出現在同一小格的漢字在國語都是同音。不同格子裡便是不同的發音。

臺語發音標示法

　　在國語裡是同音的漢字，在台語裡不一定也是同音字。例如ㄚ韻母裡的ㄅㄚ音裡列有七個漢字，按台語發音五個念 pa（吧、巴、疤、笆、芭）、兩個念 pat（八 ^{peh三} 呗 ^{poeh}，"八" 又有另音 peh ≡ poeh。

台語的異讀音可分下列幾類：

1. 破音字異讀：如量 niû 、niū 、種 Tséng、Tsèng，通常因意義或詞類（part of Speech）而異其音。這種異音又和國語的破音互相對應。如 niû 對ㄌㄧㄤ是動詞；niū 對ㄌㄧㄤ是名詞。Tséng 對ㄓㄨㄥ是名詞；Tsèng 對ㄓㄨㄥˋ是動詞。對照表裡只標出國語發音的台語發音。也就是不標示一個漢字所有的台語發音，只標出可以跟國語某發音的意義相應的台語發音。

2. 文白異音：如大 Tāi 、Toā ；長 Tióng 、 tiún; Tiông +tn̂g。這種異讀跟國語的破音異讀沒有對應關係。本書特在對照表裡以大寫標文言音，小寫標白話音。

3. 方言差異音：方言差較主要的是漳州腔（台南高雄、台中各地為主）和泉州腔（以台北市為主）之別。對照表寫出各種發音並在中間以 “ ≡ ” 標示。如飛 poe ≡ pe，雞 ke ≡ koe。台南腔在先，台北腔在後。本對照表所收錄的方音只限於較普遍的。較偏僻的方音，如宜蘭、桃園、鹿港都有特別明顯的方音，一概未能收入。

4. 借義字字音：台語有好些所謂有音無字的詞，（其實是漢字不固定的詞），常根據這些字在古文或現代中文的字義，使用漢字如以 “ 的 ” 代表 ê，以 “ 欲 ” 代表 beh。於是這些字除了本來的發音以外，就添上這些詞的發音。本對照表將借義字的發音以方括號標示。如的 Tek〔ê〕，欲 Iok〔beh〕。

5. 變調：台語有很嚴格的連音變調，所有的字因其位置而改變它們的聲調，國語只有兩個第三聲連在一起，前面的變成第二聲。因對應規律一切按照本調。本對照表也只標本調不標變調（參看鄭良偉、鄭謝淑娟 1977 ）

6. 輕聲：台語和北京話都有輕化而失去原調的現象，台灣的國語輕聲現象雖然很少，但是也不是完全沒有（參看鄭良偉 1985）。對應規律一概不管輕聲，本對照表也只標本調，不標輕聲。

7. 有些又音很少使用，這種發音以（ ）號標示。又有些漢字本身極少出現的以Ⅲ標示，次常用的以Ⅱ標示。

練習一

1. 如何在對照表裡找出下列的字？“ 擔對大溫 ”
2. 下面同組內的韻母，在對照表裡的次序如何？那個先、那個後？

   a.ㄧㄠ，ㄠ。

   b.ㄨㄢ、ㄢ、ㄧㄢ、ㄩㄢ。

   c.ㄟ、ㄞ、ㄡ、ㄠ。

   d.ㄥ、ˋ、ㄤ、ㄢ。

   e.ㄧ、ˋㄧ、ˊㄧ。

3. 下列的字在對照表的那一韻母可查出？查出後請查出台語發音。

   要ㄧㄠˋ、叫ㄐㄧㄠˋ、建ㄐㄧㄢˋ、到ㄉㄠˋ、用ㄩㄥˋ。

參考答案

1. 按照多字在國語的發音找出這些字。即ㄉㄢ、ㄉㄨㄟˋ、ㄉㄚˋ、ㄉㄤ各在韻母ㄢ、ㄨㄟˋ、ㄚˋ、ㄤ的聲母ㄉ裡找出。
2. a.ㄠ、ㄧㄠ。

   b.ㄢ、ㄧㄢ、ㄨㄢ、ㄩㄢ。

   c.ㄞ、ㄟ、ㄠ、ㄡ。

   d.ㄢ、ㄣ、ㄤ、ㄥ。

e. ㄧ、ㄧˊ、ㄧˇ、ㄧ˙。

3. 各在韵母ㄧㄠ、ㄧㄠˋ、ㄧㄢ、ㄠˋ、ㄩㄥˊ裡可找到。要 Iàu、叫（kiàu）kiò，建 k iàn，到 tàu、Tò、kàu。

問題

4. 如果你要收集國語是ㄌ聲母的字，如何收集？

5. 如果你要自己找出國語ㄍ聲母的台語對音，如何求得？

6. 如果你要自己找出國語ㄧㄢ韵母的台語對音，如何求得？

參考答案

4. 從表ㄧㄚㄭ韵母（即零韵母）到表14ㄦ韵母，都有ㄌ聲母的橫格。這個橫格裡頭的字，便是ㄌ聲母字。例：梨例盧路呂樂列羅落老留卵林郎

5. 各對照表都有ㄍ、ㄐ這一橫格，裡頭的字不是ㄍ便是ㄐ。凡是韵母是ㄧ或ㄩ開頭的表上放在ㄍ・ㄐ格的字都是ㄐ聲母字（如ㄐㄧ、ㄐㄧㄢ、ㄐㄩ、ㄐㄩㄣ），其他的（即ㄨ或零介音韵母）表裡放在ㄍ・ㄐ格的漢字都念國語ㄍ（如ㄍㄨ、ㄍㄜ、ㄍㄨㄛ、ㄍㄣ）　觀察這些字的台語字音便可歸納出台語的對應聲母　，　如古 kó、哥 ko、國 kok、根 kin／kun 等字的聲母是 k。

6. 國語ㄧㄢ韵母的字在表 10b 裡，歸納表裡各字的台語發音，常見的韵母是 ian、iam、an、am、in等。

問題

7. ㄧㄢ韵母裡鞭、天、煎、線、烟、倩、件、賢、顯等字的國台發音，請按照表上所標示的寫在下面。並指出哪個發音是文言音、白話音、不常用發音、借義字發音（用爲非本字時的發音）。

答案：	國語	台語文言音	台語白話音	借義字發音
鞭	ㄅㄧㄢ	Pian	Pi^n	
天	ㄊㄧㄢ	Thian	thi^n	
煎	ㄐㄧㄢ	Tsian	tsoa^n	
線	ㄒㄧㄢˋ	（Siàn）	sòa^n	
烟	ㄧㄢ	Ian		〔 hun 〕
倩	ㄑㄧㄢˋ	Tshiàn	tshià^n	
件	ㄐㄧㄢˋ	（Kiān）	Kiā^n	
賢	ㄒㄧㄢˊ	Hiân		〔 gâu 〕
顯	ㄒㄧㄢˇ	Hián	hiá^n	

　　放在括號裡的發音（ siàn ）（ kiān ）各為線、件的不常用發音。

　　放在方括號的發音〔 hun 〕〔 gâu 〕各為烟、賢做為借義詞的發音。

附錄二：國臺字音對照表
(Table of Mandarin and Taiwanese Readings)

TABLE OF MANDARIN AND TAIWANESE READINGS　　　　　1a

Md	币	币´
ㄅ ~p		
ㄆ pʰ		
ㄇ m		
ㄈ f		
ㄉ t		
ㄊ tʰ		
ㄋ n		
ㄌ l		
ㄓ tʂ	Ti 蜘知 tsai tsiah (Tsek) 隻 Tsit 織 Tsiap 汁 Tsi 之支 (枝)ki 祇胑脂芝枙 (kiⁿ)ᴵᴵ	Tit tat 值 Tek 横 tim tsoh 躑ᴵᴵ Tsek 躑ᴵᴵ Tsip 執 Tsit 職 質 Tit 姪直 Sit 植殖
ㄔ tsʰ	Tshi 嗤 蚩 痴 thi Khit 吃 [tsiah]	Tî 持 Tshî 池遲馳 Sî 是 î 弛 siᴵᴵ
ㄕ s	sai Su 師獅 sat (sek) 蝨 Si 屍施詩 Sip 溼濕 [溼] Sit 失	Sit 食 tsiah 實 tsat 蝕 sih Sip 十 tsap 拾 tsap Sân Sip 什 sek 石 tsioh Sî 時
ㄖ z		
ㄗ, ㄐ ts, tɕ	tsi 吱 ki tsu 咨姿孜ᴵᴵ 滋孳資輜齜	
ㄘ, ㄑ tsʰ, tɕʰ	tshi 差 Tshû 疵ᴵᴵ Tshu 雌	Tsû 慈瓷茨ᴵᴵ 磁 hûi Sû 祠詞 辭 sî
ㄙ, ㄒ s, ɕ	si 司 su 思 su 絲 鷥 (su) Su 廝斯私 sai 撕	
ㄍ, ㄐ k, tɕ		
ㄎ, ㄑ kh, tɕʰ		
ㄏ, ㄒ x, ɕ		
∅		

TABLE OF MANDARIN AND TAIWANESE READINGS

Md	帀ˇ	帀ˋ
ㄅ		
p		
ㄆ		
p^h		
ㄇ		
m		
ㄈ		
f		
ㄉ		
t		
ㄊ		
t^h		
ㄋ		
n		
ㄌ		
l		
ㄓ		Tsì 幟志至誌 Tī 治滯稚痔(tī) 雉$^{thī\ III}$ Tiat 秩
tʂ	Tsí, tsáiⁿ 指 Tsí 只址旨止祉^{III} 趾紙^{tsóa}	Tsè 制製 Tsek 炙^{III} 窒^{II}. Tì 智緻置致 sī 峙
ㄔ	Thí 恥 褫 Tshí 侈 (Tshí) 齒^{khí}	Tshì 熾^{II} 翅 啻 [(Tshì) Kì 庱]
$tʂ^h$	Tshek 尺^{tshioh} sī, siⁿ 豉	Thek 叱 斥 飭^{II} (Tshek) tshiah 赤
ㄕ	sái 使$^{sú\ sài}$ 屎$^{(sí)}$ 駛^{sú} sí 矢 弛$^{i\ II}$ 始 Sú 史	[thāⁿ]. Sek 飾. Sè. sì 勢世(去) Sè 誓^{tsōa} 逝 噬^{III} sī 嗜是視氏
ʂ		Sek 室式^{sit} 識適釋 sì 弑^{II} 試^{tshì} Sū 事^{tāi} 仕侍士 tshī 市 khī 柿
ㄖ		Jit 日
ʐ		
ㄗ, ㄐ	Tsú 梓^{II} 耔 子^{tsí} (Tsú) tsí 紫	Jū 字^{jī} Tsù 漬. Tsū 自
ts, tç		
ㄘ, ㄑ	Tshú 此	Tshì 刺^{tshiah} Tshù 次. Sū 伺
ts^h, $tç^h$		
ㄙ, ㄒ	sí 死$^{(Sú)}$	saī Sū 似 如以^{II} Sù sì 四肆, tshī 飼$^{(sū)}$
s, ç		Sī 寺 Sù 泗^{II} 賜 Sū 祀^{tshāi}. 俟 Sû 嗣^{sū}
ㄍ, ㄐ		
k, tç		
ㄎ, ㄑ		
kh, $tç^h$		
ㄏ, ㄒ		
x, ç		
ø		

• 附　錄 •

Md	ㄧ	ㄧˊ
ㄅ p	Pek 逼 {piak 屄}	Pùt 荸 Phīn 鼻 Pí Pít
ㄆ ph	Phi 丕 坯ⁿ 批 phoe 披 Phit 匹 Phek 劈 霹	Pî 埤ⁿ 琵 gî 脾 枇 (gi), Phî 皮 phoe, Phî 疲
ㄇ m	Bí 咪	Bê, bî 迷, Bê, bî 謎, Bî 彌 mî,nî 麋
ㄈ f		
ㄉ t	(Te), kē 低, tih 滴	Tek 嫡, Tek 迪 狄 敵 笛 tàt Tek 的 (一聲) Liàh 糴
ㄊ th	thak, Thek 剔, that (Thek) 踢 (The), thui 梯	Thê 啼 thî 堤 提 thêh 隄 [堤] Tê 媞ⁿ, Tê 題 蹄
ㄋ n		Gê 倪 霓ⁿ, Lî 尼 怩ⁿ, Nî 妮 泥, nî 呢
ㄌ l	Lí 哩	Lê 梨 lâi 蜊 lâ 璃 li 驪ⁿ 黎 Lî 狸ⁿ 〔狸〕離 hi 籬 釐〔厘〕厘 漓ⁿ 犁ⁿ
ㄓ tṣ		
ㄔ tṣh		
ㄕ ṣ		
ㄖ ẓ		
ㄗ, ㄐ ts, tç	Tsek 迹 (跡) jiah 積 績 蹟 〔跡〕, tsi, ki 肌 kiat 咭 Tsip 緝 Tship	kiat 吉, Tsip 輯 ship, Tship 戢ⁿ 楫ⁿ, Tsip 集 Tsek(tsi) 脊 Tsek 即 唧 藉ⁿ, Tsèk 寂 疾 瘠 籍 (tsip) Tsèk 嫉
ㄘ, ㄑ tsh, tçh	Tshe 淒 tshi 妻 tshe 棲 悽 tshiⁿ Tsip 緝 Tship Tshat 漆, Tshek 戚, Tshit 七	Tsê 臍 tsâi 齊 薺 tsî
ㄙ, ㄒ s, ç	sai, Se 犀 西 Sek 晰 析 蜥ⁿ 蟋 sut Tshek 膝	Sip 習 襲 siàh 席 siàh (sèk) 蓆 tshióh Sek 熄 Sim 息 hioh 昔 熄 (sek) 惜 sioh Sek 錫 siàh
ㄍ, ㄐ k, tç	Ki 乩 嘰 基 幾 機 磯 箕 羈 飢 (饑) 姬ⁿ Khé, khe 稽 khi 犄ⁿ ke 雞 Kek 激 kî 畸 譏	Kip 急 級 Kip 皮 kap, Khip 汲 Kek 殛 擊 棘ⁿ Kèk 極
ㄎ, ㄑ kh, tçh	Khi 欺	(Khî) 騎 khiâ, Kî 其 奇 khia 崎 岐 旗 期 棋 歧 Kî 祁 祈 祺 麒 麟 淇ⁿ 琪 琦 Ki 耆ⁿ, Ke 晊
ㄏ, ㄒ x, ç	Hi 僖 嘻ⁿ 嬉 希 晞ⁿ 曦 熙 犧 禧 稀 羲 Hy翰 Hê 兮 攜 khoaⁿ (攜) 攜 khoaⁿ khip 吸 Khe 溪	
φ	I 伊 依 漪 衣 醫 [tsit] 一 壹ⁿ it	Î 咦 夷 姨 彝ⁿ 怡, Gî 宜 疑, Kî 沂 Î 痍 移 胰 詒ⁿ 貽ⁿ 頤 飴ⁿ ûi 遺, Gî 儀

Md	ˇ	ˋ Phek/碧 Phiah
ㄅ p	Pí 妣 彼[hit] 比, Phí 鄙 Pr, Pit 筆 Pí 匕 俾 Pi	Pè 幣 敝 微 蔽 Pè Pè 斃 陛 Pek � 陛 Pì 俾 婢 辟 避 [Phiah] Phek 璧 碧 (P. 壁) (Pí 褙) Pì 庇 秘 臂 閉 Pit 嗶 必 畢 pì 潷 泌
ㄆ ph	phí 嚭 Phit 疋, pí 痞 = 痞 phiah, Phek 癖	(pì) 媲 [媲], (Phì) 屁 phùi, phì 譬 [Phoè 髀 phiah 僻 (Phek), Phek 闢 Phèk 擗
ㄇ m	Bí 弭 米 靡	Bit bat 密, Bèk 汨 覓 [māi Pì 泌 秘 [秘] Bit 蜜
ㄈ f		
ㄉ t	Tí, té 底, Ti 抵 牴 邸 (tí) 氐	Tè 帝 締 蒂 諦, Tè 弟 第, Tè 地 [Tèk 的, Tōe, Tai 遞
ㄊ th	Thé 体 體 [体]	Thè 屜 涕, thi (Thè) 剃, Thè 替 thùi Thek 逷
ㄋ n	Ní, lí 你 妳 [你], Gí 擬	Jī 膩, Jiok 溺 [kèh] Gèk 逆 [bih] 匿 [Lèk]
ㄌ l	Lé 禮 澧, Lí 李 裏 裡 鯉 里 理 俚	Lè 例 儷 勵 屬 吏 唳 戾 癘 嚦 辣 麗 [ài, Lì 利, lài [lè] 荔 Lè 鄰 Lèk 慄 力 栗 麤 壢 歷 瀝 靂 Lip 粒 立 笠, Lì 例 吏 剌 莉 [lah ...]
ㄓ tʂ		
ㄔ tʂh		
ㄕ ʂ		
ㄖ ʐ		
ㄗ,ㄐ ts, tɕ	Tsé 擠, Tsek 脊 tsiah	tsit 鯽, tsek 稷 [(tsek) 鯽 tsit tse 劑 [劑], Tsè 濟 祭 際 霽 Tsè 儕
ㄘ,ㄑ tsh,tɕh		Tship 緝 Tshè 砌
ㄙ,ㄒ s, ɕ	Sé 洗, sóa 徙 Sù	Sè 細 sèk 夕 汐
ㄍ,ㄐ k, tɕ	Kí 几 己 幾 kúi 麂, Kip 給 Kek 戟	Kè 繼 薊 計, kì 紀, kì 冀 驥 寄 kià 既 暨 記 Kì 忌 技 kúi 季
ㄎ,ㄑ kh,tɕh	Khí 綺 豈 起 Khé 啟 啓 [啟] Khit 乞	khì 企 khiā 器 棄 氣 khùi 汽, Khip 泣, Git Gut 迄 khè 愒 [憩] 憩, Khè 契
ㄏ,ㄒ x, ɕ	Hí 喜	Hè 係 系 繫, Hì 戲, Khiah 隙, Hip 翕 歙 憶 意 [意 異 緯 Gì 義 誼 議 Ip 把 邑]
∅	Í 以 倚 ba 已 椅, Ì 矣 (i), Gí 蟻, it 乙	Ngāi 刈, È 曳 縊, Gè 毅 藝 詣, Ek 億 憶 抑 溢 益 Ek 亦 奕 役 掖 易 疫 翊 [翌 翼] 腋 埸 譯 驛 軼 液 逸 iah

E 阎　　　　iah

Md	ㄨ	ㄨˊ
ㄅ p		
ㄆ ph	Phok 撲 ᵇᵒᵏ 仆 ᵖʰᵃᵏ Phò 鋪	Phô 菩蒲, Hû 莆 ᴵᴵ Phû, phô 葡 Phok 樸朴 ᵖʰᵃᵏ 蹼, Pòk 僕
ㄇ m		
ㄈ f	Hu 麩 ⁽ᵏʰᵒ⁾, 夫 ᵖᵒ 敷膚, Hù 跗 ᴵᴵ	Hu 孚, Hû 浮芺 ᵖʰᵃ 俘扶 ᶜʰᵒᵉ 苻符 涪 Hô ᴵᴵ ⁽ʰôᵉ⁾ 果 Pak (Hok) 幅, pàk(Pòk) 縛, Hû 伏 ᴴᵒᵏ 賻
ㄉ t	To 都, Tok 督	Hok 福蝠輻 ᴵᴵ Hòk 服袱　Tòk, tàk 毒獨 pʰᵘᵗ 佛 ᴴᵘᵗ ᴵᴵ Hut 弗彿拂黻　Thòk, thàk 讀
ㄊ th	Thut 禿 ᵗʰᵘʰ (Tut), Thòt 凸 Thut, Tut 突	Tô 圖塗 ᵗʰô 屠徒涂 ᵗʰô ᴵᴵ 途 Tô 茶
ㄋ n		Lô 奴
ㄌ l	Lô 嚕	Lô 滷爐盧臚蘆顱鱸
ㄓ ts	Tu 株蛛誅 ᴵᴵ Tsu 朱珠硃茱 ᴵᴵ 銖 ᴵᴵ 諸 Ti 猪 (豬) ⁼ ᵀᵘ	Tiok 笂 ᴵᴵ 築, Tsiok 燭 ᵗˢᵉᵏ ᴵᴵ 躅, Tsut 朮 ˢᵘᵗ ᴵᴵ tàk, Tiok 逐, tek(Tiok) 竹
ㄔ tsʰ	Tshò, tshe 初, Tshut 出齣	Tî ≡ Tû 鋤, Tsò 鶵 ᴵᴵ, Tû 儲櫥除廚 Tshu 雛 ᴵᴵ
ㄕ ş	Se, So 梳疏疏疎, Tu 姝 ᴵᴵ Tshu 樞, Su 書 ᵗˢᵘ 舒輸, Su 殊 ˢᵘ, Thú 抒 ᴵᴵ	Siòk 塾贖, Siok 叔 ᵗˢᵉᵏ 淑
ㄖ ʐ		Jû 儒嚅 ᴵᴵ 如孺, Jú 茹 ᴵᴵ
ㄗ,ㄐ ts, tɕ	Tsó 租	tsàk, Tsók 族, Tsiok 足, Tsut 卒
ㄘ,ㄑ tsʰ,tɕʰ	Tshó 粗	
ㄙ,ㄒ s, ɕ	So 甦 ᴵᴵ 穌 ᴵᴵ 蘇酥	Siòk 俗
ㄍ,ㄐ k, tɕ	kô 呱 ᴵᴵ 姑孤沽菰枯 ᴵᴵ 辜 kó 佑 ᵏᵒ	
ㄎ,ㄑ kh,tɕʰ	(khok), khàu 哭, kó 枯骷, khut 窟	
ㄏ,ㄒ x, ɕ	Hô 呼 ᵏʰᵒ 滹 ᴵᴵ, Hô 乎 ᴴᵒ, Hut 忽	Hô 瑚 ᵒ 葫鬍衚 糊 ᵏᵒ ᴵᴵ 餬湖狐弧 ô 壺胡蝴
∅	O 嗚烏, Bû 巫誣, ù 污, Ok 屋	Gô 蜈 ᵍⁱᵃ ⁿᵍᵒ 梧 ⁿᵍᵒ Ngô 吳吾唔 Bû 無 ᵇô (蕪)

TABLE OF MANDARIN AND TAIWANESE READINGS 1c

Md	Xˇ	Xˋ
ㄅ p	Pó· 補, poh ⼘^{Pok, beh} Pó· 埔, Pó· 哺捕	Pò· 佈布怖, Pō· 埠步部, Phō· 簿 Put 不^[m]
ㄆ ph	Phó· 圃浦譜普溥	Phò· phō· 舖鋪 Phòk 瀑曝^{phak}
ㄇ m	Bó· 畝牡姆^m, Bó· 母^{bú}, Bó· 栂^{bú II}	Bō· 募墓^{bōng} 幕 Bòk 慕暮 Bòk 沫^{II} 牧睦穆苜^{II} 目^{bak} 木^{bak}
ㄈ f	Hú· 斧^{pó} 脯^{pó· II} 俯府撫釜腐輔	Hù· 富傅^{pò} 付副咐賦赴附, Hù· 媂 父^[Pē], Pò· 埠 Hù· 負^{phāⁿ} 阜, Hok 腹^{Pak} 覆^{phak} 蝮複馥^{II} 復
ㄉ t	Tó· 賭^(kiáu) 堵睹覩(睹), Tok 篤	Tò· 度杜渡鍍肚^{tō·}, Tò· 妒姤(妒)
ㄊ th	Thó· 土^{thô·}	Thò· 吐兔
ㄋ n	Ló· 努	Lò· 怒
ㄌ l	Ló· 擄虜魯	Lò· 路露鷺, Liòk 戮^{II} 碌^{lok} 錄^{lòk} 陸^{lak} Liòk 漉祿^{lòk} 鹿麓 Lò· 賂
ㄓ tṣ	Tsú 主麈, Thú 貯, Tsiok 囑	Thú 杼苧, Tù 箸, Tsù 注註鑄 ⼅竚^{wⁿ面} Tsū 駐^(tsù) 住^{tòa} 柱^{thiāu} 蛀^{tsiù}, Tsō· 助 Tsiok 祝
ㄔ tṣh	Tshú 處 Tshó· 礎, 楚^{tshó}	Tshù 處, Tshiok 矗^{II} 觸畜^{thek}, Thut 黜^{lut II}
ㄕ ṣ	Tsú 藷[薯], Tshú 鼠, Siòk 屬 Sóe 黍^{Sú}, Sú 暑	Sò· 數^{siàu} (Sò·) 漱^(sòa), Sù 庶恕, Sut 述 Sū 墅^{II} 曙^{II} 澍^{II} 豎^{(khiā) II} 薯樹^{tshiū}, Sok 束 Sùt 術
ㄖ z	Jú 乳, lí 汝^{bú}	Jiòk 辱褥, Jip 入
ㄗ,ㄐ ts, tç	Tsó· 祖組阻	
ㄘ,ㄑ tsh,tçh		Tshò· 醋, tshek 促^{Tshiok} 慼^{II}, Tshok 簇
ㄙ,ㄒ s, ç		Sò· 素訴, Sok 溯速縮^{siòk} 塑 siok 夙宿粟^{tshek} 肅^{sok} 蓿^{II}
ㄍ,ㄐ k, tç	Kó· 古^{ku} 罟^{II} 股賈鼓, Kok 穀谷 Kut 骨	Kò· 僱固故雇[僱]顧
ㄎ,ㄑ kh,tçh	Khó· 苦	Khò· 庫褲 Khok 酷
ㄏ,ㄒ x, ç	Hó· 虎滸琥^{II}	Hò· 瓠^(hia), Hō· 戶扈^{II} 滬護互
φ	Ngó· 午五^{gō·} 伍, Bú 侮嫵 武舞鵡^{II} Bú (Hu) 憮^{II}	Gō· 晤^{Ngō·} 誤, Ngō· 悟^{gō·}, O· 惡, Bū 務霧 O· 塢^{II}, Bùt 勿物^{mih} Bō· Mō· 戊

Md	ㄩ	ㄩˊ
ㄅ p		
ㄆ pʰ		
ㄇ m		
ㄈ f		
ㄉ t		
ㄊ tʰ		
ㄋ n		
ㄌ l		Lû 閭ⁱⁱᴵᴵᴵ 櫚ⁱᴵᴵ 驢ᴵᴵᴵ
ㄓ tʂ		
ㄔ tʂʰ		
ㄕ ʂ		
ㄖ ʐ		
ㄗ,ㄐ ts,tɕ	Tsu 疽ᴵᴵ	
ㄘ,ㄑ tsʰ,tɕʰ	Tshu 趨	
ㄙ,ㄒ s,ɕ	Su 需須鬚ᵗˢʰⁱᵘ siū 戌	(sâ)徐ᵗˢʰⁱ
ㄍ,ㄐ k,tɕ	Ku 居ᵁ, Khu 拘駒ᴵᴵ	Kiok 菊鞠掬ᴵᴵ, Kiòk 局跼ᴵᴵ, kiat 橘
ㄎ,ㄑ kh,tɕʰ	Khu 區嶇軀驅ᴵᴵ, Khut 屈ᵘᵗ / Khiau 曲	kû 渠璩ᴵᴵ / Khiok 麴ᵏᵃᵏ
ㄏ,ㄒ x,ɕ	Hu 噓盧ʰⁱ	
∅	U 淤迂ᵁ	hî 魚⁽ᵍᵘ⁾ (siâ)畬⁽ⁱᵘ⁾ ,ú 於予干余⁽ᵗ⁾ 餘竽輿與⁽ᵘᵘ⁾ 俞楡ᴶⁱᵘ / Gû 娛愚漁虞ᴵᴵ 隅ᴵᴵ ,Jû 愉ᴵᴵ 臾ᴵᴵ ,Jû 諭ᴵᴵ 萸ᴵᴵ 逾

Md	ㄩˇ	ㄩˋ
ㄅ p		
ㄆ p^h		
ㄇ m		
ㄈ f		
ㄉ t		
ㄊ t^h		
ㄋ n	Lú 女 ²lí	
ㄌ l	Lú 屢旅, (Lú) 縷褸 ^lúi, Lú 侶 ᴵᴵ 呂 ²lí Lí 履	Lū 慮 濾 Liok 綠 ^lek Lut 律率
ㄓ tṣ		
ㄔ tṣ^h		
ㄕ ṣ		
ㄖ ẓ		
ㄗ,ㄐ ts,tɕ	Tsó· 咀沮 ᴵᴵ	Tsū 聚
ㄘ,ㄑ ts^h,tɕ	Tshú 取 [tshoā 娶 ^(Tshú)	Tshù 覷 ᴵᴵ 趣
ㄙ,ㄒ s,ç		Sù 絮 ū 酗 , Thiok 蓄 ^tþiok 蓄 Sū 序緒 sài (sè) 婿 ᴵᴵ [coà] 續 ^siok , Sut 邮恤
ㄍ,ㄐ k,tɕ	Kú,kí 舉 莒 矩	Kiok 劇 ^kek kù 句掬(據)鋸, kū 俱巨拒炬 莒距, Khū 具 懼 kū 鉅颶 khì 去 ^khù
ㄎ,ㄑ kh,tɕ^h	Khek, Khiok 曲	
ㄏ,ㄒ x,ç	Hú 昫 ᴵᴵ 煦 ^ùᴵᴵ 許 ^khó·	Hiok 勖 (勗) ᴵᴵ 旭 [Hiok 或 ᴵᴵ 郁 ᴵᴵ út 聿 ᴵᴵ Jū 癒]
∅	Jú 庾 ᴵᴵ, Gú 語, ú 予予 (與)宇瑀雨 ^hǒ· 羽噢 Sù 嶼	ú 寓, Jū 喻裕, Gū 御禦遇 ū 譽 預預 ū 鬱, ná Jū 愈, Hek 域 (Giók) 獄 ^tþiek 玉 ^gek 鈺, Iók 峪慾欲煜浴 ^ek 煜 籲 育 顉 籲

Md	ㄚ	ㄚˊ
ㄅ p	Pa 吧巴疤笆芭　Pat 八ᵖᵉʰ 叭扒 pe 叿、飯　bat Pat peh 捌	Poȧt ᵖᵒ́ᵃʰ 跋拔 ᵖᵒᵉ̍ʰ⁼ᵖᵘⁱʰ, ᵖᵒᵃ́ʰ
ㄆ pʰ	(Pa) 趴ᴵᴵ	pê (pâ) 杷爬琶耙
ㄇ m	Má 嗎媽	Bâ, môa 麻麻蔴 ᴹᵃ̂ [Mih] 麼ᴵᴵᴵ Bȯk 蟆
ㄈ f	Hoat 發ᵖᵘʰ Hoa̍t 伐	Hoat 乏伐筏閥罰
ㄉ t	Tap 搭ᵗᵃʰ 答ᵗᵃʰ	Tap 答ᵗᵃʰ 瘩ᴵᴵᴵ (Thán) 靼ᴵᴵ, That 韃ᴵᴵ, Ta̍t 達
ㄊ tʰ	Tha 他她, Thap 塌⁽ˡᵃᵖ⁾,塌它ᵗʰᵒ 她	
ㄋ n		Ná 拿
ㄌ l	Láh 啦, (láh) 拉 ᴸᵃᵖ, ˡᵃ	
ㄓ tʂ	Tsa 渣	tsáh 閘ᴬᵖ, Tsat 扎紮
ㄔ tʂʰ	Tsa 喳ᴵᴵ Tsha tshe 叉差 ᵀˢʰᵃⁱ tshah 插 ᵀˢʰᵃᵖ	Tshâ 搽查 ᵀˢᵃ, tê (Tshâ) 茶, Tshat 察
ㄕ ʂ	(Sa) 沙 ˢᵒᵃ 砂 ˢᵒᵃ 紗 ˢᵉ 莎 ˢᵒ 鯊 ˢᵒᵃ 裟 ˢᵉ Sat 殺 ⁽ᵗʰᵃⁱ⁾ tshat 剎	
ㄖ ʐ		
ㄗ,ㄐ ts, tɕ	Tsat 匝咂ᴵᴵᴵ	(tsa) [Lán] 咱, tsat 砸, Tsȧp 雜
ㄘ,ㄑ tsʰ,tɕʰ	Tshat 擦	
ㄙ,ㄒ s, ç	Sat 撒 ˢᶜᵃʰ	
ㄍ,ㄐ k, tɕ		
ㄎ,ㄑ kh, tɕʰ		
ㄏ,ㄒ x, ç	Ha, Hap 哈	
∅	A 阿° 啊	
		Hà 嗄

Md	ㄚˇ	ㄚˋ
ㄅ p	Pá, pé 把	Pà 壩壩 霸, Pā 罷 Pâ, pē, pa 爸
ㄆ pʰ		(Phà), phè 怕 phàⁿ 怕
ㄇ m	bé 瑪ᴹᵃ馬ᴹᵃ碼⁽ᵐᵃ⁾ᵇᵃ, Má 螞嗎	Mà, mē 罵
ㄈ f	Hoat 法髮	Hoat 琺ᴵᴵᴵ
ㄉ t	Táⁿ, (phah) 打	Tái, lōa 大
ㄊ tʰ	thah 塔⁽ᵀʰᵃᵖ⁾	(Táp) 踏ᵗáʰ, Thap 榻蹋⁽ᵀáᵖ⁾ Thát 獺ᵗʰᵒᵃʰ 躂ᴵᴵᴵ
ㄋ n	Ná 哪那	Lùt 吶 Láp 納鈉, Làt 捺
ㄌ l	Làt 喇⁽láʰ⁾	láh 臘⁽láᵖ⁾蠟, Làt 刺, Liàp 鑞 loáh 辣
ㄓ tʂ	Tsap 眨	Tsà 炸 乍榨詐, Tsā, Tsek 蚱 sa 柵
ㄔ tʂʰ		Tsha, tshe 金汉, Tshat 刹ᴵᴵ [tsoáh] 差 Tshà 詫
ㄕ ʂ	Sá 儍	Sap 霎⁽ˢⁱᵖ⁾ᴵᴵ (Sat) soah 煞
ㄖ z		
ㄗ, ㄐ ts, tɕ		
ㄘ, ㄑ tsʰ, tɕʰ		
ㄙ, ㄒ s, ɕ	Sá 洒 [灑] 灑	Sap 颯ᴵᴵᴵ, Sàp 卅, Sat 薩
ㄍ, ㄐ k, tɕ		
ㄎ, ㄑ kh, tɕʰ	Khá 卡ᵏʰᵃʰ	
ㄏ, ㄒ x, ɕ		
∅		

Md	ㄧㄚ	ㄧㄚˊ
ㄅ p		
ㄆ pʰ		
ㄇ m		
ㄈ f		
ㄉ t		
ㄊ tʰ		
ㄋ n		
ㄌ l		
ㄓ tṣ		
ㄔ tṣʰ		
ㄕ ṣ		
ㄖ ẓ		
ㄗ,ㄐ ts, tç		
ㄘ,ㄑ tsʰ,tçʰ		
ㄙ,ㄒ s, ç		
ㄍ,ㄐ k, tç	ka 佳 傢 加ᵏᵉ 嘉 家ᵏᵉ 珈, Kɪa 迦ᵏʰⁱᵃᴵᴵᴵ Ka 袈 ~ 裟	(Ngeh) (kip) 莢, kiap 夾 浹ᴵᴵᴵ 頰 ⁽ᴴⁱᵃᵖ⁾, Khiat 戛
ㄎ,ㄑ kh, tçʰ		Hiap 硤
ㄏ,ㄒ x, ç	(Hâ) hê 蝦 Hat 瞎	kiap 俠ᴴⁱᵃᵖ 峽 蛺ᴵᴵ, Hiap 洽 狹ᵉʰ Hiap,ng 茳 柗 Hat 轄 Hâ 遐ᴵᴵ 霞, Hā, hê 暇 Ah 匣ᴬᵖ, Hap 呷
ㄦ ø	Ap 壓 ᵃʰⁱᵗᵉʰⁱ 押ᵃʰ 鴨ᵘʰ A 鴉	gê. gû 牙, gâ, gê 芽 (gâ) gê 衙, gâi 涯ᴵᴵ 崖

Md	ㄧㄚˇ	ㄧㄚˋ
ㄅ p		
ㄆ pʰ		
ㄇ m		
ㄈ f		
ㄉ t		
ㄊ tʰ		
ㄋ n		
ㄌ l		
ㄓ tʂ		
ㄔ tʂʰ		
ㄕ ʂ		
ㄖ ʐ		
ㄗ,ㄐ ts, tɕ		
ㄘ,ㄑ tsʰ,tɕʰ		
ㄙ,ㄒ s, ɕ		
ㄍ,ㄐ k, tɕ	Ká 假ᵏᵉ 賈, Kah 甲⁽ᵏᵃᵖ⁾ 胛ᵏᵃᵖ ᴵᴵᴵ 鉀⁽ᵏᵃᵖ⁾ ᴵᴵ	kè, kà 價架, kè (kà) 假嫁, kà 駕
ㄎ,ㄑ kh,tɕʰ		Hàp/Hiàp 洽 khàp 恰
ㄏ,ㄒ x, ɕ		Hā 下ᵉ 厦ᶜ 夏ⁿᵉ 厦(廈) Hek 吓(嚇)ʰⁱᵃʰ ʰᵉʰⁿ
ø	Ngá 雅, A'.A 亞, A' 啞	Gǎ 研訝 A.A' 亞, At.Ut 軋

Md	XY	XY´
ㄅ p		
ㄆ pʰ		
ㄇ m		
ㄈ f		
ㄉ t		
ㄊ tʰ		
ㄋ n		
ㄌ l		
ㄓ tʂ	Tshoa 撮 ᴵᴵ Jiàu 抓 (tsau)	
ㄔ tʂʰ		
ㄕ ʂ	Soat 刷	
ㄖ ʐ		
ㄗ,ㄐ ts, tɕ		
ㄘ,ㄑ tsʰ,tɕʰ		
ㄙ,ㄒ s, ɕ		
ㄍ,ㄐ k, tɕ	Kaat 刮 括ᴵᴵ 聒ᴵᴵ 颳ᴵᴵ Koa koe 瓜 Oa 蝸°	
ㄎ,ㄑ kh,tɕʰ	Khoa 夸ᴵᴵ 誇	
ㄏ,ㄒ x, ɕ	Hoa 嘩 花 ʰᵒᵉ	Hôa 划 ᵏᵒ 華 驊 Hoa 譁 嘩 Kut 滑
∅	(Oat),iah,oeh≡uih [óʔ]挖 Oa哇窪蛙	Oa 娃

· 257 ·

Md	ㄨㄚˇ	ㄨㄚˋ
ㄅ p		
ㄆ pʰ		
ㄇ m		
ㄈ f		
ㄉ t		
ㄊ tʰ		
ㄋ n		
ㄌ l		
ㄓ tʂ		
ㄔ tʂʰ		
ㄕ ʂ	Sóa 耍	
ㄖ ẓ		
ㄗ,ㄐ ts, tɕ		
ㄘ,ㄑ tsʰ, tɕʰ		
ㄙ,ㄒ s, ɕ		
ㄍ,ㄐ k, tɕ	Kóaⁿ 寡ᴷᵒᵃ	Kòa 卦 掛ᴷⁿⁱ 挂ᴴᵒᵃ〔掛〕褂
ㄎ,ㄑ kh, tɕʰ		khoa 跨
ㄏ,ㄒ x, ɕ		Hèk 劃〔畫〕oēⁿ=uih,ek Hòa化'Oā,ōe話⁽ᴴᵒⁱ⁾ Hoā 畫,oē, ui, oē
∅	Óa 瓦ʰⁱᵃ	(Bıát) 襪ᵇᵒᵉʰ

Md	ㄛ	ㄛˊ 　poh
ㄅ p	Pak 剝, Po 玻 菠 poe　Poat 撥 poah 鉢 鈸　Pho 波	Pek 舶伯 peh 想 peh Put 勃 脖 渤, Pok 泊 箔 葡 鉑 II　Poat 鈸 poah II, poh 薄 Pok, Pok 馭 (pak), Phok 博博博牌 poh
ㄆ pʰ	Pho 坡, Phoat 潑 phoah　Pho, Phó 頗	Pô 婆, Phôan 都
ㄇ m	Mo͘ 摸 [bong]	bôa 磨 Bô̄　Bô 模 謨 II, 　[Mih 麼　Mô͘ 摩 魔
ㄈ f		Hut 佛 put
ㄉ t		
ㄊ tʰ		
ㄋ n		
ㄌ l		
ㄓ tṣ		
ㄔ tṣʰ		
ㄕ ṣ		
ㄖ ẓ		
ㄗ,ㄐ ts, tɕ		
ㄘ,ㄑ tsʰ, tɕʰ		
ㄙ,ㄒ s, ɕ		
ㄍ,ㄐ k, tɕ		
ㄎ,ㄑ kh, tɕʰ		
ㄏ,ㄒ x, ɕ		
φ		

Md	ㄛˇ	ㄛˋ
ㄅ p	pái, (Phó) 跛	Pò 播 ^{Pù} (Pò) 簸 ^{pòa} (Pek) peh 擘
ㄆ ph	Phó 頗 ^{Pho}	
ㄇ m	Boat 抹 ^{boah}	, Pek 迫, Phek 珀 ^{II} 魄, phòa 破 ^{Phò} (Bèk) 墨 ^{bàk}, 漠 ^{bàk} 脈 ^{mèh} 佰 默, Bút 歿 沒 Bòk 莫 ^{bō} 寞, Boat 末 ^{boah} 秣 $^{Bòe\,II}$, Mòh 膜 ↳ Boat, bā 茉
ㄈ f		
ㄉ t		
ㄊ th		
ㄋ n		
ㄌ l		
ㄓ tʂ		
ㄔ tʂh		
ㄕ ʂ		
ㄖ ʐ		
ㄗ, ㄐ ts, tɕ		
ㄘ, ㄑ tsh, tɕh		
ㄙ, ㄒ s, ɕ		
ㄍ, ㄐ k, tɕ		
ㄎ, ㄑ kh, tɕh		
ㄏ, ㄒ x, ɕ		
ø		

Md	ㄜ	ㄜˊ
ㄅ p		
ㄆ pʰ		
ㄇ m		
ㄈ f		
ㄉ t		Tek 得ᵗⁱᵗ 德
ㄊ tʰ		
ㄋ n		
ㄌ l		
ㄓ tʂ	jia 遮 ⁽ᵀˢⁱᵃ⁾　(sek) tshioh 螫	Tiap 輒 , Liap 囁ᴵᴵ 懾ᴵᴵ , Tiat 哲　Tsiat 折ᵗˢⁱʰ , Tiat 轍 , tsih 摺摘ᵀⁱᵃᵗ
ㄔ tʂʰ	Tshia 車	
ㄕ s	Tshia 奢 Sia 賒	Siat 舌ᵗˢⁱʰ　Siâ 蛇ᵗˢᵒᵃ , sím 甚 〔什〕
ㄖ z		
ㄗ,ㄐ ts, tɕ		Tsek 則責　tshát, (tsát, Tsék) 賊 , Ték 擇澤
ㄘ,ㄑ tsʰ,tɕʰ		
ㄙ,ㄒ s, ɕ		
ㄍ,ㄐ k, tɕ	Kok 閣ᵏᵒʰ 胳 , ko 哥戈歌ᵏᵒᵃ　Kap 鴿 , Kat 割ᵏᵒᵃʰ , kì 疙ᴵᴵ	Kok 閣ᵏᵒʰ　　kek 革骼　kap 蛤, Háp 閣ᴵᴵ , keh, Kek 格膈ᴵᴵ 隔
ㄎ,ㄑ kʰ,tɕʰ	K. Khoe 科 , khò 稞ᴵᴵ , kho 柯ᵏᵒᵃ 寡苛顆　Hâi 頦ᴵᴵ , kah 瞌 , Kháp 磕ᴵᴵ , Khek 刻	Khok 壳(殼)殼 , khok 咳ᵏᵃ
ㄏ,ㄒ x, ɕ	(hah) 喝ᴴᵃᵗ　Ha 呵	Háp 合ᵗⁱᵃʰ 盍 Apáh 盒 , Khap 闔ᴵᴵ , Hat 褐ᴵᴵ , Git 紇ᴵᴵ　Hek 劾 , Hék 核ᴴᵘᵗ , Hô 何和河荷 , Hok khok 鹹ᴴᵒᵏ ᵏʰᵒᵏ
φ	0 婀ᴵᴵ 〔娿〕	Gô 鵝ᵍⁱᵃ , giáh 額ʰⁱᵃʰ , Gô 峨　Ngô· 娥我ᵍᵒ·

Md	ㄜˇ	ㄜ
ㄅ p		
ㄆ pʰ		
ㄇ m		
ㄈ f		
ㄉ t		
ㄊ tʰ / ㄋ n		Ték 特 / (túh) 訥 Lùt
ㄌ l		Iah 垃, Lėk 勒肋, Lòk 樂
ㄓ tʂ	Tsiá 者赭ᴵᴵ	Tsiat 浙 / [tse] (tsia) 這, Tsià 蔗
ㄔ tʂʰ	Tshé 扯	Thiat 徹撤澈 / Tsè 掣ᴵᴵ, Tshek, (Thek) 坼
ㄕ ʂ	Sià 捨舍 [捨]	Siàp 涉, Liap 攝, Siat 設 / Sià 舍赦ᴵᴵ, Sià 射社
ㄖ ʐ	Jiá 惹	Jiàt 熱 ⁱᵘᵃʰ
ㄗ,ㄐ ts, tɕ		tsek 晨ᴵᴵ
ㄘ,ㄑ tsʰ, tɕʰ		Tshè 廁, Tshek 册 ᵗˢʰᵉʰ 側測策
ㄙ,ㄒ s, ɕ		siap 澀 ⁽ˢⁱᵖ⁾ / sap 圾, that, seh 塞 Sek 嗇瑟色
ㄍ,ㄐ k, tɕ	Kat 葛	Kok 各 / Kò 個箇 [個]
ㄎ,ㄑ kh, tɕʰ	Khó 可 ᴷʰᵒᵃ / Khat 渴 ᴷʰᵒᵃʰ	khò 課, Khek 克刻尅 / kheh (Khek) 客, Khèk, khéhⁿ 嗑
ㄏ,ㄒ x, ɕ		hòh 鶴 ⁽ᴴᵒᵏ⁾ Hō 賀 / hoah Hat 喝, hek 嚇 ʰⁱᵃʰⁿ ᴵᴵ 赤赤 hiah
φ		Ok 惡, Gòk 愕ᴵᴵ 鄂鍔鱷 鶚ᴵᴵ ngô 俄 gō 餓 / at 遏ᴵᴵ, Ek 厄ᴵᴵ 呃 ᵉʰ ᴵᴵ 扼ᴵᴵ

Md	ㄧㄝ	ㄧㄝˊ
ㄅ p	(Piat) pih 龜補 ㄑ～褲憋 ㄑ	pat Piat 別 Piat 鱉
ㄆ ph	Phiat 撇攽 Phoat 瞥	
ㄇ m	Be 哶	
ㄈ f		
ㄉ t	Tia 爹	Tiap 疊 [疊] thiap, thah 喋牒碟諜蝶 iah Tiat 跌 迭 Sip 褶
ㄊ th	Thiap 貼 tah 帖	
ㄋ n	Liap Liap 捏	
ㄌ l		
ㄓ tʂ		
ㄔ tʂh		
ㄕ ʂ		
ㄖ ʐ		
ㄗ,ㄐ ts, tç	Tsiap 接 tsih	tsah, Tsiat 截　　tsat, Tsiat 節 tseh tsiat 睫 Tsiap [tsiat] 揲
ㄘ,ㄑ tsh, tçh	Tshiat 切	
ㄙ,ㄒ s, ç	Sia 些	sia 斜 tshia, tshoah 邪
	seh (Siat) 楔	Hè [kōan] 攜
ㄍ,ㄐ k, tç	Kiat 揭結	kiap 劫, Kiat 傑杰 蠍 碣潔
	Kai 偕皆階 街 ke	Kiat 結 kat 羯, Khiat 拮詰頡
ㄎ,ㄑ kh, tçh		Khia 伽 kia kiô 茄
ㄏ,ㄒ x, ç	Iat Giat 蠍	Hiap Kiap Ngeh 挾
	hioh (Hiat) 歇	Kai 偕 Hai 諧 (hai) ê 鞋 Hiap 協脅
φ		iâ 椰 ie 爺 耶 耶 ie 耶

Md	ㄧㄝˇ	ㄧㄝˋ
ㄅ p	Piat 憋	
ㄆ pʰ		
ㄇ m		biat 滅蔑
ㄈ f		
ㄉ t		
ㄊ tʰ	thih 鉄 (鐵) (Thiat)	
ㄋ n		Giat 鎳ᴵᴵ
ㄌ l		Liap 湼ᴵᴵᴵ 聶ᴵᴵ 躡ᴵᴵᴵ lah. Liap 獵 Liat 列岁 ᴸᵒᵃᵗ 捩ᴵᴵᴵ 裂ˡⁱʰ 烈
ㄓ tʂ		
ㄔ tʂʰ		
ㄕ ʂ		
ㄖ ʐ		
ㄗ,ㄐ ts,tɕ	tsí. tsé 妯. tsia 姐	tsià. tsioh 借ᵗˢᵉʰ. tsià 藉
ㄘ,ㄑ tsʰ,tɕʰ	tshiáⁿ 且	Tshiap 竊妾 tshè 切
ㄙ,ㄒ s,ç	Siá 寫 Hiat 血 ʰᵒᵉʰ⁼ʰᵘⁱʰ	Sià 卸瀉 Siā 謝ᵗˢⁱā 榭ᴵᴵ Sut (Sap) 屑 Siap 洩 (泄) ˢⁱᵃᵗ Siat 藝
ㄍ,ㄐ k,tɕ	Kái, ké 解	Kài 介屆戒界疥 ᵏᵉ 芥誡
ㄎ,ㄑ kh,tɕʰ		
ㄏ,ㄒ x,ç		hâi (Hāi) 械 Hāi 懈蟹
∅		E 拽ᴵᴵᴵ Ek 液. Iā 夜. Iat 咽ᴵᴵᴵ 謁 iáh 頁. Iap 燁ᴵᴵᴵ Giap 業 Iáp 葉 ʰⁱᵒʰ
	á. Iá 也. Ia 冶野	

Md	ㄨㄛ	ㄨㄛˊ
ㄅ p		
ㄆ pʰ		
ㄇ m		
ㄈ f		
ㄉ t	To (tsē ≡ tsōe) 多	Tȯk 鐸 Ⅲ　　Toát 奪
ㄊ tʰ	thoa 拖 ⁽ᵀʰᵒ⁾ thoah 脱 ᵀʰᵒᵃᵗ Thok 托 ᵗʰᵘʰ　Thok 託	Thok 彙 Ⅲ Thô 駝 Tô 佗
ㄋ n		Ná 娜 挪
ㄌ l	Lô 囉	Lô̍ (Lô), lê 螺 lô 籮羅蘿邏鑼騾
ㄓ tʂ	Tshiok 捉　toh 桌　tok 涿 Ⅲ	Siȯk 鐲 ᵀᵒᵏ Tsoat 拙茁 Ⅲ Tsȯk 擢濯 Tsiok 灼酌, Tok 啄 (Tok) 卓 ᵗᵒʰ (Tȯk) 濁 ⁽ᵀˢᵒᵏ⁾ lô ˢⁱᵒᵏ 鐲
ㄔ tʂʰ	Tshȯk 戳	[Tok, tak 琢, tiȯh, Tiȯk 着]
ㄕ ʂ	Seh 說 ˢᵒᵃᵗ	
ㄖ ʐ		
ㄗ,ㄐ ts, tɕ	Tsòe 嗟 Ⅲ	(tsā) (Tsȯk) tsȯh 昨 ᵗᵃ
ㄘ,ㄑ tsʰ,tɕʰ	Tsho 搓磋 Ⅲ	
ㄙ,ㄒ s, ɕ	So 唆娑 Ⅲ 梭 Sui 簑 Ⅲ Sok, siok 縮	
ㄍ,ㄐ k, tɕ	koeh 郭 ᴷᵒᵏ　Qe 鍋	Kok 國
ㄎ,ㄑ kh,tɕʰ		
ㄏ,ㄒ x, ɕ		oáh 活 ᴴᵒᵃᵗ
φ	O 渦 Ⅲ 窩 ᵒˑᵘˑᵘⁱ 倭 ᵉ̍　e, o 萵	

Md	ㄨㄛˇ	ㄨㄛˋ
ㄅ p		
ㄆ pʰ		
ㄇ m		
ㄈ f		
ㄉ t	Tó 躲 朵〔朶〕	Tó 躶ᴵᴵ Tò 剁 Tō 舵 陊 隋 惰 [tōaⁿ] Tòk 踱
ㄊ tʰ	Thó 妥 椯	Thò 唾 Thok 拓
ㄋ n		Jû 懦 Lòk 諾
		Lō 糯
ㄌ l	Ló 裸	Lòk 洛 濼ᴵᴵ 絡 , Lòk 略ᴵᴵ
		lak , Lòk , laùh , lòh 落 , Lòk 駱 lòh
ㄓ tʂ		
ㄔ tʂʰ		Tshiok 婼ᴵᴵ 綽ᴵᴵ
ㄕ ʂ		Siok 爍 , sok 朔
		sèk 碩
ㄖ ʐ		Jiòk 弱 箬
		(nā), Jiòk 若
ㄗ,ㄐ ts, tɕ	Tsó 左, Tsò 佐	Tsō, tsē 坐, Tsò 做, Tsō 座, Tsòk 鑿ᴵᴵ tshàk
		Tsà, Tsò 柞ᴵᴵ tsoh 作 Tsok Tsòk 柞ᴵᴵ
ㄘ,ㄑ tsʰ,tɕʰ		Tshò 措 sek, Tshò 挫 銼, Tshò 錯
		(Tsoat) 撮 Tshok
ㄙ,ㄒ s, ɕ	Só 瑣 鎖 Só 所	
	soh 索 Sek	
ㄍ,ㄐ k, tɕ	Kó 裹 Kó, kóe 餜 菓 果 kok 槨ᴵᴵ	Kò 過 kòa, Kòe
ㄎ,ㄑ kh,tɕʰ		khoah 濶 〔闊〕 閣 (Khoat) Khok 廓ᴵᴵ 擴
ㄏ,ㄒ x, ɕ	Hó·ⁿ 夥 hóe 火 hóe 伙	Hō 禍 ē, eh Hat 豁 Hèk 惑 或 獲 Hō 檴 蠖
		Hòe 貨 Hòk 霍
∅	Ngó· 我 góa	Ak 握 沃 渥ᴵᴵ ngō· 臥 Oat 斡ᴵᴵ

Md	ㄩㄝ	ㄩㄝˊ
ㄅ p		
ㄆ pʰ		
ㄇ m		
ㄈ f		
ㄉ t		
ㄊ tʰ		
ㄋ n		
ㄌ l		
ㄓ tʂ		
ㄔ tʂʰ		
ㄕ ʂ		
ㄖ ʐ		
ㄗ,ㄐ ts,tɕ		Tsiok 嚼爵 tseh, Tsoat 絕
ㄘ,ㄑ tsʰ,tɕʰ	khih 缺 khoat	
ㄙ,ㄒ s,ɕ	(Siat) 薛 sih	
ㄍ,ㄐ k,tɕ	Khoat 嶡	Khiok 攫 Kiok 噱ᴵᴵᴵ Kut 崛ᴵᴵᴵ 掘 Koat 決訣 Khoat 厥ᴵᴵ 獗ᴵᴵ 蕨 kak 桷ᴵᴵ 覺ᴵᴵ 角ᴵᴵ
ㄎ,ㄑ kh,tɕʰ		
ㄏ,ㄒ x,ɕ	Hia 靴	Hak 學 oh
∅	Iok 約 Oat 曰	

Md	ㄩㄝˇ	ㄩㄝˋ
ㄅ p		
ㄆ pʰ		
ㄇ m		
ㄈ f		
ㄉ t		
ㄊ tʰ		
ㄋ n		Giȯk 瘧 虐 giȯk
ㄌ l		Liȯk 略畧(略) 掠 liȧh
ㄓ tṣ		
ㄔ tṣʰ		
ㄕ ṣ		
ㄖ ẓ		
ㄗ,ㄐ ts, tɕ		
ㄘ,ㄑ tsʰ, tɕʰ		siah 削(Siok) Khiap 怯ⁿ Khiok 却卻御 Tshiok 雀 Tshek 鵲
ㄙ,ㄒ s, ɕ	Soat 雪 Seh	Siah, Siok 削
ㄍ,ㄐ k, tɕ		
ㄎ,ㄑ kh, tɕʰ		Khak 榷 搉
ㄏ,ㄒ x, ɕ		Hiat hoeh=huih 血, Hiat 穴
∅		Oȧt Iȧt 悅閱 Iȯk 躍 Goȧt 月 goeh Oȧt 粵越鉞 Gȧk 岳嶽樂

Md	ㄞ	ㄞˊ
ㄅ p		pėh. Pėk 白伯
ㄆ pʰ	Phek 拍 ᵖʰᵃʰ	Pâi 徘排牌俳 pín 箄 / Bâi 埋 ⁽ᵗâⁱ⁾ 霾 III
ㄇ m		
ㄈ f		
ㄉ t	Tai 呆	
ㄊ tʰ	Thai, the 胎	Thâi 颱 / Tâi 台臺, Thâi 抬檯苔
ㄋ n		
ㄌ l		Lâi 來萊
ㄓ tʂ	Tsai 齋 / Tek 摘 ᵗⁱᵃʰ	thėh. (Thėk) 宅, Tėk 翟 III
ㄔ tʂʰ	Tshek 拆 ᵗʰⁱᵃʰ	tshâ, Tshâi 柴 tsâi 儕
ㄕ ʂ	(ʃai) thai 篩	
ㄖ ʐ		
ㄗ,ㄐ ts, tɕ	Tsai 哉 ᵗˢâⁱ 栽災	
ㄘ,ㄑ tsʰ, tɕʰ	Tshai 猜	Tsâi 才 ⁽ᵀʰâⁱ⁾ 材 ᵀˢʰâⁱ 財, Tshâi 纔裁
ㄙ,ㄒ s, ɕ	(ʃɯ) tshi 腮鰓	
ㄍ,ㄐ k, tɕ	Kai 垓 II 陔	
ㄎ,ㄑ kh, tɕʰ	Khai 開 ᵏʰᵘⁱ 揩	
ㄏ,ㄒ x, ɕ		Hâi 孩骸
∅	Ai 哀唉埃挨	Gâi 捱

TABLE OF MANDARIN AND TAIWANESE READINGS

Md	ㄞˊ	ㄞ
ㄅ p	Pai 擺, pah 百^{Pek}	Pài 拜 Pai 敗 稗^{phē}
ㄆ p^h		Pài 湃 Phài 派
ㄇ m	(Mái) bé 買	Māi 勱^{III} 邁, (Māi) bē 賣, béh, Bėk 麥
ㄈ f		
ㄉ t	Tái 逮 [Pháiⁿ] 歹	Tai 帶^{tòa} 戴$^{\text{tè tì}}$, Tāi 代 岱^{II} 怠 玳^{II} 貸 (Tāi) tē 袋, Thāi 待 Tāi 黛 大^{toā}
ㄊ t^h		Thài 太 態 汰^{thōa} 泰
ㄋ n	Nái 乃 迺 (Nai) 奶$^{\text{leng, ne, ni}}$	Nāi 奈 耐
ㄌ l		Lāi, loā 賴 thái, Nāi 癩 Nāi, lōa 瀨^{II}
ㄓ tʂ		(Tsài) Tsè 債, Tsē 寨
ㄔ $tʂ^h$		
ㄕ ʂ		Sài 晒 曬 (晒)
ㄖ ʐ		
ㄗ, ㄐ ts, tç	Tsú 仔^{á} Tsáiⁿ 宰	Tsài 再 載, Tsāi [ti] 在,
ㄘ, ㄑ ts^h, $tç^h$	Tshái 彩 採 睬 綵 跴 采	Tshài 菜, tshòa (Tshài) 蔡
ㄙ, ㄒ s, ç		Sài 塞(sek)(seh)(that) 賽
ㄍ, ㄐ k, tç	Kái, ké 改	Khài 概 溉, kai 丐 鈣 蓋^{kòa}
ㄎ, ㄑ kh, $tç^h$	Khái 凱 愷^{III} 楷 khai 慨	
ㄏ, ㄒ x, ç	Hái 海	Hāi 亥 害, Hái 駭
φ	Ái 藹 靄^{II} (Ái) é 矮, Ài 噯^{II}	Gāi 碍 (礙) 礙 艾, Ài 愛 隘$^{\text{Ek II}}$

Md	ㄨㄞ	ㄨㄞˊ
ㄅ p		
ㄆ pʰ		
ㄇ m		
ㄈ f		
ㄉ t		
ㄊ tʰ		
ㄋ n		
ㄌ l		
ㄓ tʂ		
ㄔ tʂʰ		
ㄕ ʂ	Sut 摔　soe 衰 Sui	
ㄖ ʐ		
ㄗ,ㄐ ts, tɕ		
ㄘ,ㄑ tsʰ,tɕʰ		
ㄙ,ㄒ s, ɕ		
ㄍ,ㄐ k, tɕ	Koai 乖	
ㄎ,ㄑ kh,tɕʰ		
ㄏ,ㄒ x, ɕ		Hoâi 懷槐 iⁿ 淮　Hôe 個 Ⅲ Khòa 踝 Ⅲ
ø	Oai 歪	

Md	ㄨㄞˇ	ㄨㄞˋ
ㄅ p		
ㄆ pʰ		
ㄇ m		
ㄈ f		
ㄉ t		
ㄊ tʰ		
ㄋ n		
ㄌ l		
ㄓ tʂ		
ㄔ tʂʰ	Tshoé 踹	Toan 踹
ㄕ ʂ	(Soe) 用 ⁽ˢᵘᵗ⁾	Sut 率 蟀 / Sòe 帥
ㄖ ʐ		
ㄗ,ㄐ ts, tɕ		
ㄘ,ㄑ tsʰ,tɕʰ		
ㄙ,ㄒ s, ɕ		
ㄍ,ㄐ k, tɕ	Kóai 枴 柺 ᴷᵒᵃⁱⁿ ᵐ	Koài 怪
ㄎ,ㄑ kh,tɕʰ		Khoài ⟨tè⟩ 塊, Khòai 快 kòe 會 燴 澮
ㄏ,ㄒ x, ɕ		Hōai 壞
∅		gōa 外 ᴳᵒᵉ

Md	ㄟ	ㄟ
ㄅ p	Pi 卑悲碑蜱 Poe 杯盃〔杯〕肧 〔Phāiⁿ〕揹ᴵᴵᴵ 背 Pōe, Poè	
ㄆ pʰ	Phe, Phi 肧, Phi 呸坯肧 ᵖʰᵉ	Pôe 培裴ᴵᴵ陪, Pōe 賠
ㄇ m		Môe 媒 ⁽ᴹᵃⁱ⁾, hm 梅 ᴹᵃⁱ 煤 ᴹᵃⁱ môe≡bê 糜 〔Bî〕bâi 眉, Bî 湄, Bî 黴 Bûi 玫莓霉
ㄈ f	Pi 啡, Poe 飛 ᴴᵘⁱ, Hui 妃扉ᴵᴵ菲非	Hûi 肥 ᴾᵃⁱ 淝ᴵᴵ ! Mûi 枚
ㄉ t		
ㄊ tʰ		
ㄋ n		
ㄌ l		Lûi 擂ᴵᴵ纍ᴵᴵ鐳雷 Jôe 羸ᴵᴵ
ㄓ tʂ		
ㄔ tʂʰ		
ㄕ ʂ		
ㄖ ʐ		
ㄗ,ㄐ ts, tɕ		tshát Tsèk 賊
ㄘ,ㄑ tsʰ,tɕʰ		
ㄙ,ㄒ s, ɕ		
ㄍ,ㄐ k, tɕ		
ㄎ,ㄑ kh,tɕʰ		
ㄏ,ㄒ x, ɕ	〔Hek〕黑 ⁽ᵒ⁾ 嘿	
ø		

Md	ㄟ	ㄟ
ㄅ p	pak, Pok 北	Pāi 憊[III], Pī 備被[phōē], Pōe 輩貝 Pōe 悖[III] 焙狽[II] 蓓, Pōe 倍背[phāiⁿ, Pòe]
ㄆ pʰ		Phài 沛, Pòe 珮[(pōe)][III], Phòe 配 phòe 佩[pòe[phàih]]
ㄇ m	Bí 美, Múi, móe 每	Bí 寐[Bī][II], Bī 媚, Mō·瑁, Mōe≡bē 妹[Mūi] Bī 昧[Mūi Mūi][II] 魅[III] (Boat) 沬[phōeh][III]
ㄈ f	Húi 匪斐[III] 翡	Húi 沸費肺[hi] 廢[hòe], pūi 吠[Hūi]
ㄉ t	tit 得[tsit]	
ㄊ tʰ		
ㄋ n	Lóe 餒	lāi, Lōe 內
ㄌ l	Lúi 壘, Lúi 漯[III], Lúi 縲[II] (Lúi) 蕾[III] lé, Lúi 儡	Lūi 淚累類
ㄓ tṣ		
ㄔ tṣʰ		
ㄕ ṣ		
ㄖ ẓ		
ㄗ,ㄐ ts, tç		
ㄘ,ㄑ tsʰ,tçʰ		
ㄙ,ㄒ s, ç		
ㄍ,ㄐ k, tç	Kip 給	
ㄎ,ㄑ kh,tçʰ		
ㄏ,ㄒ x, ç		
∅		

Md	ㄨㄟ	ㄨㄟˊ
ㄅ p		
ㄆ pʰ		
ㄇ m		
ㄈ f		
ㄉ t	Tui 堆	
ㄊ tʰ	Thui 推 ᵀˢʰᵘⁱ	Tôe 頹
ㄋ n		
ㄌ l		
ㄓ tʂ	Tui 追 Tsui 椎錐	
ㄔ tʂʰ	(Tshui) tsho̱e 炊吹	Thûi 槌鎚 鎚 ᵗᵘⁱ Sûi 陲ᴵᴵ So̱e 垂 ˢᵘⁱ
ㄕ ʂ		Sûi 誰 ᵗˢᵘⁱ
ㄖ ʐ		
ㄗ,ㄐ ts, tɕ		
ㄘ,ㄑ tsʰ,tɕʰ	Tshui 催崔	
ㄙ,ㄒ s, ɕ	Sui 綏雖	Sûi 隋隨
ㄍ,ㄐ k, tɕ	Kui 龜 ᵏᵘ 歸規閨　ke 珪ᴵᴵ圭	
ㄎ,ㄑ kh,tɕʰ	Khoe 盔ᴵᴵ Kui 窺 Khui 歔	Kui 奎 Kûi 夔逵葵 ᵏʰᵉ ke̱ 暌 Khoe 魁
ㄏ,ㄒ x, ç	Hoe 恢 ⁽ᵏʰᵒᵉ⁾ Ho̱e 灰, Hui 徽揮暉輝麾	Hôe 迴
∅	Oe 偎歲ᴵᴵ Ui 威葳ᴵᴵᴵ Ûi 萎	[bui]微 ᴮᴵ Gûi 危巍 Ûi 圍桅爲違闈 ᴵᴵ 韋ᴵᴵ Bî 薇 主唯 ⁽¹⁾惟維濰ᴵᴵ

Md	ㄨㄟˇ	ㄨㄟˋ
ㄅ p		
ㄆ pʰ		
ㄇ m		
ㄈ f		
ㄉ t		Tùi 對 Tùi 兌 Tōe 隊
ㄊ tʰ	Thúi 腿	Thòe, thè 退
ㄋ n		
ㄌ l		
ㄓ tʂ		Tūi 墜 Toat 綴
ㄔ tʂʰ		
ㄕ s	Súi tsúi 水	Sòe 稅 Sūi 睡 Soat 說 III Thòe 蛻
ㄖ z	Lúi 蕊	Jōe 睿芮 III 銳 Sūi 瑞
ㄗ,ㄐ ts, tɕ	(tsúi) 嘴 Tshùi	Tsòe 最 Tsòe 罪 Tsùi 醉
ㄘ,ㄑ tsʰ,tɕʰ		Tshùi 脆 tshè 翠粹 sūi Tsùi 碎萃 III Tsut 淬 III
ㄙ,ㄒ s, ç	tshóe 髓 Tshúi	Tshùi 碎 Sūi 燧崇穗遂隧 Sòe 歲 hòe ≡ hè
ㄍ,ㄐ k, tɕ	Kúi 匭 III 詭 (khúi) 軌鬼 Kúi 癸	Kòe 劊鱠 Kùi 瑰桂貴 Kūi 櫃跪
ㄎ,ㄑ kh, tɕʰ	khùi 傀	Khùi 塊 Hùi 潰 Kùi 匱簣 III
ㄏ,ㄒ x, ç	hóe 悔 Húi 毀燬	Hòe 会(會) III 匯繪 hòe 誨 (Hùi) Òe 穢 Hòe 賄 hòe Hùi 卉 III 諱 Lùi 彙 III 惠慧彗 蕙 III 會
∅	Úi 偉委煒 III 葦諉úi, ùi 緯 (Bí) 尾 bóe	Òe 衛(衛)衛 ù 蔚 III úi 喂尉慰畏餵 Bī. bōe 未 Bī 味, Gūi 僞魏 ūi 位謂爲胃謂

Md	ㄠ	ㄠˊ
ㄅ p	Pau 包 胞 苞, Po 褒 ᴵᴵᴵ pak 剝	phauh 雹 ᵖᵒᵏ póh, pók 薄
ㄆ pʰ	pha, Phau 抛	Pâu 咆 ᴵᴵᴵ, (pâu), Phàu 袍
ㄇ m	[niau] 貓 (Biâu)	Mâu 矛 茅 ʰᵐ, Mô· 毛 ᵐⁿ̍ᵍ
ㄈ f		
ㄉ t	To 刀 [tò] 叨 ᵗⁱ̍ᵒ ᴵᴵᴵ	
ㄊ tʰ	Tho 叨 滔 韜 ᴵᴵᴵ, Tô 掏	Tô 啕 ᴵᴵᴵ 洮 ᴵᴵ 萄 淘 濤 逃 Thô, Tô 桃 陶
ㄋ n		Náu 撓 (Láu), Lâu 鐃 ᴵᴵ Lô 呶
ㄌ l	[lā], Lô 撈	Lô 勞 牢 癆
ㄓ tʂ	Tiau 朝, Tsiau 招 ᵗˢⁱᵒ 昭 剑 ᴵᴵᴵ	Tiòk 著 [着] 著 ᵗⁱᵒ̍ʰ
ㄔ tʂʰ	Tshau 抄 鈔, Tshiau 超	
ㄕ ʂ	Sáu 稍, Siau 梢 燒 ˢⁱᵒ	(Tau) 嘲, Tsâu 巢, Tiâu 朝 潮 Siâu 韶, Tsiok 勺 [杓] 杓 ᴵᴵ
ㄖ z		Jiâu 饒
ㄗ,ㄐ ts, tɕ	Tso 糟 ᵗˢᵃᵘ, Tso 遭	Tshák 鑿
ㄘ,ㄑ tsʰ, tɕʰ	tshau, Tsho, Tshò 操, Tshò 糙	Tsô 嘈 曹 槽
ㄙ,ㄒ s, ɕ	Jiáu 搔 ˢᵒ ᴵᴵ, So 騷 So· 繅 艘	
ㄍ,ㄐ k, tɕ	Ko 篙 糕 膏 皋 高	
ㄎ,ㄑ kh, tɕʰ		
ㄏ,ㄒ x, ɕ	o 蒿	Hô 嗥 ᴵᴵᴵ 嚎 ᴵᴵᴵ 壕 號 豪 蠔
φ	Au, [nah] 凹	Gô· Ngô 敖 ᴵᴵ 熬 遨 鰲

Md	ㄠˇ	ㄠ
ㄅ p	pá,(Páu) 飽 Pó 保堡寶褓	Pòk 爆, Pō 暴 pa 改、頭売 Pà 豹,(phàu) Phò 抱, Phàu 鉋, Pò 報
ㄆ ph	Phán 跑	Phàu 泡II, Phàu, phā 砲, Phàu 炮(礮) 砲(礮)
ㄇ m		Māu 貌, Bō 帽, Mō 冒, Bō 懋茂
ㄈ f		
ㄉ t	Tó 倒島搗禱	tàu, Tò, kàu 到, Tó 倒 Tò 擎(tshōa, thōa) 悼盗稻蹈道
ㄊ th	Thó 討	Thò 套
ㄋ n	náu, Ló 腦惱瑙	Laū [mōa] 淖II, Nāu 鬧 làu
ㄌ l	Ló, láu 老 Nó, láu, liâu 佬	Lòk 烙
ㄓ tṣ	Tsiáu 沼, Jiau 爪 Tsáu 找	Tsiàu 照 tsiò 詔II tà, Tàu 罩, Tiàu 召, Tiàu 兆肇, (Tiàu) 趙 tiō
ㄔ tṣh	tshá, (Tshàu) 吵炒	
ㄕ ṣ	Siáu 少 tsió	Siàu 少哨, Siàu 紹邵 siō
ㄖ ẓ	Jiáu 擾	Jiâu 繞
ㄗ,ㄐ ts, tç	tsá, Tso 早, tsán (Tsó) 蚤 Tsó 棗澡藻	tsàu, (Tsò) 灶 [竈], Sò 燥躁 Tsō 皂 (tsô) 造
ㄘ,ㄑ tsh, tçh	tsháu, Tshó 草 ++ [草]	
ㄙ,ㄒ s, ç	(Sò) sàu 掃 só 嫂(Só')	
ㄍ,ㄐ k, tç	Kó 橋稿	Kò 告, 部
ㄎ,ㄑ kh, tçh	Khó 攷II [考] 烤考	Khò 靠
ㄏ,ㄒ x, ç	Hó'n 好 hó	Hō 皓II 號鎬 kó 昊III 浩号 [號] Hò'n 好耗 mō
∅	Aú 拗 ó 襖	Aù ò 懊 ò 奥澳, Ngō 傲 gō 教 Gò II

Md	ㄧㄠ	ㄧㄠˊ
ㄅ p	Piau 杓　Piu 彪臕麃 phiu Piau, pio 標摽鏢	
ㄆ ph	Phiau 漂飄	(Phiâu), phiô 瓢薸 Phiâu 嫖
ㄇ m		Biâu 描 biô 苗瞄 biô II
ㄈ f		
ㄉ t	Tiau 凋刁 thiak 彫 II 碉 II 鵰雕	
ㄊ th	Thiau 挑 thiô 桃 III	Tiâu 條笤調 Tiâu
ㄋ n		Liâu 寥寮撩聊遼僚 II 嘹 III 療 Lô 潦 III
ㄌ l		
ㄓ tṣ		
ㄔ tṣh		
ㄕ ṣ		
ㄖ ẓ		
ㄗ,ㄐ ts, tç	Tsiau 焦 (ta) 礁蕉 tsio, (Tsiau) 椒 tsio	
ㄘ,ㄑ tsh, tçh	Tshiau 鍬 II	Tsiâu 憔 II 樵瞧
ㄙ,ㄒ s, ç	Siau 宵消瀟 II 硝簫蕭逍銷霄 (siok) 削 siah	
ㄍ,ㄐ k, tç	kà 教, kan 膠 ka, 茭 ka 交蛟郊 káu 姣 II Kian 嬌澆驕	
ㄎ,ㄑ kh, tçh	khiau 翹 II 蹺 khau 敲	Kiâu 喬橋 kiô 僑
ㄏ,ㄒ x, ç	Hiau 驍 II Kian 覓	
φ	Iau 妖腰 io 要邀夭 ioh 喲 Iok Iau, io 幺	Iâu 傜 II 姚 iô 搖洮 II 瑤 III 謠遙 Iâu, iô 窰 Giâu 堯

Md	1ㄠˇ	1ㄠˋ
ㄅ p	Piáu 表ᵖⁱó 錶ᵖⁱó 婊	Piàu, pio 鰾
ㄆ pʰ	phiàu 瞟ᴵᴵᴵ phiò 漂	(Phiàu) 票ᵖʰⁱò phiò 漂
ㄇ m	Biáu 渺 秒ᵇⁱó 藐ᴵᴵᴵ	Biāu 妙 (Biāu) 廟ᵇⁱó
ㄈ f		
ㄉ t		Tiàu 吊 (Tek) 吊 釣ᵗⁱ Tiàu 掉 調ᵀⁱâⁿ
ㄊ tʰ	Thiáu 窕ᴵᴵᴵ	Thiàu 眺 跳 糶ᵗʰⁱò
ㄋ n	Niáu 鳥ᵀˢⁱáⁿ	(Jiáu) 尿ʲⁱò
ㄌ l	Liáu 了 瞭	Liāu 廖 料
ㄓ tʂ		
ㄔ tʂʰ		
ㄕ ʂ		
ㄖ ʐ		
ㄗ,ㄐ ts, tɕ	Tsáu 勦 (剿)	Tsiàu, Tsiò 醮
ㄘ,ㄑ tsʰ,tɕʰ	tshiáu 愀	Siàu 俏 峭ᴵᴵᴵ 鞘ᴵᴵᴵ
ㄙ,ㄒ s, ç	Siáu 小ˢⁱó	Siàu 嘯ᴵᴵᴵ 肖 ↓Hiau/Kiau Tshiàn, 笑ᵗˢʰⁱò
ㄍ,ㄐ k, tɕ	Kàu 鉸ᴵᴵᴵ, Káu 狡 餃ᵏⁱáu, ká (káu) 絞 Giáu⁄ᴴⁱáⁿ 僥 (Kiok) 腳 胳ᵏʰá, ká (káu) 絞 Kiáu 皎矯攪覺ᵏᵃⁿ	(Kiàu) 叫ᵏⁱáo Kàu 窖 教ᵏá 校 較, kak 覺, Kiáu 轎ᵏⁱò
ㄎ,ㄑ kh,tɕʰ	Khá, Khiáu 巧	Khiàu 竅 khiau 撬ᴵᴵᴵ
ㄏ,ㄒ x, ç	Hiáu 曉	hà, Hàu 孝, kàⁿ 酵, Kau 哮, Hàu 効效校
φ	(kā) Ngáu 咬, Iáu 窈 窅, Biáu 杳ᴵᴵᴵ	Iau 耀 鷂, (Iók) 藥ᴵóʰ 鑰 葯 (藥) [àu [beh] 要

Md	又	又´
ㄅ p		
ㄆ pʰ		
ㄇ m		Bô· 牟ⁿ 眸ⁿ 謀ⁿ
ㄈ f		
ㄉ t	Tau 兜	
ㄊ tʰ	(Thoˑ) thau 偷	tâu (Tô·) 投, thâu (Thiô) 頭
ㄋ n		
ㄌ l		Lô· 髏 嘍ⁿ 婁ⁿ 螻 Lâu 楼 〔樓〕 ᴸᴼ
ㄓ tʂ	Tsiu 周 州 洲 舟 週, Tsiok 粥	Tek 軸
ㄔ tʂʰ	Thiu 抽 ⁽ˡⁱᵘ⁾	Tiû 稠 籌 綢, Tshiû 愁, siû 仇⁽ᵏⁱᵘ⁾ 酬
ㄕ ʂ	Siu 收	Sek, Siok 熟
ㄖ z		Jiû 揉 柔 鞣 蹂
ㄗ,ㄐ ts, tɕ	Tso· 鄒ⁿ 黎ⁿ	
ㄘ,ㄑ tsʰ,tɕʰ		
ㄙ,ㄒ s, ɕ	tshiau 搜 ᔆᵒ, So· 蒐ⁿ 颼ⁿ	
ㄍ,ㄐ k, tɕ	Kau 勾 ᵏᵒ 溝 鈎 〔鉤〕	
ㄎ,ㄑ kh,tɕʰ		
ㄏ,ㄒ x, ɕ		Hô· 猴 ᵏᵃᵘ, 侯 ʰᵃᵘ 喉 ᵃᵘ
ø	An 歐 ° 甌	

Md	ㄡˇ	ㄡˋ
ㄅ p		
ㄆ pʰ	phòa 剖^Phó	
ㄇ m	Bó· 某	
ㄈ f	Hó· 否	
ㄉ t	táu (Tó·) 斗, Tó· 抖 陡	Tò· (táu) 竇^II tāu, (Tò·) 痘荳豆, tàu, Tò· 鬥(鬥鬥鬥), tò 逗
ㄊ tʰ		thàu, (Thò) 透
ㄋ n		
ㄌ l		(Lō·) lāu 漏, lō· 陋
ㄓ tṣ	Tiú 肘, Tsiú 帚	jiâu 皺(Tsò·) Tsiù 咒^II 呪^II, Tiù 宙紂胄^II tàu (Tiù) 晝
ㄔ tṣʰ	Thiú 丑, Tshiú 醜	tshàu (tshiù) 臭
ㄕ s	Siú 手^tshiú 守^tsiú 首	Sán (Só·) 瘦, siù 售, siù 獸, siù 受授壽 (Siú) Siù 狩^II
ㄖ z		Jiok 肉^(bah)
ㄗ,ㄐ ts,tɕ	(Tsó·) tsáu 走	Tsò· tsàu 奏, tsò· 驟
ㄘ,ㄑ tsʰ,tɕʰ		tshàu 湊^Tshò·
ㄙ,ㄒ s,ç	Só· 叟藪 喉	(Sò·) Sàu 嗽
ㄍ,ㄐ k,tɕ	káu (Kó·) 狗, kó· 苟	káu, (Kó·) 垢, (kò·), kàu 够[夠], kò· 媾^III 構購^káng
ㄎ,ㄑ kh,tɕʰ	Kháu, Khió ㄩ口	(Khà) khò, khàu 扣, khò· 寇
ㄏ,ㄒ x,ç	Hó·, háu 吼	Hō· 厚^kaū 候 後^Hāu (ɦ)^aū,hāu
φ	(Ó·) áu 嘔, Ngó· 藕^gāu II 偶	

Md	ㄧㄡ	ㄧㄡˊ
ㄅ p		
ㄆ pʰ		
ㄇ m		
ㄈ f		
ㄉ t	Tiu 丟	
ㄊ tʰ		
ㄋ n		(Giâ) gû 牛
ㄌ l	Liû 溜 ᴸⁱᵘ̀	lâu, Liû 劉 流 鰡 〔lê〕 Liû 琉 硫 瘤
ㄓ tṣ		
ㄔ tṣʰ		
ㄕ ṣ		
ㄖ ẓ		
ㄗ,ㄐ ts,tɕ	Tsiu 揪	
ㄘ,ㄑ tsʰ,tɕʰ	Tshiu 秋 鞦, Khu 邱 ⁽ᵏʰⁱᵘ⁾	siû 囚 酋
ㄙ,ㄒ s,ɕ	Siu 羞 ᵗˢʰⁱᵘ·⁽ˢⁱᵘ⁾ 修	
ㄍ,ㄐ k,tɕ		
ㄎ,ㄑ kʰ,tɕʰ	Khiu,khu 丘 邱	Kiû 求 球
ㄏ,ㄒ x,ɕ	Hiu 休 咻	
φ	Iu 優 幽 憂 悠 ᴵᵘ̄	
		Iû̄ 鈾 由 遊 郵 尤 油 游 猶 猷

Md	ㄧㄡˇ	ㄧㄡˋ
ㄅ p		
ㄆ pʰ		
ㄇ m		Biū 謬 III
ㄈ f		
ㄉ t		
ㄊ tʰ		
ㄋ n	Liú 扭 紐 鈕	
ㄌ l	Liú 柳	lák. Liók 六, Liù 溜 Liu
ㄓ tş		
ㄔ tşʰ		
ㄕ ş		
ㄖ z		
ㄗ,ㄐ ts,tɕ	Tsiú 酒	Tsiū 就 [tiūh, tóh, tō]
ㄘ,ㄑ tsʰ,tɕʰ		
ㄙ,ㄒ s,ç		Siù 銹 (sian) 琇 III 秀 繡 (繡) 繡 袖, Siù 岫
ㄍ,ㄐ k,tɕ	Káu, Kiú 九 玖, Kiù 久 糾 kiú 韮 KIU III	Kiù 救 疚 III 究 Kiù 咎 III 柩 khu 舅 kū (Kiu) 臼 khū 舊 kū
ㄎ,ㄑ kh,tɕʰ		
ㄏ,ㄒ x,ç	Hiú 朽	Hiù 嗅
φ	Iú 友 有 III 莠 siú III 黝 III	Iù 幼 Iù 佑 又 右 柚 III 祐 III 釉 Iù 誘

Md	ㄢ	ㄢˊ
ㄅ p	Pan 斑班頒扳^{pian} (Pan)(Poan, ₁poo般 搬	
ㄆ ph	Phan 攀 phoaⁿ 潘 (Phoan)	Phôan 盤^{III}柈蟠蹒 pôaⁿ 盤 (Phoan)(Poan) 磐 (poân)
ㄇ m		Bân 蠻饅 môa 瞞 (Bôan) 鰻 (Boan)
ㄈ f	Hoan 幡^{II}番繙翻	Hôan 礬繁蕃 phâng 帆, Hoan 璠藩^{II}, Hôan$_風^{Hoan}$樊^{II}煩
ㄉ t	Tam 擔^{taⁿ}耽眈, Tan 丹單^{toaⁿ}簞^{II}鄲^{II}	
ㄊ th	Tham 貪, Than 攤^{thoaⁿ}灘$^{(thoa)}$癱^{thoaⁿ}	Thâm 潭痰鐔覃鐔, tôaⁿ 彈^{tôaⁿ} Tâm 談譚, tân, tôaⁿ 檀壇
ㄋ n		Lâm 南喃楠男 Lân 難
ㄌ l		Lân 闌^{II}斕^{II}欄瀾^{lân}蘭攔 Lâm 籃^{nâ}藍^{nâ}嵐^{II}襤^{II}
ㄓ tʂ	tsiⁿ 氈$^{(Tsian)}$, Tiam 沾霑^{II}, Tsiam 瞻詹 (siân) 鱣	
ㄔ tʂh	Tsham 攙	Tshâm 饞, Tshân 孱^{Ti}, Siân 禪蟬澶^{II} (Tiân), tîⁿ 纏
ㄕ ʂ	Sam 杉, (sam), saⁿ 衫, San 刪姍^{II}山^{soaⁿ} San 潸珊跚^{II} Siân 煽, Tsiam 羶	
ㄖ ʐ		Jiân 然燃 Jiám 髯
ㄗ,ㄐ ts, tɕ		
ㄘ,ㄑ tshtɕh	Tshâm 參 Tshan 餐	Tshâm 慚蠶, Tsân 殘
ㄙ,ㄒ s, ɕ	Sam 三^{saⁿ} 參^{saⁿ}	
ㄍ,ㄐ k, tɕ	Kam 柑甘, Kan 乾^{koaⁿ}干^{koaⁿ}杆^{koaⁿ}(杆]矸 Kan 竿^{koaⁿ}肝^{koaⁿ}, Kham 坩, Kiam 尷	
ㄎ,ㄑ kh,tɕh	Kham 勘堪戡, Khan 刊看	
ㄏ,ㄒ x, ɕ	Ham 蚶^{II}酣 (Hân) hôaⁿ 鼾	Hâm 函含^{kâm} Hân 寒^{kôaⁿ}邯^{II}, 韓
ø	Am 庵菴諳^{II}, An 安鞍^{oaⁿ}	

Md	ㄢˇ	ㄢˋ
ㄅ p	Pán 坂[II] 板 版 版, 闆 飯 飯[poán]	Pàn 扮 瓣 辦, Phoàn 伴[phoàn] Phoàn 絆[poàⁿ] poàⁿ 拌[poàⁿ] (Poàn) 半[poàⁿ]
ㄆ ph		Phàn 盼 Phoàn 判[phoàn] poūⁿ, phoàn 畔 叛
ㄇ m	Bóan 滿[móa]	Bān 嫚[II] 慢 曼 漫 蔓, Bóan 鏝
ㄈ f	Hóan 氾, péng 反, Hóan 返[tńg]	Hòan 汜[II] 泛 販, Hòan[Phoàn] 犯 範 范 (Hōan) pōng 飯, Hōan 替
ㄉ t	(Tám) tá 胆 (膽) 膽	(Tàm) tà 擔, Tàm 啖[III] 淡, Tàn 旦 誕 Tàn 但 憚[II] 蛋
ㄊ th	(Thám) Thán 毯, thá 坦, than 袒	Thàm 探, Thàn 嘆 歎, thoàⁿ, (Thàn) 炭 碳
ㄋ n	Lán 赧[II]	Lān 難
ㄌ l	Lám 攬 覽, Lán, nóa 懶 ná (Lám) 欖	Lām 濫, Lān nóaⁿ 爛
ㄓ tʂ	Tsám, tsám, tsá 斬 (Tsán) tsóaⁿ 盞 Tián 搌[III] 輾[II] 展[thín (thián)]	Tsàm 蘸, Tsàm 站, Tsàn (Tsiàn) 棧 Tàm 湛[II], Tsiàm 佔 占, Tsiàm 暫, Tsiàn 戰
ㄔ tʂh	Tshián 闡 sán 剷 產 鏟 Tho 諂	Tshàm 懺, Tsiàn 顫[tsàn]
ㄕ ʂ	Siám 閃[sih] 陝	(Sàn) 汕[sòaⁿ] 扇[si siàn][III] 訕, Siàn 善 檀 繕 膳 Sàn 疝
ㄖ z	ní 染[Jiám], Jiám 冉	
ㄗ, ㄐ ts, tɕ		Tsàm 塹[III], Tsàn, Tsàn 贊, Tsam 讚
ㄘ, ㄑ tsh, tɕh	Tshám 慘	Tshàn 燦
ㄙ, ㄒ s, ɕ	sóaⁿ 散[Sàn], sòaⁿ, (Sàn) 傘	Sàn, sòaⁿ, [Sàm] 散
ㄍ, ㄐ k, tɕ	Kám 感 敢[káⁿ] 橄, (Kán) 桿[kóaⁿ] 趕[kóaⁿ] Hán, Kóaiⁿ 桿	Khàm 淦[III] Kàn 幹 榦 [幹], Kòng 贛
ㄎ, ㄑ kh, tɕh	Khám 坎[II] 崁 砍, khán 侃	Khàm 瞰[II], khàn, khòaⁿ 看
ㄏ, ㄒ x, ɕ	Hám, hán, hiàm 喊, Hán 罕	Hàm 憾 hàn 漢, Hàn 悍 旱[oàⁿ] 瀚 翰 銲 閈[II] Hám, Hām 撼[III], (Hām) ām 頷[kōa] 汗[Hàn]
ø		Àm 黯 暗, Àn 按 案, (Gàn) hōa 岸

Md	ㄧㄢ	ㄧㄢˊ
ㄅ p	Pian 邊^{pin} 編^{pin} 鞭^{pin} Pian 蝙鯿	
ㄆ ph	phiⁿ, Phian 偏篇, Phian 翩	pân 便
ㄇ m		mî, Biân 棉綿繇(綿) Bîn 眠
ㄈ f		
ㄉ t	Tian 顚顛	Tiân 滇
ㄊ th	thiⁿ 天 Thian 添 Thiam	Tiân [tshân] 田, Thiam 恬^{II} Tiām ; Tiâm tiⁿ 甜, Thian thūn 填 閩^{II}
ㄋ n		Liân nî 年, Liâm 黏 (粘), 粘 (黏)
ㄌ l		Liâm 帘^{II} 廉簾鐮, Liân 楼^{Lîn} 連^{III} 聯連鰱^{II} Liân 蓮
ㄓ tʂ		
ㄔ tʂh		
ㄕ ʂ		
ㄖ ʐ		
ㄗ,ㄐ ts,tɕ	Tsiam 尖, Tshiam 殲, Tsian 煎^{tsoan} 箋	
ㄘ,ㄑ tsh,tɕh	Tshiam 簽籤, Tshian 仟遷阡韆千^{tsheng}	tsîⁿ 錢, Tsiâm,tshiâm 潛 ; tsêng 前 ^{Tsiân,tsân}
ㄙ,ㄒ s,ɕ	Sian, seng 先, siam 暹 Sian 仙 鮮$^{siân/tshiⁿ}$; tshiam, Siam 纖	
ㄍ,ㄐ k,tɕ	(Kam) kaⁿ 監 kan 奸姦 kàn^{kian} 艱 間^{keng} ; Kiam 兼縅$^{(Hâm)}$ 縑^{II}, Kian 堅肩^{keng}	
ㄎ,ㄑ kh,tɕ	(Khian) khan 牽, Khiam 謙, Khian 騫^{II} ; kham 嵌鵮 Iân 鉛	Khiâm 黔, Khiân 乾虔鉗^{khiⁿ}
ㄏ,ㄒ x,ɕ	Hian 掀	Hiân (gâu) 賢, Kiâm 鹹, Iâm 涎 Hiân 弦絃 ; Hâm 咸啣(銜) 銜, Hân 嫻^{II} 閑閒^{eng} $^{Hiâm 嫌}$
∅	Iam 醃 Ian 咽烟^{hun} (菸)煙^{thun} 焉胭 ; Im 淹	Giân, géng 研 Iâm íⁿ 簷, Giâm 巖岩巖(岩)閻 ; Gâm 癌^{II} Gân 顏 Iâm 塩(鹽),鹽(塩), Iâm 炎 Iân 延蜒 Gân 研訝$^{...}$

• 287 •

Md	ㄧㄢˇ	ㄧㄢˋ
ㄅ p	Píⁿ 扁 ^{Pián}, Pián 匾貶褊	pìan 變 Píⁿ 遍 Pìan 便汴辨辯辯辮
ㄆ pʰ		phìan 片 Phìⁿ 褊 ^(pian) 騙 ^[pián]
ㄇ m	Bián 免冕勉娩, Biān 緬 ^(Biān)	Mī 麫 [麵] 麵, Biān 面 ^{bīn}
ㄈ f		
ㄉ t	Tiám 点 [點] 點, Tián 典	Tiàn 靛 ^{Tiàn}, Tiàm 店, Tiàm 墊, Tiàn 佃奠 Tiàn 惦殿澱佃電
ㄊ tʰ	Thiám 忝^{III} 舔	
ㄋ n	Liám 捻 ^{Liap}, Lián 撚 撵碾輾 (碾)^{III}	Liām 念, Jiáp 廿
ㄌ l	Liám 臉	Liām 斂殮 ^{Liām}, Liān 煉練鍊鏈 Loân 戀
ㄓ tʂ		
ㄔ tʂʰ		
ㄕ ʂ		
ㄖ ʐ		
ㄗ,ㄐ ts, tɕ	Tsián 剪	tsìⁿ 箭 ^(Tsiàn) Tsiām 漸, Tsiàn 薦 Tsiàn 濺 Tsiān 賤 ^{tsòan} 踐, Tsián 餞
ㄘ,ㄑ tsʰ, tɕʰ	Tshián 淺	Tshiàn 倩 ^{tshiàⁿ} Tshiàm, Tsiàm 塹
ㄙ,ㄒ s, ɕ	Sián 癬蘚 ^{tshíⁿ} 銑	Sòaⁿ (siàn) 綫 (線) 線, Siàn 羨 ^{sòan} Sàn 腺 ^{siàn}
ㄍ,ㄐ k, tɕ	Kán 柬簡揀 ^(Kéng) Kiám 撿檢減鹹鹼 ^{keⁿ} Khiām 儉, Kián 繭 ^{Keⁿ}	Kàm 監鑒鑑, Kàm 艦 ^{Iàm}, Kàn 澗諫間 (Kiàn) 件 ^{kiàⁿ} Kiàn 健 ^{kiàⁿ}, Kàm 劍, Kiàn 建建見 ^{kìⁿ}, Kiàn 腱鍵 ^{III}
ㄎ,ㄑ kʰ, tɕʰ	Khián 遣 Khian 譴 ^{III}	Khiàm 歉, Khiàm 欠
ㄏ,ㄒ x, ɕ	Hián 顯 ^{Hiáⁿ} Hiám 險	Hiàn 憲獻 [獻] Hiàn 現見, hēng (Hiàn) 莧 Hām 陷, aⁿ 餡 ān, Hān 限, Koàn 縣 ^(hiàn) Koāiⁿ
ㄪ ∅	Iám 掩 ^{ng}, Ián 偃兗演衍郾^{II} 腲^{II} Gán 眼, Iam 奄^{III}	hìⁿ 硯 ^(Hiàn), Iàn 厭, Giám 驗, Am 釅^{III} Àn 晏, Gàn 彥雁 Iàm 焰豔燄炎^{III}, Iàn 咽^{III} (嚥) 嚥 ^{Iàt} 堰宴燕 ^{in, in}

Md	ㄨㄢ	ㄨㄢˊ
ㄅ p		
ㄆ pʰ		
ㄇ m		
ㄈ f		
ㄉ t	Toan 端 ᵗᵒᵃⁿ 耑	
ㄊ tʰ	Thoan 湍 ᴵᴵ	Thoân 團
ㄋ n		
ㄌ l		Loân 孿 ᴵᴵ 灤 欒 鸞
ㄓ tʂ	(Tsoan) tsng 甎 〔磚 塼〕 Tsoan 專 顓 ᴵᴵ	
ㄔ tʂʰ	(Tshoan) tshng, tshēng 穿 tshoan 川	tsûn 船 ⁽ˢᵒᵃⁿ⁾ Thoân 傳
ㄕ ʂ	Tshoan 栓	
ㄖ ẓ		
ㄗ,ㄐ ts, tɕ	Tsoan 鑽	
ㄘ,ㄑ tsʰ,tɕʰ		
ㄙ,ㄒ s, ɕ	Soan Sng 酸	
ㄍ,ㄐ k, tɕ	Koan 官 ᵏᵒᵃⁿ 棺 ᵏᵒᵃⁿ 関〔關〕關 ᵏᵒᵃⁿ 倌 ᴵᴵ Koan 冠 觀	
ㄎ,ㄑ kh,tɕʰ	khoan 寬	
ㄏ,ㄒ x, ɕ	Hoan 歡 ʰᵒᵃⁿ	Hoân 還 ʰêⁿᵍ 環 ᵏʰᵒᵃⁿ 桓 鐶
φ	Oan 宛 ᴵᴵ 彎 湾〔灣〕彎 ᵒᵃⁿ 豌 Oán 蜿 ᴵᴵ	Oân 丸 完 Oán 玩 ⁽ᴳᵒᵃⁿ⁾ bân Goân 頑

Md	ㄨㄢˇ	ㄨㄢˋ
ㄅ p		
ㄆ pʰ		
ㄇ m		
ㄈ f		
ㄉ t	Tóan, tɛ́ 短	Toān 斷 Toàn.tńg 緞段 tōaⁿ Thoàn 煅[鍛] 鍛
ㄊ tʰ		
ㄋ n	Lóan 暖	
ㄌ l	Lóan 卵 ⁿⁿᵍ	Lōan 亂
ㄓ tʂ	Tsóan 轉 tńg 嘛轉 Ⅲ	Tsoàn 撰(Soán) Thoàn 篆 Toàn 傳 (Tsàm) thàn 賺
ㄔ tʂʰ	Tshóan 喘	Tshoàn 串 釧
ㄕ ʂ		Soàn 涮
ㄖ ʐ	Jóan 軟 ⁿⁿᵍ 輭 ⁿⁿᵍ [軟] Goán 阮 ńg Jóan 蠕 Loán	
ㄗ,ㄐ ts, tɕ		(Tsoàn)[Soàn] tsǹg 鑽 [soàn]
ㄘ,ㄑ tsʰ, tɕʰ		Tshoàn 竄 tshǹg 纂簒
ㄙ,ㄒ s, ɕ		Soàn 算 sǹg 蒜
ㄍ,ㄐ k, tɕ	Kóan 管 kńg[kóaⁿ] 舍官[館] 館	Koàn 冠慣摜灌罐貫
ㄎ,ㄑ kh, tɕʰ	Khóan khóaⁿ 款	
ㄏ,ㄒ x, ɕ	Óan 浣 Ⅱ Hoān, oǎn 緩	Hoàn 換 ōaⁿ 喚奐幻煥豢 Hoàn 宦患 (Thoàn) 瘓
φ	Óan 碗 óaⁿ 婉宛惋 Ⅱ 莞 Ⅱ bán. Boán 挽輓 Boán mńg 晚	Óan 惋腕 Bān 萬

Md	ㄩㄢ	ㄩㄢˊ
ㄅ p		
ㄆ pʰ		
ㄇ m		
ㄈ f		
ㄉ t		
ㄊ tʰ		
ㄋ n		
ㄌ l		Ioân 孿 Ⅲ
ㄓ tʂ		
ㄔ tʂʰ		
ㄕ s		
ㄖ z		
ㄗ,ㄐ ts,tɕ		
ㄘ,ㄑ tsʰ,tɕʰ		Tsoân 全 tsôg 泉 tsoân Tshoan 銓
ㄙ,ㄒ s,ɕ	Soan 喧 Ⅱ 宣 瑄 萱	Soân 漩 旋 [sêh]
ㄍ,ㄐ k,tɕ	Koan 捐 (Iân) 娟 涓 Ⅲ 鵑	
ㄎ,ㄑ kh,tɕʰ	Khoan 圈	Koân 權 khôan 拳 kûn
ㄏ,ㄒ x,ɕ	Hian 軒	Hiân 懸 kôaiⁿ, koân 玄
φ	Ian 淵 iân 鳶 Oan 宛 冤 鴛	Iân 緣 Gôan 元 原 沅 源 Hoân 垣 oân 援 ôan 員 猿 袁 轅 圓 îⁿ 圓 hâg 炭

Md	ㄩㄢˇ	ㄩㄢˋ
ㄅ p		
ㄆ pʰ		
ㄇ m		
ㄈ f		
ㄉ t		
ㄊ tʰ		
ㄋ n		
ㄌ l		
ㄓ tʂ		
ㄔ tʂʰ		
ㄕ ʂ		
ㄖ ʐ		
ㄗ,ㄐ ts, tɕ		Tsùn 雋 III
ㄘ,ㄑ tsʰ,tɕʰ		
ㄙ,ㄒ s, ɕ	Soán 選	
ㄍ,ㄐ k, tɕ	Koán 捲 kńg	Koàn 倦 (siān) (kòan) 絹 kin koàn 卷 眷 券 kǹg
ㄎ,ㄑ kh, tɕʰ	Khián 犬	Khoàn 勸 khǹg
ㄏ,ㄒ x, ɕ		Hiân 眩 hîn Hiàn 絢 炫 II
φ	Oán 遠 hn̄g	Iān 院 īn Oàn 怨 Oàn 媛 II 瑗 II gōan 愿 III 願

Md	ㄅ	ㄅˊ
ㄅ p	Phun 奔 ^{pun}	
ㄆ pʰ	Phûn 噴	phûn 盆
ㄇ m		Bûn 門 ^{Mn̂g} 們
ㄈ f	Hun 吩 ^{hoan} 氛^Ⅱ 紛芬分^{pun}	Hûn 墳 焚 , Hun 汾^Ⅱ
ㄉ t		
ㄊ tʰ		
ㄋ n		
ㄌ l		
ㄓ tṣ	Tseng 偵 楨^Ⅱ 禎貞 , Tsiam 針 , Tsim 斟^{thìn} Tsin 榛^Ⅱ 甄^Ⅱ , Tin 珍 , Tsin 真 , Tiam 砧	
ㄔ tṣʰ	Thim 琛^Ⅱ	Sîn 宸^Ⅱ 晨臣辰 , Sîm 忱 , Tîn 塵 tân (Tîn) 陳, Tîm tiâm 沉沈 ,
ㄕ ṣ	Sim 參^{Som} , Sin 伸^{tshun} 申紳 Sam 蔘 , tshan, Sin 呻^Ⅱ , Sin 身 , Tshim 深	sár, Sîm , Sîm 甚^{Sîaⁿ} , Sîn 神
ㄖ z		Jîm 壬 , Jîm 任^{Jîm} (lâng) Jîn 人 Jîn 仁
ㄗ,ㄐ ts, tç		
ㄘ,ㄑ tsʰ,tçʰ	Tsham 參	
ㄙ,ㄒ s, ç	Sim 森	
ㄍ,ㄐ k, tç	Kun 跟 根^{Kim Ⅲ}	
ㄎ,ㄑ kh,tçʰ		
ㄏ,ㄒ x, ç		Hûn 痕
∅	Un 恩 ^{in Ⅲ}	

Md	ㄣˇ	ㄣˋ
ㄅ p	Pún 本畚 ᵖʰúⁿ沙	pùn 糞, Pùn 笨
ㄆ pʰ		
ㄇ m		Būn 悶 Bóan 懣ᴵᴵ
ㄈ f	Hún 粉	Hùn 忿, Hùn 奮憤糞(pùn), Hún 份分
ㄉ t		
ㄊ tʰ		
ㄋ n		Lūn 嫩
ㄌ l		
ㄓ tṣ	Tsín 疹診 Tsím 枕	Tsín 振賑, Tsín 震 ᵀˢⁱⁿ, Tsùn 圳甽 Tìm 朕ᴵᴵᴵ, Tìn 陣 ᵗˢùⁿ, Tìn 鎮
ㄔ tṣʰ		Tshìn 櫬, thàn (Thìn) 趁
ㄕ s	Sím 審沈瀋甚 ˢⁱᵐ,ˢáⁿ Tsím 嬸	Sìm 渗, (Sím) 甚 ˢⁱᵐ,ˢàⁿ, Sìn 慎腎
ㄖ z	Jím 忍	Jím 飪, Jìm 任刃認 ᴶⁱⁿ 軔ᴵᴵ靭
ㄗ,ㄐ ts, tç	tsáiⁿ tsoáⁿ 怎	
ㄘ,ㄑ tsʰ,tçʰ		
ㄙ,ㄒ s, ç		
ㄍ,ㄐ k, tç		
ㄎ,ㄑ kh, tçʰ	Khéng 肯啃, Khún 墾懇	
ㄏ,ㄒ x, ç	Hún 很狠	Hùn 恨 ʰⁱⁿᴱ
∅		

Md	ㄧㄣˇ	ㄧㄣˋ
ㄅ p	Pín 稟 ^{II}	Pìn 擯檳攪 Pìn 髕
ㄆ p^h	Phín 品	Phèng 聘
ㄇ m	Bín 愍 憫抿 ^{II} 敏閔 ^{Bún II}, Bín 潣 ^{II} Bân 閩	
ㄈ f		
ㄉ t		
ㄊ t^h		
ㄋ n		
ㄌ l	Lím 凜懍 ^{II}	Lìn 吝藺 ^{II} 躪
ㄓ tʂ		
ㄔ tʂ^h		
ㄕ ʂ		
ㄖ ʐ		
ㄗ,ㄐ ts,tɕ	Tsín Tsín 儘	Tsìm 浸, Tsìn 晉進, Tsìn 盡藎 ^{II}
ㄘ,ㄑ tsh,tɕh	Tshím 寢	sìm 沁 ^{II}
ㄙ,ㄒ s,ɕ		Sìn 信, Hùn 釁
ㄍ,ㄐ k,tɕ	Kím 錦 Kín 僅瑾 ^{II} 緊謹	kìm 噤 ^{II} 禁 Kìn ^{III} kùn 近 Kìn 覲
ㄎ,ㄑ kh,tɕh		
ㄏ,ㄒ x,ɕ		Hùn 釁
φ	Ím 飲 ^(lim) Ín 引, Ún 隱尹 ^{Ìn III}	Ìn 胤 ^{II} Ìn 印 Ìm 蔭

Md	ㄅㄣ	ㄅㄣˊ
ㄅ p	Pin 彬斌(彬)檳瀕賓濱邠儐	
ㄆ pʰ	pèng 拼 piàn	Pîn 貧頻
ㄇ m		Bîn 岷民
ㄈ f		
ㄉ t		
ㄊ tʰ		
ㄋ n		Lín 您恁(你們)
ㄌ l		(Lîn) lân 鱗, Lîm 臨 liâm 琳 霖 Lîm 林 nâ, 淋 lâm Lîn 燐磷麟鄰遴
ㄓ tṣ		
ㄔ tṣʰ		
ㄕ ṣ		
ㄖ ẓ		
ㄗ,ㄐ ts,tɕ	Tsin 津 tin	
ㄘ,ㄑ tsʰ,tɕʰ	Tshim 侵, Tshin 親	Tsîn 秦
ㄙ,ㄒ s,ɕ	Sim 心, Sin 新辛薪, Sin 鋅	
ㄍ,ㄐ k,tɕ	Kim 今 kin 禁 金, Kin＝Kun 巾筋	
ㄎ,ㄑ kh,tɕʰ	Khim 欽	Khîm 嚙擒琴禽, Khûn 勤 Khîn
ㄏ,ㄒ x,ɕ	Him 忻(欣)炘炘 Hiong 馨 Kàm 鑫	
ø	Im 陰音 In 因姻茵	Gîm 吟 Îm 淫, În 寅, Gûn 鄞銀 gîn

Md	ㄨㄣ	ㄨㄣˊ
ㄅ p		
ㄆ pʰ		
ㄇ m		
ㄈ f		
ㄉ t	Tun 敦燉$^{(tūn)}$ Tsun 蹲	
ㄊ tʰ	Thun 吞	Tûn 臀^{II}豚^{II}飩^{II} Tún 囤^{II} Tûn 屯
ㄋ n		
ㄌ l		Lûn 侖^{II}倫^{II}崙崙掄^{II}淪綸論輪^{ûn}
ㄓ tʂ		
ㄔ tʂʰ	Tshun 春	Tûn 唇脣[唇] Sûn 淳^{II}純蓴^{II}醇
ㄕ ʂ		
ㄖ ʐ		
ㄗ,ㄐ ts,tɕ	Tsun 尊遵	
ㄘ,ㄑ tsʰ,tɕʰ	tshoan, Tshun 邨[村] 村	Tshûn .tsûn 存
ㄙ,ㄒ s,ɕ	Sun 孫^{sng}蓀^{II}	
ㄍ,ㄐ k,tɕ		
ㄎ,ㄑ kh,tɕʰ	Khun 坤^{II}崑錕$^{(hûnⅡ)}$昆	
ㄏ,ㄒ x,ɕ	Hun 婚昏葷	Hûn 琿魂 Hûn 渾
∅	Un 溫	Bûn 文玟^{II}紋聞^{bun}雯^{II}蚊^{bâng}

Md	ㄨㄣˇ	ㄨㄣˋ
ㄅ p		
ㄆ pʰ		
ㄇ m		
ㄈ f		
ㄉ t	Tún 蔓	Tún 頓 ᵗⁿᵍ噸 Tún 盾 盹ᴵᴵᴵ Tūn 沌 鈍 遁
ㄊ tʰ		Thùn 褪 ᵗʰⁿᵍ
ㄋ n		
ㄌ l		Lūn 論
ㄓ tʂ	Tsún 准 準	
ㄔ tʂʰ	Thún 蠢 ⁽ᵀˢʰún⁾	
ㄕ ʂ		Sùn 瞬 舜　Sūn 順
ㄖ ʐ		(Lūn) 潤 ᴶūn 閏ᵀūn
ㄗ,ㄐ ts, tɕ		Tsùn 圳 ᴵᴵ
ㄘ,ㄑ tsʰ, tɕʰ		Tshùn 吋 寸
ㄙ,ㄒ s, ɕ	Sún 損 ˢⁿᵍ 槫 笋 〔筍〕	
ㄍ,ㄐ k, tɕ	Kún 滾 衮ᴵᴵ 鯀ᴵᴵ	kùn 棍
ㄎ,ㄑ kh, tɕʰ	Khún 捆 〔綑〕 梱ᴵᴵ 細	Khùn 困
ㄏ,ㄒ x, ɕ	Hún 混	Hūn 混
∅	Bún 刎ᴵᴵ 吻 Ún 穩	Bùn 汶ᴵᴵ 紊ᴵᴵ Būn 問 ᵐⁿᵍ

Md	ㄩㄣ	ㄩㄣˊ
ㄅ p		
ㄆ pʰ		
ㄇ m		
ㄈ f		
ㄉ t		
ㄊ tʰ		
ㄋ n		
ㄌ l		
ㄓ tṣ		
ㄔ tṣʰ		
ㄕ ṣ		
ㄖ ẓ		
ㄗ,ㄐ ts, tɕ	Kun 君鞎 軍鈞	
ㄘ,ㄑ tsʰ,tɕʰ		kûn 群 〔羣〕裙
ㄙ,ㄒ s, ç	Hun 勳燻 勛〔勲〕薰醺	Sûn 巡循旬珣詢馴 Hûn 徇 Sîm 尋潯
ㄍ,ㄐ k, tɕ	kin ≡ kûn 均	
ㄎ,ㄑ kh,tɕʰ		
ㄏ,ㄒ x, ç		
φ	Ûn 暈簀	Ûn 云勻耘 芸 Kun 筠 Hûn 雲

Md	ㄩㄣˇ	ㄩㄣˋ
ㄅ p		
ㄆ pʰ		
ㄇ m		
ㄈ f		
ㄉ t		
ㄊ tʰ		
ㄋ n		
ㄌ l		
ㄓ tṣ		
ㄔ tṣʰ		
ㄕ ṣ		
ㄖ ẓ		
ㄗ,ㄐ ts, tɕ		Tsùn 俊峻浚ᴵᴵ濬ᴵᴵ竣ᴵᴵ駿
ㄘ,ㄑ tsʰ,tɕʰ		
ㄙ,ㄒ s, ɕ		Sùn 殉 sùn 巽ᴵᴵ遜 (sîm)蕈ˢⁱⁿ Sìn 訊迅
ㄍ,ㄐ k, tɕ		Khún 菌 Kùn 郡
ㄎ,ㄑ kh,tɕʰ		
ㄏ,ㄒ x, ɕ		Hùn 訓
φ	Ún 允ⁱⁿ	Un 蘊ᴵᴵ Un 醞ᴵᴵ Ūn 運韻 ut 熨 In 孕

Md	ㄤ	ㄤˊ
ㄅ p	Pang 幫ᵖⁿᵍ 邦	
ㄆ pʰ	phong 乓ᴵᴵ (piang) phong 滂ᴵᴵ	Pông 螃 [Mô·] 滂ᴵᴵ 膀傍旁傍
ㄇ m		Bông, bang 忙芒, Bîn 吺 Bông 盲茫
ㄈ f	Hong, pang 枋, Hong 芳ᵖʰᵃⁿᵍ 方ᵖⁿᵍ·ʰⁿᵍ 坊 	pâng, (pông) 房, Hông 妨防 Hông 肪
ㄉ t	Tong 當ᵗⁿᵍ 鐺ᴵᴵᴵ	
ㄊ tʰ	(Thong) thng 湯	Tông 膛　塘螳 Tông 棠ᵗⁿʸ 唐ᵗⁿᵍ 堂ᵗⁿᵍ (Tông) thôg 糖
ㄋ n		Lông 囊
ㄌ l		lâng, Lông 郎ⁿⁿ, Lông 榔ⁿⁿ 廊 莨 狼琅瑯ᴵᴵ
ㄓ tʂ	tiong 張ᵗⁱᵘⁿ, Tsiong 彰ᵗˢⁱᵒⁿᵍ 樟ᵗˢⁱᵘⁿ 璋章ᵗˢⁱᵘⁿ Tsiong 麞ᴵᴵᴵ 漳ᵗˢⁱᵃⁿᵍ	
ㄔ tʂʰ	Tshiong 昌猖閶鯧ᵗˢʰⁱᵘⁿ 娼	Tiông 腸ᵗˢʰⁱᵃⁿᵍ 萇ᵗⁿᵍ 長ᵗⁿᵍ 場ᵗⁱᵘⁿ Siông 償嘗嫦　裳ᵗˢⁱᵘⁿ 常 tshiâng
ㄕ ʂ	Siong 商ˢⁱᵃⁿᵍ 傷ˢⁱᵃⁿᵍ, siuⁿ	
ㄖ ʐ		Jông 攘ᴵᴵ
ㄗ, ㄐ ts, tɕ	Tsong, tsng 庄 [tsâm], Tsong, tsang 臜	
ㄘ, ㄑ tsʰ,tɕʰ	Tshong 艙ᵗˢʰⁿᵍ, 倉ᵗˢʰⁿᵍ 傖ᴵᴵᴵ 滄蒼	Tsông 藏
ㄙ, ㄒ s, ɕ	Song 桑ˢⁿᵍ 喪	
ㄍ, ㄐ k, tɕ	Kong, Kang 缸ᵏⁿᵍ 鋼ᵏᵃʸ 剛冈肛綱岡	
ㄎ, ㄑ kh, tɕʰ	Khong, Kng 康 糠	kong 扛ᵏⁿᵍ
ㄏ, ㄒ x, ɕ		Hâng 航ᵖʰᵃⁿᵍ (Hông) Hâng 杭行
∅	Ang 骯	Gông 昂

Md	尢ˇ	尢ˋ
ㄅ p	Póng 綁ᵖᵃⁿᵍ 榜ᵖʰᵍ 膀	pàng (Pāng) 棒 Pòng Pāng 蚌, Pòng 傍磅鎊
ㄆ pʰ		phàng, phong 胖
ㄇ m	Bóng 蒡	
ㄈ f	Hóng 仿倣ᴵᴵ 彷訪舫 pháng (Hóng) 紡	Hòng, pàng 放
ㄉ t	Tóng 黨, Tòng 擋檔	Tòng 當ᵗⁿᵍ, Tòng 盪碭ᴵᴵ 蕩
ㄊ tʰ	Thóng 倘儻躺淌	Tong thàng 燙 Tshiòng 趟
ㄋ n		
ㄌ l		Lōng 浪[ēng]
ㄓ tʂ	Tióng 長ᵗⁱⁿ, Tsióng 掌	Tsiòng 障 (Tiòng) 脹ᵗⁱⁿ Tiòng 賬帳ᵗⁱⁿ 漲ᵗⁱⁿ Tiòng 丈ᵗⁿᵍ ᵗⁱⁿ 仗杖ᵗʰⁿᵍ
ㄔ tʂʰ	Tshióng 敞, (Tshióng) tshiúⁿ 廠	Tshiòng 唱ᵗˢʰⁱᵃⁿᵍ ᵗˢʰⁱⁿ 倡, Tiòng 帳, Thiòng 暢
ㄕ s	Sióng 賞ˢⁱⁿ Hióng 昞	Sióng 上ᵗˢⁱⁿ ˢⁱᵃⁿᵍ ˢⁱⁿ 尚
ㄖ ʐ	Jióng 壤壤ʲⁱᵃⁿᵍ	(Jiōng) 讓ᴸⁱᵒⁿᵍ, ⁿⁱⁿ
ㄗ,ㄐ ts, tɕ		Tsòng 臟藏, Tsòng 葬
ㄘ,ㄑ tsʰ,tɕʰ		
ㄙ,ㄒ s, ɕ	Sóng 嗓	Sòng 喪
ㄍ,ㄐ k, tɕ	Káng 港, Kong 崗	kòng 槓
ㄎ,ㄑ kʰ,tɕʰ	Khóng 慷	Khòng 伉ᴵᴵ 抗, Khòng 炕
ㄏ,ㄒ x, ɕ		
φ		Ìong 蠱ᴵᴵ

Md	ㄧㄤ	ㄧㄤˊ
ㄅ p		
ㄆ pʰ		
ㄇ m		
ㄈ f		
ㄉ t		
ㄊ tʰ		
ㄋ n		niâ 娘 niû (Liông)
ㄌ l		Liông 梁椋樑 niû 良, niû 糧 (Liông) niû 量 liâng, Liông 涼
ㄓ tṣ		
ㄔ tṣʰ		
ㄕ ṣ		
ㄖ ẓ		
ㄗ,ㄐ ts, tɕ	Tsiong 將,(Tsiong) 漿 tsiuⁿ	
ㄘ,ㄑ tsʰ,tɕʰ	Tshiong 槍 tshēⁿ 鎗 [槍] tshiuⁿ	Tshiông 墙 tshiâⁿ 戕 tshông 薔,(Tshiông) 牆 tshiûⁿ
ㄙ,ㄒ s, ɕ	Siong 湘襄,(Siong) 箱 siuⁿ, siong 相 siong saⁿ siong 鑲 siuⁿ	Siông 祥翔詳
ㄍ,ㄐ k, tɕ	Kiong 僵姜疆薑 kiuⁿ Ⅱ (kiong) 薑 kiuⁿ Kang 江	
ㄎ,ㄑ kʰ,tɕʰ	khiong 羌 kiong [羌] 羗 kiong [羌] 腔 khiuⁿ	Kiông 強 [强] kiông
ㄏ,ㄒ x, ɕ	Hiong 鄉 香 hiuⁿ	Hâng 降
φ	iong 央 ⁿg 狭秧 ⁿg 鞅 Ⅱ 鴦 iuⁿ	Iông 佯 Ⅱ 揚煬錫陽, Iôⁿ Iûⁿ 楊洋羊

Md	ㄧㄤˇ	ㄧㄤ
ㄅ p		
ㄆ pʰ		
ㄇ m		
ㄈ f		
ㄉ t		
ㄊ tʰ		
ㄋ n		Jiòng 釀
ㄌ l	Lióng 兩 ᴺⁿᵍ·Niú 倆	liány Lióng 亮 liāng 諒 輛 量 Niú
ㄓ tʂ		
ㄔ tʂʰ		
ㄕ ʂ		
ㄖ ʐ		
ㄗ,ㄐ ts,tɕ	Tsióng ·tsiún 槳 蔣	Tsiòng 將·tsiún 醬 (tsiong) Tshiòng 匠
ㄘ,ㄑ tsʰ,tɕʰ	tshiún 槍	(tshiong) 嗆 ᴵᴵᴵ
ㄙ,ㄒ s,ɕ	siún 想 Sióng	Siòng 相 siún Sióng·tshiún 像 橡 象
ㄍ,ㄐ k,tɕ	Káng·kóng 講	Káng 降
ㄎ,ㄑ kh,tɕʰ		
ㄏ,ㄒ x,ɕ	hiáng·Hióng 响〔響〕響　享	Hāng 巷 項 Hiòng 向 ⁿᵍ 嚮 珦 ᴵᴵᴵ
ø	Gióng 仰 Ióng 養 iún (Ióng) 癢 tsiún	Iòng 怏 Iōng 恙 樣 Iún

Md	ㄨㄤ	ㄨㄤˊ
ㄅ p		
ㄆ pʰ		
ㄇ m		
ㄈ f		
ㄉ t		
ㄊ tʰ		
ㄋ n		
ㄌ l		
ㄓ tʂ ㄔ tʂʰ	Tsong, tsng 妝 粧 [妝] 莊 Tsong 樁 Tshong 窗 ᵗᵃⁿᵍ 瘡 ᵗˢʰᵉⁿᵍ 創 ᴵᴵᴵ Tshong (瘡) ᵀˢʰⁿᵍ	(Tshông) tshñg 床 牀 [床] Tông 幢 ᴵᴵ
ㄕ ʂ	Siong 双 ˢⁱᵃⁿᵍ [雙] ˢᵒⁿᵍ Song 霜 ˢⁿᵍ	
ㄖ z		
ㄗ,ㄐ ts, tɕ		
ㄘ,ㄑ tsʰ,tɕʰ		
ㄙ,ㄒ s, ɕ		
ㄍ,ㄐ k, tɕ	Kong 光 ᵏⁿᵍ 胱	
ㄎ,ㄑ kh, tɕʰ	Khong 匡 ᵏʰᵉⁿᵍ (筐 ᵏʰᵉⁿᵍ)	Kông 狂
ㄏ,ㄒ x, ɕ	Hong 荒 ʰⁿᵍ 慌	Hông 煌 ᵖʰⁿᵍ 凰 湟 潢 ᴵᴵ 皇 磺 簧 ᴵᴵᴵ 蝗 隍 ᴵᴵ (Hông) 黃 ⁿᵍ̂ Hông 璜
∅	Ong 汪	Bông 亡 Ông 王

'Md	ㄨㄤˇ	ㄨㄤˋ
ㄅ p		
ㄆ pʰ		
ㄇ m		
ㄈ f		
ㄉ t		
ㄊ tʰ		
ㄋ n		
ㄌ l		
ㄓ tṣ	Tsóng 奘 ᴵᴵ	Tsòng 壯, Tōng 撞 Tsóng 狀 tsóng 奘 ᴵᴵ
ㄔ tṣʰ		Tshòng 創 Tshoàn 闖 ᴵᴵ[tsóng]
ㄕ ṣ	Sóng 爽	
ㄖ ẓ		
ㄗ,ㄐ ts,tç		
ㄘ,ㄑ tsʰ,tçʰ		
ㄙ,ㄒ s,ç		
ㄍ,ㄐ k,tç	Kóng 廣 kńg	Kóng 逛
ㄎ,ㄑ kh,tçʰ		khng,khong 框眶[khoⁿ] Khòng 壙 ᴵᴵ曠礦 Hòng 況 Hòng
ㄏ,ㄒ x,ç	Hóng 幌 ᴵᴵ恍晃 ᴵᴵ, Hong 謊	
ø	Bóng 惘罔罔 ᴵᴵ Óng 往枉 bāng (Bóng) 網	Bông 忘, Ōng 旺 Bōng 妄望 bāng

Md	ㄥ	ㄥˊ
ㄅ p	(Peng) pang 崩, peⁿ ≡ piⁿ (Pēng) 繃 (Penq) peⁿ 枋	〔bàng〕甭
ㄆ pʰ	Pheng 烹 砰 Pêng 抨 Pheng, piaⁿ	phêⁿ ≡ phîⁿ, (Phêng) 彭澎, Phêng 鵬 膨 Pêng 朋 硼 棚 peⁿ (Phêng), Hông 蓬 Phông 逢 phâng
ㄇ m	Bông 矇	Bêng 盟 萌, Bông 濛 蒙 朦 檬, Bông 憎
ㄈ f	Hóng 諷 Hong 風 封 峯 峰 Hong 楓 烽 瘋 蜂 phang 豐 鋒	Hông 縫 pâng 逢 馮 pâng
ㄉ t	Teng 灯〔燈〕燈 登	
ㄊ tʰ		〔thiaⁿ〕 thâng (Tông) 疼, Thêng 謄 騰 têng 騰 Têng 滕 藤 tîn
ㄋ n		Lêng 能
ㄌ l		Lêng 楞 稜
ㄓ ts	Tseng 征 爭 tseⁿ 猙 睜 箏 蒸 錚 tsiaⁿ 正, Tsheng 掙 Teng 徵	
ㄔ tsʰ	Tsheng 稱 蟶 Theng, thêⁿ ≡ thîⁿ 撐, theng 瞳	Sêng 丞 乘 Sêng 成 siâ tsiâ, sîⁿ tshîⁿ tsiâ 承 咸 誠 城 siâ Têng 懲 橙 澄 澂 埕 tiâⁿ Thêng 呈 程 Têng, tiâ
ㄕ s	Seng 生 tsheⁿ 牲 seⁿ 勝 升 tsⁿ 昇 甥 笙 Seng 陞 聲 siaⁿ	Sêng 繩
ㄖ z	Jeng 扔	Jêng 仍
ㄗ,ㄐ ts, tç	Tseng 曾 tsan 憎 增	
ㄘ,ㄑ tsʰ,tçʰ		tsân , tsàn 層 Tsêng 曾〔bat〕
ㄙ,ㄒ s, ç	Tseng 僧	
ㄍ,ㄐ k, tç	keng, keⁿ ≡ kiⁿ 庚 更, Keng 粳 耕 賡 Keng, keⁿ ≡ kiⁿ 羹	
ㄎ,ㄑ kh,tçʰ	Kheng, kheⁿ ≡ khiⁿ 坑	
ㄏ,ㄒ x, ç	Heng 哼	Hêng 恆 (Hêng), hôaiⁿ 横 Hêng 衡 Heng 亨
φ	Ong 嗡 翁 ang 翁 II	

Md	ㄥˇ	ㄥˋ
ㄅ p		Pìng [piàng] 迸 phong, pōng 蓬 [鬆而不实]
ㄆ pʰ	phâng, Hóng 捧 ^{phóng}	(phèng) pōng 碰 ^{pòng}
ㄇ m	Béng 猛蜢蜢 Bang 艋	Béng 孟 bāng, Bōng 夢
ㄈ f		Hōng 俸奉鳳縫 ^{phāng}
ㄉ t	tán, Téng 等	Tèng 凳 嶝 磴 ^{II} Téng 鄧 ^{II} Teng 瞪蹬 ^{III}
ㄊ tʰ		
ㄋ n		
ㄌ l	Léng 冷	
ㄓ tʂ	Tséng 整 Tsín 拯	Tsèng 政正 $^{tsià^n}$ 症証 [證] 證 tēⁿ ≡ tĩⁿ, (Tēng) 鄭
ㄔ tʂʰ	Théng 逞 (phèng) 騁	tshìn (Phèng) 秤, Tshèng 稱 ^{III}
ㄕ ʂ	Séng 省 ^{sén}	Sèng 勝聖 $^{sià^n}$, sèng 剩盛賸 [剩]
ㄖ ʐ		
ㄗ,ㄐ ts, tɕ		(Tsēng), Tseng, sâng ^{II} 甑, Tsēng 贈
ㄘ,ㄑ tsʰ,tɕʰ		
ㄙ,ㄒ s, ɕ		
ㄍ,ㄐ k, tɕ	Kéng 梗耿 ^{III}	Kèng 互 $^{(khèng)}$ 更
ㄎ,ㄑ kh,tɕʰ		
ㄏ,ㄒ x, ɕ		
∅		

Md	ㄥ	ㄥˊ
ㄅ p	Peng 兵 冰〔氷〕	
ㄆ pʰ	Pheng 乒	Phêng 萍 評 屏 ᵖⁱⁿ 蘋 phiâng (Pêng) phiâⁿ 坪 phêⁿ pân (Pîng) 瓶, pêⁿ≡ pîⁿ. Pêng 平 Pêng pîn 憑
ㄇ m		Bêng 冥 ᵐⁱˎᵐⁱ̄ 名 ᵐⁱᵃ̄ 明 螟 銘 鳴
ㄈ f		
ㄉ t	Teng 丁 町 叮 釘	
ㄊ tʰ	Theng 廳 ᵗʰⁱᵃⁿ 汀 ᴵᴵ 聽 ᵗʰⁱᵃⁿ	Thêng 停〔tiâⁿ〕 Têng 亭 庭 ᵗⁱᵃⁿ 廷
ㄋ n		Lêng 嚀 擰 寧 獰〔寧〕檸 獰. Gêng 凝
ㄌ l		Lêng 零 ˡᵃⁿ 伶 凌 玲 鴒 ˡᵉ̄ⁿᵍ ᴵᴵᴵ 齡 綾 Lêng 羚 聆 苓 菱 鈴 陵 靈
ㄓ tʂ		
ㄔ tʂʰ		
ㄕ ʂ		
ㄖ ʐ		
ㄗ,ㄐ ts,tɕ	Tseng 旌 ˢᵉ̄ⁿᵍ ᴵᴵᴵ 菁 ᴵᴵ 晶 ᵗˢⁱⁿ 睛 精 ᵗˢⁱⁿ,ᵗˢⁱᵃⁿ	
ㄘ,ㄑ tsʰ,tɕʰ	tshân (Tsheng) 蜻, Tsheng, tsheⁿ≡ tshⁿ 青 Tsheng 清	Tsêng 情 ᵗˢⁱᵃⁿ 晴 ᵗˢⁱⁿ
ㄙ,ㄒ s,ɕ	Seng, tsheⁿ≡ tshⁿ 星 腥, Seng 惺 猩	
ㄍ,ㄐ k,tɕ	Keng 京 ᵏⁱᵃⁿ 競 經 荊 莖 驚 ᵏⁱᵃⁿ 鯨 ᵏʰᵉ̄ⁿᵍ	
ㄎ,ㄑ kʰ,tɕʰ	Kheng 傾 卿 氫 輕 ᵏʰⁱⁿ	khêng 擎
ㄏ,ㄒ x,ɕ	Heng 興〔與〕	Hêng 刑 型 形 行 ᵏⁱᵃⁿ 邢 ᴵᴵ
∅	Eng 嚶 ᵉ̄ⁿ ᴵᴵ 媖 ᴵᴵ 嬰 ᵉ̄ⁿ 應 ⁱⁿ 櫻 瑛 ᴵᴵ 罌 Eng 膺 ᴵᴵ 英 鶯 鷹 鸚	Êng 贏 ᴵᴵ 楹 ⁿ 榮 ᴵᴵ 瀛 營 ⁱᵃⁿ 螢 盈 縈 ᴵᴵ 營 贏 ⁱᵃⁿ (Êng) 蠅 ˢⁱ̄ⁿ Gêng. giâ 迎

Md	ㄥˇ	ㄥˋ
ㄅ p	Péng 昺[II]炳[Piáⁿ]東[III](Péng)丙[Piáⁿ]稟[Piⁿ]餅[Piáⁿ] Pèng, Pèⁿ 柄	(Pēng), peⁿ≡piⁿ 病, Pèng併[Piáⁿ]摒Pēng並 Pēng, phéng 並
ㄆ ph		
ㄇ m	Béng 皿	Bēng, miā 命
ㄈ f		
ㄉ t	Téng 頂耵[tiáⁿ]	Tèng 訂[tiāⁿ]釘Tēng 定[tiāⁿ]錠[tiāⁿ]
ㄊ th	Théng 挺梃[II]艇 Teng 町	
ㄋ n		
ㄌ l	Léng 嶺[niá]領[niá]	Lēng 令另
ㄓ tṣ		
ㄔ tṣʰ		
ㄕ ṣ		
ㄖ ẓ		
ㄗ,ㄐ ts, tɕ	Tséng 井[tséⁿ], Tséng 阱[II]	Tsēng 淨靖靜
ㄘ,ㄑ tsʰ,tɕʰ	Tshéng, tshiáⁿ 請	
ㄙ,ㄒ s, ɕ	Séng, tshéⁿ≡tshíⁿ 醒, Séng 省	Sèng 姓[sèⁿ]性
ㄍ,ㄐ k, tɕ	Kéng 憬[II]景璟警 境 頸	Kèng 徑敬勁 Kéng 境 kèng 競, Kéng 竟[kèng]
ㄎ,ㄑ kh,tɕʰ	Khéng 頃	Kèng 逕 (kèng)鏡[kiàⁿ]涇 Khèng 慶
ㄏ,ㄒ x, ç		(Héng)悻, Hèng 興, Hēng 倖幸杏行
φ	Éng 穎 (Éng)Iáⁿ 影	ngēⁿ (Gēng)硬 Èng 應[iⁿ]Iòng 映[iàⁿ]

Md	ㄨㄥ	ㄨㄥˊ
ㄅ p		
ㄆ pʰ		
ㄇ m		
ㄈ f		
ㄉ t	Tong, tang 冬東苳ⁿ Tong 氅	
ㄊ tʰ	Thong, thang 通	tâng, Tông 同銅, Tông 侗ⁿ 彤ⁿ 桐潼瞳童峒
ㄋ n		Lông 儂ⁿ 噥ⁿ 濃農 朦 láng
ㄌ l		Lông 朧 Lóng 攏 Liông 瓏ⁿ 礱ⁿ 隆 嚨 (lam)(Lông) láng 籠 láng, Lông 聾, lêng 龍 Liông
ㄓ tʂ	Tiong 中忠 Thiong 衷 Tsiong 松終鍾 tseng tseng 鐘 Tsiong	
ㄔ tʂʰ	Tshiong 充沖(沖)憧ⁿ 沖衝	Tsông 崇 / thâng, Thiông 蟲, têng 重 Tiông
ㄕ ʂ		
ㄖ ʐ		Jiông 戎ⁿ 絨羢, Iông 融 Hiông 容溶熔蓉鎔 Êng 榮
ㄗ,ㄐ ts, tɕ	Tsong, tsang 棕椶(棕), (Tsong) tsang, tsáng 鬃 Tsong 綜踪蹤宗, Tsiong 縱	
ㄘ,ㄑ tsʰ, tɕʰ	Tshong 匆囪怱(匆)璁ⁿ 蔥 tshang 聰	tsâng, Tshông 叢 Tsiông 從, tsong 淙ⁿ 琮ⁿ
ㄙ,ㄒ s, ɕ	Song, sang 鬆 Siông, tshêng 松 Siong 嵩 Sióng 淞	
ㄍ,ㄐ k, tɕ	Kong, Kang 公工蚣 keng Kiong 宮弓 keng 胲 (Kióng) kéng 龔 kiong 供恭肱, Kong 功攻	
ㄎ,ㄑ kʰ, tɕʰ	khong, khang 空 Khong 倥ⁿ	
ㄏ,ㄒ x, ɕ	hang (Hong) 烘, Hong 轟 (háⁿ) Hóng, háng 哄	âng, Hông 洪紅, Hông 虹 kʰêng 宏弘訌ⁿ 鴻
φ	ang, Ong 翁	

Md	ㄨㄥˇ	ㄨㄥˋ
ㄅ p		
ㄆ pʰ		
ㄇ m		
ㄈ f		
ㄉ t	tǎng Tóng 懂董	tàng, Tòng 凍楝, tāng, Tōng 動, Tōng 恫洞
ㄊ tʰ	thǎng (Thóng) 桶, Thóng 統 tâng, Tông 筒	Thòng 痛 [thiàⁿ] thàng, Tòng 慟 II 侗行
ㄋ n		lāng, Lōng 弄
ㄌ l	Lióng 壠 lèng II 籠 Lóng 瀧攏	
ㄓ tʂ	Tsióng, tséng 種腫 Thióng 塚踵 II	Tiòng 中, Tiòng 仲 tāng, Tiōng 重, tsèng, Tsiōng 種眾
ㄔ tʂʰ	Thióng 寵 théng	tshèng (Tshiòng) 銃冲
ㄕ ʂ		
ㄖ ʐ		
ㄗ, ㄐ ts, tɕ	Tsóng 總	tsàng, Tsòng 粽 Tsiòng, Tshiòng 縱
ㄘ, ㄑ tsʰ, tɕʰ		
ㄙ, ㄒ s, ɕ	Sóng 楝慫 II Tshióng 聳	sàng Sòng 送 Siòng 訟誦頌, Sòng 宋
ㄍ, ㄐ k, tɕ	Kióng 拱鞏 Hóng 永 Kéng 龔	kǎng, Kióng 共 kèng, Kiòng 供, Kòng 貢
ㄎ, ㄑ kʰ, tɕʰ	khióng 恐, Khóng 孔	Khàng, Khòng 空 Khòng 控
ㄏ, ㄒ x, ɕ	Hóng 哄 hàn, hàng	Hāng 鬨
∅	Hong 翁 II	àng 甕

Md	ㄩㄥ	ㄩㄥˊ
ㄅ p		
ㄆ pʰ		
ㄇ m		
ㄈ f		
ㄉ t		
ㄊ tʰ		
ㄋ n		
ㄌ l		
ㄓ tṣ		
ㄔ tṣʰ		
ㄕ ṣ		
ㄖ ʐ		
ㄗ,ㄐ ts, tɕ		
ㄘ,ㄑ tsʰ,tɕʰ		
ㄙ,ㄒ s, ɕ		
ㄍ,ㄐ k, tɕ		
ㄎ,ㄑ kh,tɕʰ	Kiong 穹ᴵᴵᴵ芎ᴵᴵᴵ	Khêng 瓊（Khêng）Kiông 窮
ㄏ,ㄒ x, ç	Hiong 兇凶匈洶胸 ʰᵉⁿᵍ （Heng）hiaⁿ 兄	Hiông 雄熊 ᵏⁱᵐ
ø	Ióng.eⁿg 壅 Iong 邕ᴵᴵ雍ᴵᴵ Iông 傭庸	Iəng 傭庸

Md	ㄩㄥˇ	ㄩㄥˋ
ㄅ p		
ㄆ pʰ		
ㄇ m		
ㄈ f		
ㄉ t		
ㄊ tʰ		
ㄋ n		
ㄌ l		
ㄓ tṣ		
ㄔ tṣʰ		
ㄕ ṣ		
ㄖ ẓ		
ㄗ,ㄐ ts,tɕ		
ㄘ,ㄑ tsʰ,tɕʰ		
ㄙ,ㄒ s, ɕ		
ㄍ,ㄐ k, tɕ	Khún 窘 Kéng 炯ⁱⁱ	
ㄎ,ㄑ kh,tɕʰ		
ㄏ,ㄒ x, ɕ	sěng 膡賵	
ø	Ióng 勇恿ⁱⁱ擁壅ᵉⁿᵍ涌[湧]湧迵ⁱⁱ蛹 Éng 永泳Éng 咏(詠)詠ⁱⁱᵉⁿᵍ	Ióng ēng 用 Ióng 佣

Md	ㄦ	ㄦˊ
ㄅ p		
ㄆ pʰ		
ㄇ m		
ㄈ f		
ㄉ t		
ㄊ tʰ		
ㄋ n		
ㄌ l		
ㄓ tʂ		
ㄔ tʂʰ		
ㄕ ʂ		
ㄖ ʐ		
ㄗ,ㄐ ts,tɕ		
ㄘ,ㄑ tsʰ,tɕʰ		
ㄙ,ㄒ s, ɕ		
ㄍ,ㄐ k, tɕ		
ㄎ,ㄑ kh,tɕʰ		
ㄏ,ㄒ x, ɕ		
ø		兒而

Md	ㄦˇ	ㄦˋ
ㄅ p		
ㄆ pʰ		
ㄇ m		
ㄈ f		
ㄉ t		
ㄊ tʰ		
ㄋ n		
ㄌ l		
ㄓ tṣ		
ㄔ tṣʰ		
ㄕ ṣ		
ㄖ ẓ		
ㄗ,ㄐ ts, tɕ		
ㄘ,ㄑ tsʰ,tɕʰ		
ㄙ,ㄒ s, ɕ		
ㄍ,ㄐ k, tɕ		
ㄎ,ㄑ kh,tɕʰ		
ㄏ,ㄒ x, ɕ		
φ	Ni 尔 爾 ⁱⁱ⁻, ⁱⁿ, ⁱⁱ Ji 洱ᴵᴵ 餌ᴵᴵᴵ hī 耳 ᴺⁱ, hⁱⁿ	Ji 二 貳

附錄三：國語韵母目錄

1. a　ㄭ　u,i,e,u,ek,it
   b　ㄧ　i,e,ek,it,ip
   c　ㄨ　o˙,u,ut,ok,iok
   d　ㄩ　u,iok,ut

2. a　ㄚ　a,ap,at
   　　ㄧㄚ　a,ap,iap
   　　ㄨㄚ　oa,

3. a　ㄛ　o
   a'　ㄜ　o,ia,ek,ok,iat
   b　ㄧㄝ　ia,ai,iap,iat
   c　ㄨㄛ　o,ok,iok
   d　ㄩㄝ　oat,iok

6. a　ㄞ　ai,ek
   c　ㄨㄞ　oai

7. a　ㄟ　ui,oe,i
   c　ㄨㄟ　ui,oe

8. a　ㄠ　o,au,iau
   b　ㄧㄠ　iau,au

9. a　ㄡ　o˙,iu
   b　ㄧㄡ　iu

10. a　ㄢ　am,an,oan,iam,ian
    b　ㄧㄢ　iam,ian,am,an
    c　ㄨㄢ　oan
    d　ㄩㄢ　oan,ian

11. a　ㄣ　un,im,in
    b　ㄧㄣ　im,in
    c　ㄨㄣ　un
    d　ㄩㄣ　un

12. a　ㄤ　ong,iong
    b　ㄧㄤ　iong
    c　ㄨㄤ　ong

13. a　ㄥ　eng,ong
    b　ㄧㄥ　eng
    c　ㄨㄥ　ong,iong
    d　ㄩㄥ　iong,eng

國家圖書館出版品預行編目資料

從國語看臺語的發音 / 鄭良偉著. --初版.—
臺北市：臺灣學生，1987[民76]
面；公分

ISBN 957-15-0897-7 (精裝)
ISBN 957-15-0898-5 (平裝)

1. 臺語　2.中國語言－聲韻

802.5232　　　　　　　　　　　　　　　87011289

從國語看臺語的發音　（全一冊）

著　作　者：鄭　　　　良　　　　偉
出　版　者：臺　灣　學　生　書　局
發　行　人：孫　　　善　　　治
發　行　所：臺　灣　學　生　書　局
　　　　　　臺 北 市 和 平 東 路 一 段 一 九 八 號
　　　　　　郵 政 劃 撥 帳 號 0 0 0 2 4 6 6 8 號
　　　　　　電　話　：（0 2）2 3 6 3 4 1 5 6
　　　　　　傳　真　：（0 2）2 3 6 3 6 3 3 4

本書局登
記證字號：行政院新聞局局版北市業字第玖捌壹號

印　刷　所：宏 輝 彩 色 印 刷 公 司
　　　　　　中 和 市 永 和 路 三 六 三 巷 四 二 號
　　　　　　電　話　：（0 2）2 2 2 6 8 8 5 3

定價　精裝新臺幣
　　　平裝新臺幣

西 元 一 九 八 七 年 九 月 初 版
西 元 一 九 九 八 年 八 月 初 版 二 刷